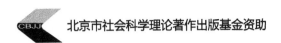
北京市社会科学理论著作出版基金资助 ｜ 北京社科精品文库（第1辑）

翻译文学导论

王向远 著

北京师范大学出版社

北京出版社

图书在版编目(CIP)数据

翻译文学导论/王向远著. —北京:北京师范大学出版社:北京出版社,2015.7(2017.9重印)

(北京社科精品文库)

ISBN 978-7-303-19018-8

Ⅰ.①翻… Ⅱ.①王… Ⅲ.①文学翻译—研究 Ⅳ.①I046

中国版本图书馆 CIP 数据核字(2015)第 097522 号

营 销 中 心 电 话 010-58802181 58805532
北师大出版社高等教育分社网 http://gaojiao.bnup.com
电 子 信 箱 gaojiao@bnupg.com

出版发行:北京师范大学出版社 www.bnup.com
　　　　　北京新街口外大街 19 号
　　　　　邮政编码:100875

印　　　刷:北京京华虎彩印刷有限公司
经　　　销:全国新华书店
开　　　本:170 mm×240 mm
印　　　张:19.75
字　　　数:348 千字
版　　　次:2015 年 7 月第 1 版
印　　　次:2017 年 9 月第 2 次印刷
定　　　价:78.00 元

策划编辑:胡廷兰　　　　责任编辑:王　强　郄军席
美术编辑:郭　宇　　　　装帧设计:郭　宇
责任校对:陈　民　　　　责任印制:马　洁

出版说明

20 世纪 90 年代，为了解决社科类学术著作出版难的问题，北京市委市政府决定设立北京市社会科学理论著作出版基金，用于开展学术著作出版资助工作。1992 年，出版资助工作正式启动，并在北京市社科联设立出版基金办公室。出版基金的设立，是北京市委市政府为加强理论工作、繁荣社会科学事业所办的实事之一，是推进学术创新，推出优秀成果，培养优秀社科人才的一项重要举措。

韶光留影，出版基金迄今已走过 20 余载历程。"一分投注，一分希望；一分耕耘，一分收获"。20 多年来，出版基金成绩斐然，截至 2012 年共资助书稿 41 批，1000 余部（套）著作业已问世，内容涉及 40 多个学科。其中，四分之一获得国家及省部级奖励。

为集中展示这 20 多年来的成果，北京市社会科学理论著作出版基金办公室在相关出版社的大力支持下，编辑出版了此套"北京市社科精品文库"丛书，旨在集萃历年资助出版作品之菁华，再次奉献一批学术价值高、社会意义广、研究价值大的优质图书以飨读者，并用具体而实际的行动响应"书香中国"的倡议。

北京市社会科学理论著作出版基金办公室

2015 年 7 月

前　言

近百年来，在我国公开出版或发表的文学作品中，翻译文学（译作）与本土文学几乎是平分秋色，二分天下。有的历史时期，译作的数量甚至超过本土创作。据我的粗略统计，在 20 世纪一百年里，我国出版的外国文学译本单行本（含复译本）中，俄国文学译本有一万种左右，英美文学译本五六千种，法国文学译本四五千种，日本文学译本两千种，德语国家文学译本一千多种，印度文学译本约五百种。从这些主要国家和语种翻译过来的文学作品就已逾两万多种，加上译自其他国家和民族的作品，总数可能会超过三万种。至于发表在报纸杂志上的短篇译文，则数量难以统计。季羡林先生说我国是"翻译大国"，信哉斯言！而且我国不只是"翻译大国"，也是"翻译文学大国"。特别是近代以降，在所有领域和类型的翻译中，翻译文学数量最多，文学读者几乎无人不读翻译文学。

然而，相对于晚清以来我国翻译文学的丰富实践和累累硕果，相对于翻译文学在我国所产生的巨大作用和影响，我们的翻译文学研究远远无法相称。无论是史的研究还是基本理论研究，都远远落后于对中国本土文学的研究，也落后于对"外国文学"的研究。中国文学史的研究著作与教材已接近上千种，而中国翻译文学史的著作只有近几年间出版的寥寥四五种；各类《文学概论》《文学原理》之类的著作、教材也有数百种，但都以本土文学和外国文学为基本材料，几乎不涉及作为一种独立文学类型的翻译文学；各种中文版的外国文学史类的教材专书也有上百种，但却略过"翻译"

这一环节，不提"外国文学"如何转化为"翻译文学"，不提翻译家的作用和贡献；《翻译文学原理》《翻译文学概论》的系统的基础理论著作更是付之阙如。整体看来，和一般文学研究相比，翻译文学研究乃至整个翻译研究还没有走出狭隘的同人圈子，还没有融入整个时代的学术文化大潮中。这是很不应该的。

20世纪80年代以来，翻译界对于文学翻译及翻译文学的研究取得了较大进展，从研究的范围和对象来看，大致有三种形态。

第一种形态，是包含在"翻译学"中的翻译文学研究。"翻译学"或"翻译研究"是把古今中外的一切翻译现象——当然也包括文学翻译，作为研究对象，试图建立理论体系，探讨和总结翻译活动的基本规律。近十几年来，我国出版了多种以"翻译学"之类的字眼为书名的著作，讨论翻译学的文章数以百计，但翻译界对"翻译学"如何建立，翻译学学科能否成立，是否已经成立，不同性质的翻译活动是否存在共同规律，翻译究竟是科学还是艺术等问题，都没有形成一致的看法。在现有的"翻译学"的架构中，"翻译文学"——确切地说是"文学翻译"——只是其中的一部分，而不是独立的研究。而且大凡提倡建立翻译学的人，都一定程度地属于"科学派"，即倾向于认为"翻译是一种科学(而不是艺术)活动"。在这种意识的主导之下来研究文学翻译及翻译文学，显然是不利的。

第二种形态，是对"文学翻译"的研究，即把"文学翻译"从"翻译学"中剥离出来，使其形成一个相对独立的研究领域。其研究的重心是"文学的翻译"，即把文学翻译作为一种活动过程，作为一个动态的实践过程来看待。其研究特点是动态性、例证性、实践性，强调对实践的指导作用，在行文中普遍使用大量中外文翻译的例句和片段，有时与对语言学、翻译技法的研究融为一体，多数属于大学外语系的教科书，但也有一些著作形成了自己的特色。在"文学翻译"的理论研究方面，张今教授的《文学翻译原理》(河南大学出版社1987年版)作为国内最早的著作，也是迄今为止仅有的一部全面系统地论述文学翻译原理的专著，具有探索和补缺之功。作者把"文学翻译原理"看成是"文学翻译理论"的一个分支，试图从"原理"的层面全面研究文学翻译中的基本问题。可惜的是，作者没有能够区分"文学翻译"与"翻译文学"这两个不同的概念，并且近乎完全套用20世纪50年代以后流行的一般文学原理中的基本概念，如"世界观"、"思想性"、"真实性"、"风格性"、"内容和形式"、"民族性"、"历史性"、"时代性"等，甚至提出了"现实主义与浪漫主义相结合的翻译方法"、"真善美的翻译标准"

等迂远僵硬的命题，而未能建立起文学翻译特有的概念系统和理论框架。申丹教授的《文学文体学与小说翻译》（英文版，北京大学出版社1998年版）借鉴西方的文学文体学理论，通过大量译例的分析，系统论述了文学文体学在小说翻译中的作用。郑海凌教授的《文学翻译学》（文心出版社2000年版）提出了"文学翻译学"这一概念，在文学翻译的理论概括上大有深化和推进，在建立"文学翻译"的本体理论方面做出了可贵的努力。他在《绪论》中指出："文学翻译是一项实践活动，注重实际效果，而文学翻译学则是对这项活动的研究，侧重科学性。"可见作者的立足点是"文学翻译"而不是"翻译文学"。

第三种形态，是"翻译文学"的研究，即把"翻译文学"作为一种文学类型，属于文学研究及文学文本研究。"翻译文学"研究与上述的"文学翻译"研究是有联系的。这主要表现为，两者研究的问题有一些是重合的，例如它们都涉及翻译的方法、原则标准等内容。但站在"文学翻译"立场上对方法、原则标准的研究，目的是为了应用与实践操作；而站在"翻译文学"的立场上的研究，则是要从翻译史上归纳、总结出翻译方法及原则标准的形成、演变规律，侧重揭示其纯理论的价值。可见，即使在研究对象上有一些重合，"文学翻译"和"翻译文学"的研究也是有明显区别的。从研究范围上看，"文学翻译"的研究既有"中译外"，也有"外译中"，而"翻译文学"却只以汉语译本为研究对象，亦即把优秀的"外译中"的译作视为中国文学的一个特殊组成部分来研究；从研究的侧重点上看，"文学翻译"研究强调翻译的实践和操作，是一种"过程"的研究，"翻译文学"则强调翻译的结果——文本，研究的是业已成为中国文学之特殊组成部分的译作，其实质是"译作史"的研究；从研究的宗旨和目的上看，"文学翻译"的研究重视对翻译实践的指导作用，而"翻译文学"研究并不企图指导实践，而是强调理论本身的认识与阐述功能；从学科的归属关系上看，"文学翻译"的研究主要依托语言学，而"翻译文学"研究则完全属于文艺学，是一种跨文化的文艺学研究。总之，可以将"翻译文学"研究的特点归纳为四个特性，即国别属性、历史属性、文本属性、文学属性。对翻译文学研究做出突出贡献的首推谢天振教授。20世纪80年代以来，他发表了一系列研究翻译问题、翻译文学问题的文章，并在此基础上出版了《译介学》（上海外语教育出版社1999年版）一书。谢天振第一个明确界定了"翻译文学"这一概念，区分了"翻译文学"与"文学翻译"，认为翻译文学（译作）是文学作品的一种存在方式，中国的翻译文学不是"外国文学"，提出"翻译文学应该是中国文学的一个组成部分"。这些观点的提出对中国比较文学界乃至整个中国文学研究界，都造成了一定的冲击，引起了反响和共鸣。我本人近年来对翻译文学的研究，也颇受益于谢先生理论的启发。此外，在翻译文学研究方面提出过许多精彩见解的还有罗新璋、方平、许钧诸先生。罗新璋对于中国传统翻译理论的梳理和总结，对"译作"审美本质的认识和阐述，方平先生关于文学翻译的从属性和依附性的论述、关于翻译文学在"艺术王国"中应有地位的论述，都帮助我深化了对翻译文学本质特征的认识。

就上述的研究状况看，可以看出有"三多三少"，即以"翻译研究"和"文学翻译研究"两者相比，在"翻译研究"的框架中附带研究"文学翻译"的较多，专门研究"文学翻译"的少；以"文学翻译"和"翻译文学"两者相比，研究"文学翻译"的较多，而研究"翻译文学"的少；在"翻译文学"的研究中，单篇文章较多，而自成系统的专门著作太少。至于《翻译文学概论》《翻译文学原理》《翻译文学导论》之类的著作，则连一本也没有。在这种情况下，不怪有人断言："翻译文学文本自身在很多层面上是找不到自己可以自主的理论的，它不能另外具有什么起源论、本质论、文体论和方法论。"①而现在我们所要做的，与其参与"翻译学能否成立"之类的争论，不如先从具体的翻译领域，如从翻译文学领域入手，做出一些切实的工作，即尝试建构"翻译文学文本自身"的"可以自主的理论"。而建构翻译文学的本体理论的最基本的工程，就是要写出一本关于"翻译文学"的概论性、导论性著作。

然而怎样写《翻译文学导论》？这是一个颇费踌躇的复杂问题。

我想，首先，既然要建立中国翻译文学的本体理论，就不能简单地将"翻译文学概论"置于一般的文学概论或文学原理的框架结构中。翻译文学在许多方面具有不同于一般文学的特性。一般作家作品是直接体验和描写社会与人生，翻译家及其译作则要对作家笔下的社会与人生进行再体验和再呈现；一般文学作品是直接的母语写作，而译作则是由外语向母语的转换。因此，翻译文学理论的核心问题，不是社会人生与作家作品的关系问题，而是作家作品与翻译家及其译作的关系问题。一般文学理论探讨的是文学的起源问题，世界的客观性和作家的主体性问题，作品的内容、主题、题材、人物形象、情节结构，作品的风格特征等问题，而翻译文学理论涉及更多的则是原作的客观性与翻译家的主体性问题，文学翻译及翻译

---

① 刘耘华：《文化视域中的翻译文学研究》，载《外国语》，1997 年(2)。

文学的起源问题，主要讨论运用什么样的原则标准、方式方法来再现原作中的这一切。它所涉及的多属于有关文学的形式方面的问题，包括两种语言转换的必要性、可能性和规律性，关注的是译作的价值属性和审美特性。《翻译文学导论》的写作目的就是为了揭示翻译文学的独特性或特殊性。因此，在研究写作中，一般的文学原理只是一个重要的参照，但参照它是为了不落它的窠臼。翻译文学导论是文学原理或概论的一个补充和延伸，而不应只把它作为提供给文学原理的另一类例证。换言之，假如将翻译文学理论完全放在现有的文学理论的体系框架中，那么翻译文学实际上就只能是给一般文学理论提供一点例证而已；假如翻译文学理论不能为文学理论提供新的独到的理论创见，那么翻译文学理论就可有可无。

严格地说，中国的翻译文学的本体理论并没有完全建立起来，但也绝不是一无所有的空白状态。相反，从古代佛经文学翻译到晚清以降的纯文学翻译中，翻译家和译学理论家们对翻译及翻译文学发表了大量有理论价值的观点和见解，这些观点和见解虽然大都处在"经验谈"的状态，讲的大都属于翻译的实践论问题，基本上还是片断的、感性化的、不系统的。但这些"经验谈"却是我们建立中国翻译文学本体理论的基础和出发点。假如抛开了已有的翻译文学的理论资源与遗产，任何一个学者都无法凭空建立起中国翻译文学的本体理论，如果有，那恐怕也只能是空中楼阁。我们首先要做的，就是将这些翻译经验加以阐发，加以提升，加以系统化，集片断为整一，使片面为全面，变散乱为有序，化矛盾为统一，擢感性为理性，由"技"进乎"道"，使各种从不同角度、不同立场提出的见解都找到自己的理论定位——把那些"零部件"加以"打磨"，"安装"在正确的位置，使其各就各位，各得其所，显示出它们在理论构建中的独特作用和价值；然后对缺少的部件和环节，还要尝试着加以创制和补充。

要做到这一切，就需要形成一个科学合理的、独具特色的理论框架，并且用这个框架来统驭、整理和阐释已有的翻译文学理论遗产，对中国翻译文学的实践与理论的成果加以梳理、阐发和提升，使之更为体系化、学科化。我认为，现在来设计中国翻译文学的理论体系或框架，已经具备了基本的条件。首先，翻译文学史的研究、翻译家及其译作的个案研究已有了一定的基础；其次，在中国翻译文学理论史上，我们已经形成若干稳定的概念范畴，如"信、达、雅"，"直译"，"意译"，"复译"，"转译"，"神似"，"化境"等。近年来又形成了"翻译文学"、"文学翻译"、"译作"、"译学"等新的概念体系。这些都为我们进行翻译文学的理论建构打下了基础。

因此，我们不必，也不能生硬套用相邻学科——如哲学、美学、阐释学、语言学等——的理论模式。套用这些学科的理论模式，沿用它们的概念范畴，当然比较便当，有时也许可以收到提升翻译文学理论档次之功效，但却无助于对翻译文学理论的独特性的揭示，也无益于翻译文学理论本体的建构。假如像现有的某些著述所做的那样，要么简单地将翻译学中的概念转换为美学概念，如将原文称为"审美客体"，将译者称为"审美主体"等；要么以翻译为借口，谈的却是西方美学与哲学，将翻译文学这样一种文艺对象加以玄学化，将译本这种实实在在的文本存在加以抽象化，那就不是要说清翻译及文学翻译是什么、怎么样，而是越说越"复杂"、越说越"高深莫测"。这是我所不敢效法的。同时，也不能照搬西方的译学模式。诚然，正像有人所指出的，西方的译学研究在许多方面走在我们前头，对他们加以了解和借鉴是完全必要的，但不能因此照搬。而且据我孤陋寡闻，西方也的确没有真正令我们服膺的值得我们照搬的理论模式。重要的是，无论是外国的语言学模式还是文艺学模式，都难以真正切实有效地梳理、解释、提炼和阐发中国翻译文学的实践和理论。最后，作为翻译文学的理论著作，要用逻辑演绎、归纳分析等方法讲清应该讲清的问题，不能乞灵于具体的翻译实例的列举。在我国已出版的大量有关翻译的著作中，那些具体的翻译实例大都占全部篇幅的三分之二以上，有的甚至更多。读者要读这类的书，至少可以找到数百种。但《翻译文学导论》作为文学概论的一个分支，必须突出理论性和概括力，不能使其成为译例汇编和翻译技法指南。

基于上述想法，我确定了《翻译文学导论》的写作宗旨。它是从总体上全面论述翻译文学的性质特征的总论性、原理性的著作，目的是为中国翻译文学建立一个说明、诠释的系统，梳理、整合并尝试建立中国翻译文学的本体理论；它以中国翻译文学的文本为感性材料，以中国文学翻译家的体会、体验、经验和理论主张等为基本资源，从文艺学的角度对中国翻译文学做出全面阐释。它出发于中国翻译文学，归结于中国翻译文学，因而也可以给它加上一个副标题——"以中国翻译文学为中心"。同时，我设计出了它的基本的框架结构。作为"概论"，它由"十论"构成，即概念论、特征论、功用论、发展论、方法论、译作类型论、原则标准论、审美理想论、鉴赏与批评论、学术研究论。

其中，第一章"概念论"，是翻译文学的本体论之一。将"翻译文学"首次界定为"一个文学类型概念"或称"文学形态学的概念"，廓清"翻译文学"

与"文学翻译"两个概念的不同，然后又在"翻译文学"与"外国文学"、"翻译文学"与"本土(中国)文学"的关系中，进一步阐述了翻译文学的性质，认为没有"外国文学"的概念，就不会产生"本土文学"的概念，而没有"外国文学"和"本土文学"的对比，就不会形成翻译文学的概念，而"翻译文学"既是一个中介性的概念，也是一个本体性的概念。并指出"文学翻译"属于"翻译学"的范畴，而"翻译文学"则属于"文艺学"的范畴。

第二章"特征论"，是翻译文学的本体论之二。从文学翻译与非文学翻译的异同、文学翻译家的从属性与主体性、翻译文学的"再创作"特征、原作风格与翻译家及译作风格的关系四个方面，论述了翻译文学的特征。认为科技翻译、人文学术翻译重在如实传达知识性信息，以求真为要；翻译文学则重在忠实传达审美信息，以求美为本。创作活动与翻译活动之间的关系是"创作"与"再创作"之间的关系，原作家与翻译家之间的关系是"原创者"与"再创作者"的关系。翻译家的主体性是在尊重原作的前提下实现的，翻译家的创造性是在原作的制约下完成的。翻译文学中的创造不是绝对自由的创造，而是在从属状态下的创造，是受到限定和制约的创造。理想的译作是翻译家以自己的文字风格贴近原文的风格，既保持原作家作品的独特的个人风格，又再现原作的民族风格。

第三章"功用论"，属于翻译文学的价值论的范畴。该章首先评述了中国翻译文学史上翻译家和译学理论家对翻译文学价值功用的认识，指出，由于时代的不同、思想背景的不同，人们对翻译及翻译文学的要求和期待有所不同，对翻译的功用价值的认识也就有所不同。晚清以降人们对翻译的重要性与必要性的认识，经历了从政治工具论到文化、文学本体论的发展演化过程。然后，特别强调了翻译文学在中国语言文学的发展史上所发挥的作用，指出翻译文学对外来词汇语法、外来文体的引进，对现代汉语的演变和成熟，对文学观念的转型和革新，都发挥了不可替代的特殊作用。

第四章"发展论"，是中国翻译文学的纵向论，是对中国翻译文学历史演进历程及其规律的鸟瞰与概括。本章立足于中外文化和文学的冲突与融合，指出：中国古代的翻译文学主要依托于佛经翻译，到近代，翻译文学开始独立，近代文学翻译的基本特点是以中国传统文学的观念和方式对原作加以改造，试图将外国文学"归化"到中国文化和文学中去。五四新文化运动前后，翻译文学发生转型，即从"归化"走向"欧化"或"洋化"。经过"归化"和"异化"的矛盾运动，到了20世纪30年代后半期，中国翻译文学在中外文化和文学的"溶化"中逐渐趋于成熟，20世纪后半期的翻译文学在起伏中前进，到80至90年代走向高度繁荣。

第五章"方法论"，这里的所谓"方法"不是翻译技巧层面上的具体的操作方法，而是翻译文学的基本的方法，即"方法论"意义上的方法。不同的时代、不同的翻译家对翻译方法都有自觉的选择，从而体现出了不同的翻译观，也造就了不同面貌的翻译作品。本章据此把中国翻译文学史上的基本方法分为四种：第一是对原作的形式和内容随意加以改动，只译出大概意思的"窜译"；第二是拘泥于原文字句形式而译文常常不能达意的"逐字译"（或称"逐字硬译""硬译"）；第三是尽量忠于原文词句形式，同时又译出原文意义的"直译"；第四是在领会原作含意的基础上一定程度上冲破原文形式的"意译"。指出这四种基本方法经历了"正、反、合"或"否定之否定"的辩证发展过程，即"窜译"和"逐字译"是正反关系，"窜译"又是对"逐字译"的否定，"直译"是对"逐字译"的承继和修正，"意译"又是对"窜译"的承继与修正。今天，这四种基本方法也可以进一步归并为"直译"和"意译"两种方法。"直译"和"意译"也就成为翻译方法中的一对基本的矛盾范畴。"直译"和"意译"两者恰到好处的和谐统一，应该成为翻译及翻译文学值得提倡的方法论。

第六章"译作类型论"，认为由译本所据底本的不同，形成了直接翻译和转译两种不同的译作类型；由同一原本的不同译本出现的时间先后的不同，形成了首译与复译两种不同的方式。并根据译本与原本的不同关系，将翻译文学的译本类型总结为四种，一是直接根据原文翻译的"直接译"（也叫"原语译"）；二是以非原语译本为依据所做的翻译即"转译"（有人也叫"间接翻译"）；三是第一次翻译即"首译"；四是在"首译"之后再使用相同的译入语重新翻译，形成新的译本或译文，即"复译"。本章对翻译界关于"复译""转译"的必要性和价值的不同看法做了评述，分析了这些译作类型产生的缘由及其是非功过，认为，"转译"和"复译"和在一定时代环境和一定条件下是必然出现的译作类型。"转译"多属不得已而为之，但却是建造"巴别塔"的有效途径之一，它可以超越语种的制约，满足读书界的迫切需要；"复译"的价值则取决于译者和出版者的翻译与出版的动机。坏的复译本是滥竽充数，甚至是剽窃之作；好的复译本是取长补短，后来居上。

第七章"原则标准论"，认为翻译文学与一般文学创作的根本不同之处，是文学创作只遵循自身的艺术规律，却没有用来衡量其价值的外在的原则标准；翻译文学却既要遵循翻译艺术的规律，又要有指导翻译实践并衡量自身价值的原则标准。而这个标准的最终依据就是如何真实地、艺术地使用译文语言再现原文。本章认为中国翻译及翻译文学的原则标准是由严复提出的"信、达、雅"三字经。它作为翻译的原则标准是在中国翻译史上长期自然形成的，它是指导和衡量翻译活动的总体依据，而不是具体的翻译标准。"信达雅"凝集了千年来中国佛经翻译的历史经验，也有可能借鉴了西方的有关理论，简洁、准确、深刻地揭示了翻译的原则标准；而百年来众多的翻译家及理论家对"信达雅"所做的补充、修正、阐发乃至批评否定，都从不同意义上超越了严复的历史局限性，不断丰富发展和深化了"信达雅"的内涵，使它成为富有中国特色的翻译及翻译文学的理论成果。它既适合于非文学翻译，也适合于文学翻译；既可作为文学翻译实践行为的原则标准，也可作为翻译文学批评的原则标准。今天翻译界的多数人仍乐于标举"信达雅"，这不是有人所说的"停顿不前"，更不是"保守僵化"，而是在尊重、承续和发展着我国的译学理论传统。

第八章"审美理想论"，认为中国翻译文学的审美理想是"神似""化境"说，它凝集了中国传统的美学智慧和中国现代众多文学翻译家的艺术再创造的体会与追求，揭示了翻译文学的艺术本质。"神似""化境"是"翻译文学"审美论，而不是"文学翻译"标准论。它属于对已完成的译作进行评价的审美价值学说，而不宜作为翻译活动的指导原则（翻译活动的指导原则是"信达雅"）。这样来界定"神似""化境"说，就可以避免将"神似"与"形似"对立起来，避免在翻译中"舍形求神"的片面认识；也可以避免将"化境"之"化"理解为"归化"之"化"，用汉语之美文改造原作，致使译文失去"洋味"的片面做法。本章还将"神似""化境"说与外国的"等值""等效"说进行了比较，认为"神似"、"化境"说更切合翻译文学的艺术规律，真正点破了翻译文学最高的审美境界。

第九章"鉴赏与批评论"，探讨了翻译文学的鉴赏与批评的关系，一般文学批评与翻译文学批评的关系，翻译文学批评特有的方式方法、它的特殊困难、对批评家修养的特殊要求等。认为翻译文学鉴赏有两个基本层次：一是对译文本身的鉴赏；二是译文与原文的对照鉴赏。后者已经具备翻译批评的条件。翻译批评与一般文学批评比较起来，专业性、针对性更强，难度更大，批评的话题更敏感、更实在。一般文学批评多是审美判断，翻译文学批评多是对与错、好与坏的价值判断。怎样将现有的翻译文学批评由"语言学批评"的挑错式批评与审美判断为主的"文学批评"结合起来，是翻译文学批评的一大课题。翻译批评的标准应该和翻译的标准统一起来，翻译文学批评的标准应该和翻译文学的标准统一起来。而只有"信达雅"有资格成为翻译文学批评的标准。翻译文学批评要真正繁荣起来，必然要求批评的专业化。

第十章"学术研究论"，认为翻译文学研究是使翻译及翻译文学突破以往"译坛"的狭小圈子，走向当代文学研究和当代学术文化广阔天地的有效途径，因此翻译文学研究应该成为学术研究中相对独立的一个重要领域。这个领域可以包括三个方面：第一，翻译学的理论建构；第二，翻译文学理论的研究；第三，翻译文学史的研究。本章对已有的研究成果做了简要的分析述评，对研究的价值、方法及模式等提出了自己的看法。并指出，翻译学的理论建构可为翻译文学的研究提供不可缺少的大语境，翻译文学理论的研究宗旨是建立翻译文学自身的理论系统，以加深人们对翻译文学的理解和认识，翻译文学史的研究则可以纵向地整理翻译文学的传统，也为横向的翻译学研究和翻译文学理论研究提供了深广的历史向度。

总之，上述"十论"所构成的十章，从总论到分论，从范畴论到实践论，从横向论到纵向论，从过程论到结果（译作）论，从"怎样译"（方式与方法）到"译得如何"（审美境界），从翻译文学到翻译文学批评，再到翻译文学研究……经纬交织，层层推进，环环相扣，涉及翻译文学的方方面面。我希望通过这"十论"，大体说清"翻译文学"到底是怎么一回事儿，也为翻译文学的系统的本体理论的建构做一次尝试性的探索。

"导论"这一类的书，特点就在这个"导"字上。导也者，导引也，疏导也，引出话题、梳理问题，导而言之。它必须吸收现有的一切成果，将我国文学翻译家和译学理论家有关翻译文学的论述和思考集中起来，统括起来，条而贯之，并在此基础上加以理论上的提升，首先是评述，然后是阐释，其中当然也少不了作者自己的理解、评价和发挥，目的是使翻译文学理论自成一统，周全自足。这样一来，我不敢说翻译文学理论因此就成了"科学体系"，但也总算使它们成为一个"知识系统"。一个领域的知识一旦得以系统化，它就由感性层面的"经验谈"朝着"理论"迈进了一步。而系统的翻译文学理论形态的形成与确立，是一个民族的翻译文学走向成熟的显著标志。理论的自觉和理论的成熟，也必将反过来为今后的翻译文学的发展提供指导和鉴镜。退一步说，翻译文学理论即使不能为文学翻译的实践提供太多的指导和鉴镜，它也有着自己独立的不可取代的价值——因为"创造"世界和"解释"世界是同样的重要；一切得不到解释的创造，迟早将会被湮灭，正如解不开斯芬克斯之谜就得死亡。恩格斯早就说过：一个民族如果不从理论高度思考问题，那将是一个没有希望的民族。同样的，如果不从理论的高度思考翻译问题，我们的翻译事业就难以健康发展。翻译家们"创造"了翻译文学，而我们的翻译文学理论则要"解释"它、阐发它；译学理论家提出了各种观点看法，我们也要"解释"和评说。对于各家相互对立、莫衷一是，甚至针锋相对的观点看法，我们要梳理它、分析它、鉴别它；对于有理论价值的翻译家的"经验谈"，我们要进一步阐发它，充分地利用它；对于偏颇的、个性化的但又有一定合理成分的观点主张，我们要甄别它、修正它、完善它。这就是"理论"的用处。实际上，成功的翻译家一般都有自己的"理论"，有的是自觉的，有的是不自觉的；抑或没有自己的理论，却自觉不自觉地接受某种理论的指导。因此可以说，理论修养是一个优秀的翻译工作者的必备修养之一。当然，正如依靠文学理论当不了小说家和诗人，单靠读《翻译文学导论》之类的书也当不了文学翻译家。故长期以来，有人据此对翻译理论的价值与作用存在一些未必正确的看法，如著名翻译家傅雷先生曾经说过："翻译重在实践，我一向以眼高手低为苦。文艺理论家不大能兼作诗人或小说家，翻译工作也不例外；曾经见过一些人写翻译理论，头头是道，非常中肯，译的东西却不高明得很。我常引以为戒。"①但是，这话也可以反过来说：傅雷之所以翻译上很高明，原因之一是他有自己的理论，因而傅雷这话并不能说明理论的无用。更多的情形是翻译上"高明得很"，理论上却未必都能做到"头头是道"。或者有高明的译者自以为自己的理论也"高明"，却在学理上捉襟见肘，难以圆通。因为理论与实践原本就是两种不同性质的活动，原不足怪，而两种活动在人类文化史上都同样的重要。中国文化的兴旺发达，不但要依靠埋头苦干的实干家，也需要坐而论道的思想家、理论家甚至魏晋时代那样的清谈家；我国翻译文学的兴旺发达，不但需要大批的实践型的翻译家，而且也需要大批的学究型的翻译文学理论家。而且今后中国的翻译及译学研究要真正走出若干翻译家谈文论译（艺）的狭小圈子，真正成为受广大学术界和文化界关注的事业，翻译及翻译文学要真正成为相对独立的学科，就需要翻译家与理论家的适当分工。翻译上"高明得很"的人，自应把主要精力投入翻译；而有一些翻译经验，或者没有翻译经验却能把翻译说得"头头是道"的人，就应该继续"头头是道"地说下去。倘若两者能够相辅相成，而不是相互轻视，则中国的翻译事业、翻译文学事业才能协调健康地

---

① 傅雷：《翻译经验点滴》，载《文艺报》，1957(10)。

发展。

从一般读者的角度看，我料想凡是常读翻译文学的人，总希望从学理上大概地了解一下翻译文学，那就需要读翻译文学研究的理论书籍。而本书的读者主要就是他们，尤其是学习中国文学的青年学生。虽说靠理论当不了翻译家，但对翻译实践而言，有着明确的理论指导，总比稀里糊涂暗自摸索要更有成效。但我所期望的主要还不在这里。我所奢望的是：读者通过阅读本书，能够系统了解翻译文学的学科内容，把握翻译文学的特征规律，认识翻译文学的经纬纵横，珍视我国翻译文学的丰厚遗产，开阔理论视野，丰富知识领域，学会正确鉴赏翻译文学。仅此而已。

在当代中国，有关翻译文学或文学翻译的文章或书籍，99％以上都出自外语系出身的专家之手，而我则是彻头彻尾的汉语言文学专业出身，也曾有过文学翻译失败的教训，毕竟还是未能入室的门外汉。本书只是我站在门外向门内投出去的一块小石头，希望以此投石问路，探得门径。我深知中国翻译文学源远流长，山高海阔，博大精深，而自己学力与识见有限，想对它做出理论概括，谈何容易。勉力为之，难避粗陋，奈之若何！借用前贤用过的一句话：唯有投笔兴叹而已！

第一章
概念论

本章的任务是给"翻译文学"加以定性和定位，明确其内涵和外延。指出"翻译文学"是从跨国界、跨文化的角度划分出的一种文学类型的概念，或称文学形态学的概念。"翻译文学"是一种文本形态，它不等于"文学翻译"；中国的"翻译文学"不是"本土（中国）文学"，也不是"外国文学"，而是中国文学的一个特殊的组成部分。

一、"翻译文学"是一个文学类型概念

"翻译文学"是一个文学类型的概念。"翻译文学"的概念的成立与文学类型的划分方式有着密切的关系。

文学类型多种多样，类型的不同取决于划分的依据、标准和方法的不同。假如将这些形形色色的文学划分的方式方法加以综合分析，就会发现其中有两种基本的划分方式：一种是"例举式"的划分；一种是充分的、或称"完全式"的划分。当根据某种标准划分文学类型时，所分出的文学类型实际上是难以穷尽的，只是举例式的罗列。这种划分就是"例举式"的划分，如根据文学的题材、主题划分文学类型时，由于题材与主题是无限的，因而题材主题的类型也是无限的。我们可以举出历史小说、武侠小说、言情小说、神魔小说、科幻小说等不同的题材类型，也可以举出复仇文学、荒诞文学、女权主义文学等不同的主题类型，但我们难以胪列出所

有题材类型与主题类型的文学，而只能做到"例举"。另一种情况则是，有的文学类型虽然可以完全胪列，但数量过大，如根据某种语言种类来划分类型时，可以划分为英语文学、法语文学、西班牙语文学、汉语文学等；但由于世界上的语言有两千多种，而有多少语言几乎就等于有多少不同的文学，这种划分虽然可以穷尽，却因过于繁杂而缺乏文学类型的概念所应有的概括性，因此我们在谈到这些文学类型时，往往也只是例举。

当我们根据某种标准划分文学类型时，所分出的文学类型是有限的，可以"充类至尽"，这就是充分的、完全式的文学类型划分。例如：

从地域和空间角度，可以划分为欧洲文学、美洲文学、亚洲文学、非洲文学等；

从时间演进的角度，可以划分为古典文学、现代文学、当代文学等；

从文学思潮史的角度，可以划分为人道主义文学、古典主义文学、浪漫主义文学、现实主义文学、自然主义文学、现代主义文学、后现代主义文学等；

从宗教与世俗关系的角度，可以划分为宗教文学（或僧侣文学）、世俗文学；

从文体的角度，可以划分为诗歌、小说、散文、戏剧文学；

从传播学的角度，可以划分为口头文学、书面文学、网络文学等；

从社会阶层的角度，可以划分为文人文学、民间文学、市井文学、宫廷文学；

从跨越民族语言文化的角度，可以划分为本土文学、翻译文学、外国文学。

……如此等等。

一般地说，例举式划分和完全式划分，其在理论上的价值有所不同。例举式划分所得到的文学类型的概念，常常具有不充分性和不确定性，因此其学术的价值是有限的；完全式的划分所得到的文学类型的概念，则具有充分性和确定性，是形成文学研究中的基本概念和术语的主要途径和方式，可以成为文学理论中的关键词，成为文学研究的基本的层面和基本的切入点。其中，我要特别指出"本土文学"、"翻译文学"、"外国文学"这三种相关的文学类型的概念及其价值。它是以跨文化跨国界为依据对文学类型所做的一种充分的、完全的划分，也是文学研究的一种基本层面和重要的切入点，因而具有重要的学术价值。

作为文学类型的概念，"本土（中国）文学"、"翻译文学"、"外国文学"

具有相互关联而又独特的内涵与外延。

　　"本土文学"或"某国文学"之类，在现代学术研究中是常识性的词汇，但作为一种观念及概念，它的产生却是各国文学之间深入交流以后的事情。如果没有国别文学间的交流，没有跨文化跨语言的视野，这些概念就不会产生，也没有任何价值和意义。例如，当古希腊的亚里士多德在写他的《诗学》的时候，他所知道的除了古希腊文学之外，不可能有其他民族的文学。所以他也没有建立"希腊文学"这样的概念，他的《诗学》才着重讨论古希腊文学最重要、最发达的史诗和戏剧，他的所谓"诗"及"诗学"就是他心目中的一切的"诗"和一切的"诗学"。就中国文学而言，尽管其传统源远流长，在世界文学中独成体系，但在中国文学及文论史上，却没有"汉文学"、"中国文学"这样的概念，这是因为没有对等的外来文学体系的比较参照，就谈不上本国文学或外国文学；中国文学史上没有一个外来文学体系与中国文学分庭抗礼，所以不可能产生"外国文学"之类的观念或概念。同时，尽管中国文学中也通过佛经翻译引进了印度文学，也就是说，我国在古代早就有了"翻译文学"，但翻译文学是在宗教的框架内运作，而非独立进行，所以也就不可能有"翻译文学"这样的概念。与中国不同的是，在日本和朝鲜，近古时代就有了"国文学"的概念。"国文学"指的就是日本或朝鲜本国的文学，日、朝"国文学"概念的早成，当然与"汉文学"在他们国家曾一统天下，后又一直占据着半壁江山有关。所以在概念上，日、朝学者就自然而然地从跨民族和跨国界的角度，区分出"国文学"和"汉文学"这两个不同的概念。这三个不同的例子说明，"本土文学"、"翻译文学"、"外国文学"这样的概念，其本身就包含了跨文化的世界文学的观念，"他者"文学的观念，更包含了文学的民族意识、国别意识。

　　从文学研究角度来看，没有这三个文学类型的概念，就不可能形成从"本土文学"、"翻译文学"、"外国文学"的角度成立的相对独立的研究领域，更不可能形成相关的学科门类。以我国为例，近代以前，我们的文学研究缺乏整体的民族文学、国文学的自觉意识，只有具体的作家作品和具体文学样式的研究，如《诗经》研究、楚辞研究、戏曲研究、诗学、词学等，却没有"汉文学研究"、"中国文学研究"。近代以来，"外国文学"（西洋文学、东洋文学等）这样的术语被频繁地使用，在大大强化了人们的世界文学观念的同时，也大大地强化了人们的民族文学、国别文学意识，并有助于"中国文学"观念的形成。当我们有了世界文学、外国文学的视野之后，才形成了将本国文学置于世界文学的格局中，在外国文学与本国文学的关联中确认本国文学独立性的"中国文学"(汉文学)的研究,并逐渐成为一门繁荣的学科。因此,所谓"中国文学"总是与"外国文学"相对而言,才有必要和价值;"中国文学研究"与"外国文学研究"总是相互对视,相互参照,才有意义。

在这三个相互关联的文学类型概念中,"本土(中国)文学"和"外国文学"这两个概念形成较早,两者的类型的划分也基本不存在争议,而且作为文学研究的领域和学科,早已形成了相当可观的规模。而"翻译文学"这个概念,提出较晚。我在一篇文章中曾指出:"'翻译文学'这个汉字词组,是日本人最早提出来的。起码在本世纪(20世纪)初就有人使用这个概念了。受日本文学影响很大的梁启超,在1921年就使用了'翻译文学'这个概念。战后,日本对翻译文学的研究更为重视,出版了不少研究成果。如川富国基在1954年发表了《明治文学史上的翻译文学》,柳田泉在1961年出版了《明治初期翻译文学的研究》。在50至60年代日本出版的各种文学工具书,如《新潮日本文学小辞典》《日本近代文学大事典》《比较文学辞典》等,都收录了'翻译文学'的词条。而在西方,都是一直使用一个涵义比较宽泛的概念——'翻译研究'。"①当然,也就不会有作为独立的文学类型概念的"翻译文学"概念。在我国,翻译虽然已有一千多年的悠久历史,但翻译中的"翻译文学"只是近百年来才逐渐成为翻译的主流,大量的翻译作品在我国沉淀的时间尚短,人们对它的本质属性的认识还有待深化。特别是由于从20世纪40年代到80年代,我国的翻译文学研究长期停滞或中断,人们对"翻译文学"的认识难以到位,将"翻译文学"作为一种文学类型来看待,在我国学术界直到如今仍没有被普遍认同,作为文学研究的一个独立领域也尚待开发。因此,要在这里说明"翻译文学"是需要与"本土文学"、"外国文学"相提并论的文学类型,就有必要首先区别、廓清它与"文学翻译"、与"本土(中国)文学"、与"外国文学"等几个相关概念之间的关系。

二、"翻译文学"与"文学翻译"

"翻译文学"与"文学翻译"这两个概念是不同的。但在实际运用时,却往往被混为一谈。两者所指涉的对象虽然都是"文学"和"翻译",实则有很大不同。

---

① 王向远:《翻译文学史的理论与方法》,载《中国比较文学》,2000(4)。

第一，"文学翻译"和"翻译文学"的关系是过程与结果的关系。

"文学翻译"指的是将一种文学作品文本的语言信息转换成另一种语言文本的过程，它是一种行为过程，也是一种中介或媒介的概念，而不是一个本体概念；"翻译文学"则是"文学翻译"这一过程的直接结果，是翻译活动所形成的最终的作品，因而它是一个本体概念，也是一种文学类型的概念。从文学交流的立场上看，"文学翻译"是"本土文学"与"外国文学"之间的桥梁。"桥梁"的作用在于其中介、交流和过渡性。"文学翻译"把外国文学的原语文本转换为本土语言文本，从而将作品接受者由外国读者转换为本土读者。因此，"文学翻译"具有"跨越"的属性和"中介"的功能，但"文学翻译"却不具有"实体"性。"翻译文学"则一方面具有中介的功能，一方面也具备了实体性，因为它是独立的文学类型，是文学作品的一种存在方式。对于"翻译文学"而言，它的中介性和实体性是统一在一起的。正因为有了实体性，它的中介功能才能实现。正如一座现实中的桥梁，一方面它是交通的工具与手段（中介），另一方面它本身也是一座独立的建筑作品，与高楼大厦或其他建筑作品一样，具有独立的建筑艺术价值。

第二，"文学翻译"作为一种行为，并不必然导致"翻译文学"的结果。

"翻译文学"当然必须是"文学"。也就是说，"文学翻译"作为一种行为，其目的是使行为的结果、行为的产品成为"文学"，但事实上，并不是所有的"文学翻译"都能够成为"翻译文学"。任何一个懂一些双语的人，都可以进行"文学翻译"，但并不是任何一个从事翻译的人，都能够创作出"翻译文学"。正如任何一个文学爱好者都可以提笔写作，但并不是任何写作行为都导致文学作品的产生，都称得上是"创作"。只有高水平的翻译者、只有优秀的译文，才能称得上是"翻译文学"，才能称得上是一种"艺术"，成为一种"翻译创作"，即"译作"。历史上已有的大量的"文学翻译"中，能够成为"翻译文学"的，只是其中的一部分罢了。不好的译文译本甚至是坏的译文译本，在任何一个历史时期都存在。这些坏的译文译本糟蹋了、破坏了原文的艺术面貌，使文学艺术成为非文学艺术，剥夺了一本优秀的原作应该给予读者的审美感受，也就等于扼杀了原作在译入国的生命。这种译文本身，只是"文学翻译"，而不是"翻译文学"。使"文学翻译"成为"翻译文学"，是译者自觉追求的目标。

第三，从学术研究的内容和侧重点来看，"文学翻译"和"翻译文学"研究的侧重点有所不同。

"文学翻译"和"翻译文学"两者都包括如下三项主要的研究内容：

（一）翻译家的研究；（二）翻译过程的研究；（三）翻译文本的研究。在这三项研究中，"文学翻译"研究的基本立足点在第二项"翻译过程的研究"；而"翻译文学"研究的基本立足点则是在第三项"翻译文本的研究"。当我们主要对翻译家的翻译活动及其环节与过程进行动态研究的时候，我们所说的往往就是"文学翻译"的研究而不是"翻译文学"的研究；当我们对翻译活动的结果——翻译文本进行静态研究的时候，我们所说的就是"翻译文学"而不是"文学翻译"。此外，虽然两者都涉及第一项，即翻译家的研究，但又有所不同。"翻译文学"对翻译家的研究侧重于在文学艺术的层面上研究翻译家的文艺观、文学修养如何影响翻译的选题，如何作用于翻译家对原作的理解把握，如何形成自己的译文风格。一句话，从"翻译文学"研究的角度对翻译家的研究，是把翻译家作为创作家，研究其创作的过程、规律和特色，从这个角度对翻译家的最高评价是他如何在尊重原作的基础上发挥其创造性，表现出原文的美学风格并形成译文自身的美学风格，归根到底它是一种文学研究；而从"文学翻译"的角度对翻译家的研究，主要把翻译家视为一种媒介者、传达者，侧重于在语言转换的层面上分析翻译家的翻译过程，从这个角度对翻译家的最高评价是他如何"忠实"地再现了原作的面貌，其实质是一种"翻译学"的研究。

换言之，从学科归属上看，"文学翻译"的研究属于"翻译研究"（"翻译研究"一旦形成一个学科即可称为"翻译学"）的一个组成部分。近年来我国乃至世界学术界关于"翻译学"的探讨非常热烈，关于什么是"翻译学"也是众说纷纭。但一般都认为，翻译学的研究，在范围上包括文学翻译的研究、学术著作翻译的研究、科技翻译的研究、口头翻译的研究等。而且，"翻译学"中的所谓"文艺学派"主张以文学翻译的研究为中心。我国一百多年来的翻译研究中，也存在着明显的"泛文学化"倾向，许多论断、命题都是从文学翻译出发，并特别适合文学翻译。但无论在国内还是在国外的翻译研究，无论是"文艺学派"还是与之对立的"语言学派"，关于翻译的研究都摆脱不了语言学研究及翻译技巧为中心的研究，摆脱不了以翻译的"行为过程"为立足点的研究范式。"文艺学派"对翻译的研究的核心观点是主张"翻译是艺术"，但他们所说的实际上主要是翻译作为"活动"是一种"艺术活动"，是关于"怎样译"层面上的翻译实践论。这表明，循着现有流行的研究模式和思路，作为"翻译研究"或"翻译学"之组成部分的"文学翻译"，只能是"文学翻译研究"，而难以成为"翻译文学研究"。这也从反面说明，"翻译文学"的研究必须以"文学"为基本立场，以"文学"为出发点和归宿;"翻译文学"的研究必须落实在"文学研究"的学科范围内。

总之,"翻译文学"本质上应是一种"文学"研究,而不是"翻译学"的研究。假如胶着在"翻译学"的框架内,就难以突破语言、技法的"技"的层面而上升到文学美学的"道"的层面。应当在文学研究的框架内,从翻译文学本体概念论、特征论、功用论、发展论、方法论、译作类型论、原则标准论、审美理想论、鉴赏与批评论、学术研究论等不同层面,对"翻译文学"进行深入的研究。

三、"翻译文学"与"外国文学"

在我国,长期以来,"翻译文学"是被视为"外国文学"的。这种观念处处有所表现。例如,在出版方面,北京有一家专门的出版社,名称为"外国文学出版社",而它出版的全都是翻译家的翻译文学;《全国总书目》中把我国出版的翻译文学作品归在"外国文学"的名目之下;在许多书店的书架上,写明"外国文学"的那些专架上摆放的,并不是从外国引进的原本的外国文学版本作品,而是我们的翻译文学作品;由国家新闻出版署设立至今已进行了六届的"全国优秀外国文学图书奖"及"国家图书奖"的"外国文学类",实际上奖励的是"翻译文学"而非"外国文学"。在大学中文系或文学院的课程中,有一门重要的基础必修课,一直被称为"外国文学"或"外国文学史",相关的教研室也长期被称之为"外国文学教研室",相关的教材也以《外国文学史》《外国文学简编》之类为书名,可是实际上讲授的内容却不是外国文学,教师用中文讲述,要求学生阅读的也都是翻译文学的文本。似这样将"外国文学"与"翻译文学"混为一谈,已经造成了教学与研究上的许多不便乃至混乱。例如,大学中国语言文学专业的"外国文学"与外国语言文学专业的"外国文学"有什么不同?设在中文专业的"外国文学"既然不属于"中国文学"的范畴,那为什么要开设这门课?实际上,即使这门课一直在开设着,人们也多认为这个"外国文学"不是核心课程,而是"边缘课程",因而得不到应有的重视。实际上,区分"翻译文学"与"外国文学"的不同,并不是一个复杂的问题,两者的差异甚至一望可知——"外国文学"是外国作家用本民族的语言创作的主要供本民族读者阅读的作品文本,"翻译文学"是翻译家由原语转换为译语的主要供译入语读者群阅读的文本——只是在"翻译文学"作为一种本体概念没有确立的时候,人们只能习惯性地将"来自外国的文学"或"译自外国的文学"称为"外国文学"。

看来关键在于确认"翻译文学"的本体价值。假如将"翻译文学"等同于"文学翻译",那么"翻译文学"就只能被视为一种"媒介",一种文学交流的环节与手段,"翻译文学"的本体价值就不能确认。但要在观念上由"文学翻译"转向"翻译文学"并不是那么容易的事。就以翻译出版界而论,在许多人的观念中,翻译就是翻译,它和创作不能比,因此给译者的稿酬和给作者的稿酬差别较大。对此,翻译家们早有不满。例如,《呼啸山庄》的译者杨苡曾指出:有人"把翻译工作者当成翻译匠,认为和油漆匠、瓦匠一样,干的都是技术活,懂得外文就可以翻译,觉得创作比翻译难……也正是因此,翻译稿酬要比创作低得多。就拿我个人来说,我是宁可多搞些创作,因为我花时间差不多,却可以拿到 100 元/千字左右;而翻译在我的习惯是推敲个没完没了,却最多不过 30 元/千字左右"[1]。再从读者方面来看,我在和历届学生多年的接触中发现,许多中文系的本科生在购买、借阅外国文学译本时,严重缺乏"翻译文学"的意识,有的学生只管寻找某某外国作家的某某作品,却并不在乎翻译者是谁,更不知,也不会挑选多种译本中的优秀译本。有的学生读完了一部长长的翻译小说,问他:你读的是谁的译本?他却记不住译者是何许人。自然,这种现象的发生并不能只责怪学生,是我们的教育环节早就出了问题。例如,长期以来,中学语文课本中的外国文学的课文,很少注明翻译者,至多是将译者放在小字号的注释中,而不让他与原作家并肩署名,给学生的印象似乎是《海燕》《套中人》《欧也妮·葛朗台》《警察与赞美诗》等,都是外国人直接用汉语写成似的。翻译家似这样被遮蔽,"翻译文学"的观念当然就难以形成。看来,之所以将"翻译文学"与"外国文学"混为一谈,主要是由于单纯地将"翻译文学"视为"外国文学"的一种延伸、文学交流的一种媒介与手段。我们必须认识到,"翻译文学"既是一个中介性的概念,也是一个本体性的概念。而我们一旦确认"翻译文学"是一个本体概念,就使得"翻译文学"有了同"外国文学"这一本体概念对等的资格,因为两者都是本体概念。所以,要论证"翻译文学"不等于"外国文学",主要还应该从确认"翻译文学"的独立的、本体的价值入手。

而要确认"翻译文学"的本体价值,归根到底就是要确认"翻译文学"是不是一种创造性活动的结晶,是不是一种"文学创作"。中外翻译文学史的

---

[1] 杨苡:《翻译与创作》,见许钧等:《文学翻译的理论与实践——翻译对话录》,143 页,南京,译林出版社,2001。

史实特别是近百余年来的翻译研究已经充分证明了翻译文学是一种创作。众所周知，西方翻译史从古代罗马时期直到 20 世纪，有一条源远流长的文艺学传统，翻译家及翻译理论家们主要从文学翻译的实践中总结了文学作品翻译的规律和实质，形成了翻译学中的"文艺学派"，他们区分了宗教翻译与文学翻译的不同，认为文学翻译的特点是其创造性，强调译作要注重艺术效果。20 世纪初，法国文学理论家埃斯卡皮提出了所谓"创造性叛逆"的命题。他说："翻译总是一种创造性叛逆。"又说："说翻译是叛逆，那是因为它把作品置于一个完全没有预料到的参照系里。说翻译是创造性的，那是因为它赋予作品一个崭新的面貌，使之能与更广泛的读者进行一个崭新的文学交流，而且赋予它第二次生命。"[①]我国翻译家郭沫若在《谈文学翻译工作》(1954)一文中也说："翻译是一种创造性的工作，好的翻译等于创作，甚至还可以超过原作。这不是一件平庸的工作，有时候翻译比创作还要困难。"

　　翻译文学之所以能够成为不同于原语外国文学的一种创作，首先是由翻译的性质和文学作品的性质所决定的。文学语言、文学形象本身的多义性、暧昧性，翻译中跨文化理解的伸缩性、差异性，使文学翻译不可能，也不应该成为外国文学的字与句次的绝对忠实的描摹和复制。尽管在中文翻译史上，文学翻译家也强调对原作的"忠实"，但一切成功的、有影响的翻译文学的"忠实"都是与译者的创造性相统一的。而且，在各国翻译文学史上，著名的翻译文学大都是翻译家的创造性发挥得最为充分和淋漓尽致的。例如，据谭载喜先生的《西方翻译史》一书的记载，19 世纪英国杰出的翻译家、作家菲茨杰拉德在从波斯语翻译 12 世纪波斯诗人海亚姆的《鲁拜集》的时候，"把一些粗鄙的部分删掉，把表达同一意境而散见于各节的词句并到一起，把表达全集思想的几首改写一遍，最后还把其他波斯人的几篇塞进这个集子。……几经修改，终于名声大振，获得巨大成功。在 19 世纪二十多年里，这个定本翻印了二十五次，并被列入'世界文学名著'。"[②]显然，菲茨杰拉德的《鲁拜集》作为"翻译文学"，与作为"外国文学"的波斯文本的海亚姆原作是不同的。这样的例子在各国翻译文学史上俯拾皆是，如俄国翻译文学史上普希金翻译的法国诗人的讽刺诗、20 世纪美国人庞德翻译的中国汉诗、中国翻译文学史上的著名的林译小说等。也许有人说，

---

　　① [法]埃斯卡皮：《文学社会学》中文版，268 页，合肥，安徽文艺出版社，1987。

　　② 谭载喜：《西方翻译简史》，168～169 页，北京，商务印书馆，1991。

这些例子是"不忠实翻译"的例子，甚至可以说是"编译"和"改译"或"拟作"。而实际上，文学翻译中的"不忠实"的问题，只是一个程度大小的问题，绝对的"忠实"只有不翻译。西方曾有人说"翻译就是在翻译中失掉的东西"，所指的就是这种情形。在世界各国翻译史上，最讲究"忠实"的莫过于宗教经典的翻译了，翻译家一般都把宗教经典视为神圣的东西，敬畏之心使翻译家们不敢不忠实翻译，但这同样是一个程度问题。我国 4 世纪时的佛经翻译家在翻译中总结出了"五失本"的理论，说的就是在翻译中不得不失去、不得不改变原文面貌的问题。16 世纪的马丁·路德将庄严肃穆的拉丁语《圣经》用通俗活泼的德语译出，为了能让德国普通民众读懂《圣经》而改变了《圣经》的语体风格。宗教经典的翻译尚如此，更何况文学翻译！而且，即使是同一外国作家、同一作品，由不同的翻译家来翻译，风格常大不相同，如朱生豪翻译的莎士比亚和梁实秋翻译的莎士比亚就很不一样。

这些事实都说明，"翻译文学"含着翻译家自身独特的创造性，是在原作基础上的再创造，而不是与原作一模一样的简单的复制。实际上，翻译家即使在主观上企图"复制"，客观上也做不到，更不必说翻译家本来就不试图"复制"原作。不论是哪一种情形，都不可能存在一种与原文完全对等的一模一样的译文。翻译文学中的所谓"信"、所谓"忠实"，乃至所谓"等值"、"等效"的主张，只是在总体风格上相对而言的，绝对的"信"和"忠实"，乃至绝对的"等值"、"等效"是不可能达到的。总之，只要承认文学翻译是一个创造性的活动，承认较之原作绝对不走样的忠实是不可能的，甚至是不必要的，承认翻译家的知识背景、思想观念、语言功力、鉴赏能力、审美趣味影响甚至决定着他的译文，因此，"翻译文学"不等于"外国文学"，就不需多费繁词了。

四、"翻译文学"与"本土（中国）文学"

既然"翻译文学"不等于，也不同于"外国文学"，那么，"翻译文学"与"本土（中国）文学"又是什么关系？或者说中国翻译文学属于中国文学吗？

这个问题在 20 世纪 90 年代以前没有人提出过，也没有人追问过。这大概是因为那时人们普遍认为这本来就不成为一个问题——"翻译文学"当然不是中国文学。但是，20 世纪二三十年代在胡适的《白话文学史》（1928）、陈子展的《中国近代文学之变迁》（1929）、王哲甫的《中国新文学运动史》(1933)等几种有关中国文学史的著作中，都设有佛经翻译文学或近代翻译文学的专章。那时胡适、陈子展、王哲甫等虽然并没有提出翻译文学属于中国文学这样的论断，但至少也可以表明，他们承认中国文学史上的"翻译活动"是中国文学史的内容之一。但从 20 世纪 40 年代以后，由于种种原因，中国文学史著作中就不再有翻译文学的内容了，而且讲到作家兼翻译家时，也只讲他的创作而不讲他的翻译。到了 20 世纪 90 年代，有的学者意识到了这种状况的不合理。上海书店出版社 1990 年出版的《中国近代文学大系》中，有施蛰存教授主编的三卷《翻译文学集》；贾植芳教授在指导编纂《中国现代文学总书目》时，把翻译文学正式作为中国现代文学整体的一个有机的组成部分进行编目。贾植芳在《中国现代文学总书目》的序言中还明确指出："我们认为中国现代文学的历史，除理论批评外，就作家作品而言，应由诗歌、散文、小说、戏剧和翻译文学五个单元组成。……我们还把翻译作品视为中国现代文学不可或缺的重要部分。"①在此前后，谢天振教授自 20 世纪 90 年代以来陆续发表了《为"弃儿"寻找归宿——论翻译在中国现代文学史上的地位》《翻译文学——争取承认的文学》《翻译文学当然是中国文学的组成部分》等系列论文，在理论上更系统地阐述了"翻译文学是中国文学的一个组成部分"这一论断。指出："既然翻译文学是文学作品的一种独立存在形式，既然它不是外国文学，那么它就应该是民族文学或国别文学的一部分，对我们来说，翻译文学就是中国文学的一个组成部分，这完全是顺理成章的事。"②这一观点在学术界引起了反响和争论。反对这种看法的人认为："汉译外国作品"（他们不愿使用"翻译文学"这个概念）虽然对中国文学产生了很大影响，但不能把它们搞成"中国国籍"；汉译外国作品虽有创造性的一面，但毕竟不同于本土创作。归结起来，原因大致有三：第一，在作品的内容方面，民族文学或国别文学的作品反映的是本族或本国人民的生活，而翻译作品反映的是异族或异国人民的生活；第二，在反映的思想观念方面，民族文学或国别文学作品表达的是民族文学或国别文学作家本人的思想观念，而翻译作品表达的却是外国作家或外民族的思想观念；第三，民族文学或国别文学是作家以生活为基础直接进行创作的，翻译作品是译者以外国文学的原作为基础进行的再创作。

---

①　贾植芳：《中国现代文学总书目·序言》，福州，福建教育出版社，1993。
②　谢天振：《为"弃儿"寻找归宿——论翻译在中国现代文学史上的地位》，载《上海文化》，1989(6)。

由于我们已经在上文中说明了"翻译文学"是一个本体概念，它不同于"文学翻译"，也不等于"外国文学"，因此从逻辑上说，"翻译文学是中国文学的组成部分"的论断原则上是成立的。但还需要对这个论断加以精密化。有必要在"翻译文学是中国文学的组成部分"的基础上，进一步说明翻译文学是中国文学的"一个特殊的重要组成部分"的论断。在这里，"特殊"这一限定词十分必要。所谓"特殊"，就是承认"翻译文学"毕竟不同于本土作家的创作，但同时它又是中国文学的一个特殊的组成部分。如果笼统地讲"翻译文学是中国文学的组成部分"，就不免有碍立论的严密性和科学性。"特殊的组成部分"这一提法，实际上就是既要承认翻译文学属于中国文学的组成部分，又要承认翻译文学的外来性质和跨文化属性。翻译文学是外来的，但世界文明史的进程表明，外来的可以成为自己的。这里的关键是要对外来的东西加以输入、改造、消化和吸收，为我所用，即为我有——这是世界各民族文化发展进程中普遍的规律性现象。在中国，外国文学"为我所用"的途径就是文学翻译，就是文学翻译的结果——"翻译文学"。这些外国文学翻译过来以后，除了语言文本起了根本变化外，其他的东西都没有根本的变化，因为文学翻译的基本原则是要尽量忠实原文，原文中的题材、主题、人物、情节、风格等都不应发生大的改变，翻译文学所描写的东西仍然是原作所描写的东西。但这些，决不妨碍"翻译文学是中国文学的一个特殊组成部分"这一论断的成立。曾有人质疑：外国文学及翻译文学中所描写的社会生活、所反映的思想感情都是人家外国人的，它如何能成为中国文学的组成部分呢？诚然，要把外国文学中的思想内容、价值取向、美学品格、情感归依等都化为本民族的东西，这既不可能，也没有必要。文学翻译不能把这些东西"变成"本民族的，但这并不是它不能"成为"中国文学的特殊组成部分的理由。例如，就所描写的社会生活而言，它在作品中一般都具有鲜明的民族特征、地域特征和时代特征。但这和一个作品的国别属性关系不大。如莎士比亚的作品既有英国题材，也有外国题材(《哈姆雷特》写的是丹麦题材)，但它们都是英国文学；一个美国作家可以写美国的社会生活题材，如福克纳的作品，也可以写中国的题材，如赛珍珠的作品，但无论这些美国作家笔下的题材是美国的还是其他国家的，他们的作品都是"美国文学"；中国作家也可以写日本题材、美国题材、法国题材等，但他们的作品仍属于中国文学。同理，我们说"翻译文学"可以成为中国文学的一个组成部分，也并不以"翻译文学"的异国内容、异域题材为转移。判断"翻译文学是中国文学的一个组成部分"的大前提，是上述的"翻译文学不是外国文学"的论断，首要的依据是具有创造性主体资格的翻译家的国别归属，再加上译本的汉语属性。

同时，说"翻译文学是中国文学的一个特殊的组成部分"，还有一个重要的原因，就是承认翻译文学完全可以被民族本土文学所消化吸收。换言之，"翻译文学"在多大程度上为本土文学所消化、所吸收，成为整个本土文学传统的一个特殊组成部分，是判断"翻译文学"是否属于中国文学的又一个关键。从世界文化交流史上看，外来的东西和本土的东西并不是泾渭分明、井水不犯河水的。例如，胡琴、琵琶、唢呐等，本来都是从外民族传入汉族的，而如今我们早已把它们看成是"民族乐器"了。翻译文学更是如此。从中外翻译史上看，翻译文学被本土文学所吸收是一个普遍现象，甚至可以说是一个必然趋势。把一部作品翻译过来这一活动本身，就是"消化"的第一步，也是"吸收"的第一步，而无数读者的阅读和理解则构成了吸收和消化的全过程。我们所说的"吸收"，是指翻译文学的读者在阅读过程中，对原作所表现的思想与情感予以理解、认同，乃至共鸣，并在感觉上、情感上泯灭"内"（中国）与"外"（外国）的界限，无数读者在较长的历史时期中的这种阅读体验，形成了将翻译过来的外国文学"据为己有"的心理现实，就如同一个家庭接纳了一个非亲生的孩子，久而久之便"视同己出"——这孩子固然是人家的，但在心理上、情感上却被接受、被认同为自家的一分子。翻译文学是从外国翻译来的，这是一个不言而喻的事实，谁都无法否认。但翻译文学又确实经我们的翻译家用我们的语言重新诠释、重新书写，并且被我们的读者所接纳、所理解、所消化和吸收，融入我们的文学肌体，自然就成为我们的文学传统的一个组成部分了。值得指出的是，有的论者在论述这一观点的时候，说："把一部外国作品移植到本国文字中来，如果功夫到家，就使其转化为本国文学作品"。[①] 这种看法的基本精神没有错。但表述不够科学和严密，容易引起误会和攻讦。所谓译作"转化为本国文学作品"是不可能的，因为译作还是译作，它不是"本国文学作品"。但译作确实完全可能，并且事实上已经被本国读者、本国文学所接纳、所吸收。在这个意义上，我们说它可以成为本国文学宝库和文学传统的一个有机组成部分。

从世界文学史上看，翻译文学被消化吸收表现为两种基本的情形。

---

① 转引自屠岸的文章《"定本"与"功夫到家"》。据屠岸说这是一位老翻译家在一次翻译座谈会上的发言中所讲。详见《倾听人类灵魂的声音》，502页，武汉，湖北教育出版社，2002。

第一种情形是，从一开始便站在本土文学的立场上有意识地通过翻译来吸收外国文学。先以西方翻译史为例，据谭载喜的《西方翻译史》记述，"……随着时间的推移，罗马人意识到自己是胜利者，在军事上征服了希腊，于是以胜利者自居，一反以往的常态，不再把希腊作品视为至高无上的东西，而把它们当作一种可以由他们任意'宰割'的'文学战利品'。他们对原作随意加以删改，丝毫也不顾及原作的完整性，这样做乃是想通过翻译表现出罗马'知识方面的成就'。翻译的目的不是'译释'（interpretatio），也不是'模仿'（imitatio），而是与原文'竞争'（aemulatio）。"①印度古代寓言故事集《五卷书》被阿拉伯人"偷"来，经翻译家伊本·穆格法译成阿拉伯文，改题为《卡里莱和迪木乃》，并对原书做了较大幅度的添削，很快融入了阿拉伯古代文学的传统中，成为阿拉伯古代文学名著。在中国，近代林纾翻译的西洋小说也将西洋小说尽可能地"汉化"（用今天的术语说就是"归化"），使当时的读者得以用他们习惯的语言及趣味来阅读和吸收外国文学。这类翻译文学的特点是翻译家的主体性、创造性被凸显，翻译家立足于本土文学和本国广大读者，采用"意译"甚至"编译"、"译述"的手法，用本土文学和本土文化趣味对原作加以改造，因此这一类翻译文学被本民族吸收较快，更容易使之成为本土文学的一个组成部分。

第二种情形是自然地、非自觉地、无意识地吸收。有些翻译作品在翻译伊始还被普遍当成外来的文学，但在漫长的历史中逐渐地被本土文学吸收，成为本土文学的有机组成部分。这个过程少则数百年，多则上千年。例如，古代印度的史诗《罗摩衍那》被译介到泰国和马来文学中，后来逐渐地被泰马文学所吸收，其中的罗摩、悉多等人物及有关情节也逐渐民族化，泰国人及马来亚人早已不把这个史诗看成是外国的东西，由此，翻译过来的印度史诗成为泰马民族文学的一个源头；同样的，印度的《佛本生经》作为宗教文学作品被译介到东南亚诸佛教国家后，也逐渐被吸收到东南亚民族文学中，如在泰国出现了《清迈五十本生故事》等民族化的作品。以中国文学为例，汉译佛经文学，在翻译当初，无论是"文"派还是"质"派的翻译家，都是把佛经及佛经文学看成是印度的东西，没有人把它拉入"中国籍"。但上千年过去之后，佛经翻译文学已经融入中国文学和文化的传统中了，已经成为中国文学和文化典籍的一个组成部分了。而印度的原本却大多已淹没不传了，现在的印度人假如要想系统地了解佛经及佛经文

---

① 谭载喜：《西方翻译史》，22 页，北京：商务印书馆，2004。

学，还需要反求诸中国。再以纯文学为例，南朝时期的著名民歌《敕勒川》，原本译自北方少数民族语言，而现在它已完全成为汉文学中的一首名诗了。

有人也许会问：既然这类翻译文学为本土文学所吸收要经过这种漫长的、逐渐的过程，那么，那些刚刚翻译过来不久的翻译文学，显然还没有经历这样的吸收过程，那它是不是本土文学的组成部分呢？尤其是 20 世纪中国翻译文学，数量庞大，大多数作品以"忠实"的翻译为追求，这类翻译文学的产生不足百年，短的刚刚问世，显然还没有为中国文学所充分吸收，那它算不算 20 世纪中国文学的一个组成部分呢？

20 世纪中国翻译文学还没有被中国文学所充分吸收，这是事实，但只是还没有"充分"吸收。而"充分吸收"几乎是一个无止境的过程。问题在于它们已经处在了"被吸收"的过程中。翻译文学对我国作家的创作已经发生的影响，对读者已经发生的影响，都是翻译文学被中国文学所吸收的表现和标志。当然，并不是所有译文都值得、都能够被吸收，有些劣译、庸译将被时间和读者遗忘、淘汰。而有些优秀的译作在漫长的时间里却一直魅力不减，拥有广大读者，后来的译作难以与之诘抗。叶君健先生在《翻译也要出精品》一文中，认为翻译文学的"精品"就具有这样的品格，他说："'精品'是指一部作品被翻译成为另一种文字之后，能在该文字中成为文化财富，成为该文字所属国的一部分，丰富该国的文学宝藏。翻译一部外国名著，也就意味着本国文字中原没有这样的佳作，把它译过来，给本国文学增加一份财富。但有个条件，它必须在本国文字中具有高度的艺术和欣赏价值，能给读者带来新的东西，能使读者在阅读时得到快感。这样的翻译作品，一旦得到广大读者的认同，就会慢慢地成为译者本国文学财富中的一个有机组成部分。"[1]"这样，一部外国名作品就'归化'到了本国文学领域中，而不是'外国作品'了。"[2]而在读者的眼里，叶先生所说的这样的译作精品与原作的差别界限也就会逐渐被淡化。如朱生豪译莎士比亚，如果说起初读者读了朱生豪的译作，更多的是在通过朱的译文来接受莎士比亚，那么久而久之，读者的注意力就会逐渐由莎士比亚转向朱生豪，意识到那是"朱生豪的莎士比亚"。原先被原作家遮蔽了的译者、被"原文"遮蔽了的译作逐渐被强调出来，翻译家及其译作的独立价值被凸显出来，以至

---

① 许钧等：《文学翻译的理论与实践——翻译对话录》，151 页，南京，译林出版社，2001。
② 许钧主编：《翻译思考录》，122 页，武汉，湖北教育出版社，1998。

于即使出现了新的莎士比亚的译文，即使有读者能够直接读莎士比亚原文，朱生豪的译作仍然值得一读，仍然不能被取代。这种情形表明朱生豪的译作已经成为一种相对独立的存在，已经或正在被本土文学所吸收，成为中国翻译文学、乃至中国文学宝库中的一份独特遗产。除朱译莎士比亚之外，我国翻译文学中，尚有一大批这样的翻译"精品"，已经、或必将成为我国文学宝库中的一部分，如丰子恺译日本古典物语《源氏物语》，金克木译印度古典长诗《云使》，冰心译泰戈尔的《吉檀迦利》和纪伯伦的《先知》，巴金译屠格涅夫的《父与子》《处女地》《木木》，戈宝权译《普希金诗集》，张谷若翻译的哈代的《德伯家的苔丝》和《还乡》，傅雷译巴尔扎克的《高老头》和罗曼·罗兰的《约翰·克里斯朵夫》，卞之琳译《莎士比亚悲剧四种》，查良铮译普希金的《青铜骑士》和《欧根·奥涅金》，梅益译奥斯特罗夫斯基的《钢铁是怎样炼成的》，王佐良译《彭斯诗选》，杨必译萨克雷的《名利场》，江枫译《雪莱诗选》，李文俊译福克纳的《喧哗与骚动》，土道乾译杜拉斯的《情人》，刘炳善译英国兰姆的《伊利亚随笔选》等英国散文，都具备了这样的品格。这些译作已渗透了翻译家们强烈的个性标记和风格特征，并经过了时间和读者的考验与检验，取得了相对独立的艺术价值，它们已经不是一般的"文学翻译"，而是"翻译文学"。即使今后会有其他的复译本问世，但它们的艺术价值仍是独特的，不可取代的。

总而言之，既然有些翻译文学的精品事实上已经被中国文学所吸收，成为中国文学宝库中一份独特的财富，既然翻译文学被中国文学所吸收是一个必然的趋势和必然的过程，那么，我们就没有理由因为翻译文学现在尚未被完全和充分吸收，而拒绝承认"翻译文学是中国文学的特殊组成部分"。我们现在来研究、来重视中国的"翻译文学"，其主要目的就是为了促使中国文学更好地吸收外国文学的营养，使翻译文学更快地融入中国文学之中。

第二章
特征论

本章内容旨在揭示翻译文学的本质特征。在文学翻译和非文学翻译的异同分析中看文学翻译的特征，即科技翻译、人文学术翻译重在传达知识性信息，以求真为要；文学翻译则重在传达审美信息，以求美为本。从翻译家与原作家作品的比较中，可以确认翻译家具有从属性与主体性这双重属性，翻译文学作为再创作是从属性与创造性的辩证的统一。翻译文学的创造性体现在翻译家对原作的选择、阅读、理解与再现等各个环节，最终体现在翻译家将自己的风格与原作的风格有机统一起来，从而传达出原作的艺术风貌。

一、从文学翻译与非文学翻译的异同看翻译文学的特征

　　文学翻译活动是全部翻译活动的一个组成部分，翻译和文学翻译是一般和特殊的关系。既然同属翻译，就具有翻译的一般特征。它们的根本目的都是把原文内容和信息忠实地传达出来。但是非文学翻译——包括科技著作的翻译、人文学术著作的翻译、新闻通讯的翻译等——的信息基本属于知识性、逻辑性信息，其特点是它具有精确性和确定性。而文学翻译除了知识性信息之外，更重要的还有形象信息及审美信息，其特点是情感性、模糊性和不确定性。非文学翻译把知识性信息忠实地传达出来，就基本完成了自己的使命；文学翻译只传达知识性信息还远远不够，更重要的

是要传达文学形象和审美信息。非文学翻译重在对原文知识信息的准确无误的传达，错译和不准确的翻译，是科技和人文科学著作、政治和时事文献等翻译的大忌。历史上曾有因为翻译出了差错，导致国际关系发生重大改变的事例。翻译家王汶先生曾提到，某钢厂根据一份翻译的资料炼钢，因为翻译有错误，结果一炉钢全部报废；还有某石油化工基地根据翻译的资料来安装新设备，而翻译的资料中漏掉了一段有关吊车的吊钩的话，结果出了事故。① 可见，准确和真实，是科技、政治等非文学翻译唯一重要的要求，它的最高标准是百分之百的准确性，一旦出了差错，可能就会带来严重的、恶劣的后果。从这一点上看，非文学翻译的科学性、准确性要求要比文学翻译高得多，忠实是其唯一重要的法则，而文学翻译虽然也有忠实、准确的要求，但由于文学作品表达上的暧昧性、模糊性、不确定性的特点，忠实和准确常常没有完全确定的标准，由于翻译家对原文的不同理解，常常出现不同的译文。而且文学作品本来就是虚构性的东西，即使有的文学作品译文存在明显的错译、漏译，不为读者所知，也不妨长期被阅读欣赏，更谈不上严重的后果。反过来说，一部文学作品即使译得字正句对，十分忠实、十分精确，那也未必是好的译作。文字上的这种精确，未必带来风格神韵的毕肖。有理论家提出，对文学翻译而言，"精确，非精彩之谓"（罗新璋语），就是这个道理。

从篇章结构上看，科学和学术著作等非文学翻译，重在知识和信息的可靠性、真实性，而不在篇章结构和表现方式与原文的相当或对等。例如，科技翻译，其宗旨在于传播新思想、新理论、新技术、新发明，反映新动态等，它们的内容有效期短，更新频繁，所以，科技翻译只要能达到求质（科学、可靠、有效），求新（获得的信息最新），求实（实用、具体），求易（便于获取、简明易懂、交流直接），求快（信息传播得快，免去不少中间环节），求省（省时、省钱、省力），就可以在篇章中选取所需信息，对原作进行摘译、编译、译述、缩译等。例如，20 世纪 80 年代四川人民出版社出版的《走向未来丛书》，编者将每一本的字数都控制在十万字左右，为此，丛书中翻译的大部分外国学术思想著作，都采用了编译、选译的形式。同样，新闻稿件和时事性文献的翻译，大多采用上述方式，例如，在我国读者最多的报纸《参考消息》，其中的译文大都是摘译和节译，而《环球时报》则多为编译和译述。黄忠廉先生在他的专著《变译理论》

---

① 王寿兰编：《当代文学翻译百家谈》，26 页，北京，北京大学出版社，1989。

（1998）和《翻译变体研究》（2000）中将这些译法统称为"变译"、"翻译变体"。这些"变译"并不太影响原文主要信息的传达。而文学翻译则不同，好的文学作品是一个有机的艺术整体，它是一个"全息"的信息系统，不能割裂、不能扩大，也不能缩小，否则就会破坏作品的艺术风貌。尽可能将作品的篇章结构和表现方式按原貌完整地再现出来，是文学翻译家的责任和义务。因而，文学翻译中的"变译"往往是特殊情况下才使用的迫不得已的翻译方式，而且常常要付出损害原作的代价。

从字句的翻译上看，科学和学术等非文学翻译，难在对其概念、术语和范畴体系的理解与把握，并找出对应的译词。如德国哲学家海德格尔的《存在与时间》，许多人因其难懂认定它"无法翻译"，就在于它有一套意义全新的概念范畴难以把握。而文学作品的翻译，难在诗意的辞藻、方言俗语、典故、隐喻、双关语等隐含着独特的民族文化信息的东西。这些语言的特征在其艺术意味，而不在科学的精确性。有的词语带有强烈的民族文化印记，是民族文化的一种表征。因此翻译时必须考虑如何尊重该词语的民族文化内涵，而不能满足于找出译语中正确的对应词了事。例如，20世纪30年代鲁迅在《风马牛》一文中对赵景深把 milky way（银河）译成"牛奶路"严厉批评，赵译"牛奶路"因此而长期成为翻译界的笑谈，甚至被作为"乱译"的典型例子。20世纪70年代有一篇文章说："众所周知，天文学中把银河系中那条群星麇集、活像'星河'似的带子称为'银河'或'天河'。相对英文的就是 milky way，这是天文学上最常见的名词之一，对科学稍微注意的人都会知道，而且字典里也可以查到这个字的解释。但赵景深遇到这个词汇时，竟然将它译为'牛奶路'！这是极端荒唐的笑话，充分看出译者对工作毫不负责。"[①]对此，当代学者谢天振在《文学翻译：文化意象的失落与歪曲》一文中则发表了不同意见，认为从文学翻译的角度看，"赵景深把 milky way 译为'牛奶路'基本上是正确的。这是因为：首先，赵景深翻译的不是天文学的科学文献，而是文学作品；其次，作为文学作品译者，赵景深不仅应该传达原作的基本内容，而且还应该传达原作的文化意象，而 milky way 恰恰是一个十分关键的文化意象！"而将 milky way 译为"银河"，看似正确，"实际上歪曲了原文和谐的人物形象，歪曲了原文自然合理的情景描写，从而也使得译文自相矛盾，有悖情理。"显然，谢天振重新

---

① 《赵景深和他的"牛奶路"》，见罗斯编著：《翻译常识浅谈》，香港，大光出版社，1977。转引自谢天振《译介学》，176页，上海，上海外语教育出版社，1999。

评价赵景深的译文，为一段译学上的"冤案""平反"，所依据的不是翻译中的"科学"的定义与标准，而是文学作品特有的"文化意象"。

从翻译方式上看，非文学翻译和文学翻译也有不同。在古代佛经的翻译中，几乎没有个人独立完成的译品，而多人合作翻译成为一种定例。到唐代佛经翻译的高峰时，甚至出现了分工明确、规模庞大的翻译集体"译场"。到了现代，外国学术著作、尤其是政治性很强的学术著作的翻译，也普遍采用集体翻译的方法。新中国成立后，为了翻译马恩列斯的著作，中共中央专门成立了名为"马恩列斯著作编译局"的机构，现在通行的马恩列斯著作译本，都不是个人的译作，而是该编译局集体的共同译作。集体翻译的优点是可以充分保证不出或少出误译，这对科学和学术著作的翻译是十分重要的。然而文学翻译却不同，它本质上却不适合集体翻译。多人翻译同一部作品，因不同译者的文字风格、阅读感受和理解各有不同，势必会妨碍全书风格的统一。所以，除非迫不得已，一部独立的作品最好由一个翻译家独立承担翻译。像普鲁斯特的《追忆似水年华》因卷帙浩繁，南京的译林出版社只好组织十几位翻译家分卷翻译。但译成之后，参与翻译者和评论者不得不承认，每一卷的风格都不一样。

这种情况也说明，文学翻译给翻译家留下的"再创造"的余地，远比非文学翻译为大。这并不取决于翻译家的创造力和翻译水平，也不取决于文学翻译与非文学翻译的难易程度。因为就难易程度而言，两者各有难易，并不能说文学翻译就一定难于非文学翻译。文学翻译的再创造的余地较大，是由翻译对象的性质，即文学作品的艺术性、审美特性所决定的。凡艺术性的东西是"天才性"的个性化的创造，特点是不可重复，百分之百地"再现"几乎不可能，它必然要求着"表现"。而表现就有主观性、不可重复性的特征。文学翻译的宗旨固然是忠实地再现原作风貌，但翻译家的独特的理解和创造却不能排除，甚至可以说若真地排除了，反而于文学翻译不利。在这种情况下，文学翻译较之非文学翻译，更能由"文学翻译"变成"翻译文学"，取得相对独立的文学艺术品格。翻译文学的生命力往往比非文学翻译长久得多。

文学翻译与非文学翻译两类翻译，对译者的素质修养要求也是各有不同。诚然，对两类翻译而言，母语和外语的高水平，一定的专业知识修养等都是必备的。不同的是，非文学翻译对译者的科学思维、逻辑思维要求较高，而文学翻译对译者的形象思维、情感思维（也就是所谓"情商"）要求较高；非文学翻译要求译者必须具备专业和专门知识，对某一专业的概念、术语及表述方式要很熟悉，否则即使看懂了文字也未必看懂意思，就难免会错译；文学翻译则要求译者要懂得文学，有较强的审美感受力；同时，鉴于文学与社会历史、现实人生等方方面面密切相关，因而对文学翻译者的知识面的要求更宽。文学作品的语言表现方式也往往更丰富、更复杂，因而译者对母语和外语的词汇量、句式的掌握也应更多、更丰富才行。

文学翻译与非文学翻译也有相通的地方。这主要表现为文体的交叉性、互渗性造成了文学翻译与非文学翻译的相通性。人们认识到，文体的独立性是相对的，而文体之间的相互交叉渗透才是必然的。人们在不同场合使用不同的文体进行交际，也可以在主要使用一种文体时，融入其他文体形式，以增加词汇色彩，强化文字效果。例如，在一些自然科学著作，特别是科普著作、科普文章中，作者常常使用一些生动优美的、抒情的文学性语句，增强语言的感染力，如中国的科普作家高士其和王梓坤先生的科普文章。还有的科学著作力图刻意摆脱科技著作枯涩、沉闷的因袭文风，创造别具一格的文体，如法布尔的《昆虫记》就是充满文学性的科普佳作。另一方面，由于科技文化的渗透，人的科技活动和对科技成果的享用已构成了社会生活的一个重要部分。反映在文学作品中，当代文学中的科技语言、科技信息多有出现，甚至出现了科学和文艺杂交的"科幻小说"。似这样不同文体的相互渗透和包含，就形成了文体的相对性，因而不能把文体的差别强调到极端从而忽略其间的相关性。

二、文学翻译家的从属性与主体性

翻译家与原作家、译作与原作的关系，是翻译文学中的基本的二元关系，由此形成了翻译家的从属性与主体性这一双重特性。一般说来，翻译家及其译作是依托于、从属于原作家作品而存在的，没有原作家作品，翻译家的存在就没有意义，译作也就无从谈起。从这个意义上说，原作家作品和翻译家译作之间的关系是独立性和从属性、主体性和客体性的关系。

长期以来，人们对翻译家的主体性的认识不足，而更多地看到的是其从属性。有人认为，翻译只是一种模仿性活动，只是传达别人的话语信息；翻译家只是一个中介，它只起到"媒"的作用，中介的作用。将"中介"视为"主体"，就不免反客为主，那就好比把"舌头"等同于"脑子"。这种观念源远流长。在中国翻译传统中，翻译者的主体身份最初是不太被认可的。古代对翻译者的称谓——"寄"、"象"、"舌人"等，都有寄托于主体的客体的含义。据钱锺书在《林纾的翻译》一文中说："南唐以来，'小学'家都申说'译'就是'传四夷及鸟兽之语'"；又说："刘禹锡在《刘梦得文集》卷七《送僧方及南谒柳员外》说过'勿谓翻译徒，不为文雅雄'，就表示一般成见以为'翻译徒'是说不上文雅的。"可见在古代人眼里，翻译者常常只是一个从属的角色。在清末民初翻译文学的初兴期，人们虽然重视翻译，但只认识到翻译的工具价值，在翻译与创作价值观上，普遍认为翻译低于创作。如在当时和后人的眼里，晚清的林纾主要是文学翻译家，但林纾自己不以翻译自夸，却对自己并不太擅长的诗文颇为自负。钱锺书在《林纾的翻译》中还说过："林纾不乐意被称为'译才'"；他"重视'古文'而轻视翻译，那也不足为奇，因为'古文'是他的一种创作；一个人总觉得，和翻译比起来，创作更亲切地属于自己"。五四时期的郭沫若曾将翻译家比作"媒婆"。他在《论诗三札》（1921）中，对当时国内存在的翻译与创作的不平衡状况发泄了"一些久未宣泄的话"。他写道："我觉得国内人士只注重媒婆，而不注重处子；只注重翻译，而不注重产生。……凡是外来的文艺，无论译得好坏，总要冠居上游；而创作的诗文，仅仅以之填补纸角。"郭沫若所指的当时文坛这种现象不是不存在，但他将翻译比作"媒婆"，实际上就是不承认翻译的独立价值，不认可翻译家的主体性（好在郭氏后来彻底改变了这种看法）。到了当代，仍有人认为译本只不过是原作的一种替代品。如钱锺书说："好译本的作用是消灭自己；它把我们向原作过渡，而我们读到了原作，马上撇开了译本。自负好手的译者恰恰产生了失手自杀的译本，他满以为读了他的译本就无须去读原作，但是一般人能够欣赏货真价实的原作以后，常常薄情地抛弃了翻译家辛勤制造的代用品。"[①]像这样有翻译经验的学者鄙薄翻译的话并不多见，绝大多数谈论翻译的文章都是翻译家或翻译理论家的"夫子自道"，他们自身对翻译都有着切身的体会和符合实际的正确认识。而社会上及文学学术界对翻译文学的鄙薄，其主要表现是对翻译文学的"无视"和"无言"。长期以来各种各样的中国文学史中都不提翻译文学，不给翻译文学以应有的位置，这种"无视"和"无言"从一个侧面反映了翻译文学的实际处境。

毫无疑问，翻译家及翻译活动具有从属性。这种从属性是由翻译的目的性所决定的。翻译的目的是为了用另一种语言来真实地再现原作的艺术

---

① 钱锺书：《林纾的翻译》，见《文学研究集刊》，第 1 册，1964。

风貌。为了达到这一目的，翻译家必须尊重原作家及原作品，原作是翻译活动的出发点和归结点，不能抛开原作天马行空。与原作若即若离，那不是真正的翻译，充其量只是一种"拟作"。因而从属性是文学翻译的重要特性。对此，方平先生有精辟的论述，他说：

> 从属性只是文学翻译的一个方面，如果过于夸大了，甚至只看到文学翻译的"从属性"，那么文学翻译将成了"依样画葫芦"的简单劳动。很多人，对文学翻译往往抱着这一种过于简单的看法，因而导致了对于文学翻译的误解，甚至不公正的偏见。
>
> 实际上，在逐字逐句的移译过程中，一个译者始终来回于、周旋于亦步亦趋的"从属性"和彼此呼应的"主体性"，在这两极之间努力寻找译文和原文的最佳契合点。二者缺一不可。没有从属性，不成其为翻译；没有主体性，就不是文学翻译了。①

可见，从属性和主体性是翻译中对立统一的两个方面。从翻译家与作家的关系而言，他们既是从属的关系，也是各自独立的关系。在这一点上，翻译家们都有切身的体会。诗歌翻译家翁显良说："译梦窗词要做梦窗的梦，译燕子楼乐章要做东坡的梦，译'死别已吞声，生别常侧侧'要做老杜的梦；译诗岂不是为他人做梦？""何止做梦，翻译本来就是为他人作嫁衣裳。"但他接着又说："这也未必尽然。至少文学翻译——尤其是诗的翻译——与非文学翻译有所不同。译诗固然要做他人的梦，咏他人的怀，但在一定程度上要做自己的梦。不咏他人的怀，随心所欲，无中生有……就不能称为译。不做自己的梦，不咏自己的怀，无所感悟，言不由衷，就不能成为诗；译诗而不成诗，恐怕也难以称为译。"②寥寥数语，就点破了文学翻译家"自己"与翻译对象"他人"之间的辩证关系。日本文学翻译家林少华先生在译完一部作品后曾说过这样的话："……即使字数再多，也终究是传达别人的话，就像把自家脑袋租给了别人"，他感觉只有在写"译后记"的时候，"才算把脑袋又收归自己肩上"。③ 这段话不失为关于翻译家的从属性与主体性的生动形象的比喻。"把自家脑袋租给了"原作者，这看起来是从属的行为，但另一方面，"租给"了别人的脑袋也仍然是自己的"脑

---

① 方平：《不存在理想的范本——文学翻译工作者的思考》，载《上海文化》，1995(5)。
② 翁显良：《译诗管见》，载《翻译通讯》，1981(6)。
③ 林少华：《奇鸟行状录·译后记》，南京，译林出版社，1997。

袋"，翻译家的主体性仍没有失掉。关于翻译家与原作家原作品的从属性和主体性的关系，西方有人曾比作"主人与仆人"的关系，这在强调翻译家须尊重原作的意义上，也不失为一个形象的比喻。但即使是仆人，他一方面服从着主人，一方面仍不妨保有自己的独立人格、个性和创造性。起码作为"仆人"的翻译家有着选择"主人"的权利，也有不选择——乃至选择了复又抛弃——的自主权利。而原作家一般情况下却等待着被选择。对此，翻译家傅雷曾深有体会地写道："选择原作好比交朋友。有的人始终与我格格不入，那就不必勉强；有的人与我一见如故，甚至相见恨晚……。"①

翻译家对原作家和作品的选择，是翻译家主体性的最初表现。不同时代、不同的翻译家，其翻译选题有着复杂的背景和动机。在中国翻译文学史上，翻译家翻译选题有两种基本的价值取向，一是自觉服从于时代与社会的需要，这是由翻译家的参与社会的人生观和社会责任感所决定的，也是我国翻译文学选题的主流。蒋百里 1921 年写的一篇题为《欧洲文艺复兴时代翻译事业之先例》中所表达的观点很有代表性。他借鉴欧洲翻译文学史的经验，认为翻译事业要发达，就必须有明确的动机和目的性，并且要使它"含有主义运动之色彩"；翻译事业要发达，就要有目的地使翻译成为社会的事业。他指出："社会上（对翻译）既无特别反响，而此事业之本身，亦决不会发展。唯其为主义运动也，则为有目的之手段……自古翻译事业之成功，未有不其动机至强且烈，而能有济者也。"这既是对以往翻译史的正确总结，也是对后来中国翻译及翻译文学的一种正确预见。明确的社会性动机和时代意识，是中国翻译文学史上大部分翻译家的自觉追求。近代梁启超翻译政治小说，就是基于"欲新一国之民不可不先新一国之小说"的政治改良的信念；林纾翻译外国小说，也是基于爱国与救世的目的；鲁迅早年译述的《斯巴达之魂》，就是为了激励中国的爱国志士"掷笔而起"；翻译《月界旅行》，是为了让读者"获一斑之知识，破遗传之迷信，改良思想，补助文明"；不久鲁迅又翻译《一个青年的梦》，是因为他"以为这剧本很可以医许多中国旧思想上的痼疾"；五四时期文学研究会的翻译家们以"为人生"为目的来确定翻译选题，因而把翻译的重点锁定在以俄罗斯文学为代表的现实主义文学上；抗战时期对反法西斯文学的翻译，是为了配合当时的抗日战争；20 世纪 50 年代对《牛虻》《钢铁是怎样炼成的》等表现英雄主义的作品的翻译，是为了对读者进行思想品德的教育；20 世纪 80 年代对

---

① 傅雷：《翻译经验点滴》，载《文艺报》，1957(10)。

苏联解冻文学的集中翻译，是为了配合改革开放和解放思想的时代要求。而到了当代，翻译家们在选题的时候，更多的是着眼于中外文化与文学的交流。例如季羡林翻译印度史诗《罗摩衍那》，丰子恺翻译日本古典小说《源氏物语》等。中国翻译文学史上不少翻译家在选题上密切地配合了时代和环境的需要，甚至是政治形势的需要，如果不是被个别时期的不良政治所利用，一般而言对读者都是十分有益的，如翻译家李俍民在谈到他为什么总是翻译革命英雄主义主题的作品时说："我相信，对青少年的精神文明建设，归根到底还是需要在照顾他们物质生活的同时用大力进行正面教育，进行英雄人物与模范人物的品德教育。解放十七年来，这种教育方法，显然是行之有效的。我之所以要选择外国文学作品中有关英雄烈士题材的书介绍给我国读者，主要的用意就在于此。"①翻译家杨晦也主张："从事文学翻译应该有明确的目的性。我们花费了许多心血把异域的果实移植到中国来，到底为的是什么？我们为什么要译这一部书而不译另一部书？我们为什么要介绍这一位作家而不介绍另一位作家？这些都是应该经过认真的思考，从而逐渐消除盲乱译的现象。"②可以说，适应时代的需要，满足社会的需要，是中国翻译文学中在选题上的一个优良传统。

另一方面，翻译家的翻译选题除了反映时代的需要和翻译家的社会责任感之外，也反映出翻译家的个性特征、审美趣味甚至一时的境遇与心情。例如，创造社时期的郭沫若反对文学研究会的翻译家们那种以时代和社会为本位、优先选译19世纪文学中的现实主义作品的选题观念，而主张介绍具有浪漫主义风格的古典文学，像但丁的《神曲》、歌德的《浮士德》、莎士比亚的《哈姆雷特》等古典作品，并且自己动手翻译了歌德的《浮士德》《少年维特之烦恼》。这是由郭沫若及创造社作家的浪漫主义气质所决定的，但同时也是与五四时期个性觉醒、思想解放的时代潮流完全一致的。有的翻译家主张选题最好与翻译家的趣味爱好相投，如法国文学翻译家傅雷认为："选择原作好比交朋友。有的人始终与我格格不入，那就不必勉强；有的人与我一见如故，甚至相见恨晚"。他认为有两个因素决定选题："（一）从文学的类别来说，译书要认清自己的所短所长，不善于说理的人不必强译理论书，不会作诗的人千万不要译诗，弄得不仅诗意全无，连散文都不像，用哈哈镜介绍作品，无异自甘作文艺的罪人。（二）从文学的派

---

① 王寿兰编：《当代文学翻译百家谈》，289页，北京，北京大学出版社，1989。
② 王寿兰编：《当代文学翻译百家谈》，321页，北京，北京大学出版社，1989。

别来说，我们得弄清自己最适宜于哪一派：浪漫派还是古典派？写实派还是现代派？每一派中又是哪几个作家？同一作家又是哪几部作品？我们的界限和适应力（幅度）只能在实践中见分晓。"[1]傅雷的这种看法不仅是他个人的体会，也相当程度地概括了我国许多翻译文学家在选题上的自觉。一般来说，小说家兼作翻译家的，则多翻译小说，如巴金、茅盾等；诗人兼作翻译家的，则多翻译诗歌，如郭沫若等；戏剧家兼作翻译家的，则多译剧本，如田汉、李健吾等；散文家兼作翻译家的，则多译散文，如梁遇春、冰心等。而专门的翻译家，则以自己的气质和修养来决定选题，如飞白是专门翻译诗歌的专家，这与他个人对诗歌的良好悟性、深入研究和诗人气质密切相关；而佟柯专门翻译军事题材的作品，是因为他熟悉和热爱军队生活。如此根据自己的艺术个性选择翻译对象，是翻译质量的重要保证。有的翻译家在翻译选题上没有深刻的动机，只不过为了聊以自慰和排遣寂寞，如20世纪20年代末诗人杨骚就以翻译日本唯美主义作家谷崎润一郎的《痴人之爱》作为抚慰与宣泄痛苦、超越现实的手段[2]；杨烈在20世纪60年代翻译日本古典名著《古今和歌集》，为的是排遣寂寞悲哀。[3] 这也不失为一种艺术家的态度。也有的译者为了"稻粱谋"，把翻译作为谋生和赚稿费的手段，严重影响了翻译选题的质量；更有些译者为迎合部分读者的低级趣味，而翻译了一些没有多少文学价值的，甚至是无益而有害的东西。例如，20世纪八九十年代中国翻译出版的日本的推理小说和西方的侦探小说、性爱小说中，就有不少格调低下的译本，翻译者为了商业利益而丧失了应有的操守。

在翻译选题确立、进入翻译过程之前，翻译家的另一个主体活动就是研读作品。这时候，翻译家作为原作的一个特殊的读者，和普通读者是不同的。普通读者是带着一种消费者的姿态、消遣的心情或审美享受的态度来阅读原作的，他们的阅读纯粹是一种个人行为，对原作的感受和理解不受任何外在的约束；从自己阅读期待、修养、趣味来理解作品，甚至曲解作品，对他们来说都是正常的，无可非议的。因为对原作的误读也是一般读者的权利。但翻译家对原作的阅读理解与普通读者不同。他的阅读不是一种纯粹的个人行为，因为他担负着将原作的信息和意义传达给广大读者的责任，假如他像普通读者一样误读原作，并在此基础上来翻译原作，那

---

① 傅雷：《翻译经验点滴》，载《文艺报》，1957(10)。
② 杨骚：《痴人之爱·译本序》，北京，北新书局，1929。
③ 杨烈：《古今和歌集·译者序》，上海，复旦大学出版社，1983。

就必然会妨碍甚至会剥夺一般读者通过译作来了解原作的权利。因此，翻译家作为读者，不能是一般意义上的读者，而应该是一个"研读"者。也就是说，翻译家要以科学的、研究的态度来阅读和理解原作。为了吃透原文，必须反复咀嚼原作，以求理解、领悟表层文字、表层叙事之背后的意蕴。如著名的莎士比亚翻译家朱生豪为了译好莎士比亚，自述"尝首尾研诵全集至十余遍，于原作精神，自觉颇有会心"。[1] 傅雷在《翻译经验点滴》(1957)一文中也指出："想译一部喜欢的作品要读到四遍五遍，才能把情节、故事，记得烂熟，分析彻底，人物历历如在目前，隐藏在字里行间的微言大义也能慢慢地咂摸出来。"此时翻译家的主体性集中表现为他作为研究者的主体性。研究者的主体性是建立在尊重研究对象的基础之上的。正如一个研究植物的植物学家，他尊重植物并不意味着他在植物面前放弃了自己的主体性。相反，他尊重植物的客观实际是发挥他的主观能动性的前提。文学翻译家作为原作的研读者，他可以充分调动他的知识储备，发挥他的主观能动性乃至想象力和情感力量。但这一切都必须服务于、服从于正确深入地理解原作。在这个意义上，正如翻译家赵萝蕤先生所强调的，"译者没有权利改造一个严肃的作家的严肃作品，只能是十分谦虚地、忘我地向原作学习"，[2] 就是指的这个意思。

为了能够正确深入的阅读和理解原作，翻译家不仅要反复研读、琢磨具体的作品，还要进一步全面地研究原作家和原作品。一般来说，一个翻译家在翻译之前，应该对原作家的生平、思想和创作的风格特色，有深入的了解和把握，要阅读有关该作家的传记资料、评论文章和研究著作。在我国翻译文学史上，翻译家们都普遍强调研究原作家原作品的重要性。如郭沫若在《讨论注译运动及其他》(1923)一文中，对译者作为理想的翻译主体提出了四个条件，其中两个条件就是："对于原书要有理解"、"对于作者要有研究"。茅盾在《译文学书方法的讨论》(1921)一文中认为从事文学翻译的人必须具备三个条件，其中第一个条件就是"翻译文学书的人一定要他就是研究文学的人"。郁达夫在《读了珰生的译诗而论及于翻译》(1924)一文中，提出了"学、思、得"三个字，分别从知识背景、原作家、原作品三个方面，提出翻译者的内在条件。所谓"学"，即对于翻译对象及其背景知识的深入了解和研究，他以泰戈尔、拜伦的作品翻译为例，说明

---

① 朱生豪：《莎士比亚戏剧全集译者自序》，上海，世界书局，1947。
② 王寿兰编：《当代文学翻译百家谈》，607页，北京，北京大学出版社，1989。

必须在动手翻译之前研究原作者所在国家的传统思想、风俗、习惯，原作者所处的环境，并阅读原作者的主要作品及传记材料，然后才能从事翻译；所谓的"思"，就是深刻领会原作者的思想意图，他说："但我想我们既欲把一个异国人的思想丽句，传给同胞，我们的职务，终不是翻翻字典可以了局，原著者既费了几年的汗血，付与他的思想以一个形式，我们想传他的思想的人，至少也得从头至尾，设身处地的陪他思索一番，才能对得起作者"；所谓"得"，就是"完全了解原文的精神"。而要做到这些当然很不容易。对此，翻译家傅雷也深有体会地写道："译事虽近舌人，要以艺术修养为根本：无敏感之心灵，无热烈之同情，无适当之鉴赏能力，无相当之社会经验，无充分之常识（即所谓杂学），势难彻底理解原作。即或理解，亦未必深切领悟。"①

从翻译文学史上看，翻译家与研究家兼于一身，是我国翻译文学家的一个优良传统。在古代佛经翻译义学中，大部分翻译家都是佛学家。在现代翻译文学史上，优秀的翻译家同时都是外国文学的研究专家，如印度文学翻译家季羡林、金克木等，又是印度文学研究家；日本文学翻译家李芒、叶渭渠等，也是日本文学专家；俄国文学翻译家戈宝权、曹靖华等，又是俄国文学研究家；法国文学翻译家郭宏安、柳鸣九等，也是法国文学研究家；德国文学翻译家张玉书、叶廷芳等，同时也是德国文学研究家。而且，优秀的翻译家不仅仅是某一国别文学的学者，而且常常是他所翻译的那个（或那几个）作家作品的研究专家。例如，季羡林翻译印度大史诗《罗摩衍那》，同时写出了相关的研究专著《罗摩衍那初探》；杨武能翻译歌德，同时又是权威的研究歌德的学者；张铁夫翻译普希金，同时编写出了有关普希金的研究著作。在我国出版的严肃的外国文学译本中，书前一般都有译者序言。而这篇译者序，往往凝聚着翻译家翻译与研究的独到的感受、心得与发现，常常是关于这个作家作品的最有分量、最值得一读的研究论文。如罗新璋《特利斯当与伊瑟》的译本序，用十五页的篇幅对欧洲骑士文学的起源和发展及特点做了深刻阐述，刘炳善的《伊利亚随笔选》的译本序用十七页的篇幅，详细地介绍了兰姆的散文及英国随笔文学，郭宏安的《局外人·鼠疫》的译本序用了二十四页的篇幅分析了加缪的存在主义及其小说艺术，而他的《恶之花》选译本的"代译序"则长达十四万字！相反的，在近年来一些出版社出版的译本中，译本序相当简陋，甚至没有译本

---

① 傅雷：《论文学翻译书》，见罗新璋编：《翻译论集》，695页，北京，商务印书馆，1984。

序。这样的译本不用细读，即可大体判断该译文的水平不会好到哪里去。还有一些译作，需要翻译家在译文之外加一些必要的注释，特别是一些古典作品，寓意性较强的作品，加注对译文读者的阅读理解是十分必要的。有的注释是原文版本所具有的，有的注释需要根据译文读者的实际情况由译者适当补加。而正确和适当的注释就依赖于翻译家对原作家作品及其文化背景的全面了解和深入研究，它本身就是对翻译家学术水平、研究水平的一个考验。例如，钱稻孙选译日本古诗集《万叶集》，梁实秋译《莎士比亚全集》，方平翻译的莎士比亚作品，金隄译《尤利西斯》，陈中梅译《荷马史诗》等，都有高水平的注释或注解。其中，陈中梅的《奥德赛》新译本（译林出版社）中，《译序》、注释和索引等，就有三十多万字。这些译文之外的研究性文字与译文相得益彰，使译文锦上添花。

三、翻译文学的"再创作"特征

文学翻译之所以具有"再创作"的特征，首先是因为文学翻译活动是一种艺术活动。在中外翻译理论界，曾长期对"翻译是科学还是艺术"的问题进行着争论。但如果把"翻译"缩小到"文学翻译"，则绝大多数人都承认文学翻译是艺术。或者说，文学翻译主要是艺术，同时也有一些科学的成分，如文学翻译也有一定的规则和规律可循。实际上，一切艺术活动都有科学的成分在内，文学翻译也不例外。但文学翻译的本质还是艺术，因为它符合艺术的根本属性，即天才的创造性、创造的个性、主观能动性、不可重复性。而凡是科学的东西，都具有相反的特性，即可重复性、可复制性、可再现性、可求证性、纯客观性。事实已经表明，如果不是抄袭，不同的翻译家翻译同一部作品会各有特色，面貌肯定不同。因为文学翻译不可能是科学、客观地对原作的复制，而是一种创造性的再现，是运用目的语（译入语）对原作的"再创造"。文学作品的意义的开放性、思想观念的复杂性、形象的多义性、感觉情绪的不确定性、语言表达的诗意的暧昧性等，都为翻译家提供了一定的再创造的空间。而且越是高水平的译者，越是能够在有限的、一定的创作空间中充分发挥他的艺术创造性。因此，归根到底，文学翻译是一种特殊的创造、创作活动，是模仿与创作、再现与表现的辩证统一。假如文学翻译活动是一种单纯的、被动的模仿原作的活动，那么它就谈不上是一种创造活动，文学翻译家也就不具备创作者的主体身份。鹦鹉学舌式的对原作单纯的、被动的模仿虽然也叫文学翻译，但难以称为"翻译文学",难以称为"译作"。由于不同的翻译家对翻译本质的理解不同、翻译的目的与方法的不同,翻译中的创造性发挥的程度、创造性的因素的多寡也各有不同,而使文学翻译呈现出不同的面貌。有的是"译"而不"作",有的是"译"中少"作",有的是且"译"且"作","译"而有"作"。罗新璋在《释"译作"》一文中说得好:"文艺作品,真正有生命力的,是'作',是'作'的生气充盈并激荡于其中。翻译作品的好坏,可读不可读,往往也取决于是否'作'。取决于'作'的含金量,取决于'作'的含金量的粗细高低。"①这就点出了"译作"之为"作"的关键。而这个"作"——再创作又决非靠机械的"再现"原文所能济事。为此,罗新璋还提出了"三非"论,他说:"于译事悟得三非:外译中,非外译'外';文学翻译,非文字翻译;精确,非精彩之谓。"②这"三非"以寥寥数语点出了中国翻译文学的艺术创造的特征,"外译中,非外译'外'",译文就不能是外文式的中文,必须是地道的中文,是让中国读者读得懂,而且可以读出美感滋味的译文;"文学翻译,非文字翻译;精确,非精彩之谓"就是要划清文学翻译与非文学翻译的界限,特别是与科学翻译的界限,译作必须具备"文学性",不能满足于"精确",更要追求"精彩"。

翻译家一旦进入作品的艺术世界,并按照自己的体验、感受与理解来再现原作的艺术世界的时候,他就进入了"译作"的状态,进入了创造的状态。在这个过程中,译者实际上充当了作者的角色。原作者已经隐蔽在了作品后面,并且处于一种沉睡的、被译者支配的"被动"地位,而译者则处于十分活跃的创作状态。翻译家梁宗岱曾对这种状态做了生动的描绘,他写道:这个时候"译者简直觉得作者是自己的前身,自己是作者的再世,因而用上了无上的热情、挚爱和虔诚去竭力追摹和活现原作的神采。这时候翻译就等于两颗伟大的灵魂隔着世纪和国界携手合作,那收获是文艺史上的佳话和奇迹。"③这就是翻译家处于创作状态时的典型的审美体验。他要设身处地地体验原作所描写的社会生活,又要体验原作家的精神生活。在动笔翻译之前,翻译家要充分理解原作,为的是弄清原作家"说什么",而在进入翻译创作的过程后,翻译家则将创造力集中贯注于"怎么说"——为了传达原作的"怎么说",翻译时又要"怎么说"。翻译家的艺术的再创造,就在于在改换了一种语言的情况下,来选择"怎么说"才最准确,"怎

---

① 罗新璋:《释"译作"》,载《中国翻译》1995(2)。
② 罗新璋:《红与黑·译书识语》,杭州,浙江文艺出版社,1994。
③ 梁宗岱:《译诗集〈一切的顶峰〉序》,上海,上海时代图书公司,1936。

么说"才最到位，"怎么说"才最生动形象，"怎么说"才最传神达意。在这当中，翻译家要以其艺术创造性，努力克服翻译中的一些固有的矛盾——既要当原作的"仆人"，又要当译作的"主人"；既要戴上原作的"紧箍咒"，又要获得艺术创作的自由；译文既要"美"，又要忠实于原文，克服老子所谓"美言不信、信言不美"的矛盾；既要保持原文的"洋味"和"洋气"，又要摆脱译文的"洋腔"和"洋调"，如此等等。

归根结底，翻译家的主体性是在尊重原作的前提下实现的，翻译家的创造性是在原作的制约下完成的。也就是说，创作活动与翻译活动之间的关系是"创作"与"再创作"之间的关系，原作家与译作家之间的关系是"原创者"与"再创作者"的关系。文学翻译中的这种创造不是绝对自由的创造，而是在从属状态下的创造，是受到限定和限制的创造。人们曾以许多形象的比喻，来说明文学翻译活动的从属性与主体性、限制性与创造性的关系。有人将文学翻译家比成演员，演员既要严格遵守剧本，又要服从导演，从这个意义上说他是从属的。但优秀的演员绝不是剧本和导演的傀儡，他要体验角色的生活与心理，按自己对剧情和人物的理解，通过自己独特的表演再现人物形象，从这个意义上他又是主体，他有艺术表现的必要与自由。有人将文学翻译家比作音乐演奏家，演奏家要严格尊重乐谱，不能随心所欲乱弹琴，不能出丝毫的差错，这么看他是从属于作曲家和曲谱的，但优秀的演奏家绝不会机械被动地呈现音符，他要用整个的身心来表现乐曲，要把自己的感情和生命融入到乐曲中，要使自己的精神世界与音乐的世界高度和谐和共鸣。正因为如此，不同的演奏家演奏同一首乐曲，会有许多微妙的差异，这正是演奏家的创造性主体性使然。这种在限制下、束缚之下的自由创造，正是文学翻译的本质。有什么理由因为文学翻译家的主体性受到制约、创造性受到限定，就不承认文学翻译家的主体性和创造性呢？有时候，正因为有限制、有束缚，创造才有难度。而创造的难度往往和创造的艺术价值成正比。你会行走，但不见得会在钢绳上行走；你会手舞足蹈，但不见得能够按照严格的审美程式翩翩起舞。任何宝贵的自由都是在不自由中取得的自由，任何独创的东西都是对无数凡庸的超越，任何真正的艺术创造都是在限制下的创造。而任何艺术创造都有自己的规律、有自己的规则。作家写小说、作诗，虽不像翻译家那样有特定的从属和限定，但他也必须服从艺术创作的规律、服从审美的逻辑，他也是在限制中获得自由的。文学翻译家的限制和从属性固然比作家更强，但有时难度也显得更大。本来，不同语言之间的转换、变易，本身就是一种复杂的思维活动。这种思维活动往往比在母语的平台上进行纯自我的思维和写作更困难。在母语的平台上进行的自我思维与写作少有束缚，可以随心所欲。单纯创作只要掌握了母语即可进行，而翻译必须精通至少两种语言；单纯的创作可以避难就易，避开作者不熟悉的生活、不熟悉的词汇、不了解的知识领域，而翻译则不能回避这一切。而对文学翻译来说，既要进行语言层面上的转换，又有文学层面的情感与形象的传达，还有文化层面的对作品的理解和诠释。正如戴着脚镣跳舞，正如在钢绳上行走，是在限制中寻求突破，在束缚中争取自由，在客体的位置上显发主体性，其难度不言而喻。这种对困难的克服和超越本身就包含着创造性。

关于文学翻译中的创造性，翻译与创作的不同，我国翻译家们都有切身的感受。如日本文学翻译家李芒在《日本古典诗歌汉译问题》一文中指出，原作和译作纵然都是"创作"，但却是两种不同的创作。因为"诗人可以天马行空，展开想象的翅膀，振笔大写他所要写的一切，创作出艺术品来。而译者却是将诗人的艺术品译成另一国文字，在力争将原作的内容与形式最大限度忠实地翻译出来方面进行创作，并努力使译文成为基本上与原作相同的艺术品"。方平也认为："文学翻译与创作自然有区别，属于不同的艺术范畴。翻译可以说是一种'二度创作'。创作可以充分发展自己的个性，天马行空，潇洒自如；而翻译具有依附于原作的从属性一面，不免束手束脚，是戴着镣铐跳舞的艺术。"①从这个意义上说，翻译家在原作面前，必须心甘情愿地接受原作的限制、尊重原作的真实面目。也许正是出于这样的理解，在西方早有人提出了一种理论，认为"原作家是主人，翻译家是仆人"，认为翻译家有两个主人，一是原作，二是读者，翻译家与他们的关系是"一仆二主"的关系。我国的有些翻译家和翻译理论家也有类似的看法，如杨周翰在《翻译杂感》一文中说："翻译家要泯灭自己的个性，是个'学舌鹦鹉'（parodist），不能让原作迁就译者，才能达到与原文的近似。"②这样的比喻虽不那么贴切，但很形象地说明了翻译家与原作家作品之间的关系。"仆人"并不意味着没有主体性，他要理解、揣摩"主人"，听命于"主人"，并通过自己的创造性劳动，以另一种方式使"主人"的精神风貌得以呈现，影响力得以扩大，生命力得以延伸。这就是"仆人"特有的创造。从这个角度说，"仆人"也是另一种意义上的"主人"。翻译家只有通过

---

① 许钧等：《文学翻译的理论与实践——翻译对话录》，155页，南京，译林出版社，2001。
② 王寿兰编：《当代文学翻译百家谈》，342页，北京，北京大学出版社，1989。

当"仆人"才能成为"主人"，才能获得自己的独立性和主体资格。如果翻译家在原作面前不甘心老老实实地做"仆人"，那他就不是翻译家，他针对原作的一切活动也算不上是翻译活动。在中国翻译文学史上，近代初期翻译文学初兴时，有些译者在原作面前不甘做"仆人"，而是自命"豪杰"，采取所谓"豪杰译"的做法，对原作随意篡改、增删。这种"豪杰译"早已不足为训，为现代翻译家所不取。现在看来，没有摆正翻译与原作的主客关系固然是"豪杰译"产生的原因，但实际上恐怕主要是因为译者不具备理解原作的学识和功力，没有能力做严格意义上的翻译家。看来，做"主人"不容易，做"仆人"有时更难。

翻译家在翻译的过程中固然谦逊地尊重原作、努力地再现原作，然而再现一旦成功完成，译作一旦从原作脱胎而出，它就是独立的艺术品，不是原作的替代。原作和译作是两种不同的文本形态。如果说原作的文本形态是一种"原本形态"，那么译作的文本就是一种"诠释形态"。"诠释"不是机械的复制，而是创造性的再现和阐发。原作与译作的这种关系，如果也需要做一个比喻的话，就好比"母"与"子"的关系。"子"由"母"而来，但"子"绝不是"母"的附属品和替代品甚至赝品。从艺术角度看，青出于蓝而胜于蓝，作为"子"的译作完全有可能超越它的母本。这种情况在中外翻译文学史上俯拾皆是。波德莱尔翻译的爱伦·坡的《异闻录》、庞德翻译的中国的某些古诗，林纾翻译的哈葛德的小说等。说起林译哈葛德的小说，曾将译文视为原作的替代品的钱锺书却说过这样的话：

> 我这一次发现自己宁可读林纾的译文，不乐意读哈葛德的原文。也许因为我已很熟悉原作的内容，而颇难忍受原作的文字。哈葛德的原文滞重粗滥，对话更呆板，尤其是冒险小说里的对话常是古代英语和近代英语的杂拌。……①

"宁可读林纾的译文，不乐意读哈葛德的原文"，这就说明了译文绝不是原文的简单替代品。这与他在同一篇文章中所说的"好译本的作用就是消灭自己"云云就成了自相矛盾。好的译文是一个独立的艺术品，它不会自己消灭自己，也难以被时光和读者消灭。像钱锺书那样的能够读双语文本的读者相比于广大读者来说，毕竟是凤毛麟角。但即使是他，实际上也

---

① 钱锺书：《林纾的翻译》，载《文学研究集刊》，第 1 册，1964。

仍然认为译本不可取代。而对一般读者而言，译本就等于原作。译本与原作的二元对立，就译本读者而言毫无意义。因为中国读者所了解的巴尔扎克，很大程度上就是傅雷的译本所再现的巴尔扎克；中国读者所了解的莎士比亚，很大程度上就是朱生豪的译本所呈现的莎士比亚；中国读者所了解的契诃夫，很大程度上就是汝龙笔下的契诃夫。除非专业研究者，一般读者不必深究这些译本与原作究竟有什么区别，而宁愿就把这些译本当成"外国作家的中文写作"。20世纪80年代中国一批年轻作家，许多人都声称喜欢拉丁美洲作品并受到拉美作家的影响，而他们几乎无一例外都不能直接阅读西班牙语或葡萄牙语的原作，但他们也不讳言自己读的是翻译家的译本，这表明了阅读上的一种正确的心态——并不认为译本是一种低于原作的替代品，译本实际上并不影响他们对拉美文学的自主的理解和恰当的接受。

翻译家通过创造性劳动，可以在一定程度上对原作有所美化、有所提升，从而使译作在某些方面回避原作的不足和缺陷，甚至在总体艺术水平上使译文超过原作。郭沫若曾指出："翻译是一种创造性的工作，好的翻译等于创作，甚至还可能超过创作。"[1]郭沫若说的译作超过原作的情况，在中外翻译史上都是存在的。有人认为，巴尔扎克在创作时受稿费和版税的驱使，文字上颇有不太精细、不遑润色之处，而傅雷翻译才是精雕细刻的艺术精品，在文字上超过了巴尔扎克的原作。许渊冲先生则在理论上为译文超过原文做了阐述。针对文学翻译的特殊要求，他响亮地提出："文学翻译等于创作"，认为文学翻译家努力的目标就是再创作出"胜过原作的译文"，翻译家在翻译时要在重视于原文的基础上"从心所欲，不逾矩"[2]。他在《译文能否胜过原文》《译学要敢为天下先》《新世纪的新译论》等文章中以大量的译例证明了译文可以胜过原文，并提出了"翻译是两种语言、两种文化的竞赛"的论断，强调中国文学翻译家要"充分发挥汉语的优势"，提倡"扬长避短，发挥译文的优势"，以译本与原作"竞赛"，以自己的译本与其他的译本竞赛，并且要"在竞赛中，要争取青出于蓝而胜于蓝"。许先生的"竞赛论"在学理上是存有争议的，有人认为翻译中的"锦上添花"、比原作还好，那就说明译文是欠忠实的，因而不能算是好的翻译；也有人认为，各国语言都在称职地为操这种语言的人群服务，何来优劣？如何竞

---

① 郭沫若：《谈文学翻译工作》，载《人民日报》，1954-08-29。
② 许渊冲：《翻译的艺术》，223页，北京，中国对外翻译出版公司，1984。

赛？平心而论，"优势论"、"竞赛论"在表述上是有一些偏颇之处，但其本意并非主张翻译家可以随便对原作加以修饰、美化，出发点是强调中国翻译家必须凸现"创作家"的身份，强化翻译家的主体意识，突显译作的独立的艺术品格和独立价值，强调译本不能是原作的简单的替代品，而应是与原作并驾齐驱，甚至超过原作的艺术品。只要把握好一个"度"，在理论上是可贵的，在实践上也是可取的。对于许先生的这一主张，周仪、罗平先生在《翻译与批评》一书中做了很好的逻辑论证，他们认为：

> 　　一部作品译为另一种语言，必然存在下列三种情况：劣于原著，等值翻译，优于原著。绝对的等值翻译是很少的。剩下的可能性是：要么劣于原著，要么优于原著，二者必居其一。那么，是"劣于原著"好呢还是"优于原著"好？我们想，没有一个人会回答"劣于原著好"，多数译者脑子里的答案是：如果等值翻译争取不到，那么就"优于原著"吧！这样，"译文可以胜过原文"的论点就成立了。①

　　译作的独立价值也可以从译作对原作所发生的独特作用显示出来。译本能够对原作家作品产生反作用。具体地说，一个作品的译本会在特定的读者群中对原作产生正面或负面的影响。好的译本会对原作产生正面的影响，而坏的译本则会对原作产生不良影响。周国平在《名著在名译之后产生》一文中写道："从什么样的译本读名著，这可不是一件小事。在一定的意义上可以说，名著是在名译之后产生的。当然，这并不是说，在有好的中译本之前，名著在作者自己的国家和在世界也不存在。然而，确确实实的，对于不能读原著的读者来说，任何一部名著都是在有了好译本之后才开始存在的。譬如说，有了朱生豪的译本，莎士比亚才在中国诞生，有了叶君健的译本，安徒生才在中国诞生，有了汝龙的译本，契诃夫才在中国诞生。"②周国平在这里所指出的实际上就是翻译家在客体的地位上所产生的主体性和能动性。相反的，不称职的翻译者的不好的译本也有这样的主体性和能动性。钱锺书在《林纾的翻译》一文中曾说过："坏翻译会发生一种消灭原作的功效。拙劣晦涩的译文无形中替作者拒绝读者；他对译本看不下去，就连原作也不想看了。这类翻译不是居间，而是离间，摧毁了读

① 　周仪、罗平：《翻译与批评》，77页，武汉，湖北教育出版社，1999。
② 　周国平：《名著在名译之后产生》，载《中华读书报》，2003-03-26。

者进一步和原作联系的可能性，扫尽读者的兴趣，同时也破坏原作的声誉。"钱锺书说的这种情形，证明了译者的翻译绝不是对原作无关紧要的存在，而是对原作家作品能够产生反作用力的主体存在。

有时候，译作的能量和作用可以超过原作。例如，卡夫卡用德语写的那些作品，在当时的德国读者中影响很小，以致卡夫卡终生默默无闻。然而后来法国人用法语翻译了他的作品，却使卡夫卡在法国名声大振。美国作家福克纳的作品被译成法文后受到称赞，才在美国引起重视。中国唐代的无名诗人寒山子在中国文学史上一直没有地位可言，但20世纪上半叶却因英文翻译和日文翻译，而在美国和日本引起广泛共鸣，从而使一千多年前的寒山子及其作品获得了新的生命。中国现代作家钱锺书的小说《围城》在20世纪40年代出版后几十年间影响很小，各种文学史书都不提它，直到70年代英文和俄文译本的出版，并受到国外学者的高度评价后，才在80年代的中国形成了一股《围城》热。可见真正优秀的译作具有一种力量，它可以使原本默默无闻的原作家变得大名鼎鼎，可以使被时光淹没的作品重焕光彩，甚至可以使原作家和原作品起死回生。在这种情况下，就不是译作从属于或依附于原作，而是原作依附于译作。译作与原作的主客关系被倒转过来了。

四、翻译家及译作的风格与原作风格

"风格"这一从西方引进的文学理论术语，颇似中国传统的"神韵"、"风骨"、"意境"之类，是一个抽象的、有相当模糊性的概念。我们通常所说的文学风格、艺术风格，指的就是作家的创作所呈现出的整体的面貌和特征。它是难以科学规定的，但又是可以感知、可以描述、可以再现的。

众所周知，优秀的作家作品都有着自己独特的艺术风格。风格是作家作品主体特征的综合表现。翻译家作为"再创作"者，译文作为创造性的作品，能否像作家作品那样有着自己独特的风格呢？换言之，翻译家能否通过风格的形成来呈现自己创作的主体性呢？而他的这种风格与原作的风格又是什么关系？

在这个问题上，翻译家的理论主张和翻译文学中的实际，两者应是有所区别的。不同的翻译家在理论主张上颇有不同。有人认为翻译家不应有自己的风格，认为那会妨碍原作风格的传达，如施咸荣在《文学翻译杂感》一文中说："译者应该不应该有自己的风格，总的说来，我认为译者只能忠实地表达原作的风格，而不应该有自己的风格。因此有些水平较高、态度严肃的译者，觉得自己的文字风格已经定型，因此只选择某几个与自己风格相近似的外国作家作品翻译，把自己文学翻译的对象和范围限制在很小范围内。"①他主张翻译家要去模仿作家的风格。郑海凌认为译者谈不上有自己的风格，他说："关于'译者风格'的说法是一种误解，而被人们误认为'译者风格'的东西，是译者的'自我'的显露，充其量只能算是译者的某些个性特点（或者叫做'类似于个性的东西'），或者是译者的某种表达习惯，而不是真正的风格。"②另一种看法正好相反，主张翻译家必须有自己的风格和个性。如杨武能先生尖锐地指出："译家失去了个性，不能发挥主体作用，何来文学，何来艺术，何来创造？果真如此，文学翻译岂不仅只剩下了技能和技巧，充其量只可称作一项技艺活动；译家岂不真的成了译匠，有朝一日完全可能被机器所代替！"③有人认为风格是一种自然流露的东西，翻译家不必特别介意，如周煦良先生说："在通常情况下，它（指风格——引者）好像只是在无形中使译者受到感染，而且译者也是无形中把这种风格通过他的译文去感染读者的，所以既然是这种情形，翻译工作者大可不必为它多伤脑筋。"④

　　不管怎么说，从翻译文学的最终成果——译作来看，翻译家，特别是有成就的翻译家，都有自己的文字风格，这是翻译文学中存在的一个客观现象。如鲁迅的凝重精练，巴金的流丽晓畅，朱生豪的文气充盈等。有的翻译家在理论层面上不主张有自己的风格，但在实践中还是自觉不自觉地流露出、表现出自己的风格，而主张有自己风格的翻译家就更不必说了。大量的研究表明，同一部原作由不同的译者译出，风格会有所不同。而且即使是同一个作家的同一部作品，由不同的译者来翻译不同的篇章或卷册，也会形成不同的风格。例如，法国作家普鲁斯特的多卷本长篇小说《追忆似水年华》的中文译本，由十五位翻译家共同翻译。据其中的翻译家许钧教授在《风格与翻译——评〈追忆似水年华〉汉译风格的传达》⑤一文中介绍，在动笔之前，翻译家们对普鲁斯特的作品及其风格进行了研究和讨论，并制定了统一的翻译要求。但翻译出来的作品，仍然表现出不同译者

　　① 王寿兰编：《当代文学翻译百家谈》，648 页，北京，北京大学出版社，1989。
　　② 郑海凌：《文学翻译学》，308 页，郑州，文心出版社，2000。
　　③ 许钧等：《文学翻译的理论与实践——翻译对话录》，166 页，南京，译林出版社，2001。
　　④ 周煦良：《翻译与理解》，载《外语教学与研究》，1959(7)。
　　⑤ 许钧：《风格与翻译》，见张柏然、许钧编：《译学论集》，南京，译林出版社，1997。

的不同风格，正如许教授所总结的，"每位译者呈现给读者的普鲁斯特是不一样的"。这个例子足可说明，译者的风格是客观的存在，不管翻译家在理论上主张译作应不应该有自己的风格，到头来还是有自己的风格。假如一个译者没有形成自己的风格，往往意味着这个译者没有成熟。当然，风格表现的方式、程度会有所不同。这从一个重要侧面表明，文学翻译作为再创作，是符合文艺创作的一般特征和规律的。

如何看待翻译家风格的存在呢？我认为，既然翻译家有自己的风格是一种客观必然，那就应该客观地认识、积极地、恰当地利用翻译家的风格，使它更好地为再现原文的风格服务。当一个译者还没有成长为"翻译家"、翻译水平还有待提高的时候，他应该更多地抑制自己尚未成熟的遣词造句的习惯，而不可性急地呈现乃至张扬自己的"风格"；一旦一个翻译家有了丰富的翻译经验，并形成了自己相对稳定的文字风格，那么这个翻译家也就自然会选取与自己的风格大体相投的自家作品来翻译。这个时候，翻译家自己的风格对于传达原作的风格是有积极作用的。否则，勉强去翻译与自己的风格格格不入的作品，那就真的会出现有的论者所指出的情况——"一位译者在文字上愈有个性，自己的风格愈成熟，便愈难体现原著的风格。"[①]反过来说，假如一个翻译家完全放弃或压抑自己的风格，这对他的文学翻译而言未必是好事。正如一个演员故意抹平自己的风格，那就可能是演什么角色都可以，但演什么角色都有可能流于平平，无甚特色。一个有着自己鲜明风格的所谓"性格演员"对于演员来说可能限制了自己的戏路，但也可能更有助于他塑造适合自己风格的舞台形象。同样的，一个优秀的翻译家形成了自己的风格，可能会限制选题的范围与对象，但同时也会更有助于自己体会原作的风格，传达原作的风格，提高翻译的艺术水准。

对翻译文学来说，所谓"风格"毕竟要从译文的语言中体现出来，因此，风格的基本构成是"语言风格"或称"语体风格"。正如一个人在日常生活中的说话方式有其特点一样，一个翻译家的语言表述方式也有自己的特点。有时候，这种语言特点是先于翻译活动而形成的。当一个翻译家的语言风格在进入翻译活动之前就已经形成了，则对他的翻译势必会产生影响。特别是本身就是作家的翻译家，假如他是在创作有了一定积累后从事

---

① 王殿忠：《风格三议》，见张柏然、许钧编：《译学论集》，541 页，南京，译林出版社，1997。

文学翻译的，则他的译文风格便会受到他创作中的语言风格的影响。在这个时候，翻译家为了真实地呈现原作，就会自然而然地选择与他的创作风格相近的作品来翻译，这就比较容易使译文风格与原文风格达成统一；假如他在创作活动之前就搞文学翻译，则他的创作的语言风格多少会带有他的译文的风格印记。在中国文学史上，有不少人是由文学翻译走上创作道路的。在这些人当中，有相当一部分人其早期创作带有不同程度的"翻译腔"、"译文体"，就说明了原文的语体风格对作家的语体风格的渗透。而一旦他解决了"翻译腔"与母语表达之间的矛盾，语言风格得以成熟，那么这种成熟的风格反过来又会影响他的译文风格。可见，翻译家是否应该有自己的风格，不是一个想有就有、不想有就没有的东西，而是一个自然的，甚至是难以摆脱的东西。

同时，原作的风格是怎样的，不同风格的翻译家可能会有不同的感受和理解。例如，对于法国司汤达的《红与黑》的风格，我国翻译家的理解感受就不一样。许钧先生说："长于分析，文笔冷静，语言不多装饰，不追求美丽、造作的风格，可以说是斯丹达尔文风的基本特征。"他据此认为罗新璋译《红与黑》的译文语言求工求精，因而与原文风格有一定距离。① 罗新璋先生则说："以我的体会，斯当达的修辞风格是：句无余字，篇无长句，似淡而实美。"他在翻译中为了表现这种风格，"力求字字不闲；凡可有可无的字，一概删却净尽，以求一种洗练明快的古典风格。"②更多的译者也许没有这样明确的自觉的风格意识，他们在翻译相同的一种原作的时候，受自己既成的语言风格的影响，便会产生不同风格的译文。例如，林纾用文言文翻译的小说，其风格自然与后来出现的同一原作的白话译本不同；同样是翻译莎士比亚，朱生豪的译文与梁实秋的译文就很不一样，前者以充满力度胜，后者以圆润流丽胜；同样是巴尔扎克，傅雷的译文和穆木天的译文很不一样，前者酣畅淋漓，后者枯涩而耐回味。这就是不同的翻译家所呈现的不同的莎士比亚和巴尔扎克。这就表明，尽管翻译家应努力贴近原文的风格，但翻译家自己的语言风格仍然自觉不自觉地在起作用。理想的状态是两者的和谐统一，就是翻译家积极主动地、设身处地地揣摩、领会原作的风格，并将自己的风格与原作家作品的风格统一起来，也就是将翻译家的主体性和原作家的主体性统一起来。但是，这种"统一"

---

① 许钧：《是否还有个度的问题》，载《中国翻译》，1995(4)。
② 罗新璋：《风格、夸张及其他》，载《中国翻译》，1995(4)。

是有限度的。或者说，风格的"可译性"是有限的。文学作品特有的含蕴性、模糊性、不确定性的艺术特征，使不同的读者会有不同的解读。原文风格在这种解读中肯定会流失一些，扭曲一些。但另一方面，既然原文风格到底是个什么模样，没人能完全说清楚，连作家本人也难以说清楚，那又有什么必要因为译作对原文风格的"流失"或"扭曲"而遗憾呢？翻译家李文俊先生在一篇文章中提到："听说作家中流行一种说法：你所领略的某位大师的风格其实仅仅是某个译者的风格。他们感到自己受了愚弄。"李先生接着说："这未免抬举了翻译家，他们哪有那么大的能耐！"①其实，翻译家确实是有"那么大的能耐"的，译文也会形成自己的风格，但读者不必因为自己没有百分之百地领略"原文的风格"而感到受了"愚弄"。即使你能读原文，你所理解的原文风格也未必就完全是原作家的风格，那就等于自己"愚弄"自己了吗？而且，或许翻译家的风格对原作风格的某一方面有创造性的阐释和发挥，那也算是对"流失"和"扭曲"的一种补偿。何况，译文风格和原文风格的微妙差异，有时还可能会给读者带来阅读原作所得不到的审美感受。

翻译家揣摩原作的风格，并将自己的风格与原作的风格统一起来，关键是要将自己对原作的理解与原作艺术含蕴重合起来。特别是对那些含义丰富的名著更是如此。翻译家对原作风格的理解不同，会影响到译文的风格的形成。这里举一个外国翻译文学的例子。据《中华读书报》报道，美国作家塞林格的名作《麦田里的守望者》在日本有1964年出版的翻译家野崎孝的译本，2003年著名作家村上春树又翻译出了一个新的译本。村上春树对这部自己一直喜爱的小说"自有一番独到的见解。他认为小说的主题不只是表现一位十六岁少年对成人社会的反抗，其真正的意义恰恰在于对'自我存在'的反思。有着第二次世界大战从军体验，并且从事过反间谍工作的塞林格，正是将自己内心的矛盾与纠葛投射到了主人公霍尔顿身上，体现出浓烈的自我迷失感，而霍尔顿对于社会的反叛，只是一种表象而已。在实际的翻译过程中，村上春树正是以这种独特的视角，来观照小说中的每一个故事情节，给读者带来了全新的阅读感受。"②这样一来，村上的译本和野崎的译本风格就有了区别。可见译作的独特风格的形成，与翻译家的解读密切关联。而要深入地理解原作，不但需要知识、见识，也需要翻

---

① 李文俊：《纵浪大化集·译人自语》，45 页，北京，九州图书出版社，1997。
② 《村上春树再掀"麦田热"》，载《中华读书报》（国际版），2003-05-28。

译家将自己的生命体验融入原作家的生命体验，与原作者、与原作融为一体。郭沫若在翻译《雪莱的诗》的时候体会是："译雪莱的诗，是要使我成为雪莱，是要使雪莱成为我自己。"①梁宗岱说："作品首先必须在译者心中引起深沉隽永的共鸣，译者和作者的心灵达到融洽无间，然后方能谈得上用精湛的语言技巧去再现作品的风采。"②陈敬容在《浅尝甘苦话译事》一文中说："临到我们来翻译文学作品，假若自己没有被原作所感动，不能用与原作者相近的激情来指挥我们的译笔，那么，任是多么激动人心的作品，不是都可能译得平淡无奇或冰冷乏味么。"③林疑今在《谈翻译》一文中也说："译者的思想感情，至少要接近原著，对于原著有深挚的热爱，热爱到非译出来不可的程度，因为只有热爱，才能对原著有深入的真正的理解。"④当年林纾在翻译外国小说时，就常常伴随着自己的情感体验。他自述翻译时"或喜或愕，一时颜色无定，似书中之人，即吾亲切之戚婉。遭难为悲，得志为喜，则吾身直一傀儡，而著书者为我牵丝矣。"⑤在翻译《黑奴吁天录》时，则是"且泣且译，且译且泣"。这就是将翻译家的主体体验与原作高度融会，译者的风格与原作的风格在这个层面上达成的统一，是最高层面上的统一。林纾翻译外国现代文学作品却用古代文言文体，并且也能超越语体的差异，较好地传达原文的风格，其内在奥秘似乎就在这里。当代作家赵玫认为翻译家王道乾先生翻译的法国女作家杜拉斯的《情人》，不仅翻译了原作家杜拉斯的句子，而且还译出了杜拉斯的灵魂，觉得王道乾和杜拉斯有着"共同的生命"⑥这就是翻译家风格与原作风格达到水乳交融的境界后给读者留下的阅读感受。

以上所说的"风格"，都是指作家和翻译家的个人风格。而从跨文化的立场来看，还有必要特别指出，文学风格有必要分为两个基本的层次：一是作家作品的特殊的"个人风格"；二是作家作品所呈现出的"民族风格"，对中国而言是"外国风格"，有时俗称"洋味"。"个人风格"是就作家与作家相比而言的，如英国作家狄更斯的幽默风格、俄国作家陀思妥耶夫斯基的神经质的敏锐风格，屠格涅夫的诗意明快的叙事风格，日本作家芥川龙之介的警辟冷峻风格等。而"民族风格"却是就民族文学与世界文学相对而言

---

① 郭沫若：《雪莱的诗·小引》，载《创造季刊》，第 1 卷第 4 期，1923。
② 王寿兰编：《当代文学翻译百家谈》，775 页，北京，北京大学出版社，1989。
③ 王寿兰编：《当代文学翻译百家谈》，515 页，北京，北京大学出版社，1989。
④ 王寿兰编：《当代文学翻译百家谈》，554 页，北京，北京大学出版社，1989。
⑤ 林纾：《鹰梯小豪杰·序》，北京，商务印书馆，1916。
⑥ 赵玫：《怎样拥有杜拉斯》，载《出版广角》，2000(5)。

的。任何一部优秀作品，既有作家个人的风格，又有民族风格。同时，作家的个人风格又是与民族风格密不可分的，个人风格中有民族风格，譬如狄更斯创作中所表现的英国绅士文化的幽默风格，陀思妥耶夫斯基作品中所表现的俄罗斯东正教文化的厚重风格，夏目漱石、川端康成等所表现的日本民族文化的神经质敏感风格等。翻译家对此应该有所体会、有所把握，并有意识地在译文中加以显现。对中国翻译文学来说，传达民族文化风格就是注意表现出原作的"洋味"——无论是"东洋味"还是"西洋味"。一般地说，不少读者之所以选择阅读翻译文学，基本的阅读动机就是寻求翻译文学中的异国情调、异域风情、外国人行为模式和民族心理等，这些东西本身就有相当大的审美价值。因此，在译作中尽量保持民族风格，是翻译家的责任和义务，应该成为翻译家自觉的艺术追求。无论翻译家的个人风格如何，都应以最大限度地传达出原作的民族风格为目标。相反，为了使译文读者减少阅读、理解和接受中的文化隔膜和障碍，在翻译中忽视原作民族文化风格，而过分地加以"归化"——就中国翻译文学来说就是将外国文学"中国化"——则是不可取的。本来，译作本身就会不可避免地、自然而然地带有"归化"的烙印，否则就不成其为译文，即便在理论上不必提倡"归化"，实际上"归化"也仍然存在。在我国文学翻译家中，理论上主张"异化"、主张保存"洋味"的人很多，但过于"异化"的译文常常不如"归化"译文那样容易为读者理解和接受，所以具有浓厚"异化"倾向的译文数量较少；相反，理论上明确主张"归化"的人很少，但在翻译实践中以"归化"为主导倾向的译文却很多。例如，有的译文为了使中国读者容易理解和接受，故意将原文的民族形式改为中国式的文体形式——用汉语格律诗翻译外国诗，用章回体小说的格局翻译外国小说，用昆曲或传奇杂剧的体式来翻译外国戏剧；有的则不顾"名从主人"的原则，将作品中的外国人的洋名改成中国式的名字；有的在译文中过多使用带有强烈中国传统文化印记的成语、俗语、谚语等，什么"邯郸学步"、"秦楼楚馆"、"毛遂自荐"、"莫逆之交"、"司空见惯"之类，弄不好都有可能从总体上妨碍原作的民族文化风格的传达。实际上，能够体现民族风格的东西，大都是那些民族独特的东西。例如，人物姓名、自然物产、人工特产、民族风俗习惯、语言交际模式等，翻译家在翻译时应多注意保留，并真实再现之。在中国翻译史上，翻译家早就注意了这些问题。例如，唐代玄奘提出的"五种不翻"即"音译"的五种情况，其意图恐怕主要就在于保留印度独特的民族风格，而不至于因为意译而有所丧失。可以想象，假如在汉译佛经中，没有"阿弥陀佛"、"佛陀"、"涅槃"、"比丘"、"舍利"、"佛塔"之类印度独特的东西，那么佛经的印度民族风格的传达就会受到很大妨碍。鲁迅早就正确地指出："凡是翻译必须兼顾两面，一当力求其易解，一则保存着原作的风姿。""它必须有异国情调，就是洋气。"①法国文学翻译家郝运说自己在翻译中"只追求一个目标：把我读到的法文好故事尽可能不走样地讲给中国读者听……有时原作十分精彩，用中文表达却不流畅，恰似营养丰富的食品偏偏难以消化。逢到这种情况，我坚持请读者耐着性儿咀嚼再三，而决不擅自用粉皮代替海蜇皮。"②当代翻译家叶君健结合自己翻译安徒生童话的经验，强调指出："但是在语言上，我却不愿意把安徒生'中国化'。我总觉得，既然是翻译洋人的作品，译文中总还应该表现出一点'洋味'。当然，中译文应该符合中国语言的规律，应该读起来'通达'，但它还应该保留一点安徒生味、丹麦味。如果它读起来具有像赵树理的文字那样的中国味，或像宋人话本的语言那样流畅，我觉得对原作来说总未免有点不公平。……总的来说，我认为翻译外国文学作品时，在'信'、'达'、'雅'的原则下，是否还可以加一点东西，即译文的'外国味'？"③叶先生主张在"信达雅"之外，再将"外国味"作为翻译外国文学作品的一个原则，可见译出"外国味"、"洋味"或"外国风格"来是多么的重要。

---

① 鲁迅：《"题未定草"》，载《文学》月刊第 5 卷第 1 号，1935 年 7 月。
② 转引自袁丽：《也谈文学翻译之主体意识》，载《中国翻译》，1996(3)。
③ 叶君健：《谈文学作品的翻译》，载《东方之子·大家丛书·叶君健卷》，321 页，北京，华文出版社，1999。

第三章
功用论

翻译文学的功用价值是翻译文学合法合理存在的基本前提。历代中国翻译家们对翻译文学的功用价值大都有明确清醒的认识，并把实现这些功用价值作为翻译的宗旨和目的。中国翻译文学对中国的语言与文学的发展嬗变，对中外文化的深层交流和相互理解沟通，都起到了不可替代的重要作用。

一、翻译界对翻译文学价值功用的认识

20 世纪中国翻译界对翻译与文学翻译的重要性与必要性的认识，即翻译文学的功用论属于翻译文学价值论的范畴。由于时代的不同、思想背景的不同，人们对翻译及翻译文学的要求和期待有所不同，对翻译的功用价值的认识也就有所不同。总体来看，人们对翻译的重要性与必要性的认识，经历了从政治工具论到文化、文学本体论的发展演化过程。

晚清以降，中国连续败于列强手下，处在了亡国灭种的危急关头。忧国忧民的精英知识分子意识到，只有学习西方的科学技术，提高民智民德民力，才能保种自强。于是，翻译成了最主要的和最急迫的手段，而文学翻译自然也服从于这一目的。但是，鉴于近代意义上的"文学"——主要是小说——在传统社会文化生活中"雕虫小技、壮夫不为"的低下地位，要想让文学翻译担当起这样的重任，必须首先在理论上论证文学的作用。清末

民初的几乎所有先进的思想家和文学家们，如梁启超、林纾、鲁迅、周作人、周桂笙、徐念慈、黄小配等，对于文学翻译的重要性和必要性的问题都有深刻的见解。1898年梁启超发表的《译印政治小说序》，最早极力推崇西方和日本已有的"政治小说"，提出"特采外国名儒所撰述，而有关于今日时局者，次第译之"，希望通过"政治小说"的翻译，来影响和参与社会政治。在同年发表的《论小说与群治之关系》中，他一反传统论调，强调小说"有不可思议之力支配人道"，对世道人心具有"薰"、"浸"、"提"、"刺"的重大作用；而中国固有的小说却只是"诲淫诲盗"，成为"吾中国群治腐败之总根源"，必须加以铲除。相对而言，西洋小说却是文学的正宗，对国家政治的进步极有裨益。这样，译印域外小说，便是小说革命的第一步，也是最自然不过的选择了。梁启超的这种主张在当时引起了很大的反响与共鸣。也有人明确提出，"翻译者如前锋，自著者如后劲"、"译本小说为开道之骅骝"。[①]说的就是文学翻译在政治方面的前导性作用，也是对梁氏理论的一种呼应。

林纾在为《译林》月刊所写的序中，强调了翻译的重要性与必要性，他写道："亚之不足抗欧，正以欧人日励于学，亚则昏昏沉沉，转以欧之所学为淫奇而不之许，又漫与之角，自以为可胜。此所谓不习水而斗游者尔！吾谓欲开民智，必立学堂；学堂功缓，不如立会演说；演说又不易举，终之惟有译书。"[②]他把译书看成是开民智、抵抗欧洲列强的最佳途径，爱国与救世被看成翻译的最主要目的与功能。鲁迅在《摩罗诗力说》等文中反复强调文学翻译的意义在于"别求新声于异邦"，令中国读者感受到世界上"自觉之声发，每响必中于人心，清晰昭明，不同凡响"。

但总体看来，晚清时期的文人之看重翻译的功用价值，却并不真正认可翻译的艺术价值。当翻译文学如雨后春笋大量涌现的时候，直至出现了"著作者十不得一二，翻译者十常居八九"的情形，其中自不免粗制滥造、玉石混淆，文学界有些人便以为翻译较创作容易。觉我在《余之小说观》(1908)一文中对于译书和著作进行了如下比较："抑或译书，呈功易，卷帙简，卖价廉，与著书之经营久，笔墨繁，成本重，造成一反比例，因之舍彼取此，乐是不疲与？"认为这是译作数量明显优于创作数量的原因。在这种情况下，就产生了一个相当有趣的悖谬现象，正如陈平原教授所说，

　　① 《小说风尚之进步以翻译说部为风气之先》，见陈平原、夏晓虹编：《二十世纪中国小说理论资料(1897～1916)》，第一卷，299～300页，北京，北京大学出版社，1989。
　　② 《〈译林〉叙》，载《译林》，1901(1)。

那时"最常见的说法是读西洋小说可考异国风情，鉴其政教得失。表面上只是堂而皇之引述古老的诗教说，可实际上蕴藏着一种偏见：对西洋小说艺术价值的怀疑。"①那时的翻译家要想说明和证明翻译文学的价值，所使用的手段常常是拿外国文学与中国文学作比附，说明它与中国文学如何相通。如翻译文学的主将林纾在《〈黑奴吁天录〉例言》(1901)里说："是书开场、伏脉、接笋、结穴，处处均古文家义法。可知中西文法，有不同而同者。译者就其原文，易以华语，所冀有志西学者，勿遽贬西书，谓其文境不如中国也。"并且认为："西人文体，何乃甚类我史迁也。"实际上，和当时的大多数知识分子的认识一样，林纾骨子里也是重诗文创作而轻视翻译作品的。正如钱钟书在《林纾的翻译》一文中所说，林纾"重视'古文'而轻视翻译，那也不足为奇，因为'古文'是他的一种创作；一个人总觉得，和翻译比起来，创作更亲切地属于自己。"

如果说，清末民初的翻译理论强调的是文学的社会政治的功用，那么，到了五四新文化运动时期，翻译文学在理论上逐渐向文学本体靠近。即主张翻译文学为文学革命、为新文学的建设服务，以翻译文学来颠覆原来文学系统、以建立新的文学系统。新文学和新文化运动的发起者之一胡适在《建设的文学革命论》一文中，呼吁大量翻译外国文学名著，并把这个工作作为"创造新文学"的"模范"：

> 创造新文学的第一步是工具，第二步是方法。方法的大致，我刚才说了。如今且问，怎样预备方才可得着一些高明的文学方法？我仔细想来，只有一条法子：就是赶紧多多的翻译西洋的文学名著做我们的模范。②

那时的翻译理论家普遍认为，翻译文学是新文学的基础，文学翻译甚至是建立新文学的唯一重要的途径。

五四新文学运动以后，中国文坛所发生的显著变化之一，是不但在实践上更重视翻译文学，而且在观念上也确认了翻译文学的价值，对翻译与创作的关系的看法也发生了显著的变化。从那时起，作家与翻译家兼于一身的情形十分普遍，作家翻译家们在翻译与创作的双重实践中意识到，中

---

① 陈平原、夏晓虹编：《二十世纪中国小说理论资料(1897～1916)》，第一卷，前言，北京，北京大学出版社。
② 胡适：《建设的革命文学论》，载《新青年》第4卷第4号，1918。

国文学的现代化，必依赖于外国文学的翻译；要创作出不同于以往的"新文学"，必须向外国文学学习；翻译与作家自身的创作相辅相成，翻译是和创作同等重要的文学实践活动。

最明确地表达这一观念的是鲁迅。鲁迅在《关于翻译》（1933）一文中认为："我们的文化落后，无可讳言，创作力当然也不及洋鬼子，作品比较的薄弱，是势所必至的，而且又不能不时时取法于外国。所以翻译和创作，应该一同提倡，决不可压抑了一面，使创作成为一时的骄子，反因容纳而脆弱起来。"①郁达夫在《再来谈一次创作经验》（1933）一文中，从另一个角度说明了翻译与创作同样重要。认为对于文学家而言，翻译与创作是互相调剂的，"创作不出来的时候的翻译，实在是一种调换口味的绝妙秘诀……因为在翻译的时候，第一可以练技巧，第二可以养脑筋，第三还可以保持住创作的全部机能，使它们不会同腐水似地停注下来。"②

应该注意到，五四新文学时期有关翻译功用的理论，虽出发点在"文学"，但归根结底旨归并不在文学。论者总是将目标指向他所要构筑的某种"主义"，要解决中国社会和中国文学中一些最现实和最迫切的问题。茅盾之所以倡导翻译写实派自然派文艺，是因为它们大多是写实主义和"带些问题性"的作品。郑振铎希望译者能译当时中国最需要最合宜的作品，他在《盲目的翻译家》一文中呼吁："翻译家呀！请先睁开眼睛看看原书，看看现在的中国，然后再从事于翻译。"他提出："现在的介绍，最好是能有两层的作用：一、能改变中国传统的文学观念；二、能引导中国人到现代的人生问题，与现代的思想相接触。"蒋百里在《欧洲文艺复兴时代的翻译事业之先例》一文中，以欧洲文艺复兴时代翻译事业为参照，对中国当时的翻译事业做出以下几种总结：

　　　　一、吾侪今日之翻译，为一种有主义之宣传运动。

　　　　二、吾侪今日之翻译，负有创造国语之责任。

　　　　三、翻译事业之成功者在历史上有永久至大之光荣。其成功条件：（甲）译者、读者有一种精神上密切关系。（乙）译者视翻译为一种"生命"、"主义"之事业。③

---

① 鲁迅：《关于翻译》，载《现代》第3卷第5期，1933。

② 郁达夫：《再来谈一次创作经验》，见《郁达夫文集》第6卷，148页，广州，花城出版社，1983。

③ 蒋百里：《欧洲文艺复兴时代的翻译事业之先例》，载《改造》，第3卷第11期，1921。

这可以说是对当时中国翻译文学工具论的一种精当的总结和说明。

而在文学层面上，时人的认识也只是认为翻译对中国文学起到"模范"的作用，对中国作家的创作起到推动的作用。而"文学翻译"本身有没有"文学"的独立的艺术价值？换言之，"文学翻译"是不是"翻译文学"？人们的认识并没有到位。所以，一味从文学翻译的这种外在作用看待文学翻译，势必会导致只把文学翻译视为手段，视为媒介和工具。关于这一点，郭沫若在20世纪20年代初的看法很有代表性。他在《〈论诗三札〉之余》中，对当时国内文坛上翻译与创作的不平衡状况发泄了"一些久未宣泄的话"。他写道：

> 我觉得国内人士只注重媒婆，而不注重处子；只注重翻译，而不注重产生。……凡是外来的文艺，无论译得好坏，总要冠居上游；而创作的诗文，仅仅以之填补纸角……翻译事业于我国青黄不接的现代颇有急切的必要，虽身居海外，亦略能审识。不过只能作为一种所属的事业，总不宜使其凌越创造、研究之上，而狂振其暴威。……翻译价值，便专就文艺方面而言，只不过报告读者说："世界花园中已经有了这朵花，或又开了一朵花了，受用吧！"他方面诱导读者说："世界花园中的花便是这么样，我们也开朵出来看看吧！"所以翻译事业只在能满足人占有冲动，或诱发人创造冲动，其自身别无若何积极的价值。而我国国内对于翻译事业未免太看重了，因之诱起青年许多投机心理，不想借以出名，便想借以牟利，连翻译自身消极的价值，也好像不遑顾及了。这么翻译出来的东西，能使读者信任吗？能得出什么好结果吗？除了翻书之外，不提倡自由创造，实际研究，只不过多造些鹦鹉名士出来罢了！①

在这里，郭沫若将"创造"与"翻译"对立起来了，将翻译比作"媒婆"，创作比作"处子"，对翻译的贬低之意溢于言表，因而在当时和此后都引起了争议。

郑振铎在当年6月发表了一篇题为《处女与媒婆》的文章，对郭沫若的上述言论提出了批评。郑振铎指出："处女的应该尊重，是毫无疑义的。

---

① 郭沫若：《〈论诗三札〉之余》，载《民铎杂志》，第2卷第5期，1921。

不过视翻译的东西为媒婆，却未免把翻译看得太轻了。"①他认为郭沫若说的当时翻译已凌驾于创作之上，"狂振其暴威"，是一种"观察错误"，言过其实。次年2月，郑振铎在《介绍与创作》一文中，再次提到了"媒婆"论，说："以前有人说：'翻译不过是媒婆，我们应该努力去创作'。后来又有人说：'我们应该少翻译，多创作'。近来又有人说：'我所希望的是少尽力于翻译，也少尽力于创作，多努力于攻研'。"②他表示不同意这些看法，他指出："翻译的功用，也不仅仅是为媒婆而止。就是为媒婆，多介绍也是极有益处的。因为当文学改革的时候，外国的文学作品对于我们是极有影响的。这是稍微看过一二种文学史的人都知道的。无论什么人，总难懂得世界上一切的语言文字，因此翻译事业实为必要了。"郑振铎不仅不满把文学翻译比作"媒婆"，而且还进一步把文学翻译看成是新文学的"奶娘"：

> 翻译者在一国的文学史变化更急骤的时代，常是一个最需要的人。虽然翻译的事业不仅仅是做什么"媒婆"，但是翻译者的工作的重要却进一步而有类于"奶娘"。……我们如果要使我们的创作丰富而有力，决不是闭了门去读《西游记》《红楼梦》以及诸家诗文集，或是一张开眼睛，看见社会的一幕，便急急的捉入纸上所能得到的；至少须于幽暗的中国文学的陋室里，开了几扇明窗，引进户外的日光和清气和一切美丽的景色；这种开窗的工作便是翻译者所努力做去的！③

事隔十几年后，茅盾在《"媒婆"与"处女"》一文中说：

> 从前有人说"创作"是"处女"，翻译不过是"媒婆"，意谓翻译何足道，创作乃可贵耳！
> 这种比喻是否确当，姑置不论。然而翻译的困难，实在不下于创作，或且难过创作。……
> 所以真正精妙的翻译，其可宝贵，实不在创作之下；而真正精妙的翻译，其艰难实倍于创作。"处女"固不易得，"媒婆"何尝容易做呀！……
> 从前率先鄙薄翻译是"媒婆"而尊创作为"处女"的是郭沫若先生。

---

① 郑振铎：《处女与媒婆》，载《文学旬刊》，1921年6月10日。
② 郑振铎：《介绍与创作》，载《文学旬刊》第29期，1922年2月21日。
③ 郑振铎：《翻译与创作》，载《文学旬刊》，第78期，1923年7月2日。

现在郭先生既已译了许多……不知郭先生对于做"媒婆"的滋味，实感如何？我们相信郭先生是忠实的学者，此时他当亦自悔前言孟浪了罢？①

其实郭沫若早在"处女媒婆"论提出两年后就修正了这一看法。他在《〈雪莱诗选〉小序》（1922）中说："译雪莱的诗，是要使我成为雪莱，是要使雪莱成为我自己。译诗不是鹦鹉学话，不是沐猴而冠。……他的诗便如像我的诗。我译他的诗，便如像我自己在创作一样。"②这段话不只是修正了他的"前言"，而且又更进一步地深刻地点明了文学翻译活动也是一种艺术创造活动，文学翻译可以成为翻译文学。

在文学本位的翻译功用观的同时，政治工具论的翻译观在20世纪30年代后仍是许多中国文学翻译家的翻译功用观的组成部分。30年代，随着左翼运动的兴起，关于文学翻译的重要性和必要性的阐述更多地赋予了阶级论色彩。如鲁迅多次说，翻译好比是为起义的奴隶搬运军火，是直接为革命服务的。在他的文章中，常以希腊神话中的英雄普罗米修斯窃火给人类的故事，来比喻翻译的意义。在谈到"为什么而译"的问题时，鲁迅在《"硬译"和文学的阶级性》一文中说："我的回答，是：为了我自己，和几个以无产文学批评家自居的人，和一部分不图'爽快'，不怕艰难，多少要明白一些这理论的读者。"③1937年日本全面发动侵华战争后，大多数翻译家们都自觉地将民族危机意识与个人的艺术追求结合起来。20世纪40年代延安根据地时期乃至新中国成立后，党和国家有关部门对翻译文学的目的和功用做了更明确的定位，叫作"为革命服务，为创作服务"。据说毛泽东同志在中共"七大"的闭幕式上曾经说过："没有翻译就没有共产党。"④把翻译事业与共产党的事业做同一观。这种功用观长期支配了翻译及翻译文学的选题和出版。而在20世纪50～70年代的历次政治运动和政治斗争中，翻译甚至被当成一种政治的工具。翻译什么东西，以什么形式出版发行，都取决于政治上的需要。到那时候，翻译文学的功用观，实际上已完全锁定在狭隘的政治需要的层面上。事实证明，这对翻译文学的健康发展是有

① 茅盾：《媒婆与处女》，载《文学》，第2卷第3期，1934。
② 郭沫若：《〈雪莱诗选〉小序》，见罗新璋编：《翻译论集》，334页，北京，商务印书馆，1984。
③ 鲁迅：《"硬译"和文学的阶级性》，载《萌芽月刊》第1卷第3期，1930。
④ 转引自《中国翻译词典》，1069页，武汉，湖北教育出版社，1997。

害无益的。

语言学家陈原先生在谈到我国翻译的时候认为,本世纪(20 世纪)以来,"我国绝大多数从事翻译工作的学者们,都是有所为而为之的,很少纯粹是为翻译而翻译的。这同我们民族近百年的历史命运有关。翻译家们都怀着一颗忧国忧民救国救民的心来从事这项工作。他们要为这个古老的封闭国家,输入一些新鲜的空气。所谓新鲜空气就是新思想、新观念、新情况,使沉睡几千年的古老民族打开眼界,看看山外有山,天外有天,免致被自己的故步自封窒息而亡,免致被列强的压迫剥削而翻不过身。"①这显然是一个十分恰当的概括。

进入 20 世纪 80 年代,随着翻译文学的繁荣和翻译文学研究的深入,人们对翻译文学功用的认识超越了手段论和工具论的范畴。一方面,人们开始注意从翻译文学本身去看翻译文学的功用价值,意识到翻译文学作为一种文学类型,它不是原作的一种简单的替代品,而是一种独特的不可缺少的精神食粮;翻译文学在提高读者的审美能力、丰富人们的精神生活方面作用巨大。另一方面,翻译在文学交流与文化互补中的巨大作用也越来越被人们所认识。施蛰存先生在为《中国近代文学大系·翻译文学集》所写的《导言》中,认为近代大量的外国文学译本对中国文学起了三方面的作用:"(一)提高了小说在文学上的地位,小说在社会教育工作中的重要性。(二)改变了文学语言。(三)改变了小说的创作方法,引进了新品种的戏剧……"。② 人们还发现,在一定的条件下,翻译还会成为一个民族文学发展和转型的推动力。例如,欧阳桢在 1981 年的一篇文章中就深刻地指出:"如果你不了解有多少种外国文学已经译成了本国文学,以及这些译文对本国的作家产生了什么影响,你就无法了解本国文学发展的全部情况。……如果没有翻译作品,没有外国文化的影响,本国的文化就无法发展。"③谢天振在《译介学》(1999)一书中,认为翻译文学具有独立的价值,其首要价值在于对原作的跨越国界的介绍、传播和一定程度的普及,并帮助读者认识原作的价值,有时还能帮助原语国的读者重新发现某部从前被忽视了的作品的价值;译作作为国别(民族)文学的一部分,对于丰富和发展国别(民族)文学也会起到巨大作用。关于翻译及翻译文学在我国文化发

---

① 陈原与许钧的对话:《语言与翻译》,见许钧等:《文学翻译的理论与实践——翻译对话录》,208 页,南京,译林出版社,2001。

② 施蛰存:《中国近代文学大系·翻译文学集·导言》,上海,上海书店出版社,1990。

③ 欧阳桢:《翻译漫谈》,载《编译参考》,1981(9)。

展中所起的巨大作用，季羡林先生在为《中国翻译词典》所写的序言中作了生动形象的说明，他说：

> 若拿河流来作比较，中华文化这一条长河，有水满的时候，也有水少的时候，但却从未枯竭。原因是有新水注入。注入的次数大大小小是颇多的，最大的有两次，一次是从印度来的水，一次是从西方来的水。而这两次的大注入依靠的都是翻译。中华文化之所以能长葆青春，万应灵药就是翻译。翻译之为用大矣哉！①

二、翻译文学在中国语言文学发展中的作用

上述季羡林的话，一语道破了翻译在中外文化交流中的不可替代的作用。季先生在这里讲的是所有形式的翻译，当然也适用于翻译文学。单就中国的翻译文学而言，翻译文学在中国文学发展嬗变中所起的作用非常巨大。前文引季羡林先生所说的"从印度来的水"，指的是古代的佛经翻译。关于佛经翻译对中国文学的影响，历代学者都有精辟的论述，如梁启超在《翻译文学与佛典》(1920)一书中写道：

> 此等富于文学性的经典(指《华严》《涅槃》《般若》等——引者注)，复经译家宗匠以极优美之国语为之移写，社会上人人嗜读。即不信解教理者，亦靡不心醉于其词缋。故想象力不期而增进，诠写法不期而革新，其影响乃直接表现于一般文艺。我国自《搜神记》以下之一派小说，不能谓与《大庄严经论》一类之书无因缘。而近代一二巨制《水浒》《红楼》之流，其结体运笔，受《华严》《涅槃》之影响者实甚多。即宋元明以降，杂剧传奇弹词等长篇歌曲，亦间接汲《佛本行赞》等书之流焉。②

胡适在《白话文学史》(1928)《佛教的翻译文学》一章中认为，佛经翻译文学"这样伟大的翻译工作……结果便是给中国文学史开了无穷新意境，

---

① 季羡林：《中国翻译词典·序》，武汉，湖北教育出版社，1997。
② 梁启超：《翻译文学与佛典》，见《梁启超全集》，第7册，第3807页，北京，北京出版社，1999。

创了不少新文体，添了无数新材料"。① 他认为，译经文学对中国文学的作用和影响，至少有三项：一、在中国文学最浮靡、最不自然的时期，在中国散文与韵文都走到骈偶滥套的路上的时期，佛教的译经但求易晓，遂造成一种文学新体；二、中国固有文学缺乏想象力，像印度人那样上天入地的毫无拘束的想象力表现在佛经翻译中，对于缺乏想象力的中国古文学有很大的解放作用；三、印度文学的注重形式上的布局与结构，佛经翻译中的小说、戏曲形式、半小说体半戏曲体的作品，散文与韵文的杂糅，对后来中国弹词、平话、小说、戏剧的发达有直接或间接的关系。

晚清以降，翻译文学从一般翻译中独立出来，以其数量最多、读者最广、影响最大，从而取代宗教翻译，成为中国翻译长河中的主流。翻译文学对中国文学的作用，也更为显著。

首先，从文学创作角度看，自晚清以来，作家与翻译家兼于一身的情形十分普遍，翻译活动对创作活动的促进是非常巨大的。对身兼翻译家与作家两种角色的人来说，翻译对创作是一个不可或缺的借鉴和参照，翻译活动和创作活动是相互推动的。作家翻译家们在翻译与创作的双重实践中意识到，中国文学的现代化，必依赖于外国文学的翻译；要创作出不同于以往的"新文学"，必向外国文学学习；翻译与作家自身的创作是相辅相成的，翻译是和创作同等重要的文学实践活动。例如，鲁迅在《关于翻译》（1933）一文中说："注重翻译，以作借镜，其实也就是催进和鼓励着创作。"郁达夫则从另一个角度说明了翻译对创作的重要性。他认为对于文学家而言，翻译与创作是互相调剂的，他在《再来谈一次创作经验》（1933）一文中说："创作不出来的时候的翻译，实在是一种调换口味的绝妙秘诀……因为在翻译的时候，第一可以练技巧，第二可以养脑筋，第三还可以保持住创作的全部机能，使它们不会同腐水似地停注下来。"在创作上，鲁迅、郭沫若、茅盾、巴金、冰心等重要作家的创作，都受惠于他们的文学翻译。由于文学翻译家在翻译过程中必须对原作进行仔细认真的研读，因而他们对原作的理解和体会也必然比一般读者更深刻，接受其影响自然也更为深刻，更为自然。鲁迅翻译果戈理，受到了果戈理的影响；郭沫若翻译歌德，受到了歌德的影响；田汉翻译王尔德，受到了王尔德的影响；巴金翻译屠格涅夫，受到了屠格涅夫的影响；丰子恺翻译夏目漱石，受到了夏目漱石的影响；冰心翻译泰戈尔，受到了泰戈尔的影响；叶君健翻译

---

① 胡适：《白话文学史》，115 页，北京，东方出版社，1996。

安徒生，受到了安徒生的影响等，都是文学史上众所周知的事实。

更多的作家不是翻译家，他们是翻译文学的读者。翻译文学对他们来说就更为重要。外国文学对他们创作的影响，是通过翻译文学来实现的。例如，在20世纪80～90年代，拉丁美洲文学对中国作家的创作影响很大，当时中国寻根文学与先锋文学，其发生与发展都与现代拉美文学密切相关，其中崭露头角的青年作家，较早的有莫言、扎西达娃、残雪、韩少功、张炜、马原、洪峰等，后起的有余华、苏童、孙甘露、格非等，他们的创作或多或少地受到了拉美文学的启发。博尔赫斯、马尔克斯、科塔萨尔、鲁尔福、略萨，都为作家们所津津乐道……而接受拉美文学影响的作家，都不是通过外文原作、而是通过翻译文学来阅读和了解拉美文学的。同样，日本作家川端康成对中国作家文学的影响也较突出，同样是借助了翻译文学。由于中国当代文学出现了翻译家与作家身份两相分离的倾向，翻译文学对作家创作的作用就显得更为重要了。可以说，中国当代作家阅读和接受的"外国文学"，其实绝大多数不是严格意义上的"外国文学"，而是翻译文学。关于翻译文学对中国当代作家创作的巨大影响，作家王小波曾做过很个性化、同时也很有代表性的自白。他在《我的师承》一文中，向读者坦白了一个"秘密"——自己的"师承"，那就是像查良铮和王道乾那样的翻译家及其译作。他写道：

> 查先生和王先生对我的帮助，比中国近代一切著作家对我的帮助的综合还要大……
>
> 对我来说，他们的作品（指译作——引者注）是比鞭子还有力量的鞭策。提醒现在 的年轻人，记住他们的名字，读他们译的书，是我的责任。
>
> ……
>
> 我一直想承认我的文学师承是这样一条鲜为人知的线索。这是给我脸上贴金。但就是在道乾先生、良铮先生都已故世之后，我也没有勇气写这样的文章。因为假如自己写得不好，就是给他们脸上抹黑。假如中国现代文学尚有可取之处，它的根源就在那些已故的翻译家身上。我们年轻时都知道，要想读好文字就要去读译著，因为最好的作者在搞翻译。这是我的不传之秘。①

---

① 王小波：《沉默的大多数》，300～302页，北京，文化艺术出版社，1997。

在《关于文体》一文中，王小波又说：

> 我认为最好的文体都是翻译家创造出来的。傅雷先生的文体很好，汝龙先生的文体更好。查良铮先生的译诗，王道乾先生翻译的小说——这两种文体是我终生学习的榜样。①

这虽然是王小波个人的阅读体会，艺术高超的翻译家也不限于他所提到的几位，但是"要想读好文字就要去读译著"和"最好的文体都是翻译家创造出来的"这两句话，应该是现代一切有文字鉴赏力的读者的共通的感受。当然这并不是说优秀的作家作品在语言文字上一定不如优秀的译著，但是，和不搞翻译的一般作家比较而言，优秀的翻译家一定是比一般的作家更高明的语言学家或语言艺术家。正是他们，在两种语言文字的传译和转换的过程中锤炼了文学语言与文体，极大地提升了中国现代文学语言的审美层次，为现代作家提供了写作的典范。

翻译文学对中国文学的影响，还表现为新文体、新的文学类型的引进、新思潮的发动等方面。晚清时期，梁启超翻译的政治小说，程小青等人翻译的侦探小说，都引发了"政治小说"和"侦探小说"这两种新的题材类型的创作。五四时期周作人翻译的日本小诗，引发了"小诗"这种新的诗体的创作热。五四以后闻一多、孙大雨、梁宗岱、冯至、卞之琳、屠岸等翻译家们对欧洲十四行诗的翻译，使得翻译家在翻译中模仿、借鉴，从而推动了我国十四行诗的发展，闻一多、徐志摩、郭沫若、朱湘、艾青、戴望舒、冯至、卞之琳、梁宗岱、何其芳、郑敏、唐湜、蔡其骄、屠岸、白桦、雁翼等一大批诗人持续不断地从事十四行诗的创作，使十四行诗成为中国最重要的新诗体之一。

翻译文学对中国文学的批评与研究的影响也很大。这主要表现为，翻译文学常常可以成为翻译家、评论家、学者评价中国传统文学的参照或比照。如晚清时期的侠人说："余不通西文，未能读西人所著小说，仅据已译出之本读之。窃谓西人所著小说若更有佳者，为吾译界所未传播，则吾不敢言；若其所谓最佳者，亦不过类此，则吾国小说之价值，真过于西洋万万也。"并且认为中国小说唯一不如西洋小说（译作）者在西洋小说分类甚

① 王小波：《沉默的大多数》，341页，北京，文化艺术出版社，1997。

精，而中国小说则也有优于彼小说者之处：一、中国小说所叙人事繁多，但能合一炉而冶之。二、中国小说，卷帙繁重，读之却使人愈味愈厚、愈入愈深。三、中国小说布局先平后奇，且文笔生动……。[①] 像侠人这样，以翻译文学来比照和评论中国文学，可以说是近一百多年来中国文学批评家、研究家的普遍的思维取向。

从最基本的层面上说，翻译问题是语言转换问题。语言转换实际上又是词汇和语法的转换。但在翻译实践中，这种"转换"往往不是对等的转换，当缺乏对等的词汇和句法时，就不得不将外来语、外来语法直接移译过来，从而丰富了汉语的表现力，并通过语言的这种演进和发展作用于文学。看来，翻译文学在对中国文学产生巨大影响的同时，对汉语发展演变的影响也非常重要、非常重大。

梁启超、罗常培、章太炎、高名凯、王力、季羡林等学者们的研究都已证实，佛经翻译中的梵汉对音促使了中国声韵学的产生，汉语平上去入四声的发现受到了梵文拼读方法的启发，而声韵学的诞生和四声的发现又催生了中国古代的格律诗。可见梵汉两种语言的对译对汉语音韵语法的影响之大。关于这一点，梁启超在《翻译文学与佛典》中首次做了较为全面的总结。他认为：佛典翻译文学带来了汉语文体（实为"语体"——引者注）上的明显变化——

其最显著者：（一）普通文章中所用"之乎者也矣焉哉"等字，佛典殆一概不用。（除支谦流译本）（二）概不用骈文家之绮辞丽句，亦不采古文家之绳墨格调。（三）倒装句法极多。（四）提挈句法极多。（五）一句中或一段落中含解释语。（六）多覆牒前文语。（七）有连缀十余字乃至数十字而成之名词。一名词中，含形容格的名词无数。（八）同格的语句，铺排叙列，动至数十。（九）一篇之中，散文诗歌交错。（十）其诗歌之译本为无韵的。凡此皆文章构造形式上，画然辟一新国土。质言之，则外来语之色彩甚浓厚，若与吾辈本来之"文学眼"不相习；然寻玩稍进，自感一种调和之美。[②]

从翻译文学的角度看，佛经翻译对中国语言文学影响最显著的莫过于

---

① 《小说丛话》中侠人语，原载《新小说》，第 13 号，1905。
② 梁启超：《翻译文学与佛典》，见《梁启超全集》，第 7 册，3806 页，北京出版社，1999。

词汇方面。由佛典中翻译出来的词汇很多，唐代玄应的《一切经音义》、宋代法云的《翻译名义集》、近代熊十力的《佛家名相通释》等，都对佛经翻译词汇做了收集、整理和解释。近代日本人所编的《佛教大辞典》就收了三万五千余条，表明佛教译词极大地丰富了汉语词汇的宝库。其中有相当一部分已由宗教词汇转化为一般词汇，渗透于社会生活的各个方面，对汉语言文学的影响也很显著。梁启超在《翻译文学与佛典》中认为，"翻译文学影响于一般文学"首先就表现为"国语实质之扩大"。他指出，最初的翻译家，除了对固有名词对音转译外，"其抽象语多袭旧名，吾命之曰'支谦流'之用字法"，也就是被称为"格义"的。如此用法，常常导致旧语与新义相矛盾，意义难以吻合，而且袭用旧语难免笼统失真。因此，创造新词语也就成了唯一可行的方法了，梁启超说：

> 或缀华语而别赋新义，如"真如"、"无明"、"法界"、"众生"、"因缘"、"果报"等等；或存梵音而变为熟语，如"涅槃"、"般若"、"瑜伽"、"禅那"、"刹那"、"由旬"等。其见于《一切经音义》《翻译名义集》者即各以千计。近日本人所编《佛教大词典》，所收乃至三万五千余语。此诸语者非他，实汉晋迄唐八百年间诸师所创造，加入吾国语系统中而变为新成分者也。夫语也者所以表观念也；增加三万五千语，即增加三万五千个观念也。由此观之，则自译业勃兴后，我国语实质之扩大，其程度为何如者！①

又说：

> 佛学既昌，新语杂陈；学者对于梵义，不肯囫囵放过；搜寻语源，力求真是。其势不得不出于大胆的创造。创造之途既开，则益为分析的进化。此国语内容所以日趋于扩大也。②

梁启超在这段文字中，区分了佛经翻译文学中两种创造新词语的方法：一是"缀华语而别赋新义"的意译词，二是"存梵音而变为熟语"的音译

---

① 梁启超：《翻译文学与佛典》，见《梁启超全集》，第 7 册，3805 页，北京，北京出版社，1997。

② 梁启超：《翻译文学与佛典》，见《梁启超全集》，第 7 册，3805 页，北京，北京出版社，1997。

词。这实际上也是一切翻译及翻译文学引进外来词汇的两种基本途径与方法。

在近现代翻译及文学翻译的实践中，翻译家们普遍感到汉语固有的词汇也不敷使用，如近代严复在《天演论·译例言》中说："新理踵出，名目纷繁，索之中文，渺不可得，即有牵合，终嫌参差。译者遇此，独有自具衡量，即义定名，顾其事有甚难者……一名之立，旬月踟蹰。"严复翻译的困难，我们可以想见，当时的地质学、哲学、经济学、生物学、伦理学、社会学等学科在我国尚处于等待创立时期，学科术语和专有名词都有待确立，前无古人，后待来者。在文学翻译中，即使像林纾那样自觉维护文言文正统性的翻译家，也不得不在翻译中突破文言的表达惯例。对此，钱钟书先生在《林纾的翻译》一文中有过精当的分析。他指出：

> 林纾译书所用文体是他心目中认为较通俗、较随便、富于弹性的文言。他虽然保留若干"古文"成分，但比"古文"自由得多；在词汇和句法上，规矩不严密，收容量很宽大。因此，"古文"里绝不容许的文言"隽语"、"佻巧语"像"梁上君子"、"五朵云"、"土馒头"、"夜度娘"等形形色色地出现了。白话口语像"小宝贝"、"爸爸"、"天杀之伯林伯"（《冰雪因缘》一五章，"天杀之"即"天杀的"）等也纷来笔下了。流行的外来新名词——林纾自己所谓"一见之字里行间便觉不韵"的"东人新名词"——像"普通"、"程度"、"热度"、"幸福"、"社会"、"个人"、"团体"（《玉楼花劫》四章）、"脑筋"、"脑球"、"脑气"、"反动之力"（《滑稽外史》二十七章、《块肉余生述》一二章又五二章）、"梦境甜蜜"、"活泼之精神"、"苦力"（《块肉余生述》一一章又三七章）等应有尽有了。还沾染当时以译音代译意的习气，"马丹"、"密司脱"、"安琪儿"、"俱乐部"之类连行接页，甚至毫不必要地来一个"列底"（尊闺门之称也）（《撒克逊劫后英雄略》五章，原文"Lady"）或"此所谓'德武忙'耳（犹华言为朋友尽力也）。"（《巴黎茶花女遗事》原书一章）意想不到的是，译文里有相当特出的"欧化"成分。①

林纾在翻译外国文学时，摇摆于古文常规限定下的"死的语言"与新鲜的现实生活中的"活的语言"之间，在语言的吸收利用上，并不泥古守旧，

---

① 钱锺书：《林纾的翻译》，载《文学研究集刊》，第 1 册，1964。

而是采纳了许多新鲜的富有表现力的鲜活语言，甚至把称呼语"密司脱"意译为"先生"。这种过渡性文体里的语言已经包含着许多现代白话语的因素，与正统的古文文体颇有区别，可以说在不自觉中掘开了文言文的末路。

在林纾稍后，梁启超在写作与翻译实践中，又开创了一种所谓"新文体"，把大量的文言词汇、新名词通俗化，创立了一种介乎文白之间的语体，进一步推动了文言文的退却，加速了白话文的进程。关于"新文体"，梁启超在《清代学术概论》中曾经作过分析界定："至是（引者注：指办《新民丛报》《新小说》时）自解放，务为平易畅达，时杂以俚语、韵语及外国语法，纵笔所至不检束。学者竞效之，号'新文体'。老辈则痛恨，诋为野狐。然其文条理明晰，笔锋常带情感，对于读者别有一番魔力焉。"①这种文体，使用浅近文言，包括民间流行的谚语、俗话和成语以及日文新名词和日语式表达方式，活泼而浅显，新鲜而饱带感情，兼之梁启超所表达的近代改良思想，对于中国读书人来讲，既具有新鲜感，又别致活跃。而从根本上讲，"新文体"对于现代语文最大的贡献，就在于输入近代来自日本的新名词，借助于新名词而使得现代思想和现代各门类的知识得以广泛传播。"新文体"在白话文还不能够担当起表现现实生活的任务时，用半文半白的语言"杂以外国语法"，传播了新思想和新知识，适应了"过渡时代"的要求，在翻译语言从文言到白话的变革转换中，起到了一种承前启后的作用，也为现代语言文学的产生准备了条件。梁启超在文学翻译中，起初用的也是文言文体，但这种文言已经更加不纯，比上述林纾的文言包含了更多的新名词、新句法。如1898年他翻译的第一部作品、日本柴四郎的政治小说《佳人奇遇》第一回中，有这样一段话：

> ……红莲曰："妾父长于奇赢之术，执牙筹而计画贩货，贸易美国，又估货输出东洋。需用趋时，计画超算，富冠一世也。初英王用其诈术，欺我王愚我民，阳约联邦相助，阴存吞并之心。名为联邦，实使为臣妾。迩来英苏相谋，嫉我国繁盛，忌我民富强，苛法虐制，无所不至。窘我工业、蹙我制造，害我贸易，妨我结合，夺我教法之自由禁我出版之自若。……"②

① 梁启超：《清代学术概论》，77页，北京，东方出版社，1996。
② 梁启超译：《佳人奇遇》，见《梁启超全集》，第10册，5501页，北京，北京出版社，1999。

在这段译文中，既有以汉语文言来生硬翻译外语的地方，如让爱尔兰女子红莲自称"妾"；也有大量的外来新名词，如"计画"、"联邦"、"工业"、"贸易"、"自由"、"出版"之类，均为日本新名词，可谓触目皆是。这种语言已经很接近现代白话文了。

施蛰存先生在为《中国近代文学大系·翻译文学集》所写的导言中说：

> 外国文学的白话文译本，愈出愈多，译手也日渐在扩大，据以译述的原本有各种不同的语文，在潜移默化之间，产生了一种新的白话文。它没有译者方言乡音影响，语法结构和辞气有一些外国语迹象。译手虽然各有自己的语文风格，但从总体来看，它已不是传统小说所使用的白话文。它有时代性，有统一性。当时的文艺创作家，即我们新文学史上所轻蔑的"鸳鸯蝴蝶派"，他们所使用的，就是这一种白话文。……这一种白话文体的转变，是悄悄进行的，我们在最近，看了不少译本和创作小说及杂文，才开始有所感觉。是不是可以说：早期的外国文学译本，对当时创作界的文学语言也起过显著的影响呢？[①]

答案当然是肯定的。翻译家受外国文学影响，创作家受翻译文学影响；换言之，外文影响译文，译文又影响中文写作。白话文既是汉语自身发展演变的结果，也是外语影响的结果。假如没有外语的影响，我们的白话文可能永远就是古代的白话——没有新名词，没有外来语法。而现代汉语就不会是今天的这个样子。

翻译文学全用白话作为翻译语言，占据了绝对的优势地位取代了文言，那是在五四新文学取得了胜利之后。这当然要归功于五四时期胡适、钱玄同、刘半农等文学革命派以白话代替文言的不妥协态度。而随着白话文地位的确立，翻译语言也完全采用白话了。但是，现代白话文毕竟还很不成熟，它的实用价值得到确认，但它本身的审美价值却是一个疑问。而对文学翻译和文学创作中的白话文来说，更加关键的是其审美价值问题，也就是说，白话文不仅要能用，而且要有严谨的句法结构，丰富的词汇，充分的美感，丰富的表现力。倘若做不到这些，就不能因为白话文在翻译和创作中取得了统治地位而匆忙宣布白话文的彻底胜利。在这一点上，翻

---

① 施蛰存：《中国近代文学大系·翻译文学集·导言》，上海：上海书店出版社，1990。

译家们有着清醒的认识，并身体力行地在文学翻译的实践中探索现代汉语的发展和完善的途径。

较早指出白话文缺陷的，是白话文的提倡者之一傅斯年。他说：

> 现在我们使用白话文，第一件感觉苦痛的事情，就是我们的国语，异常质直，异常干枯……我们使用的白话，仍然是浑身赤条条的，没有美术的培养；所以觉着非常的干枯，少得余味，不适用于文学……我们不特觉得现在使用的白话异常干枯，并且觉着它异常的贫……可惜我们使用的白话，同我们使用的文言，犯了一样的毛病，也是"其直如矢，其平如底"，组织上非常简单。①

既然白话文如此不能承担起文学创造的功能，该如何完善它呢，傅斯年开出的药方是："就是直用西洋文的款式，方法，词法，句法，章法，词枝（Figure of Speech），……一切修辞学上的方法，造成一种超于现在的国语，欧化的国语，因而成就一种欧化国语的文学。"也就是主张以"全盘西化"来改造白话文，以西洋语言来改造白话文。

现在看来，主张"欧化的国语"似乎有点激进，但五四时期这是一种主流意见。郑振铎也结合自己的创作体验，发出过相类似的感慨："中国的旧文体太陈旧而且成滥调了。有许多好的思想与情绪都为旧文体的程式所拘，不能尽量的精微的达出。不惟文言文如此，就是语体文也是如此。所以为求文学艺术的精进起见，我极赞成语体的欧化"。②《小说月报》主编沈雁冰更是主张"创作家及翻译家极该大胆把欧化文法使用"③。鲁迅与瞿秋白在1931年关于翻译的通信中也指出：

> 中国的文或话，法子实在太不精密了，作文的秘诀，是在避去熟字，删掉虚字，就是好文章，讲话的时候，也时时要词不达意，这就是话不够用，所以教员讲书，也必须借助于粉笔。这语法的不精密，就在证明思路的不精密，换一句话，就是脑筋有些糊涂。④

---

① 傅斯年：《怎样作白话》，载《新潮》，第1卷第2号，1919。
② 郑振铎：《语体文欧化之我见》，载《小说月报》，第12卷第6号，1921年6月10日。
③ 沈雁冰：《语体文欧化问题》，载《小说月报》，第13卷第2号，1922年。
④ 《鲁迅和瞿秋白关于翻译的通信》，见罗新璋编：《翻译论集》，276页，北京，商务印书馆，1984。

面对白话语言的不精密，改革的一个重要办法就是引进外来的语言营养。鲁迅认为翻译"不但在输入新的内容，也在输入新的表现法"。他虽不主张全面欧化，但他肯定翻译文学是改造白话语言的重要一途，"要医这病，我以为只好陆续吃一点苦，装进异样的句法去，古的，外省外府的，外国的，后来便可以据为己有"；"一面尽量的输入，一面尽量的消化，吸收，可用的传下去了，渣滓就听他剩落在过去里。……但这情形也当然不是永远的，其中的一部分，将从'不顺'而成为'顺'，有一部分，则因为到底'不顺'而被淘汰，被踢"。①

瞿秋白在与鲁迅关于翻译问题的通信中，这样写道：

> 翻译——除出能够介绍原本的内容给中国读者以外——还有一个很重要的作用：就是帮助我们创造出新的中国的现代言语。中国的言语（文字）是那么贫乏，甚至于日常用品都是无名氏的。中国的简直没有完全脱离所谓的"姿势语"的程度——普通的日常谈话几乎还离不开"手势语"。自然，一切表现细腻的分别和复杂的关系的形容词，动词，前置词，几乎没有。……翻译，的确可以帮助我们造出许多新的字眼，新的句法，丰富的字汇和细腻的精密的正确的表现。因此，我们既然进行着创造中国现代的新的言语的斗争，我们对于翻译就不能够不要求：绝对的正确和绝对的中国白话文。这是要把新的文化的言语介绍给大众。②

瞿秋白也把翻译看成是改造白话文的一个重要的途径，但却不能够接受鲁迅所说的以"不顺"的直译语言输入新的词汇和句法，"应当用中国人口头上可以讲得出来的白话来写"，"书面上的白话文，如果不注意中国白话的文法公律，如果不就着中国白话原来有的公律去创造新的，那就很容易走到所谓'不顺'方面去。这是在创造新的字眼新的句法的时候，完全不顾普通群众口头上说话的习惯，而用文言做本位的结果。这样写出来的文字，本身就是死的言语。"③他主张向大众口头语吸收营养的观点，反对"五

---

① 鲁迅、瞿秋白：《鲁迅和瞿秋白关于翻译的通信》，见罗新璋编：《翻译论集》，266页，北京，商务印书馆，1984。

② 鲁迅、瞿秋白：《鲁迅和瞿秋白关于翻译的通信》，见罗新璋编：《翻译论集》，266页，北京，商务印书馆，1984。

③ 鲁迅、瞿秋白：《鲁迅和瞿秋白关于翻译的通信》，见罗新璋编：《翻译论集》，269～270页，北京，商务印书馆，1984。

四式新文言"，不赞成彻底的欧化。

后来的翻译家从语言的审美表现力的角度，在中外语言的对比中，指出了白话文的不足。例如，翻译家傅雷在1951年致林以亮的一封信中，就一针见血地指出了这个问题：

> 白话文跟外国语文，在丰富、变化上面差得太远。文言在这一点上比白话就占便宜。周作人说过："倘用骈散错杂的文言译出，成绩可比较有把握：译文既顺眼，原文意义亦不距离过远"，这是极有见地的说法。文言有它的规律，有它的体制，任何人不能胡来，词汇也丰富。白话文却是刚刚从民间搬来的，一无规则，二无体制，各人摸索各人的，结果就要乱绞。同时我们不能拿任何一种方言作为白话文的骨干。我们现在所用的，即是一种非南非北，亦南亦北的杂种语言。凡是南北语言中的特点统统要拿掉，所剩的仅仅是些轮廓，只能达意，不能传情。故生动、灵秀、隽永等等，一概谈不上。[①]

傅雷所说并非过言，其本义是在中外语言文学的比照中认识到现代汉语需要完善。而翻译家确有一种一般人所不具备的特殊条件——他们可以在中外文翻译的字斟句酌中，在中外文的对比中，看出中文的缺陷和不足，并在翻译实践中切实地吸收着外文的营养，一点一点地改造着、提高着现代汉语，而文学翻译家在这当中的贡献最大。他们不仅仅满足于语言的通顺达意，而且注意着语言的修辞、语气中的蕴含和韵味，句法组织的细腻巧妙、词汇运用的微妙多姿，表现方式的丰富多样。因此，现代白话文的改革，首先不是表现在作家的创作中，而是表现在翻译家的译文中。鲁迅的译文更多地表现出探索与革新的努力，而他的同期的创作则更多地考虑语言与时代不至出现断裂，就是一个例证。而现代汉语的真正成熟，也是首先是表现在翻译家的译文中。现代白话文的基本成熟大约是在20世纪30年代中期以后，一批优秀的译作标志着翻译文学中现代汉语正在走向成熟，如瞿秋白翻译的高尔基的《海燕》，冰心翻译的纪伯伦的《先知》，巴金翻译的屠格涅夫的《父与子》和《处女地》，张谷若翻译的《德伯家的苔丝》，鲁迅翻译的果戈理的《死魂灵》等。从译文语言上看，这些译作直到

---

① 傅雷：《致林以亮论翻译书》，见罗新璋编：《翻译论集》，546～547页，北京，商务印书馆，1984。

现在仍不失其地道和纯正，在句法的严谨、修辞的丰富、特别是在处理复杂句式方面，比起同时期的作家创作，则似乎更胜一筹。这种现象在中国翻译及翻译文学史上是普遍存在的。

但翻译文学对中国语言文学的影响也有负面的作用。那就是过度洋化、西化，出现了为人所诟病的"翻译体"和"翻译腔"。这种负面的东西在现代汉语趋于成熟以后表现得更为明显。语言学家王力先生在20世纪40年代就指出："西洋语法和中国语法相离太远的地方，也不是中国所能迁就的。欧化到了现在的地步，已完成了十分之九的路程；将来即使有人要使中国语法完全欧化，也是不可能的。"①现代白话文在基本成熟后，欧化的幅度和速度必须节制，那些被实践证明应该被"踢开"的欧化成分就应该踢开，否则，现代汉语的纯正性将受到破坏。然而这种无节制地欧化现象，直到近些年来，不仅在一些译文中，更在一些创作中，乃至学术性文章中，并不少见。余光中先生将这种现象称为"繁硬文体"、"恶性西化"，认为当年"鲁迅、傅斯年等鼓吹中文西化，一大原因是当时的白话文尚未成熟，表达的能力尚颇有限，似应多乞外援。六十年后，白话文去芜存菁，不但锻炼了口语，重估了文言，而且也吸收了外文，形成了一种多元化的新文体。今日的白话文已经相当成熟，不但不可再加西化，而且应该回过头来检讨六十年间西化之得失，对'恶性西化'的各种病态，犹应注意革除。"②这些看法是中肯的，值得引以为戒的。

---

① 王力：《中国现代语法》，335页，北京，商务印书馆，1985。
② 余光中：《余光中谈翻译》，99页，北京，中国对外翻译出版公司，2002。

第四章

发展论

"发展论"是中国翻译文学的纵向论，是对中国翻译文学历史演进历程及其规律的鸟瞰与概括。本章立足于中外文化和文学的冲突与融合，指出中国古代的翻译文学主要依托于佛经翻译，到近代，翻译文学开始独立，近代文学翻译的基本特点是以中国传统文学的观念和方式对原作加以改造，试图将外国文学"归化"到中国文化和文学中去。新文化运动前后翻译文学发生转型，即从"归化"走向"欧化"或"洋化"。经过"归化"和"异化"的矛盾运动，到了 20 世纪 30 年代后半期，中国翻译文学在中外文化和文学的"溶化"中逐渐趋于成熟，20 世纪后半期的翻译文学在起伏中前进，到 80 至 90 年代走向高度繁荣。

一、古代：依托于宗教翻译的文学翻译

中国古代的翻译活动有着悠久的历史。《礼记·王制》中记载："中国、夷、蛮、戎、狄……言语不通，嗜欲不同，达其志，通其欲，东方曰寄，南方曰象，西方曰狄鞮，北方曰译。"可见，至少在春秋时代，以汉民族为中心的"中国"与周边其他民族之间的翻译活动已经颇有规模。对此，《史记》《国语》《汉书》等历史著作中都有记述。这其中既有口译，也有书面翻译；既有一般事务的翻译，又有文学翻译。纯文学翻译在古代翻译中虽不成规模，但毕竟还是有些译文流传下来。例如，《左传》中记载，当年楚王

的胞弟鄂君子皙"泛舟于新波"之日，听到有个越人"拥楫而歌"，因听不懂越语，便请人翻译，译出的歌词如下：

今夕何夕兮，搴舟中流，
今日何日兮，得与王子同舟。
蒙羞被好兮，不訾诟耻，
心几烦而不绝兮，得知王子。
山有木兮木有枝，心悦君兮君不知。

这首歌表达了越人对王子鄂君子皙的爱慕之情。后世称为《越人歌》，被认为是我国古代流传下来的最早的一首译诗。

《史记·匈奴列传》中记载匈奴人的一首诗歌，显然也算是翻译文学：

亡我祁连山，
使我六畜不蕃息。
失我焉支山，
使我妇女无颜色。

该诗讲的是匈奴在与汉朝的战争中失去了祁连山和焉支山之后的悲愤心情。该诗后被作为民歌收入《乐府诗集》等典籍中，译文字句略有出入。

保存在西晋时期崔豹所著《古今注》中的古代朝鲜歌谣汉译《箜篌引》也很有名——

公无渡河，公竟渡河！
坠河而死，将奈公何！

原文为朝鲜语，讲的是一位女子目睹丈夫被河水淹死时的悲痛心情。汉语译文以四言体翻译，颇有古风。

南北朝时期，汉人与北方各民族的交流频繁，他们的作品译文也有的流传下来。著名的如北齐时期的《敕勒川》：

敕勒川，阴山下，
天似穹庐，笼盖四野。

天苍苍，野茫茫，

风吹草低见牛羊。

《乐府广题》中说："其歌本鲜卑语，易为齐言"。作为一首译诗，语言凝练准确，形象如画，艺术上不下于第一流诗人的创作，可见当时文学翻译已有很高的水准。

但中国古代的纯文学的翻译数量还很少，流传下来的更少。其根本原因大概是由于汉文学与周边其他国家、其他民族相比远为先进和发达，因而学习、引进外来文学的动力不大，文学翻译自然不被重视。东汉以降，随着佛教的传入和佛经翻译而逐渐成为翻译大国，在这种情况下，翻译文学依托于宗教翻译，也繁荣起来。

在印度，佛教为了化导大众广泛利用民间神话、故事、传说，用鲜明生动的故事情节和人物形象来阐释抽象的教义，宗教与文学相结合，形成了"佛经文学"这样引人注目的文学形态。汉译佛经，自然也保留、有时甚至强化突出了它们的文学性。在一般的汉译佛经中，都有不同程度的文学色彩。如在我国影响很大的几部佛教经典《法华经》《维摩诘经》《盂兰盆经》等都是如此。

其中，《法华经》(全称《妙法莲花经》)是印度大乘佛教的重要经典之一，在佛传文学中别具一格，内容是赞颂成佛后的释迦牟尼的。它有三个译本：西晋竺法护的十卷本《正法华经》、姚秦鸠摩罗什译的七卷本《妙法莲华经》、隋那崛多编译的《添品妙法莲花经》。其中鸠摩罗什的译本流传最广。《法华经》称释迦成佛以来，寿命无限，现各种化身，"以种种方便，说微妙法"。着重调和大乘小乘，宣扬"三乘归一"，即声闻、缘觉、菩萨"三乘"均归于"佛乘"，以为一切众生，均可成佛。《妙法莲华经》的译者鸠摩罗什(350—409)，一名童寿，本为印度人，后至西域龟兹，姚秦时应邀来长安译经。他共译出佛经四百多卷，第一次把佛经按印度的本来面目翻译过来，在佛教翻译史上具有非常崇高的地位。《法华经》是鸠摩罗什的翻译代表作。这部书作为佛典，在说教的同时采用了许多生动的寓言故事，散文与韵文相间，用散文体讲完故事，再用诗体"偈颂"重述。鸠摩罗什的译文既忠实于原文，又不拘泥原文字句，酣畅淋漓，文采飞扬，后世佛教史及佛经翻译史的研究者对他均有很高的评价。例如，第二品"或宅"，在宣传"三乘归一"的说教时，讲了这样一个故事：说一个长者，有三个孩子同在房间中玩耍，房子忽然起火，孩子年幼无知，不知逃避。不论父亲如何在屋外叫喊，他们也不出来，眼看就要被大火吞没。父亲灵机一动，大声喊道：我这里有一辆羊车、一辆鹿车、一辆牛车，谁出来就给谁玩！孩子们听罢，便从房间一拥而出，父亲见孩子得救，高兴地给每个孩子一辆七宝大车。这里用羊、鹿、牛比喻"三乘"，用七宝大车比喻"佛乘"，说明前三乘是让人从生死轮回中摆脱出来的一种方便设教，但只有佛乘才能使人进入佛境。

《维摩诘经》，又称《维摩经》《维摩诘所说经》《不可思议解脱经》，是一部十分重要的佛经，在我国流传甚广，有七种译本之多，如三国时吴支谦译本、西晋时竺法护的译本、南北朝时鸠摩罗什的译本等。其中最有影响、译文水平最高的是鸠摩罗什的译本《维摩诘所说经》，共三卷十四品。这部佛经通过一位在家居士维摩诘的形象塑造，宣传了大乘佛教的"入不二法门"等思想主张，经中说他家财无量，能言善辩，深通大乘佛法。他虽不出家，却遵守佛门戒律；虽有妻子，却修梵行；虽生活于三界，却不贪恋三界，常为众生说法。据说，有一次维摩诘为了显示"无常"之理，称起病来，释迦牟尼就派弟子前去问病。但弟子们知道维摩诘善辩，以前舍利佛等都曾在辩论中败北，所以都不敢去。最后智慧第一的文殊菩萨受命，率众弟子前往。接下去写维摩诘与文殊菩萨等人反复讨论佛法，义理深奥，妙语横生。从文学角度看，《维摩诘经》既有小说的情节，又有戏剧的结构，兼有小说和戏剧的双重趣味。

此外，汉译佛经中的有些文学性的情节故事对我国文学影响很大。著名的如《盂兰盆经》，该经写的是佛陀弟子大目犍连为报父母养育之恩，以钵盛饭，饷其亡母，未能如愿。后按佛陀指点，于7月15"僧自恣日"以盆钵盛各种物品施奉四方众僧，众僧以其功能法力，将大目犍连亡母之灵解救出苦海。通行的汉文《盂兰盆经》据说是西晋时翻译家竺法护从梵文翻译过来的。这部佛经契合了讲究孝道的中国人的心理，所以尽管它并未阐发什么深奥的教义，却在民间有很大影响。约从公元6世纪起，中国民间逐渐形成了过"盂兰盆节"的习惯。每年阴历7月15，各大寺庙要举行盛大的法会，由众多和尚诵经施法；百姓们则要进香上供，施舍财物给僧人寺院，祭祀祖先亡灵。我国传统戏曲中的一类重要的题材，即所谓"目连戏"，其基本情节就来源于《盂兰盆经》。在汉译佛经中，即使是以讲深奥的佛理为主的佛经，也有不同程度的文学色彩。例如，据认为现存最早的汉译佛经、汉明帝时期由摄摩腾翻译出来的《四十二章经》，由四十二段短小的佛经构成，主要内容是阐述早期佛教的基本教义，文字虽短，但在论述中大量使用各种形象的比喻。如说人贪求财色，就好像一个小孩舔刀刃上的蜜糖一样危险；恶人陷害好人，就好像仰面吐唾沫，唾沫掉在他自己的脸上弄脏的是他自己，又好比迎风扬起尘土，弄脏的也是他自己。这些比喻都十分生动贴切，表现出印度民间文学的特色。再如华严宗的基本经典《华严经》有三种不同的汉文译本，在阐述深刻的佛教哲学思想的同时，也具有较强的文学色彩。这集中地体现在其中的《入法界品》中，其中讲述了善财童子为了访求佛法真理，到处寻师，历尽曲折，共参拜五十三人参悟佛法。这就是著名的"善财童子五十三参"的故事，是我国佛教艺术品中常见的题材。

在印度，有些佛经原本就是根据民间寓言故事加工改造而成，或为韵文体，或为散文体，以寓言故事体居多，少量为诗歌，都具备了文学作品的情节、情感、形象等主要因素，属于严格意义上的寓言故事文学。这类佛经均有不少汉译本，大体可以分为"佛本生故事"、"佛传故事"、"譬喻文学"三大主要类型（有的佛经以上三者兼而有之）。

首先是"佛本生故事"，也称"本生故事"。早在佛教产生之前，有关的故事就长期在印度民间流传。佛陀释迦牟尼死后不久，教徒们便收集和改造这些民间故事，从佛教轮回的观念出发，把故事中的主角说成是佛陀在不同时期的转生形象，并说明佛陀是在经历了无数次轮回转生，积善去恶，最后成佛。这些形象或为不同身份的人物，或为各种动物、植物的形象。本生故事在佛教经典中是一个专门的部类。在汉译佛经中除了若干部专门讲述本生故事的经典外，还散见于各种经典和律本中。汉译专门讲授本生故事的经典，主要有《六度集经》《生经》《九色鹿经》《太子须大拿经》等。

《六度集经》为三国时吴国康僧会编译。共八卷，收集了九十一个本生故事和佛传故事，是我国较早翻译的佛经之一。康僧会为中亚人，世居印度，幼时随父亲经商迁居越南，在孙权当朝时来到吴国首都建业（今南京），建寺弘法，对佛教在东吴地区的流传起了很大作用。《六度集经》中的所谓"六度"，是指大乘佛教的六种修行方式，即布施、持戒、忍辱、精进、禅定、智慧。康僧会把九十一个故事按"六度"分类，并在每一类故事前面冠一简短的解说。由于康僧会对中国语言文化颇为精通，在编译过程中，也糅入了一些中国固有的老庄和儒家思想，甚至使用老庄的名词典故，从而将印度故事不同程度地中国化了。每个故事篇幅都不长，均含有劝善惩恶之意，人物情节生动有趣。其中的有些故事，在我国长期流传，影响很大，如舍身饲虎的故事、九色鹿的故事、盲人摸象的故事、猕猴与鳖的故事等。《六度集经》作为较早的佛教普及性读物和较早的汉译生经故事，文辞质朴而又典雅，代表了当时佛教文学翻译的水平。

《生经》由西晋著名翻译家竺法护翻译。竺法护（约230—308）梵名云摩罗刹。西域月氏人，世居敦煌，据说通晓梵汉等三十六种语言及方言。他共译出佛经一百五十九部，现存八十四部。竺法护的翻译不同于此前随意增删的意译和编译，而是尊重梵本，存真求质。从翻译文学角度看，《生经》是竺法护的代表译作之一。《生经》共收故事五十五个，其中的不少故事是佛教文学中的精品。例如，《佛说堕珠著海中经》，说一个菩萨为了救助穷人，历尽艰险入海寻找到了宝珠，但却在返回时被龙王抢走。于是菩萨拿出水勺，决心把大海的水舀干。龙王害怕菩萨坚持不懈，只好交出宝珠。这个故事与我国的"精卫填海"、"愚公移山"颇有异曲同工之妙。此外，《佛说鳖猕猴经》《佛说五仙人经》《佛说舅甥经》等，都是竺法护译《生经》中脍炙人口的作品。

三国时著名翻译家支谦译的《九色鹿经》是一部叙述释迦牟尼往昔修菩萨行的本生故事。说释迦前生为九色鹿王时，曾救起了一个溺水的人。这个溺水者回家后闻知皇后悬以重赏，欲猎九色鹿，以鹿皮制作衣裘。溺水者为得悬赏，竟道出鹿之所在。王将杀，鹿乃陈述如何救溺水者，而溺水者如何忘恩负义，王深为感动，遂令对九色鹿加以保护。这个故事在印度流传广泛，故九色鹿被尊为"菩萨鹿"。在我国的敦煌莫高窟中，有九色鹿的壁画，直到现在，以这个故事为素材改编的少儿读物和音像制品，仍然很受欢迎。

此外，在汉译本生经故事中，《太子须大拿经》和《佛说兴起行经》也值得一提。《太子须大拿经》也是一种著名的佛本生故事。由东晋十六国时沙门圣坚译，另外，其他许多佛经中也提到了这个故事。它的篇幅不长，只有一卷，但在我国有着广泛的影响。故事讲的是太子须大拿为人慈悲，乐善好施，有求必应，先是将国家的宝物大白象施舍给敌国，最后连自己的妻子儿女也施舍了，由一个太子变得一无所有。他的行为感动了帝释天，也感动了敌国，并且最终成佛。故事末尾讲明：这个太子须大拿就是释迦牟尼的前生。这个本生故事强调的是乐善好施、行善积德对于成佛的重要性。《佛说兴起行经》由后汉康孟详翻译，两卷，包括了十个本生故事。其内容比较特殊。其他的本生经讲的都是佛陀前生的善行，但《佛说兴起行经》却写了佛陀前生的丑事恶行。这样的故事除了解释佛陀生前传教中所遇到的种种困厄外，还要说明：即使是佛陀本人，也是在无数次的轮回转生中不断弃恶从善、逐渐成佛的。

如果说佛本生故事是讲佛陀的前生事迹的，那么佛传故事（也称佛赞故事、佛本行故事）则是专门讲述释迦牟尼一生各个阶段事迹的。释迦牟尼作为佛教的创始者和佛教徒的楷模，深为佛教徒所崇敬。后来，随着佛教的发展和偶像崇拜的需要，僧侣们逐渐将他神化，并借助、利用民间故事传说，为释迦牟尼的生平事迹涂上了浓厚的传奇色彩。有关的佛传故事极富想象力，叙述夸张、文辞华丽，许多故事是优秀的文学作品。我国古代所翻译的佛传故事主要有《普曜经》（一译《方广大庄严经》）《修行本起经》《佛本行集经》《佛所行赞》《佛本行经》《中本起经》《众许摩诃帝经》等。其中，《佛所行赞》是印度著名的佛教诗人、剧作家马鸣的长诗，描写和赞颂佛陀的一生，在印度流传甚广。唐义净在《南海寄归传》卷四中载："五天（按指全印度）南海，无不讽诵。"《佛所行赞》是佛传文学中艺术水平最高的作品，由东晋时代的翻译家昙无谶（？—433）翻译。昙无谶用五言无韵诗体译出，共分二十八品，约九千三百句，四万六千余字。此种长诗为我国固有文学中所未有，堪称我国佛经翻译文学中的杰作。与《佛所行赞》同类的还有同时期的宝云（？—469）翻译的长诗《佛本行经》，分三十一品，在不同的段落，宝云分别使用五言、七言和四言诗体译出，风格和内容大致与《佛所行赞》相同。

除上述专门的本生故事和佛传故事外，本生故事和佛传故事还散见于其他佛经中，如早期翻译成汉文的四部"阿含经"，包括《长阿含经》《中阿含经》《杂阿含经》和《赠壹阿含经》，都以对话体的形式，记述了释迦牟尼的生平说教及直传弟子的修行与传教活动，汉文虽嫌拙涩，但也别具风格。《涅槃经》（全称《大般涅槃经》）有多种汉译本，它记述了释迦牟尼在生命的最后阶段的传教活动和涅槃圆寂的情景，叙事很有文采。

汉译佛教文学的第三种类型是所谓"譬喻经"，近世以来研究佛教翻译文学的学者称之为"譬喻文学"。梵文中的"譬喻"一词，汉译佛经中有的音译为"阿波陀那"，还有的译为"出曜"、"本起"等，而以意译"譬喻"最为通行。在印度梵文佛教文学中，"譬喻经"属于通俗的故事文学，在形式上与佛本生故事是同一类型。但本生经故事的主人公一定是佛陀，而我们这里所说的譬喻经故事则是本生经故事之外的、以故事"譬喻"佛理的。汉译譬喻经，在汉译佛教文学中占的分量最多。不但有专门的譬喻经故事集，而且在一般的佛教典籍中，到处都有譬喻故事。汉译专门的譬喻经故事集有

《撰集百缘经》《大庄严论经》《法句譬喻经》《百喻经》《出曜经》《贤愚经》《杂宝藏经》《杂譬喻经》等。

《百喻经》，又名《痴华蔓》，由南北朝来华印度僧人求那毗地翻译。所谓"百喻"，是指全书有一百个譬喻故事，但实际上是九十八个故事。"华蔓"即"花蔓"、"花环"，印度人以此来指故事的一种编排方式。这可以说是一部专门讲故事的佛经，而且讲的都是愚人可笑的蠢事，所以叫"痴华蔓"。故事之后一般有几句点题文字，告诫出家人或一般人应如何引以为戒。佛教特别讲"智慧"。看出别人的愚蠢，即是一种智慧。《百喻经》中的故事短小精悍，大多为两三百字，少数较长的也在千字以内。故事情节幽默风趣，常令人忍俊不禁，回味无穷。求那毗地的译文流畅、简练、易懂，在佛教翻译文学中堪称精品，例如其中的第九个故事《叹父德行喻》，译文如下：

> 昔时有人于众人中，叹己父德而作是言："我父慈仁，不害不盗，直作实语，兼行布施。"时有愚人，闻其此语，便作是言："我父德行，复过汝父。"诸人问言："有何德行？请道其事。"愚人答曰："我父小来断绝淫欲，初无染污。"众人语言："若断淫欲，云何生汝？"深为时人之所怪笑。

> 犹如世间无智之流，欲赞人德，不识其实，反致毁訾。如彼愚者，意好叹父，言成过失，此亦如是。

《杂譬喻经》作为重要的佛经之一和佛教譬喻故事集，被我国历代翻译家所重视，前后有五种译本：一《杂譬喻经》一卷本，收十二个故事，东汉末年翻译家支娄迦谶译；二《杂譬喻经》二卷本，收三十二个故事，东汉末年译出，译者不详；三《旧杂譬喻经》二卷本，收六十一个故事，三国时翻译家康僧会译；四《杂譬喻经》一卷本，收三十七个故事，比丘道略集；五《众经撰杂譬喻经》收四十四个故事，比丘道略集，一说鸠摩罗什译。以上五种译文篇幅不同，但内容大同小异，都是专门的譬喻故事集。

《贤愚经》和《杂宝藏经》中的故事类型比较复杂，既有佛本生故事，也有佛本行故事，但主要是因缘譬喻故事。《贤愚经》全称《贤愚因缘经》。汉文《贤愚经》没有梵文原本，是南北朝时翻译家昙觉与沙门威德收集、编译的，共十三卷六十九品。每"品"有一个或几个故事。其中很多故事具有很高的艺术性，如其中一个故事讲两个妇女都自称是孩子的母亲，争执不下，国王凭聪明智慧而公正断案。这个故事同《圣经·旧约》中的所罗门断案的故事，与我国元代李行道的杂剧《包侍制智勘灰栏记》的情节相同，是研究古代中外文化交流的一个重要线索。《杂宝藏经》由北魏时吉伽夜与昙曜共同翻译，共收有一百二十一个故事。除了具有很高的文学欣赏价值外，还有重要的文学史料价值。如其中的《十奢王缘》，基本上就是印度大史诗《罗摩衍那》的故事雏形，对于研究佛教与印度教、佛经文学与印度大史诗的关系非常重要。

我国古代的翻译家们还在丰富的翻译实践中，总结了一些宝贵经验，有些已经成为理论的形态，是我国译学理论及翻译文学理论的宝贵财富。如东汉末的重要佛经翻译家支谦在《法句经序》中，记载和评论了当时几位佛经翻译家的翻译情况及对翻译问题的讨论，他写道：

> 诸佛典皆在天竺。天竺言语，与汉异音。云其书为天书，语为天语。名物不同，传实不易。唯昔蓝调、安侯、世高、都尉、佛调，译胡为汉，审得其体，斯以难继。后之传者，虽不能密，犹尚贵其实，粗得大趣。始者维祇难出自天竺，以黄武三年来适武昌。仆从受此五百偈本，请其同道竺将炎为译。将炎虽善天竺语，未备晓汉。其所传言，或得胡语，或以义出音，近于质直。仆初嫌为词不雅。维祇难曰："佛言依其意不用饰，取其法不以严，其传经者，令易晓勿失厥义，是则为善。"座中咸曰："老氏称：'美言不信，信言不美'，仲尼亦云：'书不尽言，言不尽意'。明圣人意，深邃无极。今传梵意，实宜径达。"是以自偈受译人口，因循本旨，不加文饰。[①]

这段话指出了翻译中的"传实"问题，认为"传实"、"贵其实"是根本，也最不容易。又提出了翻译中的几个对立统一的范畴，即"质直"与"雅"之间、"易晓"与"饰"、"严"之间、"美"与"信"之间、"言"与"意"之间、"意"与"达"之间的关系。这几个矛盾的范畴实际上已经囊括了翻译理论中的基本问题，表明我国古代翻译家们在翻译中是有明确的理论指导和理论主张的，显示了我国传统译学理论的特色——与传统的哲学美学与传统文论密不可分。只可惜这样的文字流传下来的太少。此外，东晋时代的道安提出

---

① （三国吴）支谦：《法句经序》，见罗新璋编：《翻译论集》，22 页，北京，商务印书馆，1984。

的关于翻译中必然会背离原文的五种情况,即"五失本"论,鸠摩罗什提出的翻译中原文"辞体"、"文藻"的丢失问题、唐代玄奘提出的需要加以音译的五种情况,即"五不翻"等,都有较大的理论价值,对后来的译论产生了一定的影响。

总之,中国古代的翻译文学发展的基本规律是翻译文学依托于佛经翻译。这与西方翻译史是颇为相似的。在西方,中世纪后期德、意、英、法等民族对拉丁文基督教圣经的翻译,不同程度地推动了这些民族的语言文学的成熟。而中国自东汉以降对佛经的翻译,则极大地推动、霑溉、滋润了中国语言文学的发展。如汉语音韵学的发明及格律诗的形成、新词汇新句法的引进、文学想象力的激发和志怪小说、神魔小说的发达等,都受惠于佛经的翻译。在佛经翻译的选题上则呈现出一个规律——唐以前的佛经翻译,更多的是"佛经文学",而唐及唐以后的佛经翻译,更多的是缺乏文学性的抽象深奥的佛教理论典籍。几乎所有具有重要文学价值,或本身就是优秀的文学作品的佛经,都是在魏晋南北朝时期译出的。而佛经翻译极盛时期的唐代,具有文学色彩的佛经却并不多见。这表明佛经翻译经历了一个由浅入深、先易后难的过程。佛经翻译初期,在佛经的选择上,必以生动形象、深入浅出的佛经为首选翻译对象。所以在唐以前,有文学性的佛教经典大都翻译过来了。而随着佛教的普及,人们就希望在佛理的层面、在宗教哲学的层面上,更深入地了解佛教典籍,加深佛学的修养。适应这样的要求,以玄奘为中心的佛经翻译,大都是深奥的佛理著作,因此我们可以说,从佛经翻译本身来说,唐代是高峰;而从佛教文学史的角度来看,东汉末年至西晋时期是中国佛经翻译文学的发生期,东晋至隋朝时期才是高峰。同样的,从宗教翻译的角度看,唐代的玄奘是集大成的代表人物。但从翻译文学的角度看,三国时代的吴国的支谦、康僧会及东晋时期的道安、道安稍后的鸠摩罗什等人,才是佛经翻译文学史上各时期最有代表性的翻译家。

二、翻译文学的独立和翻译中的 "归化" 倾向

1840 年鸦片战争以后,由于受到外国列强的威胁和挑战,中国由长期的闭关自守而被迫打开国门,在"以夷制夷"和"中学为体、西学为用"的思想指导下,开始向西方学习。近代翻译运动由此兴起。起初的翻译,集中在自然科学著作,然后是社会科学。到了 19 世纪 70 年代后,文学翻译逐

渐增多。1871年，王韬和张芝轩合译了《普法战纪》中的法国国歌（即《马赛曲》）和德国的《祖国歌》，是我国最早出现的译诗。1872年发表的署名"蠡勺居士"译自英文的《昕夕闲谈》是近代第一部翻译小说。随后十几年间，小说、诗歌等翻译作品时有出现，但数量不多，译品大多不标明原作者，译者不用真名，译作多为节译，大都刊载于报刊，独立印行的翻译文学仅有寥寥数种。1895年甲午战争的失败，使有识之士开始认识到，仅仅引进西方的技术是不够的，还必须输入新的思想学术，以求中国人精神面貌的更新。自此，思想界和学术界进入了一个大力译介西学的新阶段。翻译家们开始认识到了文学和文学翻译所能起到的重要作用，文学翻译逐渐成为一种自觉的、有意识的行为，从而获得了独立性。1897年，严复与夏曾佑在天津《国闻报》上登出一篇《本馆附印说部缘起》长文，阐述了小说及小说翻译对于政治的重要性；次年，梁启超在《译印政治小说序》中明确提出"特采外国名儒撰述，而有关切于中国时局者，次第译之"。

最早被译介过来的是政治小说。政治小说作为一种题材类型的小说，原从英国传入日本，中国翻译的政治小说也大多是日本的政治小说。其中梁启超翻译的柴四郎的政治小说《佳人奇遇》非常有影响。此后被翻译过来的影响较大的政治小说有矢野文雄的《经国美谈》、末广铁肠的《雪中梅》、广陵佐佐木龙的《政海波澜》等。这些小说对培育读者的近代政治观念，增强民族意识起到了积极作用。

该时期侦探小说的翻译也风靡一时。早在1896、1897年间，《时务报》上刊载了张坤德翻译的英国小说家柯南·道尔的四篇侦探小说，总标题为《歇洛克·呵尔唔斯笔记》（呵尔唔斯现译福尔摩斯）。1902年，《新小说》杂志设有"侦探小说"专栏，刊载了日本黑岩泪香的《离魂病》《毒药案》、法国鲍福的《毒蛇圈》。1903年，《绣像小说》杂志从第4号起，连续刊载翻译的侦探小说。周桂笙、包天笑、陈仙蝶、周瘦鹃等也因译侦探小说而名噪一时。他们的译作还很快催生了大量中国式的侦探小说。在《晚清小说史》中，阿英虽然认为大批侦探小说的产生显示了翻译"发展到歧路上去"，但他也不得不承认："当时的译家，与侦探小说不发生关系的，到后来简直可以说是没有。如果说当时翻译小说有千种，翻译侦探占五百部以上。"[1]可以说，侦探小说在晚清的出现和盛行，迎合了当时所倡导的改良政治、启迪民智的时代潮流。

---

[1]　阿英：《晚清小说史》，217页，北京，东方出版社，1996。

晚清社会对科技的追求和向往，使科幻小说在翻译文学中独树一帜。梁启超、鲁迅等都曾撰文，希望用通俗的科学思想来挽救众多麻木不仁的中国人，强调科学思想对民族精神的振奋作用。在这种背景下，西方科幻小说被大量译介过来，在20世纪最初十年，科幻作品的译介总数在一百部以上。西方科幻小说第一部严谨的中译本是《新小说》创刊号（1902）刊载的法国儒勒·凡尔纳的《海底旅行》。此后，逸儒翻译凡尔纳的《八十日环游记》（1900）、梁启超译佛林玛里安的《世界末日记》（1902）、鲁迅译凡尔纳的《月界旅行》（1903）、海天独啸子译押川春浪的《空中飞艇》（1903）、吴趼人译菊地幽芳的《电术奇谈》（1905）、周桂笙译凡尔纳的《地心旅行》（1906）等名作，都以其解说科学、探求新知的特点和大胆而又富于幻想的色彩，开阔了中国读者的视野。

1899年林纾翻译的法国作家小仲马《巴黎茶花女遗事》掀起了译介和创作言情小说的高潮。小说问世后，风行域内，人们争相阅读，赞赏有加。严复写诗赞道："可怜一卷《茶花女》，断尽支那荡子肠。"这部小说为中国的言情小说提供了一种新的价值模式：只要是出于纯真感情的恋爱，都是值得歌颂的。可以说，此后中国的言情小说翻译与创作浪潮，都与《巴黎茶花女遗事》这部翻译小说有着直接或间接的关系。例如，徐振亚创作的《玉梨魂》讲述一名寡妇和恋人之间的感情，作品渴望自由恋爱、婚姻自主，歌颂了勇于为爱牺牲的精神。作者还称自己是"东方仲马"。

其他类型的小说还有社会小说、理想小说、教育小说、法律小说、历史小说等，虽然它们的数量不多，但说明翻译小说的题材类型逐渐走向完备。

1907年后，近代翻译文学进入繁荣时期。该时期翻译作品数量增多，作品种类更为完备。

在小说翻译方面，据徐念慈在1908年《小说林》上发表的一份《丁未年（1907）小说界发行书目调查表》中提供的材料，仅在这一年的翻译小说就达八十种。该时期登载翻译文学的期刊主要有《月月小说》《小说林》《竞立社小说月报》《中外小说林》《小说七日报》《新小说丛》《扬子江小说报》《小说时报》《小说月报》《游戏杂志》《民权素》《中华小说界》《小说丛报》《礼拜六》《小说新报》《青年杂志》等近三十种。其中，《月月小说》在阐述办刊宗旨时，明确把"译"放在第一位。《小说林》的宗旨是"输进欧美文学精神，提高小说在文学上的地位"。可见刊物对翻译文学的重视。与以前相比，增加了"虚无党小说"等种类。短篇小说翻译蔚然成风，中篇小说大量涌现，还出现了单行本形式的短篇小说专集。鲁迅、周作人合译的《域外小说集》(1909)作为第一部外国短篇小说的较为全面的选译本，开翻译的新风气之先。

在戏剧翻译方面，1904年，我国第一份戏剧杂志《二十世纪大舞台》创刊，创办人陈去病、柳亚子等非常不满当时戏剧严重脱离现实的状况，大力提倡从文学入手来改革戏剧。1907年2月，我国第一个由留日学生组织的话剧团春柳社在东京上演了小仲马的话剧《茶花女》第三幕。这也是我国第一部翻译戏剧。6月，春柳社又在东京上演了《黑奴吁天录》。同年，上海也成立了春阳社，上演了许天啸根据林译小说改编的《黑奴吁天录》，所以戏剧界公认1907年为中国话剧界诞生年。1908年，李石译出波兰廖抗夫的剧本《夜未央》，随后，他又翻译了法国蔡雷的《鸣不平》，陈冷血翻译了法国柴尔的《祖国》，包天笑翻译改编了莎士比亚的剧本《威尼斯商人》(剧名《女律师》)等。

在诗歌翻译方面，该时期，苏曼殊、马君武、胡适等人的诗歌译作较引人注目。1908至1911年间，苏曼殊先后发表译诗集《文学因缘》《拜伦诗选》《潮音》，译有拜伦、雪莱、彭斯、歌德等人的诗歌。1914年，《君武诗集》刊行，内收有马君武的译诗三十八首，如歌德、席勒的作品。胡适在这段时期译介了苏格兰诗人堪白尔的《军人梦》和朗费罗、歌德、拜伦等人的诗。其他译介诗歌的作者还有辜鸿铭、刘半农、陆志伟、赵元任等。在散文、散文诗、童话故事等翻译方面，屠格涅夫和泰戈尔等人的散文诗在这个时期均有少量译介；格林、安徒生的童话以及华盛顿·欧文、兰姆等人的散文、游记也有翻译。

总之，清朝末期到民国初期的四十多年间，是中国翻译文学走向独立发展的转型时期。至此，文学从宗教翻译、科技翻译、学术翻译中脱颖而出，成为我国翻译事业中最繁荣的一个部门。而且在数量上超过了本国文学创作，这是一件了不起的事情。阿英在1935年出版的《晚清小说史》最后一章——第十四章《翻译小说》中，开宗明义地说："如果有人问，晚清的小说，究竟是创作占多数，还是翻译占多数，大概只要约略了解当时情况的人，总会回答：'翻译多于创作。'就各方面统计，翻译书的数量，总有全数量的三分之二，虽然其间真优秀的并不多。而中国的创作，也就在这汹涌的输入情形之下，受到了很大的影响。"[①]晚清翻译文学的突飞猛进，

---

① 阿英：《晚清小说史》，210页，北京，东方出版社，1996。

为此后翻译文学的更大规模的发展打下了基础，也为中国作家的创作提供了丰富的参照。

这一时期翻译文学总体上呈现出探索的、未成熟的特点。这表现在译者大都没有严格区分翻译与创作的界限。许多译者的翻译实际上谈不上是严格的翻译，而是以原作为底本的创作。传统佛经翻译中的尊重原文的"案本而传"的翻译传统一时难以为继。翻译家普遍抱着急功近利的态度从事翻译，强调翻译文学的工具性与功利价值，而对原作的著作权、原作独特的民族文化内涵、民族形式等则不甚措意。许多译作在出版时不署原作者的名字，不标明原作者的国籍。译者普遍以中国文化和中国文学的观念与形式对原作加以变形和改造。表现在作品名称的翻译上，大多数译者都根据中国读者的习惯对原作的书名加以改造，写成了"××记"、"××传"、"××情史"、"××缘"、"××录"之类。作品中的外国人名、地名、称谓等异域色彩浓厚的东西，也大都改成中国式的人名、地名、称谓。译者还较为普遍地改造原作的体式，如几乎所有的译诗，都采用了中国传统诗的形式，或译成五言古体，或是四言"诗经"体，或是"楚辞"体。又如将莎士比亚的戏剧翻译成故事体，用中国章回体小说的体式来替换外国长篇小说的框架结构，分章标回，有些还讲究回目对称。更多的译者对原文随意增删，主张"译者宜参以己意，当笔则笔，当削则削"[①]，这实际上是用中国瓶装洋酒，用中国酒兑洋酒，也就是将外国文学加以中国化改造，使之靠近中国文学，使之"像"中国文学，也就是对外国文学加以"归化"。由于当时懂西文的译者不多，大多数是从日文译本的转译。当时的日文就盛行"豪杰译"，对原文就不甚忠实，中文更是多一层隔膜。而读者在欣赏翻译文学的时候，也不问译文是否重视原文，而是把注意力放在翻译家的汉文水平上，欣赏译者的"译笔雅训"。在这种情况下，像林纾那样的不懂外文的人，靠着别人口述大意，而以其生花妙笔加以笔录，就能够成为大名鼎鼎的翻译家。在翻译方法上，像林纾、梁启超、包天笑那样的不会外语或粗通外语的人，普遍采用不尊重原文的"窜译"、"豪杰译"，即使外文水平较好的周桂笙、马君武、吴梼等，还有早期的鲁迅、周作人兄弟的翻译，也是或多或少增删原文。到1909年周氏兄弟合作翻译了《域外小说集》，采用直译的方法，比较尊重原文，开风气之先，但读者对这样的翻

---

①　《铁瓮余烬》，见阿英编：《晚清文学丛钞·小说戏曲研究卷》，428页，北京，中华书局，1960。

译却不认可，以至于自费出版后只卖出二十来册。可见"归化"是那个时代翻译文学的主导倾向，一时尚难扭转。翻译文学中的这种情形，与当时思想文化界的"中学为体、西学为用"的主导思想完全吻合。人们只是着眼于外国文学的功用价值，而对外国文学的本体价值则很少认识；对翻译文学的主体性的认识、翻译文学与本土创作的关系的认识，也很难到位。

三、从"欧化"到"融化"：翻译文学的探索与成熟

中华民国成立前后，特别是五四新文化运动以后，中国翻译文学进入了一个新的历史时期。不仅翻译文学日益繁荣，翻译文学的观念也发生了巨大的变化。1918 年，周作人在北京大学的一次演讲中，讲了这样一段话，他认为我们以前之所以翻译别国作品——

> 便因为它有我的长处，因为它像我的缘故。所以司各特小说之可译者可读者，就因为它像《史》《汉》的缘故；正如将赫胥黎《天演论》比周秦诸子，同一道理。大家都存着这样一个心思，所以凡事都改革不完成，不肯去学别人。只顾别人来像我。即使勉强去学，也仍是"中学为体，西学为用"……
>
> 我们想要救这弊病，须得摆脱历史的因袭思想，真心的先去模仿别人。随后自能从模仿中，蜕化出独特的文学来。……①

周作人的讲话，表明了文学界、翻译文学界思想观念的根本变化——由使外国文学"像我"，转变到"真心的先去模仿"，即"我像外国文学"。新文化运动以后中国翻译文学的根本转变正在于此。

这种转变首先体现在，翻译文学开始真正以文学为本位。翻译家们大都是立志献身文学事业的人，翻译文学的展开由此前各个翻译家分散的个人行为，转换为以文学团体、思潮、流派为中心的集体行为。几个文学社团各自展开了各具特色的翻译，使中国的翻译文学出现了兴盛局面。

其中，《新青年》杂志捷足先登，从第一卷开始，先后译介了屠格涅夫、龚古尔、王尔德、易卜生等作家作品，成为当时译介外国文学的核心

———————

① 周作人：《日本近三十年小说之发达》，见钟叔河编：《周作人文类编·日本管窥》，248页，长沙，湖南文艺出版社，1998。

杂志之一，产生了巨大和深远的影响。《新青年》虽不是纯文学杂志，但其文学色彩相当浓厚，而且十分重视翻译，译文占总字数的约四分之一；而在翻译作品中，文学作品的分量又占了一半以上。在第四卷里，翻译文学更是达总量的90%左右。《新青年》特别注重翻译欧洲现实主义尤其是俄苏文学、弱小民族文学，还特别注意翻译那些与时代、社会的重大问题密切相关的作品，如第四卷刊登了"易卜生专号"，在全国形成易卜生戏剧热，产生了深远的社会影响。

1921年成立的创造社，是中国较早出现的现代文学社团，也是20年代我国翻译文学的重镇。其骨干如郭沫若、田汉、郁达夫、成仿吾、张资平、郑伯奇、穆木天等，大都是留日学生，思想上具有浪漫主义激进色彩。从1922年到1929年，创造社以《创造》季刊和《创造周报》为阵地开展了多种形式的翻译文学活动，积极介绍国外各种文学思潮及其作品，十分重视现代世界文学中的新思潮、新流派，包括浪漫主义、象征主义、未来派、表现派等作家作品的译介。其中，郭沫若是创造社中最有影响的译者，主要以译介浪漫主义文学和歌德的作品著称于文坛。他翻译的歌德的《浮士德》《少年维特之烦恼》契合了时代潮流，产生了很大影响。田汉是我国翻译莎士比亚戏剧最早的译者之一。他于1922年翻译的《哈姆雷特》，是用白话文译出的第一个完整的译本。他的有影响的译作还有英国王尔德的《莎乐美》(1923)、日本作家菊池宽的《父归》等。同时，创造社成员还积极展开翻译文学批评，主张"唤醒译书家的责任心"，并就翻译的态度、质量、技巧、错译等问题，与文学研究会等展开了论争。

1921年1月4日正式成立的"文学研究会"，是我国近代史上第一个成员最多的著名新文学社团，也是20世纪20～30年代对文学翻译事业做出最大贡献的团体。文学研究会的成员多是身兼作家和翻译家的人，重要的有沈雁冰、郑振铎、周作人、耿济之、叶绍钧、王统照、许地山、梁宗岱、朱湘、徐志摩、李健吾、李青崖、曹靖华、傅东华、黎烈文、陈望道、胡愈之、张闻天、瞿秋白、冯雪峰等。其主要领导人沈雁冰、郑振铎，也是杰出的翻译理论家。20至30年代，郑振铎主编的《文学研究会丛书》《文学旬刊》(后改为周刊)《小说月报》《文学》月刊、《文学季刊》《世界文库》等杂志，积极提倡和译介外国现实主义的进步文学，成了时人了解世界文学的一个窗口。其中，《小说月报》是文学研究会翻译文学的主要阵地。它是商务印书馆出版的一种时间最长、影响最大的文学刊物。在"五四"前后被视为"顽固派堡垒"。1919年底，《小说月报》开始了革新。1921

年1月被定为文学研究会的机关刊物。总第十二卷第一期发表了《改革宣言》，特别强调了翻译介绍外国文学对于中国新文学发展和中国读者的意义："翻译家若果深恶自身所居的社会的腐败，人心的死寂，而想借外国文学作品来抗议，来刺激将死的人心，也是极应该而有益的事。"在题为《小说新潮栏宣言》一文里，主编沈雁冰宣布《小说月报》主张文学的思想性和艺术性并重，提倡介绍外国写实派、自然派的作品，列出了二十位作家的四十三部长篇作品，分为第一部和第二部，以示循序渐进地翻译。可见，《小说月报》的改革是和翻译外国文学联系在一起的。自第十二卷第一期后，每卷每期都保持了以译介外国文学为主的特色。《小说月报》翻译选题上的特点，首先体现为对欧洲现实主义尤其是俄国、法国等的现实主义文学翻译的重视。以法国文学为例，《小说月报》除了译介大量的长短篇小说、戏剧、诗歌外，还刊出了"法国文学专号"、"法国文学研究专号"、"莫泊桑专号"、"法朗士专号"、"罗曼·罗兰专号"，翻译了巴比塞、巴尔扎克、乔治·桑、圣佩韦、波德莱尔、缪塞等作家的作品，先后发表的俄国文学译作有三十多种，推出了"俄国文学专号"、"俄国文学研究专号"、"陀思妥耶夫斯基专号"、"屠格涅夫专号"等，还大量译介了托尔斯泰、契诃夫、屠格涅夫、普希金、莱蒙托夫、果戈理等人的作品。主要译者有鲁迅、瞿秋白、周作人、郭沫若、茅盾、周扬、夏衍、巴金、耿济之、曹靖华、姜椿芳等，在俄罗斯文学的译介方面有拓荒之功。《小说月报》翻译文学的另一个特点就是重视被压迫民族文学的翻译和介绍。"被压迫民族文学"是自近代以来在对外国文学和文化思潮的译介中所特有的概念，与此相近的还有"被损害民族文学"、"弱小民族文学"等名称。早在晚清时期，鲁迅和周作人就开始关注这个问题，并身体力行地翻译了一些作品。但比较系统、全面介绍被压迫民族国家的文学的，则始于文学研究会成立后，这一点也成了"五四"以来翻译界的一个优良传统。1921年10月，《小说月报》发表了"被损害民族的文学"专栏，集中译介了波兰、捷克、芬兰、乌克兰、南斯拉夫、保加利亚、希腊、犹太等八个民族的作家作品。鲁迅于1925年翻译的匈牙利革命诗人裴多菲的诗发表后，在青年读者中引起强烈反响。白莽译的裴多菲的名诗"生命诚可贵，爱情价更高。若为自由故，二者皆可抛"更被广大青年引为座右铭。

未名社在1925年成立于北京。主要成员有鲁迅、韦素园、曹靖华、李霁野、韦丛芜、台静农等。与文学研究会、创造社不同，未名社是一个以翻译介绍外国文学为己任的翻译文学团体。特别是在译介俄苏文学方面，做了许多切实的工作。其他还有语丝社，办有《语丝》周刊，译介了许多俄国文学和十月革命后的苏联文学作品。浅草社办有《浅草》，上海的《民国日报》办有副刊《文艺旬刊》，它们的骨干成员后来又组成沉钟社，办有《沉钟》杂志，致力于译介外国文学，尤其是德国浪漫主义文学。20年代后期至30年代初期的新月社作家群，对文学翻译也相当重视，并做出了自己的贡献。其中，梁实秋不仅在翻译实践，而且在翻译理论上都有突出的表现，特别是在30年代以后，他与鲁迅关于翻译的论战，他对莎士比亚全集的翻译，都是中国翻译文学史上的大事件。朱湘翻译的《近代英国小说集》、徐志摩翻译的《英国曼殊菲尔小说集》（1927）等作品，在当时也体现了颇高的水平。

20年代末期之后的十几年中，受所谓"红色30年代"的国际大气候的影响，中国文学的显著特点是文学的左翼化倾向。在翻译文学方面，表现为左翼文学（当时称"革命文学"、"无产阶级文学"或"普罗文学"）的翻译成为译坛的潮流和时尚，大量翻译马克思主义文艺理论和来自苏联、日本的左翼作家的作品，一般都具有直接为当时的无产阶级革命文学运动和革命斗争服务的动机。其中，"中国左翼作家联盟"（左联）的翻译家们是俄苏文学翻译的主要承担者。"左联"自1930年成立，到1936年解散，其间翻译了大量外国文学作品，特别是在马列文论及来自苏联的文论翻译方面，厥功甚伟。鲁迅、瞿秋白、茅盾、冯雪峰、周扬、夏衍、柔石、曹靖华等，对翻译传播马克思主义的文艺理论和苏联文艺做出了巨大的贡献。这一时期翻译的俄苏文学作品主要有鲁迅根据日文版本转译的苏联作家法捷耶夫的《毁灭》，瞿秋白译《高尔基创作选》，夏衍译高尔基的《母》（原译如此），王道源译高尔基的《夜店》，林曼青译高尔基的《我的童年》，周立波译肖洛霍夫的《被开垦的处女地》，贺非（赵广湘）译肖洛霍夫的《静静的顿河》，蒋光慈译里别进斯基的《一周间》，曹靖华译绥拉菲莫维支的《铁流》等。俄罗斯古典文学的翻译主要有瞿秋白译普希金的《茨冈》，孟十还译果戈理的《弥尔格拉得》，朱颜译托尔斯泰的《哥萨克》，满涛译契诃夫的《樱桃园》，耿济之译屠格涅夫的《猎人日记》，李霁野翻译的托思妥耶夫斯基的《被侮辱与被损害的》，周扬（起应）译托尔斯泰的《安娜·卡列尼娜》（上册），洪灵菲译陀思妥耶夫斯基的《地下室手记》，高滔译陀思妥耶夫斯基的《白痴》，郑振铎译阿尔志跋绥夫的《沙宁》，乔慰中译阿尔志跋绥夫的《战争》，适夷译《叶赛宁诗抄》等。可以说，俄罗斯和苏联文学的翻译在很大程度上领导了这一时期中国翻译文学的新潮流。

在欧洲文学中，除俄国文学外，法国文学的翻译在这一时期也非常活跃。译介的小说家主要有巴尔扎克、斯丹达尔、雨果、大仲马、小仲马、福楼拜、乔治·桑、都德、戈蒂耶、左拉、法朗士、莫泊桑、罗曼·罗兰、巴比赛、纪德、卢梭等。翻译的戏剧主要有高乃依、雨果、莫里哀、小仲马的作品。主要译者有陈棉、王了一、陈聘之、潘伯明、陆侃如、刘半农等。在法国诗歌的译介方面，译介的诗人主要有波德莱尔、魏尔伦、马拉美、兰波、保尔福尔、果尔蒙、桑德堡、道生、里尔克、耶麦、瓦莱里等。译者主要有戴望舒、梁宗岱、卞之琳、闻一多、李金发、施蛰存、朱文振、赵萝蕤等。其中法国象征派诗歌的翻译对 20 世纪 30 年代中国新诗的创作影响最大。这一时期英国文学中译介的主要作家有莎士比亚、希尔顿、哈葛德、康拉德、王尔德、斯蒂文森、哈代、艾略特、狄更斯、艾米丽·勃朗特、福尔摩斯、夏罗德·勃朗特、亨利·伍德夫人、斯威夫特、笛福、乔叟、布莱克、拜伦、雪莱、萧伯纳、弥尔顿、高尔斯华绥等。其中，梁遇春翻译的《英国小品文选》《英国诗歌选》得到了后人的较高评价。译介的美国文学主要作家有霍桑、爱伦·坡、德莱塞、巴勒斯、杰克·伦敦、辛克莱、赛珍珠、奥尔科特等。其中，辛克莱的作品单行本译本最多，他的"揭黑幕"小说对中国纪实性作品产生了深远的影响。这一时期，德国作品译介过来的主要有魏以新的《格林童话全集》和现代作家雷马克的小说《西线无战事》，后者还出现了好几个译本，不断再版，并被搬上舞台，一度形成了"西线热"。另外，意大利、丹麦、朝鲜、荷兰、奥地利等国家的作品也都有不少译作。对弱小民族文学的译介在 30 年代又出现了一个高峰。1934 年，《文学》杂志就推出了"弱小民族文学专号"。1936 年，上海生活书店出版了由徐懋庸、黎烈文等翻译的《弱小民族小说选》。1937 年，上海启明书局出版了鲁彦翻译的《弱国小说名著》。

在东方文学的翻译中，日本文学的翻译具有特殊重要的位置。这一时期日本文坛仍然是中国了解世界文坛的一个重要窗口，特别是了解苏联左翼文学的一个窗口，而且这种窗口的作用比上一时期更为强化了。1927 年国民政府与苏联断交之后，中苏交流不畅，苏联文学的情况主要是从日本文坛间接了解到的。由于 30 年代日本文坛对欧美文学的译介、评论和研究较多，欧美文学思潮、特别是现代派文学各流派的主要信息，也多是通过日文的文学理论书籍、文章的翻译而为中国读者所了解的。同时，日本近代文学中的大部分重要作家作品，在这个时期得到较为系统的译介。主要的日本文学翻译家有周作人、鲁迅、张资平、查士元、谢六逸、崔万秋、丰子恺、章克标、李漱泉、郭沫若、韩侍桁、杨骚、夏丏尊、张我军、张晓天等。对印度、阿拉伯文学翻译则集中在某个作家作品的翻译上，如在印度文学中集中译介泰戈尔，在阿拉伯文学中集中译介《一千零一夜》等。该时期出现的《一千零一夜》的重要译本有 1928 年中华书局出版的《天方夜谭》（屺瞻生、天笑生译），该书至 1936 年出了十一版，是我国第一本白话文译本；1930 年，上海亚东书局出版了汪原放译《一千〇一夜》（原译名如此），1931 年，北平敬文书社出版了陈逸飞、郦昭蕙译《天方千夜奇谈》，1933 年，世界书局分别出版了彭兆良译的《天方夜谭》和姚杏初译的《天方夜谭》。1936 年，启明书局出版了方正译述的《天方夜谭》，从英文译本中选译故事十三篇。

1937 年，抗日战争全面爆发，战争时期，翻译文学在艰难的战争环境下继续发展，但其选题走向和格局也发生了一些变化。在非沦陷区、"孤岛"上海和沦陷区，翻译文学呈现出不同的面貌。

在非沦陷区，不论是国民政府统治区还是中国共产党的根据地，面临民族危亡的严峻关头，翻译文学为抗战服务，成为翻译文学界普遍一致的选择。除了共产党抗日根据地继续重视苏联的马列主义文艺理论著作外，国统区和根据地翻译的重点都是世界反法西斯文学。在重庆的上海金星书店就编辑出版过一套《国家文学丛刊》，集中了反法西斯斗争中各国著名的报告文学作品。《新华日报》《救亡日报》《抗战文艺》《文学月报》《中苏文化》以及一批诸如《翻译与评论》《翻译月刊》《翻译杂志》等翻译方面的期刊，在这方面都做出了突出的贡献。外国反法西斯文学成为译介的重点，其中苏联反法西斯文学翻译得最多。当时的抗战文艺报纸杂志上发表了数量可观的苏联作家的反映苏联人民反法西斯斗争生活的短篇小说、诗歌、戏剧，还出版过较多的长篇小说和多幕剧作，诸如桴鸣译西蒙诺夫的剧本《俄罗斯人》、曹靖华译李昂诺夫的剧本《侵略》、曹靖华译瓦希列夫斯卡的小说《虹》、茅盾译巴甫林科的《复仇的火焰》、陈瘦竹节译肖洛霍夫的一部未完成的小说《他们为祖国而战》、萧三译柯涅楚克的剧本《前线》和别克的《恐惧与无畏》等，都产生了较大影响。该时期俄国古典文学作品的译介成果也异常丰盛，普希金、莱蒙托夫、赫尔岑、托尔斯泰、契诃夫、涅克拉索夫、陀思妥耶夫斯基的有关代表作和苏联作家奥斯特洛夫斯基的小说《钢铁是怎样炼成的》都有了译本。除苏联的反法西斯文学外，欧洲其他国家的反法西斯文学、反侵略文学也得到了译介。如法国作家创作的反映法国人民抗击法西斯侵略的作品，诸如短篇小说《土伦》、中篇小说《海的沉默》、剧本《巴黎的搜查》等，都译载于当时的报纸杂志上。美国作家海明威的《战地春梦》《战地钟声》《第五纵队》《蝴蝶与坦克》等作品也有了译文。马耳译的《故园》，冯亦代、袁水拍合译的《金发姑娘》，张尚译的《良辰》，汇集了英法和欧洲其他国家战时文学作品中的短篇小说和独幕剧。此外，捷克斯洛伐克、挪威、瑞典、匈牙利、保加利亚等十多个国家的战时文学作品也相继得到译介。国统区日本文学的译介由于日本侵华而跌入低谷，翻译出来并产生了一定影响的是流亡到中国的日本反战作家鹿地亘的作品。

各沦陷区翻译文学总体上是萧条的。沦陷初期更是低落萧条，中后期略有复苏。日本为了实施对中国的文化渗透和文化侵略，提出在沦陷区"移植"日本文学，出资赞助日本文学的翻译出版。例如，徐古丁译、新京（长春）"满日文化协会"出版的夏目漱石的长篇小说《心》，张深切编译、由日本人把持的北平"新民印书馆"出版的《现代日本短篇名作选》，汉口的敌伪组织"中日文化协会武汉分会"翻译发行的《日本名家小说选》等，都是由敌伪出版机构出版的日本文学作品。日本的军国主义文学、"大东亚文学"和侵华文学也有了一些译本。

抗战时期的上海成为特殊的"孤岛"，由于其特殊的环境，加上近代以来上海文化事业的高度发达，上海成为战争时期中国翻译文学出版的中心是很自然的。早在1934年，在鲁迅和茅盾的倡导和组织下，《译文》杂志在上海诞生。它以介绍外国文学思潮、翻译世界名著，促进中国文学发展为宗旨，是我国翻译文学史上最早的专门译介外国文学的刊物。从创刊到1936年3月停刊，共出十八期，发表了一百多篇译作。《译文》在译介外国文学作品、培养翻译人才、促进我国翻译文学以及新文学运动的发展方面具有重要意义。1935年，郑振铎任主编的《世界文库》也是在上海出版的，它是我国最早有系统、有计划地介绍世界文学名著的大型丛书。在上海，各种倾向的文学作品可以同时共存。抗战期间，左翼倾向的翻译文学、日本的侵华文学以及各种纯文学名著，也都可以翻译出版。其中，欧美名家名作的译本更是上海翻译文学出版的重点。莎士比亚、哈代、罗曼·罗兰、波特莱尔、纪德、契诃夫、陀思妥耶夫斯基、托尔斯泰、高尔基、赛珍珠、梅特林克等欧美名家的作品，都有译介，还出过高尔基、巴比赛、辛克莱、纪德、蒙田、波特莱尔等的纪念特辑。世界书局出版的《俄国名剧丛刊》《罗曼·罗兰戏剧丛刊》，都有相当的规模和影响。俄苏文学翻译方面，耿济之翻译陀思妥耶夫斯基的《白痴》《死屋手记》和《卡拉玛佐夫兄弟》，吕荧翻译的普希金的《欧根·奥涅金》，都表现出了相当成熟的艺术境界，这些译本在当时乃至 20 世纪末，一直久印不衰。1941 年，金人从俄文直接翻译的肖洛霍夫的《静静的顿河》全译本由上海光明书店印行。1942 年，梅益根据英译本转译的尼·奥斯特洛夫斯基的《钢铁是怎样炼成的》由上海新知书店出版，该译本在此后的几十年中产生了巨大影响。1942 年，有共产党背景的"时代出版社"在上海推出的《苏联文艺》杂志，是中国第一份俄苏文学的译介专刊。参与编辑和翻译工作的有姜椿芳、陈冰夷、叶水夫、戈宝权、许磊然、包文棣、孙绳武、草婴和蒋路等人，该刊在当时的左翼读者中影响很大。在美国文学翻译方面，傅东华翻译的美国女作家密西尔的《飘》，冯亦代翻译的海明威的作品、朱雯翻译的赛珍珠的作品都有较大影响。"孤岛"时期上海翻译文学中最值得注意的是朱生豪对莎士比亚的翻译。朱生豪的第一部译作莎士比亚的《暴风雨》于 1936 年完成；到 1943 年他去世之前，译出莎剧中的悲剧八种，喜剧九种，杂剧十种。到了 1947 年，世界书局分喜剧、悲剧、杂剧、史剧四大类出版了朱译《莎士比亚全集》。同时，另一位翻译家曹未风则以白话诗体翻译莎士比亚，从 30 年代初到 40 年代中期，译出并出版了十余种莎剧。

在北平、南京、上海、汉口等地相继陷落后，大批知识分子逃到香港，编审出版中心移到香港，给香港文化界带来了新鲜的血液，使香港在1941 年出现了文化出版高潮。这批翻译家如茅盾、戴望舒、林林、楼适夷、徐迟等。他们有的把《西风》《宇宙风》等办事处设在香港，继续办刊；有的到香港后主编副刊，如戴望舒负责编《星岛日报》的副刊《星座》；有的创办《大公报》《申报》等刊物的香港版，继续从事翻译，使翻译文学事业出现了新面貌。

1945 年 8 月抗战胜利后，随着国内外政治形势的变化，国内阶级矛盾上升为主要矛盾，文化阵地分为国统区和解放区两大块。对苏联社会主义现实主义作品及文学理论的翻译是解放区翻译的主流。国统区的文学翻译在欧美古典文学名著方面有所收获，译介的主要作家有法国的莫里哀、巴尔扎克、罗曼·罗兰、纪德、雨果、司汤达、梅里美、福楼拜、小仲马等名家，其中优秀译作有赵瑞蕻译《红与黑》、戴望舒译《恶之花掇英》等。该时期翻译出版的英国文学作品除了上述的《莎士比亚全集》外，出版各类单行本约五十种，如萧伯纳的《卖花女》、笛福的《鲁滨逊漂流记》（全译本和缩译本）、斯威夫特的《格列佛游记》、艾米丽·勃朗特的《呼啸山庄》等。该时期美国文学的各类译作近百种，许多是以丛书形式出版的，如《人猿泰山丛书》就有约三十种，《晨光世界文学丛书》有十八种，还有《现代美国文艺译丛》等。此外，杨晦、叶君健、罗念生等人翻译了古希腊悲剧作家埃斯库罗斯的《被幽囚的普罗米修斯》等名作，许敬言编译的《伊索寓言选》等也是该时期的优秀译作。

综观整个民国时期的翻译文学，可以说是中国翻译文学的转型期和渐趋成熟期。从民国成立前后到1930年代上半期，中国翻译文学的文化价值取向由晚清的"归化"转变为"欧化"（也有人称之为"异化"），可以说是对晚清的"归化"翻译中的窜译、胡译的一种反拨。翻译家们意识到翻译与一般的创作应有区别，翻译必须以尊重原文为基本原则，否则将不成翻译。在翻译方法上，近代时期被人鄙夷的"直译"，到了20年代前后被广泛接受和提倡。不少翻译家追求那种字对句称的逐字逐句翻译，以此表示对原作的尊重。大部分翻译家主张在翻译中应注意尽可能保存原文的句法结构，引进外文词汇来丰富汉语词汇。在现代汉语急需外来营养加以滋补和完善的时候，这些翻译家们的理论主张和翻译实践对我国现代文学语言的形成和发展，是有重要意义和重大贡献的。这一时期，翻译家们普遍使用白话文作为翻译语言，进一步推动了中国现代白话文的形成。由于当时的现代白话文还没有成熟，需要在白话文中大量引进吸收外来词汇和外来句式、外来语法，从而形成了带有强烈欧化成分、不同于古代白话的新的白话文。但另一方面，这时期的译文也普遍或多或少地存在着译文的欧化现象，对外来词汇及句法结构过于拘泥，使译文显得疙疙瘩瘩，有失流畅，人称"欧化文"、"翻译体"或"翻译腔"。对此，一些论者表示了强烈不满。如梁实秋先生在《欧化文》一文中写道："……硬译成为一种很时髦的文体。试阅时下的几种文艺刊物，无译不硬，一似硬译（欧化文）乃新颖上乘之格调。甚至并不识得几个外国字，而因寝馈于硬译之中，提起笔来，亦扭扭捏捏，蹩手蹩脚，俨然欧化！其丑态正不下于洋场恶少着洋装效洋人之姿势仿洋人之腔调而自鸣得意。"[①]虽然梁实秋所讲的欧化的内在根源并不正确（他认为这跟鲁迅的"硬译"的影响有关），但他指出的当时翻译文学中普遍存在的欧化倾向，倒是不容怀疑的事实。现在看来，硬译以及欧化的倾向，主要还不是译者的翻译水平问题，而是特定时代给翻译文学打上的历史烙印，具有历史必然性，也具有历史的局限性。

---

① 梁实秋：《欧化文》，原载天津《益世报·文学月刊》，1933年12月，第56期，后收入《偏见集》。

这种情况到了 30 年代中后期开始有了明显的变化。早在 1930 年代初期，瞿秋白就在和鲁迅关于翻译问题的讨论中，提出一方面翻译应该帮助"新的中国现代言语"的创造，另一方面翻译也应该使用"真正的白话"，把"信"与"顺"统一起来。经过二十多年的努力，到了 1930 年代后期，欧化的成分有的被现代汉语所吸收，有的则逐渐被排斥，"新的中国现代言语"——现代汉语基本成熟，所以那时的许多翻译家的译作欧化色彩已不再那么刺眼，"翻译腔"大有收敛。即以鲁迅为例，他在 1935 年出版的译作《死魂灵》，已经没有了 20 年代译文中的刻意欧化的硬译、"宁信而不顺"的拗口，而成为臻于"信达雅"境地的优秀译作。鲁迅的文学翻译中的这种变化和进步是颇有代表性的。30 年代后半期的朱生豪也明确主张不取那种"逐字逐句对照之硬译"，追求译文的"调和"、"顺口"；30 年代后期傅东华在翻译美国长篇小说《飘》的时候，更追求译文的"中国化"，而不拘泥于"字真句确"的翻译。傅雷在 40 年代后期翻译的《欧也尼·葛朗台》则充分显示了现代汉语在译文中可以达到如何完美的境界，是中国翻译文学臻于炉火纯青的重要标志。30 年代后半期翻译文学的趋于成熟，是近代以来翻译家孜孜探求的必然结果。从晚清时代翻译的"归化"，到 20 年代前后翻译的"欧化"，再到 1930 年代后半期翻译文学的中外语言文学的"溶化"，是一个"否定之否定"的辩证发展的历史过程。虽然在当时和此后的具体的文学翻译实践中，不同的翻译家由于翻译的目的、翻译的观念和方法的不同，其译作的面貌有所不同，但中外"溶化"的境界则是一个高度艺术的境界。达不到这种境界，再也不能说是"时代的局限"，而是翻译者个人的功力问题了。

四、20 世纪后半期翻译文学的起伏与繁荣

1949 年 10 月新中国成立后，我国的文学翻译在中国共产党的领导下开始重整旗鼓，谋求新的发展。1950 年 7 月 1 日创刊的《翻译通报》，是新中国成立初期唯一的全国性翻译理论专刊，其宗旨是"加强翻译工作者间的联系，交流翻译经验，展开翻译界的批评与自我批评，提高翻译水准"。1953 年 7 月，《译文》杂志(1959 年 1 月后改刊为《世界文学》)问世，介绍世界各国的"革命的进步的文学"。在翻译文学的组织机构方面，1949 年 11 月 13 日在董秋斯的主持下，上海成立了上海翻译工作者协会，这是新中国成立后最早建立的翻译工作者组织。1951 年 11 月出版总署召开了"第一届

翻译工作者会议"，会议通过了《关于公私合营出版翻译书籍的规定草案》和《关于机关团体编译机构翻译工作的草案》。1954 年 8 月 19 日，中国作家协会及人民文学出版社合作召开第一届"全国文学翻译工作会议"，会议把翻译工作的组织化、计划化和提高翻译质量作为中心议题，拟定出一个世界文学名著选题目录，制定了必要的审校制度，从而使我国的翻译工作真正纳入社会主义计划经济时期的有组织、有领导、有计划的轨道。此前的文学翻译活动几乎是个人的行为，选材也是译者根据个人的喜好进行的。这也带来了一些问题，如文学翻译中的无序竞争以及选题上的重复、抢译、滥译等现象。新中国成立后，党和政府将文学翻译作为意识形态工作的重要一环来抓，加强了对文学翻译的统一领导、规划和管理。第一次全国文学翻译工作会议之后，国家对出版机构做出进一步的整顿和改造，由人民文学（含作家）和上海新文艺（后改为上海文艺）两大国营出版社，以及专门介绍外国文学的《译文》杂志负责组织翻译出版外国文学作品的主要任务。同时，专门的文学翻译队伍在此后迅速形成，专门或主要从事文学翻译工作的翻译家越来越多。1930 年代之前，几乎都是小说家和诗人兼作翻译家，1930 年代中期以后，才出现了朱生豪那样的将全部精力投注于文学翻译事业的人。到了 1950 年代后，专门的翻译家逐渐成为翻译的中坚力量，在 20 世纪后半期的文学翻译中作出了重要贡献。这些翻译家大都在新中国成立前，甚至 1920 至 1930 年代前后就掌握了某种外文，出版过译作，积累了一定的翻译经验，新中国成立后相对安定的生活条件，政府对翻译事业的有序管理和积极提倡，都为他们提供了发挥特长的环境和条件。他们都有对口的工作和职业，其中相当一部分都是有关重要的出版社（如人民文学出版社、上海新文艺出版社等），杂志社及出版管理部门的编辑和管理人员，知名的如冯亦代、萧乾、胡仲持、黄雨石、孙用、王以铸、汝龙、满涛、蒋路、金人、郝运、孙绳武、卢永福、水建馥、李俍民、刘辽逸、张友松、高长荣、文洁若、冯南江、王科一、孙家晋（吴岩）、方平、辛未艾（鲍文棣）、成钰亭、汤永宽、丰一吟、吴钧陶、王仲年、侯浚吉等。这些人在译作的出版上有"近水楼台"之便，出版译作数量较多。还有一部分是有关大学和研究机构的教师和研究人员，知名的如查良铮（穆旦）、冯至、李健吾、季羡林、金克木、卞之琳、罗大冈、罗念生、张谷若、赵萝蕤、王佐良、杨周翰、陈占元、杨岂深、朱维之、江枫、桂裕芳等，多是学者型翻译家。翻译家的这种布局至今仍然大体如此。像钱春绮那样的自由职业者身份的大翻译家，是极少见的。

新中国成立后，由于我国政治上对苏联的一边倒政策，也使得文艺政策、文学观念和文学研究方法也与苏联保持一致，大量翻译了俄苏的文学作品。俄苏文学翻译，是整个1950年代中国翻译文学的主流，占出版的全部译作的一多半。从数量上看，该时期被译介的俄苏文学总量超过了前半个世纪译介数的总和。从选题取向上看，虽然对俄国古典文学也有一些翻译，但基本上是1940年代翻译的延伸，复译本、修订本不少，新译本不多，其中，巴金翻译的屠格涅夫的《处女地》等小说、丽尼翻译的屠格涅夫的《前夜》、满涛翻译的果戈理的小说与戏剧作品、汝龙翻译的契诃夫的作品和托尔斯泰的《复活》、草婴翻译的肖洛霍夫的《被开垦的处女地》、高植翻译的托尔斯泰的《战争与和平》《安娜·卡列尼娜》和《复活》、焦菊隐翻译的《契诃夫的戏剧集》等，影响较大。成系统的名家多卷本文集更少，只有俄国文学革命民主主义批评家"别、车、杜"属于例外情况，由于他们的文艺理论著作在苏联被视为革命的现实主义理论，因而在我国也受到敬仰。我国翻译的《别林斯基选集》第一、二卷（满涛译），《车尔尼雪夫斯基选集》第一、二卷（辛未艾译），车尔尼雪夫斯基的《生活与美学》（原译者周扬对此书重新作了校订）和《美学论文选》等，总印数达十万册。在苏联文学中，对那些在苏联国内有争议的甚至遭到批判的作家作品，如茹可夫斯基的诗歌，陀思妥耶夫斯基后期的某些小说，蒲宁、叶赛宁、阿赫马托娃的作品等，均采取了回避不译的态度。相反，对苏联的符合"社会主义现实主义"原则的文学作品的翻译，则形成了前所未有的巨大规模。特别是那些以新时代为描写对象，弘扬爱国主义的译作，如奥斯特洛夫斯基的《钢铁是怎样炼成的》、富尔曼诺夫的《恰巴耶夫》、肖洛霍夫的《被开垦的处女地》和《一个人的遭遇》、法捷耶夫的《青年近卫军》、波列伏伊的《真正的人》、爱伦堡的《暴风雨》、巴弗连柯的《幸福》、阿扎耶夫的《远离莫斯科的地方》、尼古拉耶娃的《收获》与《拖拉机站站长和总农艺师》、柯切托夫的《日日夜夜》，以及以革命英雄主义为主旋律的系列作品，如《卓娅和舒拉的故事》《普通一兵》《儿子的故事》等译本，翻译很多，发行量很大，在全国传诵一时。现在看来其中不乏优秀作品，但也有不少现在看来是缺乏文学价值的，甚至是宣扬极左思想的应时之作。俄苏文学翻译的这种繁荣局面，到了1957年，随着中苏关系的恶化而受到遏制。1962年，不再公开出版苏联文学名著，此后的几年，俄苏文学译作更是呈逐年递减趋势。1966年，随着所谓"无产阶级文化大革命"的爆发，许多俄罗斯经典作品和苏联文艺被当成封、资、修的垃圾而遭到封杀。

这一时期的欧美文学名著的翻译取得了一系列成果。在欧洲古代文学方面，楚图南翻译的斯威布的《希腊的神话和传说》、罗念生翻译的古希腊三大戏剧家的代表作、周作人翻译的《伊索寓言》等，一直到现在都是权威译本。在西班牙文学翻译方面，杨绛直接从原文译出的《小癞子》和塞万提斯的《堂吉诃德》受到欢迎。在法国文学方面，傅雷翻译的巴尔扎克的一系列小说大都在1950至1960年代问世，其中有《高老头》《邦斯舅舅》《贝姨》《夏倍上校》等，他的译作被公认为是法国文学翻译乃至所有翻译文学中的典范之作。穆木天翻译的《欧贞尼·葛朗台》和《勾利尤老头》等巴尔扎克小说，赵少侯翻译的莫里哀戏剧，罗大冈翻译的孟德斯鸠《波斯人信札》，李青崖翻译的莫泊桑的中短篇小说，李健吾翻译的福楼拜的《包法利夫人》和《莫里哀戏剧六种》，罗玉君翻译的司汤达的《红与黑》及乔治·桑的《魔沼》《小法岱特》，王力(了一)翻译的左拉的《娜娜》和《小酒店》，毕修勺翻译的左拉的《崩溃》《萌芽》，杨绛翻译的勒萨日的《吉尔·布拉斯》，郝运翻译的都德、法朗士的作品，成钰亭翻译的拉伯雷、缪塞的小说，郑永慧翻译的巴尔扎克、萨特、纪德的小说等等，都在读者中有广泛影响。在英美文学翻译方面，方重翻译的英国乔叟的《坎特伯雷故事集》《乔叟文集》(两全卷)填补了乔叟作品译介的空白。曹未风翻译了莎士比亚戏剧十二种诗体译本，成为此时期大陆地区翻译莎剧最多的翻译家。卞之琳翻译的莎士比亚的《哈姆雷特》独具艺术魅力，屠岸翻译的《莎士比亚十四行诗集》、朱维之翻译的弥尔顿的《复乐园》，王佐良翻译的《彭斯诗选》，查良铮翻译的《拜伦抒情诗选》，杨熙龄翻译的拜伦的《恰尔德·哈洛尔德游记》，朱维基翻译的拜伦的《唐璜》，王科一翻译的雪莱的长诗《伊斯兰的起义》，袁可嘉翻译的英美诗歌，杨德豫翻译的《朗费罗诗选》，董秋斯翻译的狄更斯的《大卫·科波菲尔》，周煦良翻译的高尔斯华绥的《福尔赛世家》、杨必翻译的萨克雷的《名利场》，张谷若重新翻译修订的《还乡》和《德伯家的苔丝》、李俍民翻译的《牛虻》，老舍、杨宪益、朱光潜等翻译的三卷本《萧伯纳戏剧集》，杨周翰翻译的斯沫莱特的《兰登传》，王仲年翻译的《欧·亨利短篇小说选》，张友松翻译的马克·吐温的《汤姆·索亚历险记》《镀金时代》和《马克·吐温中短篇小说选》等，都是翻译文学的精品之作，有的至今仍流行不衰。1954年，朱生豪译《莎士比亚全集》由人民文学出版社出版，共计一百八十万字。1978年，人民文学出版社对《莎士比亚全集》重新修订，将朱生豪所译的三十一个剧本进行校对，并将他未译的六个历史剧和莎氏诗歌全部补译出齐。在德国文学翻译方面，有钱春绮翻译的德国古代史诗《尼伯龙根之歌》、冯至翻译的《海涅诗选》、冯至主译的《布莱希特选集》、李长之翻译的席勒的戏剧《威廉·退尔》和《强盗》等，深受读者欢迎。在美国文学方面，韩侍桁重新翻译的霍桑的《红字》，张友松翻译的马克·吐温的一系列小说，曹庸翻译的《白鲸》、吴劳翻译的杰克·伦敦的《马丁·伊登》，王仲年翻译的欧·亨利的短篇小说，施咸荣翻译的塞林格的《麦田里的守望者》，袁可嘉翻译的英美现代诗歌等，都享有很高的声誉。在北欧文学方面，叶君健翻译的安徒生童话影响很大，是翻译文学中的精品。

东方（亚非）文学，主要是日本和印度文学的翻译，在这一时期也受到了重视。50年代初国家有关部门就作出了系统翻译东方文学古今名著的计划。其中，日本文学的翻译走出了战争时期的低谷。古典文学方面有周启明（作人）翻译的《古事记》（1963）、江户时代式亭三马的滑稽小说、日本古典戏剧集《日本狂言选》等。近代文学方面，二叶亭四迷的长篇小说《浮云》、夏目漱石的《我是猫》、岛崎藤村的代表作《破戒》、石川啄木的诗歌和短篇小说集、《国木田独步选集》、《樋口一叶选集》、德富芦花的长篇小说《黑潮》等，都有译介。现代无产阶级文学作品翻译较多，其中最具代表性的是小林多喜二、德永直和宫本百合子三位作家的作品。战后文学作品的译介主要有萧萧译野间宏的长篇小说《真空地带》，楼适夷译井上靖的历史小说《天平之甍》，钱稻孙、文洁若译有吉佐和子的《木偶净琉璃》等。在印度文学方面，由于整个50年代中印两国关系友好，印度文学翻译获得了空前繁荣。《沙恭达罗》和《云使》分别由季羡林和金克木译出，古代戏剧家首陀罗迦的《小泥车》和戒日王的《龙喜记》也由吴晓铃译出。现代文学的译介以前几乎只有泰戈尔的作品，此时期泰戈尔仍然是翻译的重点，对他的作品的翻译更趋于系统化和规模化。1961年，人民文学出版社出版了十卷本的《泰戈尔文集》。被誉为"印度进步文学的旗手"的普列姆昌德的长篇小说《戈丹》和短篇小说集都有了译本。在波斯文学翻译方面，潘庆舲从俄文转译的波斯古典名著《鲁达基诗选》《鲁斯坦姆与苏赫拉布》（《王书》选）及他编译的《郁金香集》（波斯古代诗选）、还有水建馥从英文翻译的萨迪的《蔷薇园》等，都填补了空白。

总之，1950年代至1960年代上半期，我国的翻译文学取得了巨大的进步，社会主义计划经济体制下的严格管理，使得翻译的选题与出版井然有序。翻译家们一般都拿国家工资，生活相对有保障，能够潜心翻译，加上审稿严格，一般少有劣译出世。许多优秀的译作都出在这一时期，至今仍不断重印。不过，现在看来也有一定的时代局限，主要是受当时政治气候的影响，译本必有序言（这十分必要），但译本序言必以作家生平开头，接下去以官方意识形态为指导，无论什么性质的作品，必运用阶级分析的、社会反映论的方法对作品进行分析，常常免不了生搬硬套，方凿圆枘；而对翻译家个人的翻译情况、版本情况等读者关心的问题，却很少涉及。较之1920至1940年代，这方面不但没有进步，甚至反倒有所退步。译本序的这种八股式式的呆板写法，流风所及，直至今日。那种个人化的笔调，贴近读者的亲切文字，独辟蹊径的分析鉴赏，却并不多见。

1966年"文化大革命"政治运动爆发，整个中国大陆基本上对外封闭，许多外国文学作品被判定为有害的"毒草"而不得翻译。一大批翻译工作者被"打倒"或被"专政"，无法继续翻译工作。此时，有的翻译家（如丰子恺、季羡林等）仍抱着对文学翻译事业的高度热爱和责任感，悄悄从事着世界名著的翻译，是十分难能可贵的。大部分预定的翻译选题被迫中止，译学研究和翻译文学的核心刊物《世界文学》和《翻译通报》等停办。在经过1950年代中期短暂的繁荣期后，翻译文学出版事业跌入低谷，出现了持久的萧条和停滞。据《全国总书目》统计，1966至1977年间，出版的各类翻译文学作品仅约四十种（其中1970年一年竟没有出版一部文学译作），译介的范围也极为有限，从内容上分，绝大部分是越南、朝鲜、阿尔巴尼亚等社会主义国家和"亚非拉"反殖、反帝国家的作品。还有一类是政治上反动的作品，翻译出版的目的是"供批判用"的，如"苏联修正主义"的作品、日本三岛由纪夫的《丰饶之海》四部曲等。1973年11月在上海创办的"内部发行"的刊物《摘译》，其目的显然不是为了外国文学的全面正确的译介，而是为了把这些外国文学作品当成政治批判的依据和反面教材。相比之下，我国台湾和香港地区文学翻译上收获较多，重要的如梁实秋翻译的《莎士比亚全集》（台北远东出版公司1968），余光中翻译的英美诗歌等。

"文化大革命"结束后，我国进入了改革开放的新的历史时期，各项事业百废待兴。长期的文化封闭和文学禁锢解除之后，人们对外国文学的译介充满了渴望，促使翻译文学进入了一个空前繁荣的黄金时代。

新时期伊始，北京的人民文学出版社及其副牌"外国文学出版社"、上海译文出版社再次成为我国翻译文学出版的南北重镇。到1980年代后期，南京的译林出版社和桂林的漓江出版社异军突起，又成为翻译文学出版的东西重镇。同时，一批译介外国文学的专门刊物纷纷创刊或复刊。1978年8月，上海译文出版社主办的系统介绍当代文坛优秀作家作品的《外国文艺》（双月刊）出了创刊号；同年，中国社会科学院外国文学研究所主办的外国文学翻译期刊《世界文学》杂志复刊（曾于 1966 年 3 月停刊）。其中，《外国文艺》（当时只是作为"内部发行"）在创刊后的两年内就重点介绍了一大批我国从未介绍过、当时还有争议的当代有代表性的外国作家作品。《外国文艺》对外国现代派文学及当代新潮文学的译介，很大程度上开风气之先。和《外国文艺》的先锋性格有所不同，《世界文学》杂志则表现出老成持重的风格，注重翻译外国有定评的古今名家名作。上海和北京的两大翻译文学期刊相互呼应，成为我国翻译介绍外国文学的核心阵地和两扇重要的窗口，相当一部分外国作家作品都是由这两家杂志首先翻译介绍的，特别是在中、短篇小说的翻译方面，发挥出了特有的优势，在文学界和读者中产生了很大影响。除了这两家刊物之外，在 1970 年代末和 1980 年代初创刊的其他翻译文学方面的重要期刊，还有南京的译林出版社主办的《译林》、南京大学主办的《当代外国文学》、北京大学主办的《国外文学》、北京师范大学主办的《苏联文学》（1990 年代后该刊改名为《俄罗斯文艺》）、北京外国语大学主办的《外国文学》等。在刊物纷纷创办的同时，翻译家的社团组织也出现了。1982 年 6 月，全国性的翻译家组织"中国翻译工作者协会"在北京成立，此后几年内，各省市地方译协也纷纷成立。次年，中国翻译家协会的会刊《翻译通讯》杂志正式创刊。创刊号发表中国译协会长姜椿芳的文章《翻译工作要有一个新局面》，呼吁开创我国翻译工作的新局面。

80 至 90 年代，中国翻译文学迅速复兴并进入了全面繁荣时期，并呈现出以下几个基本特点。

第一，随着政治因素对翻译文学的干预逐渐减少，随着思想文化界和文学界思想的进一步解放，翻译文学在选题的内容上更加开放。现代主义，包括象征主义、表现主义、"意识流"、存在主义、荒诞派、"新小说"、"黑色幽默"等现代派作品在中国的禁忌逐渐消除，成为翻译文学中新的热点。特别是袁可嘉等编选，上海文艺出版社在 1980 年代初出版的《外国现代派作品选》（四册），率先系统地翻译介绍了外国现代派的各类题材类型的作品，开译介现代派文学的风气之先，令 1980 年代的中国文坛和读书界耳目一新。此后，卡夫卡、里尔克、叶芝、艾略特、乔伊斯、伍尔芙、福克纳、珀索斯、普鲁斯特、加缪、贝克特、尤奈斯库、黑塞、海勒、莫里亚克、皮兰德娄、克鲁亚克、横光利一、安部公房、村上春树、大江健三郎等现代派作家的作品纷纷翻译出版。以前被视为"修正主义文学"的苏联的当代文学，重新受到我国读者的欢迎。恰科夫斯基、斯塔德纽克、邦达列夫、贝科夫、巴克拉诺夫、瓦西里耶夫、阿斯塔菲耶夫、艾特玛托夫、拉斯普京、别洛夫、罗日杰斯特文斯基、叶夫图申科、加姆扎托夫、阿尔布卓夫、罗佐夫、舒克申、万比洛夫等，以及过去受冷落、压抑或批判的叶赛宁、帕斯捷尔纳克、布尔加科夫、左琴科等人的作品，都被译介过来，并出现多种版本。高尔基的《不合时宜的思想》一书因政治上的"不合时宜"而长期不能译介，到1998年首次被译成中文。1980至1990年代最受我国读者欢迎的是苏联作家艾特玛托夫，他与海明威、卡夫卡和马尔克斯一起，被认为是对新时期中国文学影响最大的四位外国作家。外国文学出版社出版了《艾特玛托夫小说集》（上下册），收录了艾特玛托夫早期和中期的主要作品，在后来的十来年间，艾特玛托夫的几乎所有重要的作品都被译介过来了，有的作品有了多种译本。有军国主义倾向的日本作家三岛由纪夫的作品开始解禁，并在1995年前后陆续出版了《三岛由纪夫文学系列》等三种套书。英国作家奥威尔的《1984》等作品也被翻译过来。

第二，翻译文学选题的空间范围更加扩大，以前由于没有邦交而难以翻译介绍的韩国文学、以色列文学也陆续得到了译介。新中国成立以来，我国与韩国、以色列等国在文学上长期缺乏交流。1983年，在中韩尚没有建交的情况下，我国文学翻译界以"内部发行"的形式出版了枚之等翻译的《南朝鲜小说集》，收录了韩国1920至1970年代的中短篇小说代表作，1990年代初中韩建交后，韩国文学大量译成中文，并在文学艺术界形成了一股所谓"韩流"；我国对犹太文学的翻译开始于20年代，但1947年以色列国建国后的文学，长期未能译介，1992年中以建交后，以色列文学的翻译逐渐增多，并出现了安徽文艺出版社的《希伯来语当代小说译丛》、中国社会科学出版社的《当代以色列名家名作选》和百花洲文艺出版社的《以色列文学丛书》等丛书。以前不太受重视的非洲文学作品也得到了译介，人民文学出版社还出版了一套《非洲文学丛书》。邵殿生等翻译的尼日利亚作家、诺贝尔奖获得者渥莱·索因卡的小说与戏剧的译本，给读者留下了深刻的印象。一些小语种的文学作品，以前只能转译，80年代后大都可以直接翻译。如根据波兰文译出的波兰作家莱蒙特的长篇小说《福地》，根据塞尔维亚文翻译的前南斯拉夫作家安德里奇的小说，根据印尼文译出的印尼著名作家普拉姆迪亚的《人世间》四部曲，根据乌尔都语译出的巴基斯坦小说家肖克特·西迪基的《真主的大地》和阿·侯赛因的《悲哀世代》，根据波斯文译出一系列波斯古典诗歌集及巴基斯坦著名诗人伊克巴尔用波斯文写成的《自我的秘密》，根据土耳其文翻译的雅萨尔·凯马尔的《瘦子麦麦德》，根据泰文译出的泰国作家克立·巴莫的《四朝代》，根据缅甸文翻译的吴登佩敏的《旭日冉冉》，根据孟加拉文译出的般吉姆的代表作《毒树》，根据僧伽罗文翻译的斯里兰卡作家西尔瓦等人的小说，等等。就这样，文学比较发达的小国家小语种的作品，大都有了直接译本。

第三，拉丁美洲文学翻译热潮的出现，是1980至1990年代我国翻译文学的亮点。拉丁美洲文学在1950至1970年代出现了高度繁荣的"文学爆炸"现象。但由于众所周知的原因，直到改革开放后，我国才开始重视拉美文学的翻译。其中最受重视的是魔幻现实主义文学的翻译。1979年6月《世界文学》选了危地马拉作家阿斯图里亚斯的代表作《玉米人》，并在该期的作家小传中介绍了阿斯图里亚斯，这是新时期译介拉美魔幻现实主义的开始。哥伦比亚作家马尔克斯作为魔幻现实主义的代表，尤其受到翻译家和出版社的青睐。1982年10月上海译文出版社出版了赵德明译的《加西亚·马尔克斯中短篇小说集》，《世界文学》1982年第6期摘译了他的获奖作品《百年孤独》。这些译介都是在马尔克斯获诺贝尔文学奖之前。随着他的获奖，我国文学翻译界迅速掀起"马尔克斯译介热"。1984年，上海译文出版社和北京十月文艺出版社推出了由黄锦炎和高长荣翻译的《百年孤独》的两种不同译本，同年，资料集《一九八二年诺贝尔文学奖金获得者加西亚·马尔克斯研究资料》也出版。拉美魔幻现实主义的其他重要作家作品，包括阿根廷作家博尔赫斯的《短篇小说集》、墨西哥作家鲁尔弗的《中短篇小说集》、危地马拉作家阿斯图里亚斯的《总统先生》、古巴作家卡彭铁尔的《人间王国》等都有了译本。拉美魔幻现实主义成为对我国新时期文学创作影响最大的外国文学流派，当时几乎所有中国中青年作家都读过或了解以马尔克斯为代表的拉美作家作品，并模仿之、借鉴之。此外，拉美其他文学流派和风格的作家作品，如巴西作家亚马多、秘鲁作家巴尔加斯·略萨和诗人聂鲁达等人的重要作品，也都得到了翻译介绍。而云南人民出版社出版的《拉丁美洲文学丛书》则是我国拉丁美洲文学作品翻译的集大成。赵德明等的《拉丁美洲文学史》等数种文学史著作和陈众议的《拉美当代小说流派》等专著，也为读者系统了解拉美文学提供了方便。

第四，翻译文学出版的系列化、规模化、丛书化。欧美各国文学、东方各国文学的翻译，各种思潮、流派、各类风格、各种体裁的作品的翻译都得到了重视。在各种单行本大量出版的同时，翻译文学丛书像雨后春笋般涌现出来。此时期出版的各类丛书近二百种。80年代初就已陆续翻译出版的综合性的翻译文学丛书《外国文学名著丛书》（人民文学出版社、上海译文出版社）是由翻译名家主译的、最具权威性的翻译文学丛书，到 2000 年，已出版作品一百多种，其中大多数译作是书店中的常销和畅销书，在读书界具有极大的影响和极高的威望。上海译文出版社的《20 世纪外国文学丛书》着眼于 20 世纪外国文学，系统地翻译出版了多种名家名作和新人新作。漓江出版社出版的《外国文学名著》丛书，以小开本装帧，陆续推出了 18 至 20 世纪各国文学名家名作译本几十种。译林出版社的《译林世界名著》系列丛书，组织翻译家对多种世界文学名著进行复译，以其较高的译文质量受到读者青睐。译林出版社的《当代外国流行小说名著丛书》则紧密跟踪世界文坛，翻译推出了一系列雅俗共赏的作品。译林出版社的《世界英雄史诗译丛》首译和复译了十几种世界各古老民族的英雄史诗，不仅具有文学上的价值，也具有文化学术上的价值。作家出版社出版的《作家参考丛书》冲破禁忌，大胆翻译推出了一些在政治上具有敏感性的捷克作家米兰·昆德拉、内容和写法上较为新颖的马格丽特·杜拉斯等人的作品。除这类综合性的翻译文学丛书外，还有从不同角度编选翻译的各类翻译文学丛书，如从获奖文学的角度编辑翻译的《获诺贝尔奖作家丛书》（漓江出版社）、《世界著名文学奖获得者文库》（工人出版社）、《法国龚古尔文学奖作品选集》（十卷，北京师范大学出版社）等。有从文体的角度出版的翻译文学丛书，如《世界神话珍藏文库》（北岳文艺出版社）、《诗苑译丛》（湖南文艺出版社）、《域外诗丛》（漓江出版社）、《外国名家散文丛书》（百花文艺出版社）、《世界散文随笔精品文库》（十卷，中国社会科学出版社）、《外国文艺理论丛书》（人民文学出版社）等，还有《外国畅销小说译丛》《海外名家诗丛》《二十世纪外国大诗人丛书》《世界民间故事丛书》《亚洲民间故事系列》《现代散文诗名著译丛》《散文译丛》《外国游记书丛》《世界五大洲寓言精选文库》《世界儿童文学经典》《世界神话童话传奇系列》《二十世纪著名随笔译丛》等，几乎囊括了各种文学体裁。仅就翻译小说而言，既有长篇小说译丛，如《世界长篇小说经典书系》《外国古典长篇小说选粹》，也有中篇、短篇和微型小说的译丛，如《外国中篇小说丛书》《世界短篇小说精华》、中国青年出版社出版的按国别和地区成册的外国短篇小说译丛，包括《东方短篇小说选》《英国短篇小说选》《法国短篇小说选》《德语国家中短篇小说选》《俄国短篇小说选》《苏联短篇小说选》《日本短篇小说选》等。从地域和国别的角度出版的翻译文学丛书，有北岳文艺出版社的《东方文学丛书》，云南人民出版社的《拉丁美洲文学丛书》，湖南文艺出版社的《波斯经典文库》，上海译文出版社和人民文学出版社分别出版的两套《日本文学丛书》，黑龙江人民出版社等七家出版社联合出版的《日本文学流派代表作丛书》，漓江出版社的《法国二十世纪文学丛书》、中国社会科学出版社的《当代美国小说丛书》、作家出版社的俄国《白银时代丛书》、吕同六主编的《意大利二十世纪文学丛书》等。有从性别角度编译的译丛，如外国女作家的中短篇小说丛书《蓝袜子丛书》（十卷，河北教育出版社出版）等。还有从主题、题材类型学角度编译的《当代外国新潮小说分类精选书系》（十四种，北京师范大学出版社）等。

第五，复译本的大量出现。许多世界文学名著，在此时期出现了有更新换代色彩的新译本，如汝龙翻译的托尔斯泰的长篇小说《复活》、刘辽逸翻译的托尔斯泰的长篇小说《战争与和平》、查良铮翻译的拜伦的《堂璜》、孙用翻译的芬兰史诗《卡勒瓦拉》等。更多是同一原作的不同复译本的出现，如日本古代和歌总集《万叶集》有钱稻孙和李芒的两种选译本、杨烈和赵乐甡的两种全译本；塞万提斯的《堂吉诃德》有杨绛译本、董燕生译本、刘京胜译本；司汤达的《红与黑》则有郝运译本、闻家驷译本、郭宏安译本、许渊冲译本、罗新璋译本等十几种译本。此外，狄更斯的《大卫·科波菲尔》、纳博科夫的《洛丽塔》、川端康成的《雪国》等，都有四五种译本以上。大规模、大范围的复译现象，成为80至90年代中国翻译文学的一个突出现象之一。其中的是非功过，也引起了读书界的关注和文学翻译界的热烈讨论。

第六，世界文学史上著名作家的作品翻译由此前的单行本译本，逐渐选集化、全集化。仅人民文学出版社就出版了《塞万提斯全集》（八卷）、《歌德文集》（十卷）、《巴尔扎克全集》（三十卷）、《普希金全集》（十卷）、《果戈理选集》（三卷）、《陀思妥耶夫斯基选集》（七卷）、《屠格涅夫选集》（十三卷）、《托尔斯泰文集》（十七卷）、《高尔基文集》（二十卷）、《司各特文集》（五卷）、《易卜生全集》（十二卷）、《斯坦贝克选集》（四卷）、《海涅选集》（九卷）、《斯特林堡选集》（三卷）、《萨特文集》（七卷）、《肖洛霍夫文集》（八卷）、《凡尔纳科幻探险小说全集》（二十卷）、《梅里美中短篇小说全集》《纳博科夫小说全集》《海明威文集》《王尔德作品集》等系列化的作品。河北教育出版社在90年代推出了《世界文豪书系》，陆续翻译出版了18世纪以来二十多位世界文豪的文集和全集，其中包括《雪莱文集》《歌德文集》《海涅文集》《卡夫卡全集》《雨果文集》《波德莱尔全集》《莫泊桑小说全集》《普希金全集》《莱蒙托夫全集》《屠格涅夫全集》《泰戈尔全集》《川端康成十卷集》《纪伯伦全集》《博尔赫斯全集》等，丛书规模宏大，装帧精美，填补了我国翻译文学中的一系列空白。此外，上海译文出版社的《普希金文集》《陀思妥耶夫斯基选集》《托尔斯泰文集》《契诃夫小说全集》《狄更斯文集》《奥斯丁文集》《乔治·桑文集》《弗吉尼亚·伍尔夫文集》《海明威文集》《威廉·福克纳文集》《村上春树全集》等，中国社会科学出版社出版的《川端康成文集》，作家出版社和光明日报出版社先后出版的《三岛由纪夫作品系列》，珠海出版社的《安部公房文集》，浙江文艺出版社的《普希金全集》，中国文学出版社的《王尔德全集》，中国发展出版社的《茨威格小说集》，译林出版社的《蒙田随笔全集》《法捷耶夫文集》，文化艺术出版社的《莫里哀戏剧全集》等，在读者中也有相当的影响。

第七，一批填补空白的外国古典文学重大翻译项目完全出版。在日本文学方面，重要的如丰子恺先生翻译的日本古典名著《源氏物语》和《落洼物语》，林文月教授翻译的《源氏物语》，周启明、申非译《平家物语》，钱稻孙译近松门左卫门的戏剧作品和井原西鹤的小说，申非译《日本谣曲狂言选》，杨烈译《万叶集》和《古今和歌集》，李树果译《八犬传》等，都是精品之作。在印度文学的译介方面，季羡林翻译的印度大史诗《罗摩衍那》全六卷在 20 世纪 80 年代初期出版，填补了我国翻译文学中的一大空白。金克木、赵国华、黄宝生等翻译的印度大史诗《摩诃婆罗多》也陆续问世。在阿拉伯文学翻译方面，有《阿拉伯古代诗选》和《阿拉伯古代诗文选》两种版本问世，而最大的收获是 1982 年由人民文学出版社出版的六卷全译本《一千零一夜》。这是纳训先生用毕生精力翻译《一千零一夜》的结晶。90 年代，李唯中先生据另一种版本译出的八卷全译本也问世了，现代作家马哈福兹的《宫间街》三部曲等十几部长篇小说及短篇集也陆续翻译出版。在波斯古典文学方面，鲁达基、菲尔多西、内扎米、海亚姆、哈菲兹、莫拉维的诗集陆续译出，特别是十八卷本的《波斯古典文库》（湖南文艺出版社）的出版，成为我国波斯古代文学翻译的集大成。在欧美文学方面，荷马史诗《伊利亚特》和《奥德赛》也有了直接从希腊文翻译的译本，罗念生翻译的古希腊三大悲剧家的九种戏剧剧本也以《古希腊悲剧经典》为书名由作家出版社结集出版，赵金平翻译的西班牙古代史诗《熙德之歌》由上海译文出版社出版。西海翻译的英国约翰·班扬的宗教寓意小说《天路历程》在"文化大革命"前已打好纸型，到 1983 年也由上海文艺出版社正式出版。乔伊斯的长篇小说《尤利西斯》、普鲁斯特的《追忆似水年华》、雨果的《悲惨世界》、美国沃克的《战争风云》等因翻译难度大或篇幅太大而一直没有翻译、或没有全译本的作品都有了译本或全译本。英国劳伦斯的《查泰莱夫人的情人》

等作品因涉嫌"色情淫秽"长期不能在大陆地区出版。1987年，六卷本的《劳伦斯选集》由北方文艺出版社推出，同时劳伦斯的《儿子与情人》等作品也不断出现复译本。德语文学方面，钱春绮等翻译的《歌德戏剧集》、绿原翻译的《里尔克诗选》等也是补苴罅漏之作。

第八，著名翻译家的译文集、文集在此时期陆续出版问世，显示了社会上对翻译家的文学与学术文化地位的重视与肯定。1981年，商务印书馆从林纾的大量译作中精选出十部并另编评论文章及林译作品总目一集，推出了《林译小说丛书》。1990年，上海书店出版社出版的《中国近代文学大系》中，有施蛰存主编的《翻译文学集》三卷。更多的现代和当代翻译家的译作以"译文集"的形式编辑出版，如周作人的《苦雨斋译丛》，《傅雷译文集》和《傅雷全集》，《瞿秋白译文集》《张闻天译文集》《茅盾译文集》《郁达夫译文集》《戴望舒译诗集》《巴金译文集》《冰心著译文集》《汝龙译文集》《曹靖华译著文集》《戴望舒译文集》《吕叔湘译文集》《戈宝权译文集》《杨绛译文集》《杨必译文集》《胡愈之译文集》《卞之琳译文集》《郭宏安译文集》，还有杨武能翻译的多卷本《歌德精品集》等翻译名家译文集。中国工人出版社还出版了一套《中国翻译名家自选集》，分卷分别收有叶君健、冰心、季羡林、赵萝蕤、杨宪益、卞之琳、袁可嘉、冯亦代、吕同六等翻译名家的代表译作。有些著作家在出版文集或全集时，将译文集收入其中，如二十四卷《季羡林文集》中，就包含了十卷译文集，金克木的六卷本的《梵竺庐集》就有三卷译文。这表明翻译文学作为一种特殊的独创性作品，越来越得到读者和学术界的重视和承认。除了有译文集出版的翻译家外，还有一批高水平的翻译家也应该提到，如英美文学翻译家萧乾、屠岸、李文俊、施咸荣、方平、梅绍武、江枫、陶洁、刘宪之等，法国文学翻译家王道乾、罗新璋、柳鸣九、施康强、金志平、桂裕芳、郑克鲁、许钧、管振湖、余中先等，俄语文学翻译家汪飞白、王智量、力冈、刘辽逸、刘宁、蓝英年、刘文飞等，拉美及西班牙语文学翻译家杨绛、王央乐、刘习良、赵德明、童燕生、屠孟超等，日本文学翻译家李芒、叶渭渠、唐月梅、文洁若、高慧勤、李德纯、申非、陈德文、李正伦、林少华等，印度文学翻译家刘安武、倪培耕、董友忱等，波斯及伊朗文学翻译家张鸿年、张晖、邢秉顺等，阿拉伯文学翻译家纳训、李唯中、仲跻昆、关偁、伊宏、朱威烈等，德国文学翻译家绿原、钱春绮、高年生、张威廉、张玉书、杨武能等，意大利文学翻译家田德望、吕同六等，古希腊文学翻译家罗念生、水建馥等。还有多语种文学翻译家杨绛、查良铮、许渊冲、杨宪益、王以铸、李俍民、高长荣、钱鸿嘉等。他们中有的 80 年代之前就有了翻译经验，大多数人的大部分的文学翻译成果是 80 年代后取得的。1988 年，中国对外翻译出版公司出版了《中国翻译家辞典》，较全面地记录了从古到今的翻译家的业绩和贡献。而且，以翻译家为选题约稿对象的各种集子也有出版，如1997 年北京的九州出版社出版的《译人视界丛书》，收叶君健、李文俊、董乐山、高莽、余中先五位"由译而文、著译并重"的翻译家的散文，表明了社会上对翻译家在文化上的地位与贡献的认同与重视。经过数年的筹备，到 2002 年，湖北教育出版社出版了许钧和唐瑾主编的一套装帧精美的《巴别塔文丛》，收录了十二位著名翻译家——方平、叶渭渠、吕同六、刘靖之、李文俊、杨武能、林一安、金圣华、郭宏安、施康强、屠岸、董乐山——的文学翻译和外国文学研究评论为主题的文集，显示了我国当代文学翻译家在思想和学术上的独特建树。

　　第九，翻译及文学翻译、翻译文学的理论研究空前繁荣。进入 80 年代后，陆续出版了《翻译论集》（商务印书馆）、《翻译研究论文集》（外研社）等数种论文集，对已有的研究论文进行了筛选和整理。为此后的研究提供了基本资料。中国翻译工作者协会主办的《翻译通讯》（前身为《翻译通报》）1979 年复刊，并在 1986 年改刊为《中国翻译》，学术性大为增强，成为中国翻译理论研究的核心期刊。二十年间发表的有关论文的数量上是 20 世纪前 80 年的总和的数倍。文学翻译和翻译文学研究的专门著作也不断问世，王佐良、刘重德、张今、许渊冲、方平、谢天振、许钧、郑海凌等先生都出版了有影响的研究专著。外国的翻译理论也被介绍过来，其中，美国人奈达的著作在我国影响很大。许钧教授主编的《外国翻译理论研究丛书》对法国、美国、英国、德国和苏联的翻译理论做了系统评介。翻译界围绕翻译及文学翻译的有关重大理论问题进行了热烈的探讨和争论，如"信达雅"之争，直译与意译之争，异化与归化之争，形似神似、等值等效之争，可译与不可译之争，转译、复译之争，翻译文学国别属性之争，翻译是艺术还是科学之争，传统译论与外来译论的关系之争，翻译理论与翻译实践的关系之争，翻译学是否成立之争等。通过学术论争，活跃了翻译界的学术气氛，扩大了翻译在学术界的影响，推动了翻译事业的发展。同时，中国翻译文学及翻译文学史的研究也逐步展开，各种类型的中国翻译文学和翻译文学史的著作也在 1980 年代末期之后陆续推出，其中，陈玉刚等人的《中国翻译文学史稿》，郭延礼的《中国近代翻译文学概论》、陈福康的《中国译学理论史稿》，王宏志的《重释"信达雅"——二十世纪中国翻译研究》，王向远的《二十世纪中国的日本翻译文学史》《东方各国文学在中国——译介与研究史述论》等，都从不同角度对中国翻译文学的历史传统进行了回顾、梳理和研究。

1980 至 1990 年代是中国翻译文学史最繁荣的历史时期，取得了前所未有的成就。通过二十年的努力，世界文学中的古典作品和现当代的各种优秀的、有特色的作品在中国都有了译本。我国无疑已经成为世界翻译大国和翻译文学大国。翻译选题的全方位化、系统化，翻译文学出版的规模化，翻译文学阅读与接受的社会化，翻译文学的社会价值和社会作用的强化，是 20 世纪最后二十多年间我国翻译文学的主要特点。翻译文学成为国家对外开放的一个重要途径和手段，成为作家、评论家借鉴外国文学的主要渠道，也成为广大读者面向世界、了解外国的重要窗口。当然，在翻译文学的高度繁荣中也出现了一些问题。首先，从译者角度看，译者的阵容空前的庞大，新一代年轻译者成为翻译的主力，其中不乏优秀者，但更多的尚处于未熟状态，再加上急功近利，不能潜心打磨，翻译质量总体上不能与 20 世纪 50 年代和 60 年代前半期相比。20 世纪 80 至 90 年代出版的优秀译本大都是老翻译家在原先的译本，有的一仍其旧，有的加以修订。而新手的翻译被翻译界读书界广泛认可者，比例太少。其次，从出版社角度看，由于国家对具体的翻译选题不像 20 世纪 50 至 60 年代那样严格控制，有的出版社为了迎合部分读者的低级趣味并获取经济利益，乘机出版格调低下、内容不健康、不值得翻译的末流乃至下流作品，正如叶君健先生在为《中国翻译家辞典》(1987)所写的序言中所批评的："我们所出版的所谓'文学作品'中，有好大一部分不是在普及的基础上提高，而是相反，使读者趣味愈趋下降。"有的出版社本来不具备应有的编辑审稿能力，却也放胆编辑出版翻译作品。1992 年我国加入世界版权公约和波尔尼版权公约后，由于超出版权保护期的作品无需购买版权，于是许多出版社一哄而上，纷纷出版古典名著的译本，导致一种古典作品翻译出版过滥，几年中某些原作甚至出现十几种译本。复译和重译的大量出现，导致泥沙俱下，玉石混杂，也给某些译者的抄译、抄袭提供了条件，令劣译、盗译混迹其间。一些古典作品由于没有版权问题，一些人为了追求名利，将现有的译本稍做改动，即以新译本的面孔出版。尤其是各省、市新成立的一些出版社或小出版社，本来没有力量编辑出版翻译作品，却也为经济利益驱动，延请一些翻译新手、半外行或者干脆就是外行，来担当"翻译"，结果他们所能做的只能是剽窃已有的译本，如《一千零一夜》《红与黑》《十日谈》等就有多种这样的版本。在现当代外国文学的选题与出版上，各出版社、各刊物之间互不通气，甚至互相封锁选题，以至抢译、赶译，这些都一定程度地造成了出版资源的浪费，导致了"伪译"的横行泛滥和翻译文学市场的无序与混乱，给翻译文学的健康发展带来了消极影响。面对这种情况，季羡林先生曾发表《翻译的危机》一文，其中说道："我没有法子去做详细的统计，我说不出这些坏译本究竟占多大的比例。我估计，坏译本的数量也许要超过好译本。"①若如此，1980 至 1990 年代我国各出版社每年都要出版两三千种，那坏译本至少要有上千种。这真是一个令人吃惊的数字。难怪有人读了劣译感到上当后，撰文提醒读者："在中国选外国文学的经典，千万不要只看书名，还要挑一下译者和版别。"②许钧教授写了一篇题为《不能再容忍了》(1997)的文章，呼吁国家执法与管理部门对肆无忌惮的抄译行为"采取严厉的措施"。尽管文学翻译中的这些问题较为严重，但归根到底这还是文学翻译高度繁荣中的问题。在这个以数量、规模取胜、以复制为时尚的当代社会环境中，文学翻译也难以免俗。好在，时间和读者是最好的裁判，那些坏的文学翻译，终究成不了"翻译文学"，而只是一时泛起的文学翻译的泡沫而已。

---

① 季羡林：《翻译的危机》，载《东方之子·大家丛书·季羡林卷》，北京，华文出版社，1998。

② 《经典也可以被糟蹋》，载《中华读书报》，2003-06-11。

第五章
方法论

这里所指的方法不是翻译技巧层面上的具体方法，而是文学翻译的基本方法，即"方法论"意义上的方法。本章把中国翻译文学史上出现的基本方法分为四种：对原作的形式和内容随意加以改动、只译出大概意思的"窜译"；拘泥于原文字句形式而译文常常不能达意的"逐字译"（或称"逐字硬译"、"硬译"）；尽量忠于原文词句形式，同时又正确译出原文意义的"直译"；在领会和传达原作含义的前提下一定程度地冲破原文形式的"意译"。不同的时代、不同的翻译家对翻译方法都有自觉的选择，从而体现出了不同的翻译观，也造就了不同面貌的翻译作品。

一、窜　译

　　"窜译"，即改译。"窜"者，改动也。窜译，就是对原作加以改动的翻译，而改动的主要手段就是添削增删。在中国翻译文学史上，并没有人提出"窜译"这一概念，而是用"达旨"、"豪杰译"、"未熟的直译"等不严密的、甚至比喻式的称谓来指代"窜译"；有人称为"编译"、"译述"，但细究起来，"编译"、"译述"只是"窜译"的表现之一，虽能部分涵盖"窜译"的含义，但不能涵盖它的全部意义。当代学者中还有人用"意译"来指称对原作随意加以改动增删的翻译，结果导致了"意译"这一原本明晰的概念变得含混模糊，故不足取法。所以这里杜撰"窜译"一词，并非故意生造词语，而是为了使中国翻译文学的方式方法的界定更为准确和明晰。同时，"窜译"也不完全等同于"胡译"，有一定目的性、针对性的"窜译"不是"胡译"，而不负责任的、态度不严谨的"窜译"才是"胡译"，"胡译"是"窜译"难以避免的流弊之一，但"胡译"从来都不是什么"翻译方法"，而是一种"不得法"的乱来。

在中外翻译史上，"窜译"作为一种翻译的方式方法是普遍存在的。而且特别存在于文学翻译中。一般来说，宗教翻译由于对经典抱有敬畏和虔诚之心，无论是讲究"质朴"还是讲究"文丽"，强调"直译"还是"意译"，一般都不至于对原作随意地加以改动增删乃至改作。但文学翻译则有不同，在中外翻译文学史上的某些特定时期，"窜译"可能是翻译的主流方法。例如，在西方，古罗马时代的翻译家以战胜者、征服者的姿态来翻译古希腊的作品，强调"与原作竞争"而不惜对希腊原作肆意加以改动，以显示罗马人"在知识方面的成就"。日本明治时代的翻译家们，如坪内逍遥、黑岩泪香、森鸥外等，也普遍增删和改动原文，号称"豪杰译"。而在中国清代末期的翻译文学中，"窜译"则是普遍被运用的基本的翻译方式与方法。"窜译"的翻译方法在清末的翻译中，表现为"达旨"和"豪杰译"。

所谓"达旨"，是严复提出并实践的一种翻译方法。他在《天演论·译例》中说：

> 译文取明深义，故词句之间，时有所颠倒附益，不斤斤于字比句次，而意义则不倍原文，题曰达旨，不云"笔译"，取便发挥，实非正法。什法师有云："学我者病。"来者方多，幸勿以是书为口实也！[1]

可见，"达旨"的方法在具体翻译中是对原文字句"时有所颠倒附益"，而不是"字比句次"的逐字翻译，并且在译者认为必要的时候"取便发挥"。而这样做又为的是"达旨"，即传达出原作的核心意思。尤其值得注意的是，严复并不把这种"达旨"的方法看成是严格的"笔译"，而是承认它"实非正法"，不值得后来者效法。这表明，他将翻译方法分为两种，即"笔译"和"达旨"，并对两种不同翻译方法有着清楚的区分。严复不仅在翻译《天演论》的时候使用"达旨"方法，如在后来翻译《名学浅说》的时候，他交代自己在翻译时，对"中间义旨，则承用原书；而所引喻设譬，则多用己

---

[1]　严复：《〈天演论〉译例》，见罗新璋编：《翻译论集》，136 页，北京，商务印书馆，1984。

意更易。盖吾之为书，取足喻人而已，谨合原文与否，所不论也"。① 1901年他在翻译《原富》时，虽然"于辞义之间无所颠倒附益"，不过有些地方"文多繁复而无关宏旨，则概括要义译之"。② 众所周知，严复所做的是学术著作的翻译而非文学翻译，但他对"达旨"和"笔译"两种方法的区分，具有重要的理论价值。虽然严复声称"达旨"法不足仿效，"学我者病"，但对包括文学翻译在内的翻译活动都有一定的影响。

如果说"达旨"主要是学术著作中的窜译方法，那么文学翻译中"窜译"则主要表现为所谓"豪杰译"。"豪杰译"流行于清末民初，是指对原作的各个层次作任意改动，如删节、改译、替换、改写、增减及译者的随意发挥。清末民初的翻译家，无论是懂外语的周桂笙、陈鸿璧、戢翼翚，还是不通或基本不通外语的林纾、梁启超、包天笑，他们均采取译述或编译的方法，其特点是只求译出大意，根据译者的需要而随意增删、替换，甚至改写，时人称之为"豪杰译"。

"豪杰译"指的是一种翻译方法。这个术语见于晚清时代，很可能来源于明治时代的日本。日本著名文学史家吉田精一著《现代日本文学史》在谈到明治时代的翻译文学时说："……译文也谈不上什么忠实的问题，大致都是所谓的'豪杰译作'，即如果不是豪杰就翻译不出那种相当大胆的、不拘小节的译作。"③可知当时的日本是有"豪杰译"一词的。但关于"豪杰译"的语源现在已难以确考。可以肯定的是，"豪杰译"作为一种翻译的方式方法对中国近代翻译文学造成了很大影响。可以说，晚清时代"豪杰译"是中国翻译文学中的主导方法。当时著名的文学翻译家林纾、梁启超、苏曼殊、周桂笙、吴梼、陈景韩、包天笑，乃至鲁迅早期的翻译，都是"豪杰译"。

翻译家们采用"豪杰译"，有着深刻的时代背景和文化心理动机。

第一，近代文学翻译与近代文学创作一样，其基本宗旨是开发民智，对读者进行文化和文学的启蒙。既然是启蒙，被"启"者当然是"蒙昧"的大众，即启蒙者心目中的所谓"愚人"、"愚民"。这就是当时的大部分翻译家对翻译文学读者的普遍的定位。翻译家们之所以热衷于翻译外国小说，也

---

① 严复：《〈名学浅说〉译者自序》，1908 年，见罗新璋编：《翻译论集》，146 页，北京，商务印书馆，1984。

② 严复：《〈原富〉译事例言》，见罗新璋编：《翻译论集》，139 页，北京，商务印书馆，1984。

③ ［日］吉田精一：《现代日本文学史》，齐干译，11 页，上海，上海人民出版社，1976。

是因为小说通俗易懂，便于接受。认为中国愚民太多，因此用浅显而有趣的小说对他们进行启蒙教育，是一种很好的办法。1905 年《小说林》杂志在一篇侦探小说的"闲评"中，有人（侠人）就直截了当地说："我中国这班又聋又瞎、臃肿不宁、茅草塞心肝的许多国民，就得给他读这种书。"这话很能说明启蒙者的想法。而要如此，外国文学中的许多与中国隔膜的、可能会令中国读者难以理解和难以接受的东西，便不能照原样翻译出来，于是翻译家们在翻译理论与实践中便处于一种矛盾的境地。一方面，他要对读者进行启蒙，就必须让读者知道一些前所未闻的"洋"的东西，包括新知识、新思想、新观念、新词汇、新文体等；而另一方面他要让读者读懂翻译作品，就不能太"洋"。洋味太浓，读者接受不了，于是就不得不迎合读者，将原作加以中国化的改造。"豪杰译"、"窜译"就从翻译方法的侧面集中反映了翻译家们的这种高高在上的"启蒙"姿态和俯首就下的"迎合"姿态之间的矛盾。为了迎合读者的口味，使"妇孺易知"或让读者"免于记忆之苦"，而将原作中的外国人名地名和称谓等一律改为中国式的，有的甚至让外国女人像中国旧时妇女那样自称"妾"。有的译者将外国小说的开头中常见的大段的环境与背景、景物的描写删掉，而改为以"话说"、"却说"之类的中国小说套语开头，然后进入情节叙述；有的把外国小说中的具有异域风格特色的景物描写改写为中国式的杨柳清风、蝴蝶鸳鸯之类的文字；有的在译文中加上中国小说中常有的插科打诨的文字即所谓"科诨语"，而让读者读来轻松愉快。

第二，使用"窜译"的方法，表现了翻译家以中国语言文学来改造外国文学的企图。清末时代，国人见识了外国人的洋枪大炮、机械轮船的厉害，对西洋的物质文明不得不敬而畏之，但知识阶层对中国传统的语言文学仍普遍抱有一种自信和自豪，认为我们在这方面与洋人相比并不落后甚至拥有优势。他们认为，中国传统小说在构思布局、起承转合的情节安排方面比西洋小说好得多，而且西洋话过于啰唆，也不如汉语文言凝练有味。有人甚至因此而得出结论说："吾国小说之价值，真过于西洋万万也。"在这种思想的指导之下，清末译介的外国文学大都是使用文言文和中国传统文体形式。最典型的例子如当时的欧洲诗歌到中国后，都成了四言诗或五言（格律）诗，其本来面目几不可寻。莎士比亚的戏剧被林纾译成了小说，而外国小说也被按照中国章回小说的体式加以改造，如用对偶句式安上回目，将原作中的第一人称叙事改为中国小说中通用的第三人称叙事。翻译家还常常在译文里有节制地掺进自己惯用的所谓"顿荡"、"波澜"、"画龙点睛"、"颊上添毫"之笔，使作品更符合"古文义法"，等等。有的译者自觉或不自觉地以中国的语言文学的价值标准来度量西洋文学。他们推崇某外国作品，往往强调某外国作品有似中国作品。例如，林纾在译完英国哈葛德的《斐洲烟水愁城录》后，认为哈葛德运用了中国的史迁笔法，遂感叹道："西人文体，何乃甚类我史迁也！"有时赞扬外国作品，也是因为外国作品与中国有相近处，如林纾在《黑奴吁天录》的《例言》(1901)中写道："是书开场、伏脉、接笋、结穴，处处均得古文家义法。可知中西文法有不同而同者。译者就其原文，易以华语，所冀有志西学者勿遽贬西书，谓其文境不如中国也。"

第三，使用"窜译"的翻译方法，也是由翻译家们的翻译工具观决定的。晚清时代的翻译家们不认可翻译文学的独立性，只把翻译文学作为表达政治思想的工具。他们在翻译中常常插进自己的议论，如苏曼殊翻译的法国作家雨果的《悲惨世界》，里面竟出现了这样的话："那支那国孔子的奴隶教训，只有那班支那贱种奉为金科玉律，难道我们法兰西贵重的国民也要听他那些狗屁吗？"又说："那支那的风俗极其野蛮，人人花费许多银钱，焚化许多香纸，去崇拜那些泥塑木雕的菩萨。更有可笑的事，他们女子，将那天生的一双好脚，用白布包裹起来，尖促促的好像猪蹄子一样，连路都不能走了。你说可笑不可笑呢？"像这样在翻译作品中插进译者的议论，露骨地表现译者的思想观点，在晚清翻译文学中，并不是个别现象。遇到原作中的人物情节与译者的思想观念相悖之处，就肆意加以窜改。例如，英国哈葛德的《迦茵小传》中有男主人公亨利违抗父母之命而与女主人公迦茵自由恋爱、迦茵未婚先孕的情节，杨紫麟和包天笑翻译没有译出，恐怕更多的是由于这些行为不合中国的伦理道德观念，而不是译者所托辞的原书残缺。

第四，使用"窜译"的方法，也是由译者本身的客观局限所决定的。那时的翻译家外语水平大都不高。以翻译西洋文学而闻名的林纾完全不会外文，从日文翻译作品的包天笑、梁启超等只是粗通日文，这样就很难做到忠实原文。林纾当年就以自己不懂外文深感遗憾，认为这是"吾生之大不幸"。面对读者对他的误译的批评，他在《西利亚郡别传·序》(1908)中只好说："惟鄙人不审西文，但能笔述，即有讹错，均出不知。"即使通晓外文的译者，由于没有后来那样的翻译家案头必备的双语辞典之类的工具书，就不得不像严复那样"一名之立，旬月踌躇"。假如没有严复这样的认真和敬业精神，遇到读不懂的句子，只好猜测；猜也猜不出，就只好跳过去，略而不译。

第五，使用"窜译"的翻译方式方法，表明翻译家无意严格区分翻译与创作的关系。许多译本不署原作者的名字，令文学史研究者直到如今仍难以搞清那些译文究竟译自何处。这除了表明译者没有现代的"版权"、"著作权"的意识外，根本原因还在于他们普遍将翻译等同创作，以为翻译根本上就是一种著述方式，所以许多译者在署名之后，都带有"译述"、"抄译"之类的字眼，表明了翻译与创作的结合。典型的例子是鲁迅早年的《斯巴达之魂》。鲁迅自己曾说是从日文翻译过来的，但他没有注明原作者。鲁迅后来说这类文字"虽说译，其实乃是改作"，所以才有当代鲁迅研究者认为这是鲁迅根据外国历史题材创作的第一篇小说①。这种情况绝不是个别的例子。陈平原先生在《20世纪中国小说史·第一卷》中曾指出，在晚清时期有许多情况是以翻译"冒充"创作（如《一睡十五年》），或以创作冒充翻译（如彭俞的《东瀛新侠义》）。而评论家在评价一部译作时，也不把是否忠实和尊重原文作为首要标准，而是就译文的文字水平本身而论。林纾的翻译之所以广受推崇和欢迎，主要原因在于他的"译笔"漂亮。另如紫英评论《新庵谐译》，谓"译笔之佳，首推周子为首"②；侗生评《块肉余生记》，谓"原著固佳，译笔亦妙"，或反评"译笔无可取"③之类。

晚清时期以林纾、周桂笙、马君武、包天笑、周瘦鹃等为代表的翻译文学，以"窜译"为基本方法，其结果是对外国文学的面貌多有歪曲，将外国文学予以"归化"、同化和中国化，固然可以使当时的读者容易理解和接受，但久而久之，译介外国文学起不到应有的作用，读者无法全面正确地了解外国文学及外国文化，也容易助长某些人的自大和封闭的心理，所以逐渐引起人们的不满，招致了文学界和学术界的批评。北京大学学生、新潮社成员罗家伦在1918年的一篇文章中尖锐地指出："译外国小说还有一个重要的条件，就是不可更改原来的意思，或者加入中国的意思。须知中国人固有中国的风俗习惯和思想，外国人也有外国的风俗习惯思想。……译小说的人按照原意各求其真便了！现在林〔纾〕先生译外国小说，常常替外国人改思想……设如我同林先生做一篇小传说：'林先生竖着仁丹式的胡子，戴着卡拉 callar，约着吕朋 ribbon，坐在苏花 sofa 上做桐城派的小

---

① 蒋荷贞：《〈斯巴达之魂〉是鲁迅创作的第一篇小说》，载《鲁迅研究月刊》，1992(9)。
② 紫英：《新庵谐译》，原载《月月小说》，第1卷第5期，1907。
③ 侗生：《小说丛话》，原载《小说月报》，第2卷第3期，1911。

说'，先生以为然不以为然呢？若先生'己所不欲'，则请'勿施于人'！"①刘半农与化名"王敬轩"的钱玄同在 1918 年 3 月《新青年》第 4 卷第 3 期上发表的著名的"双簧信"中，也表示了对林译小说的窜译方法的不满，刘半农写道："……林〔纾〕先生之所以能成为'当代文豪'，先生之所以崇拜林先生，都因为他'能以唐代小说之神韵，移译外洋小说'，不知这件事是林先生最大的病根。……当知译书与著书不同……译书的文笔，只能把本国文字去凑就外国文，决不能把外国文字的意义神韵硬改了来凑就本国文。"

在这种情况下，一种用来矫正"窜译"的翻译方法"逐字译"就出现了。

二、逐字译

"逐字译"起初多被称为"直译"。晚清时期的翻译家周桂笙在《译书交通公会序》(1906)中，写了这样一段话：

> ……译一书而能兼信达雅三者之长，吾见亦罕。今之所谓译书者，大抵皆率尔操觚，惯事直译而已。其不然者，则剿袭剽窃，敷衍满纸。译自和文者，则惟新名词是尚；译自西文者，则不免诘屈聱牙之病，而令人难解则一也……②

周桂笙在这里所说的"直译"并不是后来所理解的尊重原文的意思，而是"率尔操觚"的不严肃的翻译。可见，至少在周桂笙写此文时，"直译"的方法不为人们所认同，"直译"一词当然也不是褒义词。刘师培在《论近世文学之变迁》一文中说："……文学之衰，至近岁而极。文学既衰，故日本文体因之输入于中国。其始也译书译报，据文直译以存其真，后生小子厌故喜新，竞相效法。……"这里所谓"直译"，已经接近以"存真"为目的的翻译方法的意思了。为了"存真"，不失原样，就逐字翻译。无论从翻译实践上，还是从对"直译"内涵的理解上看，晚清时代的所谓"直译"，实际上指的就是"逐字译"。而值得注意的是，这种理解是与外国译学史上对"直译"的界定是相通的。在西方，据陈西滢讲，"直译在英文中是'literal translation'，只是字比句次的翻译，原文所有，译文也有，原文所无，译

---

① 罗家伦：《今日中国之小说界》，载《新潮》创刊号，1918。

② 周桂笙：《译书交通公会序》，转引自陈福康：《中国译学理论史稿》，162～163 页，上海，上海外语教育出版社，1992。

文也无。"①日本翻译界一直以来对直译的界定也是如此。日本的权威辞书《广辞苑》的"直译"条："翻译外国语时忠实于原文的字句和语法"，对"直译"这一衍生词的解释是："指文章生硬滞涩"；《学研国语大辞典》对"直译"的解释是："对原文的字句、文法忠实地逐字地翻译，或如此翻译出来的东西；逐字译。"并引用明治时代翻译家河盛在《翻译论》中的一句话云："像那种一味机械地直译，断然不是对原作有良心的态度。"可见，"直译"在日本翻译界一直都不是一个值得提倡的翻译方法。周桂笙主要是西洋文学的翻译家，但他曾两次去日本，所以也不能排除在"直译"的问题上受明治时代日本翻译界的影响。"直译"这个词本身或许就有可能来自日本。无论如何，当时的"直译"的意思就是逐字翻译，即严复所说的"字比句次"。

后来鲁迅、周作人兄弟鉴于中国翻译界不尊重原文的翻译盛行，不利于读者正确了解外国文化与文学，遂为"直译"正名，公开标榜"直译"，并在《域外小说集》的翻译实践中率先实施。但周氏兄弟对"直译"含义的理解与此前并无本质不同，即仍把"直译"看成是逐字逐句的翻译。1918 年 11 月 8 日，周作人在答复张寿朋的问题时明确强调："我以为此后译本……要使中国文中有容得别国文的度量，……又当竭力保存原作的'风气习惯，语言条理'，最好是逐字译，不得已也应逐字译，宁可'中不像中，西不像西'，不必改头换面。"1921 年鲁迅在《译了〈工人绥惠略夫〉之后》中写道："除了几处不得已的地方，几乎是逐字译。"1925 年在《〈出了象牙之塔〉后记》中，鲁迅又写道："文句仍然是直译，和我历来所取的方法一样。也竭力想保存原书的口吻，大抵连语句的前后次序也不甚颠倒。"1930 年，鲁迅在《"硬译"与"文学的阶级性"》一文中，对"硬译"作了这样的解释："按板规逐句、甚而至于逐字译。"看来，周作人和鲁迅是一直将"直译"定位于"逐字译"、"逐句译"上的。这与当时人们对"直译"的理解完全一致。

在西方翻译史上，提倡"逐字译"也有着古老的传统。但现有的相关著作都把它译为"直译"，似有不妥。古罗马文艺理论家贺拉斯在《诗艺》中，反对翻译家逐字逐句的翻译，说："忠实原作的译者不会逐字死译。"古罗马后期《圣经》翻译家、翻译理论家哲罗姆主张在文学翻译中不能逐字直译，认为"如果逐字对译，译文就会佶屈聱牙，荒诞无稽"，但又认为《圣经》的翻译除外，"因为在《圣经》中连词序都是一种玄义"。文艺复兴以后

---

① 陈西滢：《论翻译》，载《新月》，第 2 卷第 4 号，1929。

直至现当代，主张"活译"而反对逐字译成为文学翻译中的主流观念。① 当代英语学者范存忠先生在《漫谈翻译》一文中谈到：近来英国有一位叫做卡特福德的语言学者，把翻译分为三类：一为 word-for-word translation，就是逐字翻译，即一个字对一个字翻译；二为 literal translation，就是按字面的翻译；三为 free translation，就是"自由翻译"。② 这些都表明，"逐字译"在西方翻译史上不同于直译，它是作为一种独立的翻译方法而存在的。

　　"逐字译"是一种尊重，以至于拘泥于原作语言形式的翻译方法，其主要特色是保留原作的字句及其句法结构。而之所以"保留"，对翻译家而言，一是要有意地保存原作面貌；二是一时还找不到与原作相对应的形神毕肖的译文，不得已只好照搬原文字句结构，或者两者兼而有之。在中国近代翻译文学史上，窜译曾大行其道，弊端越来越明显，引起了人们的不满，于是，所谓"直译"——实际上是"逐字译"——就由当初的被否定的贬义词变成了被肯定的褒义词，并在五四前后被普遍推崇。例如鲁迅早年从事翻译活动时也不能免俗，采用的也是窜译的方式。但他不久之后就意识到这样做不妥当。他在 1932 年 1 月 6 日给增田涉的信中，也曾明确地说过自己和周作人当年以"直译"的方法翻译《域外小说集》的动机："《域外小说集》发行于 1907 年或 1908 年，我和周作人还在日本东京。当时中国流行林琴南用古文翻译的外国小说，文章确实很好，但误译很多。我们对此感到不满，想加以纠正，才干起来的。"1934 年 5 月 15 日他在一封致杨霁云的信中更后悔地说："年轻时自作聪明，不肯直译，回想起来真是悔之已晚。"可见，鲁迅提倡"直译"是为了矫正"窜译"。但"矫枉"必得"过正"才有效，为了矫正窜译的时代风尚，就采用逐字直译的方法，这作为一种大胆的试验在中国翻译文学史上意义重大。它表明，中国翻译文学在经历了林纾时代的"窜译"之后，在翻译方式和方法上出现了转型，即由翻译家为中心，转换为以尊重原作家原作品为翻译的前提，由以中国语言文学改造外国语言文学，转变为以外国语言文学改造中国语言文学。鲁迅那样倔强地提倡"逐字译"，为了保存外文的"形"，即字句语法，而宁愿冒着"过正"的风险。这样翻译的结果，《域外小说集》印出后只卖出了几十本，在当时产生的影响甚小，从市场角度看遭到了失败。后来，鲁迅不改初衷，继续

---

　　① 参见谭载喜：《西方翻译简史》，北京，商务印书馆，1991。
　　② 范存忠：《漫谈翻译》，载《南京大学学报》（哲学社会科学版），1978(3)。

用逐字译的"硬译"方法翻译了许多作品和理论文章。这些译文从发表的时候起就不断遭到批评，当年反对硬译的梁实秋"随便"举出鲁迅译浦力汗诺夫《艺术论》中的一段：

> 我想，在最初，是有将〔我〕和恰如各各的群居底动物，如果那知的能力而发达到在人类似的活动和高度，便将获得和我们一样的道德底概念那样的思想，是〔相〕距了很远的事，宣言出来的必要的。

> 正如在一切动物，美的感情是天禀的一样，虽然它们也被非常之多的种类的动物引得喜欢，他们〔也〕会有关于善和恶的概念，虽然这概念也将它们引到和我们完全反对的行动去。

梁实秋说，对这样的译文，"老实说，我看不很懂。……我很细心地看，看不懂。……于是去请教别人……都说看不懂"。[①]

平心而论，这样的"逐字直译"，除了可能保留了原文的字词及其排列顺序外，并没有"译"出原文的意思来。这实际上在《域外小说集》中那种"直译"的基础上变本加厉，其结果是"直译"不"直"，反而走向了"曲译"。令读者不知所云，感到头疼。这种逐字直译的方法无论在当时还是后来，都有不少人不以为然。鲁迅的朋友瞿秋白当时曾善意地批评鲁迅的翻译只做到了"正确"，而没有做到"绝对的白话"。鲁迅的敌人则言辞更为苛刻和激烈。梁实秋将鲁迅的译文斥之为"生硬"、"别扭"、"极端难懂"、"死译"。鲁迅自己似乎也并不满意，他自己称自己的翻译方法是"硬译"。1929年他在《文学与批评·译者附记》中说："……但因为译者的能力不够和中国文本来的缺点，译完一看，晦涩，甚而至于难解之处也真多；倘将仂句拆下来呢，又失了原来的精悍的语气。在我，是除了还是这样的硬译之外，只有'束手'这一条路——就是所谓'没有出路'——了，所余的唯一的希望，只在读者还肯硬着头皮看下去而已。"在《"硬译"和"文学的阶级性"》一文中他又说："自然，世间总会有较好的翻译者，能够译成既不曲，也不'硬'或'死'的文章的，那时我的译本当然就被淘汰，我就只要来填这从'无有'到'较好'的空间罢了。"从鲁迅的语气中，可见他并不认为"硬译"是理想的翻译方法，在没有更理想的译法的情况下，"硬译"不过是一种不得不采取的权宜之计罢了。

---

① 梁实秋：《论翻译的一封信》，载《新月》，第4卷第5期，1933。

除了要以逐字直译的方法来扭转"窜译"的流弊外，鲁迅倡导"逐字译"还有一个语言学上的动机，就是通过这样的翻译，引进外国词汇句法，丰富我们的词汇和表达方式。鲁迅的时代，古汉语刚刚退出历史舞台，现代汉语还处在形成时期，全民语言规范尚未形成，因此许多人感到了现代汉语亟待完善和发展，而完善和发展的重要途径就是通过翻译来引进外来词汇语法，使现代汉语适度地欧化。鲁迅在给瞿秋白的讨论翻译问题的一封信中曾经说过："这样的译本，不但在输入新的内容，也在输入新的表现法。中国的文或话，法子实在太不精密了，作文的秘诀，是在避去熟字，删掉虚字，就是好文章。讲话的时候，也时时要词不达意，就是话不够用。……要医这病，我以为只好陆续吃一点苦，装进异样的句法去，古的，外省外府的，外国的，后来便可以据为己有。"又说："一面尽量的输入，一面尽量的消化，吸收，可用的传下去了，渣滓就听他剩落在过去里。……但这情形也当然不是永远的，其中的一部分，将以'不顺'而成为'顺'，有一部分，则因为到底'不顺'而被淘汰，被踢开。"①后来在谈到欧化句法的问题时，鲁迅再次指出："欧化文法侵入中国白话中的大原因，并非因为好奇，乃是为了必要。……固有的白话不够用，便只得采些外国的句法。比较地难懂，不像茶淘饭似的可以一口吞下去是真的，但补这缺点的是精密。"②

　　正像鲁迅所预言的，逐字直译出来的句子，有一些在今天看来已经被现代汉语所接纳，相信今天读鲁迅的那些逐字硬译的译文，可能要比当年好懂一些。而那些今天也难懂的译文，确实意味着"被淘汰、被踢开"了。现在看来，鲁迅在翻译上的这种逐字硬译的试验，不能说是成功的，而且鲁迅的这种"硬译"主要运用在理论文章的翻译上，后来他自己在文学作品的翻译中也抛弃了这种"硬译"的方法，到翻译《毁灭》和《死魂灵》的时候，已很少这样生硬的译笔了。而周作人也在1925年为其译文集《陀螺》写的序文中，对先前的看法做了很大的修正，他写道：

　　　　我的翻译向来用直译法……我现在还是相信直译法，因为我觉得没有更好的方法。但是直译也有条件，便是必须达意，尽汉语的能力所能及的范围内，保存原文的风格，表现原语的意义，换一句话就是

---

　　① 鲁迅：《鲁迅和瞿秋白关于翻译的通信》，见罗新璋编：《翻译论集》，276～277页，北京，商务印书上包，1984。

　　② 鲁迅：《玩笑只当它玩笑》，载《申报·自由谈》，1934-07-25。

141 ┃ 第五章　方法论

信与达。近来似乎不免有人误会了直译的意思，以为只要一字一字地将原文换成汉语，就是直译……①

所谓"一字一字地将原文换成汉语"，恰恰就是周作人几年前所明确提倡的"逐字译"。从以前强调"最好是逐字译，不得已也应逐字译"，到现在认为这是对直译的"误会"，其间的转变是很明显的。实际上，早在周氏兄弟提倡"逐字译"的时候，就有人表示了不同意见。其中，郑振铎在1920年就说过："译书自以能存真为第一要义。然若字字比而译之，于中文为不可解，则亦不好。"②1922年，沈雁冰在《"直译"与"死译"》③一文中虽表示赞成直译，但同时将"直译"与"死译"做了区分，指出凡令人看不懂的译文是"死译"而不是"直译"。在这种区别和辨析当中，"直译"慢慢地和"逐字译"、"硬译"及"死译"划清了界限。人们意识到，逐字译并不是真正忠实原文的理想的"直译"方法，"直译"的内涵便得到了更新，并回归了它的本义。从那以后，翻译理论界许多论者所谈的"直译"，已经不再是鲁迅及鲁迅时代的逐字直译了。

总而言之，直译的翻译方法强调忠实原文，尽量按原文的句式直接移译。对文学翻译而言，直译主要运用在具体语句的翻译上，无法想象翻译一篇或一部文学作品通篇只着眼于语句的直译，而不管其风格意蕴如何。在文学翻译中，将直译的对象锁定在语句上才有意义。如果按原文的字词及句法结构直接移译过来，同时要付出破坏译文的语言规范的代价，那就是逐字硬译和死译；如果能够按原文字词及句法结构直接移译过来而又不破坏译文的语言规范，那就直译。所以直译首先必须是"直"——"直接"的"直"，其次必须是"曲直"的"直"，即必须使译文通达。不能片面强调"直接"的"直"而使译文滞涩不畅，那就会适得其反，求"直"得"曲"，以不通的译文歪曲了本来通顺的原文。

三、直译和意译

"意译"是中国翻译文学中的另一种基本的翻译方法。它往往和"直译"

---

① 周作人：《知堂序跋》，钟叔河编，233~234页，长沙，岳麓书社，1987。
② 郑振铎：《我对于编译丛书底几个意见》，载《晨报》，1920-07-06；《民国日报·学灯》，1920-07-08。
③ 原载《小说月报》，第13卷第8期。

对举。梁启超、范文澜等学者认为，中国古代的佛经翻译中，就已经形成了直译和意译两派。在我国，早在古代的佛经翻译中，直译意译之争就初见端倪。译经大师支谦采用"因循本旨，不加文饰"的翻译方法，而道安主张一字一句的直译："案本而传，不令有损文字，时改倒句。"稍后鸠摩罗什则提倡"依实出华"和"曲从方言"，则含有"意译"的意思。梁启超在他的《翻译文学与佛典》中也敏锐地发现："翻译文体之问题，则直译意译之得失，实为焦点。"但这两个词最早见于晚清，古代佛经翻译家们并没有"直译"、"意译"的概念，而只是借用了"文"和"质"这一古代文论中的常用概念，而且主要是从译文的文风角度看问题的。

什么是"直译"？什么是"意译"？相信谁都可以顾名思义地大致领会其意思，但要给它们下一个确切的定义则十分困难。而且由于直译意译两者互为依存，对立统一，所以给意译下定义，必然依赖于给"直译"所下的定义。反之亦然。

从翻译文学史上看，人们对意译和直译及其相互关系的认识是逐渐深化的。晚清时代梁启超所说的"译意不译词"中的"译意"其意思就是"意译"。但那时人们还分不清楚"意译"与"窜译"的区别。他们所说的"译意"或"意译"就是指对原作随意加以增删改动的窜译，正如把"直译"也理解为逐字对译一样。实际上，翻译界一直有许多人对"意译"和"直译"做了这种理解。有人认为翻译的基本方法只有两种，那就是"直译"与"意译"。这样一来，就自然地把"窜译"包含在了"意译"中，同时也把逐字硬译包含在"直译"中了。这样做对科学地区分翻译方法是不利的。应该说，"窜译"是"意译"的极端，而逐字硬译是"直译"的极端；但"窜译"是以不尊重原作为前提的，不尊重原作首先就是既不尊重原作的"形"与"词"，也不会尊重原作的"意"，其结果就不可能准确地译出原作的"意"，因此不能称之为"意译"。"逐字译"是以拘泥原作的字词顺序与外在形式为特征的，但中文与外文的结构和语言特点各不相同，不顾中文与外文的这种差别而一味逐字硬译，其结果是缘木求鱼，求"直"不得反得"曲"，将原本通顺的外文译成了文理不通的中文，何"直"之有？

20 世纪 20 至 30 年代，围绕鲁迅的"直译"、"硬译"问题，鲁迅与梁实秋、赵景深等展开了一场关于"信"、"顺"的激烈论战。鲁迅提出了"宁信而不顺"的主张，对方则斥之为"死译"，而主张以通顺为第一的"顺译"。论战双方虽各执一端，但除去宗派意气和政治倾向的尖锐对立之外，双方在翻译方法问题上却实有较大的一致，那就是都不再认可窜译的方式，都承认尊重原文是必要的，这就为进一步规范"直译"和"意译"的方法内涵奠定了基础。此后，主张直译和主张意译的人各执所见。但两派争执的根源主要在于将"直译"视同"逐字译"，或将"意译"混同"窜译"，反对直译的人往往将直译理解为逐字译，如邹恩润指出："一般人所谓直译，不但逐字译，简直按照原有之 clause 或 phrase 之次序呆译，结果使人不懂，或者读者异常吃力。"[1]而反对"意译"的人则又将意译视同窜译，如傅斯年说："老实说话，直译没有分毫藏掖，意译却容易随便伸缩，把难的地方混过……直译便真，意译便伪；直译便是诚实的人，意译便是虚诈的人。直译看来好像很笨的法子，我们不能不承认他有时作藏拙的用，但是确不若意译专作作伪的用。"[2]一方面直译论者和意译论者虽是如此尖锐对立；另一方面也有人主张干脆主张摒弃"直译"、"意译"这样的提法，如水天同在《培根论说文集》"译例"中也说："夫'直译'、'意译'之争盲人摸象之争也。以中西文字相差如斯之巨而必欲完全'直译'，此不待辨而知其不可能者也。"[3]林汉达认为："翻译只有两种：一种是正确的翻译，一种是错误的翻译，不必讲什么直译意译的方法 。"[4]

尽管对"直译"、"意译"有这样种种的不同看法、误解乃至消解的言论，但仔细辨析，就可以看出 20 世纪 20 年代以后的"意译"论已与晚清的"窜译"论大不相同，而直译已与"逐字译"论又大不相同。他们的共通点在于都将正确的翻译原文作为宗旨，都反对"胡译"、"曲译"，这也就意味着"直译"已与"逐字译"之间渐渐地画上了界线，"意译"与"窜译"慢慢地分出了泾渭。30 年代，译学界对"直译""意译"的涵义及其两者之间的关系做了更明晰的阐释和辨析。例如，郑振铎在 1935 年写的《〈世界文库〉编例》中指出："直译的文章，只要不是'不通'的中文，仍然是'达'。假如将原文割裂删节以迁就译文方面的流行，虽'雅'，却不足道矣。所以我们的译文是以'信'为第一要义，却也努力使其不至于看不懂。"这就明确地将直译与逐字硬译、意译与窜译区分开来了。

鉴于长期以来"直译"、"意译"各执一端的情况，更有人强调主张两者的相通性。1937 年哲学家艾思奇在《翻译谈》一文中写道："直译和意译，不能把它看作绝对隔绝的两件事……因为'意'的作用不过为了要帮助原作

① 转引自林汉达：《英文翻译原则方法实例》，上海，中华书局，1953。
② 傅斯年：《译书感言》，载《小说月报》，第 12 卷第 3 号，1921。
③ 水天同：《培根论说文集·译例》，北京，商务印书馆，1951。
④ 林汉达：《翻译的原则》，见罗新璋编：《翻译论集》，593 页，北京，商务印书馆，1984。

的了解，帮助原意的正确传达，同时也是帮助直译的成功。"①1944 年朱光潜在《谈翻译》一文中更明确地写道："依我看，直译与意译的分别根本不存在。忠实的翻译必定要能尽量表达原文的意思。思想情感与语言是一致的，相随而变的。一个意思只有一个精确的说法，换一个说法，意味就不完全相同。所以想尽量表达原文的意思，必须尽量保存原文的语句组织。因此，直译不能不是意译，而意译也不能不是直译。不过同时我们也要顾到中西文字的习惯不同，在尽量保存原文的意蕴与风格之中，译文应是读得顺口的中文。以相当的中国语文习惯代替西文语句的习惯，而能尽量表达原文的意蕴，这也无害于'直'。"②到了 50 年代，在直译与意译的问题上，翻译(批评)家的意见比较趋于一致。茅盾、金人、林汉达、林以亮、水天同、焦菊隐、巴金等人，都不主张将二者对立起来，如林汉达指出："真正主张直译的人所反对的，其实并不是意译，而是胡译或曲译。同样，真正主张意译的人所反对的也不是直译，而是呆译或死译。我们认为正确的翻译就是直译，也就是意译；而胡译、曲译、呆译、死译都是错误的翻译。"③到了 80 年代以后，人们更多地注意到了两者的相通性、融合性与相对性，努力寻求将直译与意译结合在一起。高健先生在《论翻译中一些因素的相对性》和《我们在翻译上的分歧何在？》④中指出，直译和意译两者在一定意义上是同类的(既然同为方法)，彼此既非对立关系，其间也无绝对界线，即使纯然视作两种不同方法，由于其间的关系是互通的和密切的，实践中往往要把它们结合起来使用。此外，同为直译或意译，也有程度之别：直译有不同程度的直译，意译也有不同程度的意译。这样，在某些情形下，二者的界线就会比较模糊。程度稍逊的意译有时即接近直译。反之，直译如果程度不足也会与意译无太大区别。乔曾锐先生在《译论——翻译经验与翻译艺术的评论和探讨》一书中，指出直译和意译是两种不同的翻译方法，不可合为一谈，"直译是通过保留原作形貌来保持原作的内容和风格，意译是在保留原作形貌就要违反译文语言的全民规范的情况下，尽量保持原作的内容和风格，因而要舍弃原作形貌。一个是保持，一个是尽量保持，一个是保留形貌，一个是舍弃形貌。当然舍弃形貌，并非在传译时完全不顾及原作形貌，而是采用或创造与其作用相同和相适应的

① 艾思奇：《翻译谈》，见罗新璋编：《翻译论集》，436 页，北京，商务印书馆，1984。
② 朱光潜：《谈翻译》，见罗新璋编：《翻译论集》，454 页，北京，商务印书馆，1984。
③ 着重号为原文所有，见罗新璋编：《翻译论集》，590 页，北京，商务印书馆，1984。
④ 原载《外国语》，1994(2、5)。

表达方式。这就是直译和意译两种方法各具的特征和异同之处。两者分别排除逐字死译和任意翻译(包括缩写和改写)"。① 同时,他也反复强调两者结合的必要性,其看法具有一定的总结性质:

> 直译和意译都是必要的,两者互有长短。直译的长处是,力图保留原作的形貌、内容和风格,"案本而传,刻意求真",短处是,无法完全解决两种语言之间差异的矛盾,容易流于"以诘鞠为病",不合乎译文语言的全民规范,乃至有乖原作的含义和风格。意译的长处是,译文可以不拘泥于原作的形式,合乎译文语言的全民规范,同时又能比较近似地传译出原作的内容的风格,短处是,容易流于片面求雅,以致失真,最后有可能形不似而神亦不似。②

这种看法反映了近年来翻译理论界的共识,具有一定的总结的性质。总起来说就是能直译的就直译,不能直译的地方就意译。直译意译两种方法灵活运用,才能在翻译实践中达到左右逢源、得心应手、圆融无碍的境界。

充分总结和吸收中国翻译文学和译学理论史上的经验与成果,我们就今天可以对"直译"、"意译"方法的特征和实质、对直译与意译之间的关系有更深入和更明确的认识。笔者认为,直译的方法主要运用于原文句子的字面意义和句法结构的翻译上,而意译则主要运用于"句群"——构成了一个相对完整意义、相对完整的形象或相对完整的意象的段落——进而运用于原文的整体风格、整体意蕴、神韵的翻译。意译重在"译意",直译重在"译词"、"译句";意译侧重点在"绎",即在理解原文含义的基础上用译入语正确地阐释出来;直译侧重点在"迻",即在保持译入语的基本规范的前提下尽量平行迻译原文字词句法,主要宗旨是忠实地译出原文语句;意译在忠实原文之外,更注意译文本身的晓畅和原文意义的传达;直译方法有相当程度的客观性、普遍有效和可操作性,可以由《翻译教程》之类的书籍与课程加以规范和指导,意译方法则有相当程度的主观性,它在具体操作中往往不得不随翻译家个人之"意"灵活把握,《翻译教程》之类则难以说

---

① 乔曾锐:《译论——翻译经验与翻译艺术的评论和探讨》,272 页,北京,中华工商联合出版社,2000。

② 乔曾锐:《译论——翻译经验与翻译艺术的评论和探讨》,262 页,北京,中华工联合出版社,2000。

清。对此，翻译家许渊冲先生曾提出了自己的"译经"，曰："译可译，非常译；忘其形，得其意。得意，理解之始；忘形，表达之母。故应得意，以求其同；故可忘形，以存其异。两者同出，异名同谓：得意忘形，求同存异，翻译之门。"[①]我们也可视之为对"意译"的特征的一种概括。得意忘形，译者的能动性和创造性尽在其中。钟玲教授在《美国诗与中国梦——美国现代诗里的中国文化模式》[②]中，曾把美国人庞德、韦理、雷克罗斯在翻译中国古诗时以意译为主的翻译方法称为"创意翻译"，十分恰切。意译方法运用的极致状态，就是"创意翻译"。在翻译过程中凡有固定规则可寻的都可以视为直译，凡无规则可寻、需要发挥译者独创性的就是"创意翻译"。当然，随着翻译的进步，先前有些东西无规则、规律可循，如词类的转换、长句的拆解，句序的颠倒，双关语、反语、民俗文化特定表达方式等，在翻译初期都没有现成的对应与对策，后来有一些形成了规则和规律，有了普遍可以接受的固定的、正确的译词和处理方式，也就由意译演变为直译了，所以直译和意译的方法是历史地变化着的，不是一成不变的。就直译的方法而言，可以直译的，即在翻译过程中有章可循的东西会不断增加。各种各样的越来越丰富的双语辞典，辞典上越来越丰富的词义解释，就证明了这一点。但这也并不意味着可以意译的东西因此而越变越少。语言是不断丰富和不断变化的，作家的生命感受是不断更新和超越的，因而意译永远要面对这些语言文学的发展变化，翻译家永远需要创造性的理解和翻译，直译和意译的内涵也就在这种发展变化中不断得以更新。

界定"意译"的关键是说清什么是"意"。"意"原本的意思是"含义"，它包括两个层面：第一个层面是"义"，指语言单位本身所表达的字义、词义、句义；第二个层面是"意"，指词语中暗含的意思，即含义。古人所谓"言不尽意"、"言外之意"、"言有尽而意无穷"指的就是这种含义。"意译"所要译出的，主要不是第一个层面上的"义"（字义、词义、句义），因为这种词义是运用"直译"方法就能够解决的。"意译"所要译出的，主要就是第二个层面的"意"。这个"意"的根本特点是它的微妙性、不确定性、暧昧性、延伸性和开放性。这种不确定性、暧昧性、延伸性和开放性即使是在字斟句酌、力求清楚明白的法律文本中都难以克服，所以才需要有关权力

① 许渊冲：《译家之言》，载《出版广角》，1996(6)。
② 钟玲：《美国诗与中国梦——美国现代诗里的中国文化模式》，台北，麦田出版股份有限公司，1996。

机关做垄断的解释。法律文本如此,何况文学作品。文学作品与非文学作品的最大区别之一,就是其意义的延伸性和开放性更为突出。因为文学作品的"意"除了语言、逻辑上的意义之外,更有情绪、情感之意,比喻、象征之意,动作行为之意、背景与环境描写之意等,人类的行为生活和精神世界的全部复杂性在优秀的文学作品中都会得到表现。翻译家要把这些复杂多样的"意"翻译出来,就必须入乎其内,超乎其外,即超越字面意义,调动自身的理智分析和情感体验,发挥自身的理解力和感悟力,设身处地神游于、沉浸于作品的艺术世界中,最终将自己所理解的原作的"意"翻译出来。因此,"意译"的方法也是一种"阐释"的方法,它所翻译出来的东西是经翻译家理解过,并试图将这种理解明白地传达给读者的东西。翻译需要阐释,正如阅读需要理解一样。在需要理解和阐释的时候,翻译家如果从"忠实"的角度考虑拒绝这种"阐释",那就会拒绝使用"意译"的方法,而使用逐字直译的方法。然而使用逐字译的方法翻译出来的东西,往往令读者一头雾水,不知所云。既然翻译家没有理解,那他译出的东西又如何让读者理解呢?其结果就必然像严复所言"译犹不译也"。当然,这种"阐释"和理解并非要将原文中本有的模糊和暧昧搞得显豁清晰,如把一首朦胧诗译成了一首不朦胧的诗,而是要把握和呈现原作的本意即朦胧表达的特征。

  "阐释"是带有强烈主体性和主观色彩的思维活动。文学作品的意义是开放的,敞开的。不同的时间、空间的不同读者,对同一个作品的理解会有不同,而不同的翻译家作为读者,对同一个作品也会有不同的阅读理解,其译文必然带有他独特的理解和主观色彩。这也就是"意译"的特有的效果和表现。因而,"意译"的方法是一种软性的方法(相对而言,直译是一种"硬性"的方法)。原作的含意的开放性和延伸性,翻译家对原作体验深度和理解角度的差异,都决定了"意译"的差异,并造成了译作的差异。这就是为什么同一个原作的不同的译本会有差别,甚至是较大的差别的原因,也就是为什么"意译"常常被批评为不"信"或"不忠实于原作"的原因。"意译"既然是软性的翻译方法,那么它对原作的忠实就不会有一个硬性的标准。译作不是、也不可能是对原本的机械的复制,不会有一个"忠实于原作"的可以定性和定量的规格,复制式的"忠实"即使是用逐字译直译的方法也难做到,何况意译。"意译"的方法对原作的"忠实"不是字义词义层面上的,它对原作的忠实程度取决于翻译家对原作体验的深刻度、共鸣的强度和理解的深度。而在文学翻译中,如果说直译更多的是语言学上的要求，意译则更多的是文艺学上、美学上的要求。因此，翻译文学批评中，那种从语言学的角度指出某某译本哪句话是误译，哪句话译得不确切，作为一种语言学批评是必要的、有价值的，但那不能代替文学的批评。

"意译"更有一个程度和幅度问题。对文学翻译而言，意译的幅度和程度不应是由翻译家的主观来决定的，而应由不同的文体来决定。一般地说，翻译叙事性作品或叙事性段落的时候，意译的幅度不太大，它与直译的方法是相互叠合，彼此交叉使用的。但翻译象征性、寓意性、情绪性、抽象性、梦幻性的作品——这类作品主要是诗，还有传统小说戏剧中的相关段落和先锋派试验派的作品——意译的幅度就需要加大。而在诗歌翻译中，主要应当运用"意译"的方法。意译的幅度越大，则对翻译家的主动性和创造性的要求就越高。在多大程度上需要意译，是区别文学翻译和非文学翻译的一个重要标志。翻译家在多大程度上使用了意译的方法，他的译作就在多大程度上以自己的独特的风格再现他所领悟的原作的风格。在中国翻译文学史上，著名的成熟的翻译家都特别强调意译方法的重要性。朱生豪明确反对"逐字逐句对照式之硬译"①；傅雷自述他"想译一部喜欢的作品要读到四五遍，才能把情节、故事，记得烂熟，分析彻底，人物历历如在目前，隐藏在字里行间的微言大义也能慢慢琢磨出来"②；郭沫若甚至认为文学翻译中光有意译的方法还不够，还应该有"风韵译"。他说："诗的生命，全在它那种不可把捉之风韵，所以我想译诗的手腕于直译意译之外，当得有种'风韵译'。"③后来他又说："我始终相信，译诗于直译意译之外，还有一种风韵译。字面、意义、风韵，三者均能兼顾，自是上乘。即使字义有失而风韵能传，尚不失为佳品。若是纯粹的直译死译，那只好摒诸艺坛之外了。"④郭沫若所说的"风韵译"能不能成为直译意译之外的第三种方法又当别论，但现在我们可以把"风韵译"看作是对文学翻译、特别是诗歌翻译中的"意译"内涵的延伸和补充，也有助于表明意译对文学翻译是多么重要。

由上分析可见，从中国翻译史及翻译文学史来看，实际存在的翻译文学的基本方法有四种，即窜译、逐字译、直译、意译。分清这四种方法极

---

① 朱生豪：《〈莎士比亚全集〉译者自序》，见罗新璋编：《翻译论集》，457页，北京，商务印书馆，1984。
② 傅雷：《翻译经验点滴》，载《文艺报》，1957(10)。
③ 郭沫若：《〈歌德诗中所表现的思想〉附白》，载《少年中国》，第1卷第9期，1920。
④ 郭沫若：《批判〈意门湖〉译本及其他》，载《创造季刊》，第1卷第2期，1922。

有必要。一直以来，翻译界只承认"直译"、"意译"两种翻译方法。造成了概念上的混乱。对于这一点，林语堂先生在1933年发表的《论翻译》一文中，认为翻译中除了直译意译之外，还有"死译"和"胡译"。如果只讲直译意译，则——

> 读者心中必发起一种疑问，就是直译将何以别于死译，及意译何以别于胡译？于是我们不能不对此"意译"、"直译"两个通用名词生一种根本疑问，就是这两个名词是否适用，表示译者应持的态度是否适当。我觉得这两个名词虽然便用，而实于译文者所持的态度只可说是不中肯的名称，不但不能表示译法的程序，并且容易引起人家的误会。既称为"直译"，就难保此主张者不把它当作"依字直译"的解说；"依字直译"实与"死译"无异。所以读者若问"直译"与"死译"区别何在，不但作者，恐怕就是最高明的直译主义家，亦将无辞以对。事实上的结果，就是使一切死译之徒可以以"直译"之名自居，而终不悟其实为"死译"。换过来说，的确有见过报上大谈特谈翻译的先生，自己做出胡译的妙文来，方且自美其名为"意译"。直译者以为须一味株守，意译者以为不妨自由，而终于译文实际上的程序问题无人问到，这就是用这两名词的流弊。①

林语堂因此反对使用"直译"、"意译"这两个名词，而改为使用"字译"和"句译"。提倡以句为主体的"句译"，而反对以字为主体的"字译"。这对于矫正"直译"、"意译"概念的"流弊"的确是有益的。但"字译"、"句译"似乎仍不能概括翻译、特别是文学翻译的方法类型。因为在文学翻译中"字译"固然不行，"句译"恐怕也不够。林语堂在同一篇文章中所提倡的"传神"的翻译，仅靠"句译"也难以达到。因为译者不但要弄懂字句，更重要的能体会原文的风格神韵。所以我们可以接受林语堂的意见——不能把翻译方法只限定于"直译"和"意译"，但不能同意抛弃"直译"、"意译"这两个概念。而是在直译意译之外，从翻译文学史上总结出另外两种方法——"窜译"和"逐字译"。这样一来，四个概念的内涵就不会混淆。

其中，窜译和逐字译是特定历史时期、在特定条件下被一些翻译家运用的翻译方法，有着历史的必然性，也有着局限性。在今天，窜译的方法

---

① 林语堂：《论翻译》，见罗新璋编：《翻译论集》，420～421页，北京，商务印书馆，1984。

除非特殊的需要(如面对中小学生的文学名著缩译本或缩写本、由于伦理、法律和政治的原因而不得不删除部分原文等),是不宜特别加以提倡的。但有的学者和译者仍然提倡,认为译者译书是为读者而译的,怎样对读者有益就怎样翻译。例如,周兆祥博士在1985年的一次学术会议上宣读的论文中就明确提出:"真正负责任的译者,一定要做很多'手脚'——或是增删,或是剪裁,或是换例,甚至重写。"又说:"所谓改写、编译、节译、译写、改编……等也是堂堂正正的翻译方法,跟'逐段逐句译出来'的方法同样名正言顺。"①在实际的翻译活动中,窜译仍然不断地被运用。据说,日本当代作家在翻译中国古典名著《三国演义》时,为了符合当代日本人的口味,而"把它译成适合报纸连载的小说。刘、曹、关、张等主要人物都加上自己的解释和独创来写。随处可见原本上没有的词句、会话等"。②段苏红先生在《从被改写的昆德拉谈起》③中说,捷克作家米兰·昆德拉曾惊讶地发现,他的成名作《玩笑》的法文译本的译者没有忠实翻译,而是把它改写了,英文译本"章节的数目改变了,章节的顺序也改变了,许多段落都被删掉",还惹得昆德拉公开发表了一封抗议信。另外,还有一种比窜译更自由的"拟作",指的是在原作基础上重新改写,如江户时代的日本人对中国古代小说的所谓"翻案",就属典型的"拟作",那实际上已经不是翻译,而成为一种写作和创作了。关于逐字译,在非文学翻译(如法律文本、政治性极强的国际性文件)中这种方法时有使用,但在文学翻译中则较少被使用了。但有的文学翻译家在翻译西方先锋派诗歌的时候,还有意使用逐字译的方法,对原文的词语及结构顺序一仍其旧,为的是真正呈现作品的原貌。反正先锋派诗原文本身就难懂,译文用逐字译的办法翻译当然也难懂,但毕竟还算"忠实"了原文。但在大部分情况下,使用"逐字译"只是表明译者对原文没有吃透,只好逐字翻译,等于用汉语把原文照搬过来,自然令人莫名其妙。这样的"迫不得已"的逐字译,在20世纪80年代后的文学翻译中,较为常见。但那只能勉强算作"文字翻译",绝不是"翻译文学"。

　　总之,在中国翻译文学史上,"窜译"、"逐字译"、"直译"和"意译"这四种基本方法,经历了"正、反、合"或"否定之否定"的辩证发展过程。"窜译"和"逐字译"是正反关系,"逐字译"是对"窜译"的否定,"直译"是对

---

① 转引自许钧:《怎一个"信"字了得——需要解释的翻译现象》,载《译林》,1997(1)。
② 《日本人读三国》,载《文汇读书周报》,1996-05-25。
③ 段苏红:《从被改写的昆德拉谈起》,载《中华读书报》,1996-11-06。

"逐字译"的承继和修正，"意译"是对"窜译"的承继与修正。今天，也有人将这四种基本方法归并为"直译"和"意译"两种方法。在这种情况下，"直译"和"意译"也就成为翻译方法中的一对基本的矛盾范畴。高明的翻译家的高明的翻译艺术，就是恰当处理"直译"和"意译"的矛盾关系，把握好其间的"度"和"火候"的艺术。这一点实在很难，常常会使翻译家处于两难境地。关于"直译"与"意译"的两难，余光中先生在为金圣华女士的《桥畔闲眺》所写的序言中，以做饭吃饭作比喻，发表了一番高见，他说：

> 鸠摩罗什曾喻翻译为嚼饭喂人。这妙喻大可转化为译文的"生"与"烂"。译文太迁就原文，可谓之"生"，俗称直译；太迁就译文所属语言，可谓之"烂"，俗称意译。有人说，上乘的译文看不出是翻译。我担心那样未免近于"烂"。反之，如果译文一看就是翻译，恐怕失之于"生"。理想的译文，够"熟"就好，不必处处宠着读者，否则读者一路"畅读"下去，有如到了外国，却只去唐人街吃中国饭一样。①

这个"熟"字，就靠着掌握好直译和意译的火候。过犹不及，都不是"熟"的状态。两者必相互参用，有机统一，恰到好处才行。这样的直译意译和谐统一，应该成为翻译及翻译文学值得提倡的理想的方法论。

最后还需要指出的是，有的研究者还提出了另外的一些翻译方法，如"词类转换"、"拆句"、"并句"、"增词"、"省略"等，这在一般的讲授翻译技法的书籍中颇为常见。有的学者提出了新的方法概念，如黄忠廉先生在《变译研究》(1998)中提出的"全译"、"变译"，郑海凌先生在《文学翻译学》(2000)中提出的"译事六法"(包括"整体把握"、"译意为主"、"以句为元"、"以得补失"、"显隐得当"、"隔而不隔")等，但总体上看都是上述四种方法或其中一两种方法的具体化、操作化，是"具体技法"而不是"基本方法"，或者只能算是"翻译要求"而不是"翻译方法"，所以在此不多加讨论。另外，还有的翻译家主张翻译没有什么"方法"可言。例如，茅盾在《译诗的一点意见》(1922)一文中曾说过："翻译本来全随译者手段的高低而分优劣，什么方法，什么原则，都是无用的废话；而且即使有了，在低手段的译者是知而不能，在天才的译者反成了桎梏。"陈西滢在《论翻译》(1929)中提出"翻译就是翻译，本来无所谓什么译"；巴金在《一点感想》(1951)一文

---

① 金圣华：《桥畔闲眺》，7页，台北，月房子出版社，1995。

中也说："我觉得翻译方法其实只有一种，并没有'直译'和'意译'的分别。好的翻译都应该是'直译'，也都是'意译'。"这实际上就是方法取消论。诚然，对一些译艺高超的翻译家来说，直译意译之类的翻译方法对他们来说也许意义不大，因为他们已经达到了占人所说的"尤法之法，是为至法"的境界，他们已经不必再受"方法"的束缚。但是，从翻译文学史上看，"直译"、"意译"，还有"窜译"、"逐字译"是一种历史的客观的存在，包含了中国历代翻译家对翻译艺术规律和方法的探讨，它本身就具有重要的独立的理论价值。今天我们研究翻译文学，"方法"及"方法论"是无法回避同时也是不能不问，不能取消的。

第六章

译作类型论

从文本形态上看，翻译文学的文本类型是有区别的。由译本所据原本的不同，形成了直接翻译和转译两种不同的译作类型；由同一原本的不同译本出现的时间先后的不同，形成了首译与复译两种不同的译作类型。换言之，根据译本与原本的不同关系，翻译文学的基本类型有四种：直接根据原文翻译的"直接译"（也叫"原语译"），以非原语译本为依据所做的翻译即"转译"（有人也叫"间接翻译"），第一次翻译即"首译"，在"首译"之后再使用相同的译入语重新翻译，形成新的译本或译文，即"复译"。

一、直接译本与转译本

"转译"指的是不直接根据原文，而是间接根据原文的某种译本所译出的文本类型。中国翻译理论史上，"转译"曾长期被称为"重译"①，但"重译"一词容易引起误解，因为它还可以指对一个作品的重复翻译；也有人称为"间接翻译"，但没有"转译"一词更凝练和更确切。在中外翻译史及翻译文学史上，转译是常见的一种译作类型。例如，《圣经·旧约》原文是希伯来文，后来被译成希腊文，后来又由希腊文转译为拉丁文，后来又从拉丁文转译成英文、德文、意大利文等，而 1919 年汉语白话文的《新旧约全

---

① 参见郑振铎《译文学书的三个问题》（1921）、鲁迅《论重译》（1934）、季羡林《谈翻译》（1946）等文章。

书》（和合本）又转译自英文。这样"转"了好几圈，《圣经》的原文反而显得并不那么重要了。一部《圣经》，从东方的希伯来，到欧洲，再到东方的中国，历时上千年，这中间不是一重转译，而是多重转译。在我国佛经翻译史上，汉代最早翻译佛经时，由于原本难求，所以早期佛经译本大多不是直接由梵文，而是由各种西域语言（胡语）翻译过来的。晚清时期，中国留学日本的学生最多，数量上超过了留英、留法乃至所有其他各国留学生的总和，所以懂日语的也最多，因而那时许多西洋小说等其他类型的作品，大都是由吴梼、陈景韩、包天笑、徐念慈等翻译家从日文译本转译的。到了五四时期至30年代，翻译界注重翻译欧洲小国，如东欧、北欧国家的文学作品，但那时很少有人通晓有关的语言，于是大都从英文等译本译出，如当时影响很大的挪威作家易卜生的《玩偶之家》，就是胡适从英文版本译出的。30至40年代，我国翻译界普遍通过转译的方式翻译出版十月革命后苏联的无产阶级文学作品以及被压迫被奴役民族与国家的文学作品。除日本以外的东方各国文学翻译，许多也是转译的。例如，印度诗人泰戈尔的孟加拉文原作、印度小说家普列姆昌德的印地语原作大都根据英文、俄文转译。在20世纪著名翻译家中，以转译的方式从事文学翻译的不少。其中，鲁迅从日文转译的俄国作家果戈理的《死魂灵》、法捷耶夫的《毁灭》，等等，更多的译本是从英文转译的，如20至30年代潘家洵翻译的易卜生的戏剧集、茅盾翻译的挪威作家比昂逊的剧本、周立波翻译的肖洛霍夫的《被开垦的处女地》、郑振铎翻译的泰戈尔的《飞鸟集》和《新月集》、50至70年代韩侍桁翻译的《芬兰民族史诗卡勒瓦拉》、孙用和景行翻译的波兰的《蜜茨凯维支诗选》、水建馥翻译的波斯古代作家萨迪的《蔷薇园》、傅东华翻译的《伊利亚特》、丰华瞻翻译的《格林童话全集》、萧乾翻译的捷克作家哈谢克的《好兵帅克》、谢冰心翻译的泰戈尔的诗歌和剧本、黄雨石翻译的泰戈尔长篇小说《沉船》、吴岩（孙家晋）翻译的《园丁集》等多部泰戈尔诗集、陈尧光和柏群翻译的菲律宾作家黎萨尔的长篇小说《不许犯我》等。80年代后出版的方平和王科一合作翻译的意大利作家卜伽丘的《十日谈》、成时翻译的丹麦作家尼克索的长篇小说《普通人狄特》、朱维基翻译的意大利但丁的《神曲》、韩少功翻译的捷克作家米兰·昆德拉的小说《生命中不能承受之轻》等，大都是从英文译本转译的，而且都有较大的影响和较长的生命力。90年代我国翻译出版的以色列现代文学作品，绝大部分都不是从希伯来语翻译过来，而是根据英文译本转译的。看来，转译作为一种译作类型，不是一时的权宜之计，而是存在于翻译文学史的始终，显示了它存在的必然性和合理性。

造成转译及需要转译的原因有三个。

第一，翻译家不懂原语文本，需要依据其他语种的译本来翻译。世界上有几千种不同的语言，每一种语言文学中都有值得翻译的优秀作品，但单个的翻译家不可能掌握很多语言，众多的翻译家中也不可能将所有语言都掌握，即使都掌握了也不一定用来从事文学翻译。因此，一个国家，一个民族要广泛了解世界各国文学，就不能不采用转译的方式。郑振铎虽然指出了转译的种种不足，但他还是从实际出发，认为："在现在文学的趣味非常薄弱，文学界的人声非常寂静的时候，又如何能够得到这些直接译原文的人才呢？如欲等他们出来，然后再译，则'俟河之清，人寿几何'。在现在如欲不与全世界的文学断绝关系，则只有'慰情胜于无'，勉强用这个不完全而且危险的重译法来译书了。"①鲁迅早在 1934 年的《论重译》一文中就说过："中国人所懂的外国文，恐怕是英文最多，日文次之，倘不重译，我们将只能看见许多英美和日本的文学作品，不但没有易卜生，没有伊本涅支，连极通行的安徒生的童话，西万提司的《吉诃德先生》，也无从看见了。这是何等可怜的眼界。"

第二，原语译本失传，或暂时难以找到，翻译时需要借助其他语种的译本。例如，阿拉伯人在 8 世纪后的一百多年间，翻译了大量的古希腊作品，到了 12 世纪以后，这些阿拉伯语译本又回流到欧洲，欧洲的翻译家再由阿拉伯语译本的古希腊作品转译成拉丁文，并且他们当时找不到希腊语原本，只能把阿拉伯语译本当成原本。再如中国古代翻译的佛经，原本在印度多已失传，而朝鲜和日本要把佛经翻译成朝文或日文，也只有通过汉译佛经来转译。

第三，翻译者认为某种转译本优于原语文本，所以依据转译本翻译。译本可能优于原本，在翻译文学史上是一个不争的事实。例如，郭沫若翻译的波斯古代诗人莪默·伽亚谟的《鲁拜集》是根据英国诗人费兹吉拉德的英文译本转译的。郭沫若不懂波斯文，故不能直接翻译，但主要原因是他欣赏费兹吉拉德的译文。本来，费氏的译文在西方就得到了很高的评价，评论家认为他的译本使本来在波斯古诗人中默默无闻的莪默·伽亚谟起死回生。郭沫若主张用创作的态度从事翻译，故对费氏的译文十分的赞赏，

① 郑振铎：《译文学书的三个问题》，载《小说月报》，第 12 卷第 3 号，1921。

说："翻译的工夫，做到了费兹吉拉德的程度，真算是和创作无异了。"①除了思想上与这位波斯诗人共鸣外，对费氏译本的赞赏也是他转译该书的主要原因。

转译本和已有的原语译本比较起来，可能有时候会比直接译本更有特色。茅盾先生就认为也有转译比直接翻译好的例子，他指出："《战争与和平》有过几个译本，直接从俄文翻译的也有过，但都不理想，还是董秋斯从英文转译的本子好些。董采用的是毛德的本子，毛德是托尔斯泰的至友，毛德译文，经托尔斯泰本人审定，认为是好的。"②这种情况的发生与当时俄罗斯的政治制度有关。当时的俄罗斯报刊检查极为严苛，有些作品的俄文原本反而不全面，而英译本或法译本就显得重要起来。其他作品如托尔斯泰的《复活》、库普林的《亚玛》等，俄文原本都被横加削砍，而转译本反而可见真面目。所以，翻译所据文本也应择善而从，不能一概而论。另一方面，因转译本对原本的翻译，暗含着翻译家的理解和诠释，因此一般的译本在某些译者看来或多或少都会比原本易懂些。这样，根据译本翻译出来的转译本，在语言的潇洒流畅上可能会略胜一筹。例如，上海译文出版社1989年出版了根据英文译本转译的《一千零一夜故事集》（十册），有人认为这个转译本在语言文字的流畅和优美方面，比起纳训的原语译本更好些。笔者在《东方各国文学在中国》一书中也曾经指出，1962年出版的翻译家孙用先生根据英文节译本翻译的印度史诗《腊玛延那·玛哈帕腊达》，在节奏韵律和"诗味"浓郁方面，比季羡林先生从梵语直接翻译的本子更为出色。

从翻译文学史上看，转译往往不是以翻译家个人的意愿为转移的，它有历史的必然性，在人类文化和文学交流中起了特殊的积极作用。例如，印度的寓言故事集《五卷书》，原文是梵语，公元6世纪的时候被译成波斯帕列维语，8世纪的时候又被译成阿拉伯语，后来又从阿拉伯语被陆续译成了五十种不同的文本。转译，反映出了世界各民族之间文化交流的轨迹，转译形成的种种不同的译本，既是文学交流的环节和中介，也是文学交流的目的本身。可以说，一部作品有没有转译本，转译本有多少，是这部作品影响力和生命力的集中体现。当一部作品即使是辗转翻译也要把它译出来的时候，这部作品在翻译家眼里的重要性就不言而喻了。因此，转

① 郭沫若：《波斯诗人莪默·伽亚谟》，载《创造》季刊，第1卷第3期，1922。
② 《茅盾译文选集·序》，北京，人民文学出版社，1980。

译在一些强调绝对忠实"原作"的人那里，也许是迫不得已的权宜之计，但转译作为一种翻译方式，在很多情况下是必然的，它所起的作用有时候是原语的直接翻译所不能代替的。

自然，转译也有其局限性。从对原文字句的忠实程度来看，转译比起原语译来，差别可能很大。如果使用逐字译的方法来翻译，则只能是原语译。对转译来说，如果转译所依据的本子对原语文本就不太忠实，则转译只会更不忠实。原语译本本来就可能渗透着译者的阐释，则转译就难免将译者对原作的诠释、润色、加工乃至发挥处，与原作不可分离地一并翻译出来。这样，转译与其说翻译的是原作，不如说翻译的是翻译家的译作。从"原作中心论"的角度看，转译在忠实原作方面，是大打折扣的。郑振铎先生甚至认为："重译（指转译——引者注）的东西与直接从原文译出的东西相比较，其精切之程度，相差实在很远。无论第一次的翻译与原文如何的相近，如何的不失原意，不失其艺术之美，也无论第二次的译文与第一次的译文如何的相近，如何的不失原意，不失其艺术之美，然而，第二次的译文与原文之间终究是有许多隔膜的。大体的意思固然是不会十分差，然而原文的许多艺术上的好处，已有很大的损失了。"[1]反对转译的梁实秋曾把转译比作掺了水或透了气的酒："转译究竟是不大好，尤其是转译富有文学意味的书。本来译书的人无论译笔怎样灵活巧妙，和原作相比，总像是掺了水或透了气的酒一般，味道多少变了。若是转译，与原作隔远一层，当然气味容易变得更厉害一些。"[2]季羡林在 1946 年发表的《谈翻译》一文中认为，文学作品经过翻译以后，就是"橘逾淮而为枳"，再转译一次的话，枳又不知道"会变成什么离奇古怪的东西"。[3] 正因为如此，许多人不主张转译，他们举出一些转译本的毛病和错误，来说明转译本比原语译本的价值低得多，一旦有原语译本，那么转译本就该退出历史舞台。这样的看法大致不错，但不能一概而论。一种译作的质量与是否转译有关，然而是否转译并不是决定译本质量的唯一重要的因素。原语译本中有好的译本，也有差的译本；转译中有大量译本由于时过境迁被超越或淘汰，但也有一些译本却能够经得住时间考验，在有了原语译本后仍能为读者所接受。例如，殷夫转译的匈牙利诗人裴多菲的诗——"生命诚可贵，爱情价

---

① 郑振铎：《译文学书的三个问题》，载《小说月报》，第 12 卷第 3 号，1921。
② 梁实秋：《翻译》，载《新月》，第 1 卷第 10 号，1928。
③ 季羡林：《谈翻译》，见《季羡林文集》，第 8 卷，11～12 页，南昌，江西教育出版社，1996。

更高。若为自由故，二者皆可抛"，有哪首直接从匈牙利语翻译出来的新译可以取代这首转译的诗呢？

关于转译的价值判断问题，还是鲁迅在《论重译》(1934)中的意见较为正确："最要紧的是要看译文的佳良与否，直接译或间接译，是不必置重的"。

二、首译本与复译本

首译和复译这两种译作类型，是依据同一语种的译文首次出现和重复出现而做出的划分。在翻译文学中，某种作品以某一语种的语言被首次译出，就叫首译或首译本。"首译"之后出现的译本，即重复翻译，就叫复译或复译本。有人也将"复译"叫作"重译"，但"重译"现多指同一个翻译家对已翻译过的作品的重新翻译，因此在概念上"复译"与"重译"应该加以区分。

首译本反映了翻译家在翻译选题上的开创性，同时在译文的语言和艺术风格的传达上，也有开拓之功。首译者所选择的作家作品能否被译入国读者所接受，社会反响如何等都是未知数，因而翻译家在选题上需要有一定的前瞻性。首译者在翻译时没有现成的译文可供参考，其译文具有不可怀疑的独创性，如果翻译是成功的，则可能会长久左右译文读者对原作家的理解和感受。因而一般地说，首译本在翻译文学史上的地位较高。

复译的形成大致有两种情形：第一，同一时期的不同译者不约而同、或有意重复翻译同一作品，形成面貌和品质不同的译作；第二，译者不满足于首译，在借鉴和继承前译本的基础上重新翻译，并改正误译，从而推出新的译本，或在复译的基础上再重复翻译，形成了多重的复译。

在中国翻译文学史上，复译是普遍存在的译作类型。尤其是 20 世纪 30 年代以降，复译越来越常见。在已出版的各种译本中，首译复译的数量差不多平分秋色。许多著名翻译家如鲁迅、郭沫若、茅盾、郑振铎、梁实秋、周扬等都参与了名作复译。近一百年来，外国文学中的一流乃至二流的作品，几乎都有复译。少的两三种，多的达几十种甚至上百种。譬如古希腊的《伊索寓言》、阿拉伯的《一千零一夜》(《天方夜谭》)、但丁的《神曲》、塞万提斯的《堂吉诃德》、莎士比亚的《哈姆雷特》、歌德的《浮士德》、司汤达的《红与黑》、奥斯丁的《简·爱》、小仲马的《茶花女》、福楼拜的《包法利夫人》、莫泊桑的中短篇小说集、普希金的《叶甫盖尼·奥涅金》、乔伊斯的《尤利西斯》、纳博科夫的《罗丽塔》、杜拉斯的《情人》、夏目漱石的《我是猫》和《心》、芥川龙之介的短篇小说、川端康成的《雪国》、村上春树的《挪威的森林》等许多名著有三种以上的译本，有的（如《红与黑》）多达十五种以上，《一千零一夜》的包括各种节译本、改写本和全译本在内的复译本甚至超过了几百种。复译的层出不穷成为中国翻译文学史上的一种引人注目的现象，特别是1990年以后，可以说复译成为一种出版风潮，这在世界翻译文学史上恐怕都是少见的现象。

从翻译文学的特征规律上看，由于不同的翻译家的翻译理念不同，对原作的理解不同，母语的修养不同，其译作免不了带有自己的风格特征，因此，同一部作品由十个不同的译者分别来译，就会有十种不同风格的译作。这十种不同风格的译作可以满足不同审美趣味的不同读者对翻译文学的不同选择和需求。而且，复译的出现也表明了出版界、读书界对翻译文学的重视，从这个角度来说，复译是翻译文学繁荣兴旺的一个重要标志。周作人在1950年写的一篇文章中甚至认为："重译书（即复译——引者注）之多少与文化发达是成正比例的。"[1]的确，世界上文化和文学发达的国家，在翻译文学中都有大量的复译本存在。同一原作的不同复译本的存在，可以相互映衬、可以使瑕瑜互见、长短互显，让翻译家在相互的对比和竞赛中，提高翻译水平。对翻译文学研究者而言，复译也有相当的研究价值。对同一作品的不同复译本的比较研究，是翻译文学研究的一个重要方面，有人称之为"比较翻译学"。茅盾早在1930年代就在这方面做了有益的尝试，写出了题为《简爱的两个译本》（1937）的文章。1980年代以来，这方面论文的数量急剧增多。许钧先生曾以《红与黑》的不同译本为研究对象，编出了专门的论文集——《文字·文学·文化——〈红与黑〉汉译研究》[2]。周仪、罗平的《翻译与批评》一书则列出专章来谈论"译文比较与欣赏"。

复译的必要性与合理性，一言以蔽之，就是为了超越旧译，使译文水平更上一层楼。用鲁迅的话来说就是："取旧译的长处，再加上自己的新心得，这才会成功一种近于定本的新的复译本。"[3]所谓"取旧译的长处"，就是要充分尊重旧译，合理地、恰当地吸收旧译的仍有生命力的那些成分，同时修正旧译的错误和不足。由于复译者有前译本可以参考，所以复

---

① 周作人：《重译书》，载《亦报》，1950-04-02。
② 许钧主编：《文字·文学·文化——〈红与黑〉汉译研究》，南京，南京大学出版社，1996。
③ 鲁迅：《非有复译不可》，载《文学》月刊第4卷第4号，1935。

译者在翻译的时候，注意力的中心转移了，对此，翻译家许渊冲先生的体会是："我觉得重译(实指复译——引者注)才是真正的文学翻译，因为不必费力去解决理解问题，而可集中精力去解决表达问题，看怎样表达更好。"[①]这样，复译本起码应该在译文语言表达的艺术性上，比原有译本略胜一筹。吕同六先生在谈到复译问题时，把复译比作运动会中的接力赛跑，"一棒一棒地传递下去，每一棒都达到一个新的境界，永远前进，难有止境"。[②] 然而真正做到这一点非常困难。事实上，未必新的复译都会在艺术上达到新的境界。由于种种原因，在复译的具体实践中，存在两种不可取的倾向。一种现象是，有些复译者把"取旧译的长处"变成了抄袭或变相抄袭旧译，这实际上已经不是"复译"，甚至应该说算不上是"译"。这类抄译现象近年来不断被揭穿，但在文学翻译界还是不绝如缕；另一种现象正相反，有些复译者投鼠忌器，为了摆脱剽窃的嫌疑，故意与旧译"一刀两断"，重起炉灶，以示创新。然而假如旧译确实不值得借鉴倒也罢了，否则复译很可能在许多地方不及旧译，复译的意义也就大打折扣了。当然，假如复译者是翻译大家，有着完全彻底超越已有的译文，不落窠臼、独出机杼的能力，那又另当别论。

　　在什么情况下复译是必要的与合理的呢？具体说来，首先，复译的出现是不同历史阶段不同的翻译方法不断更替的一种需要。晚清时期，翻译家普遍采用窜译的翻译方法，对原作多有增删、改动。五四以后，主张尊重原文的翻译家，使用逐字译和直译的方法重新翻译就成为必然。其次，复译的出现也是现代汉语不断发展演变和完善的体现。由于现代汉语经历了晚清时期的文白夹杂、五四时期的中外杂糅阶段，直到1930年后才逐渐趋于定型，所以此前的译本普遍显得译文老化、不合现代一般读者的阅读习惯，也就需要复译。这就是为什么30年代前后在我国翻译文学中形成第一个复译高峰的原因之一。最后，20世纪80年代以前，中国翻译家所掌握的基本语种是英、日、俄语，法、德语次之。而在世界文学中占有重要地位的西班牙语、葡萄牙语、印地语等语种只有极少数人掌握，当时这些语种的作品只有以转译方式译出。而一旦掌握这些语种的翻译家成批出现，则先前的转译就可能需要从原语直接翻译，这也是复译本的一大来源。在这三种情况下的复译可以说是大势所趋，势在必然，其必要性、合

---

①　许渊冲：《论重译》，载《外语与外语教学》，1996(6)。

②　许钧等：《文学翻译的理论与实践——翻译对话录》，101页，南京，译林出版社，2001。

理性显而易见。

而另一方面，某一作品已经有了当代翻译家从原语直接译出的译本，译文语言也不存在老化的问题，而且译文质量也有相当的艺术水准，甚至是公认的名家名译，在这种情况下，为什么还会出现复译？复译有必要吗？

要说明这个问题，就必须解决一个根本的理论问题，那就是：在翻译文学中是否存在后人难以超越的"范本"或"定本"？如果有这样的"范本"或"定本"，那么后来者的复译就是徒劳无益、大可不必的。如果不存在这样的"范本"或"定本"，那么复译就是必要的。据说美国的翻译理论家奈达断言，一种语言一般五十年就会发生大的变迁，所以一个译本无论当初译得有多好，五十年以后就到了寿限了，就需要有新的译本取代它。看来，奈达是不认为有"定本"存在的。20世纪90年代，鉴于复译的日益增多，我国翻译界就这个问题进行了热烈的学术讨论。例如，方平先生认为"不存在'理想的范本'"[1]；许钧先生认为"翻译不可能有定本"[2]。他们认为，文学翻译不是对原作的原封不动的复制，因而不存在某种像原作那样的"定本"；不同的文学翻译包含着不同的翻译家的理解和阐释，谁都不可能使某一译文定于一尊。罗新璋先生持相反看法，他说"翻译完全可能有定本！这不是理论上的推断，而是实践做出的回答"，认为"凡译作与原著相当或相称，甚至堪与媲美者，应该说已接近于定本"。他列举了我国翻译文学史上的《鄂君歌》、佛经翻译文学、吕叔湘译《伊坦·弗洛美》，还有钱稻孙译《情死天网岛》、傅雷译《高老头》、朱生豪译《汉姆莱脱》、杨必译《名利场》等，说明定本是实际存在的。[3]

在笔者看来，优秀的翻译文学不是应时应景的东西，它应该能够经得住时间的考验，但"定本"、"范本"是存在于特定时空中的，是相对的而不是绝对的。如果说"定本"、"范本"是超越时空的抽象和绝对的东西，是穆木天所说的"一劳永逸"的那种译本，是有了此"定本"便使得其他一切译本都统统失去存在之必要的那种"定本"，那么可以说此类的"定本"是极少的。如果说"定本"是后人难以超越、只能绕行的精品之作，已经被历代读者广泛接受，已经融入了我们的文化和文学传统中，那么这种"定本"实在不少。甚至语言的变化所导致的译本语言的老化，并不能从根本上妨碍这

---

① 方平：《不存在"理想的范本"——文学翻译工作者的思考》，载《上海文化》，1995(5)。
② 许钧：《翻译不可能有定本》，载《博览群书》，1996(4)。
③ 罗新璋：《翻译完全可能有定本》，载《中华读书周报》，1996-10-09。

些译本的价值。由于汉语在近一百多年来变化很大，晚清时代的译本到了五四时期就老化了，五四时期的译本到了 30 年代就老化了，而 30 年代的有些译本到了 50 年代就给读者以隔世之感。然而译本语言的"老化"并不意味着那译本失去了价值。说起老化，千年前的汉译佛经就够老的了，但现在有人把它转译为现代汉语，倒失去了原译文的本色地道。林纾翻译的小说早就老化了，然而到了 20 世纪 80 年代商务印书馆又一次将它再版重印，说明有些读者仍然需要它。看来，语言的老化并不是译本该遭淘汰的直接原因。关键取决于那译本是不是已经融入了本国的文学和文化传统中了。

而且，现代汉语在 20 世纪 50 年代以后才完全成熟并趋于定型。20 世纪后半期的五十年间，现代汉语除了增加了一些新词外，变化不大。故而 50 年代的许多优秀译作，在今天虽过了奈达所说的五十年，却完全没有语言老化的迹象。起码，站在今天的立场上看，那些优秀的、至今都没有老化的译作，就应该算是"定本"。但这个"定本"以后若干年还会不会"定"住不动，今天是难以准确预言的。鲁迅先生在《非有复译不可》(1935)一文中谈到"定本"问题的时候，曾提出过"近于完全的定本"这一表述方法，是十分准确的。如果说有"定本"，那也是"近于完全的定本"而不是"完全的定本"。承认这"近于完全的定本"的存在，在如今很有意义，它可以让那些不尊重前译、无视名家名译的大胆的复译者少几分"豪杰"气概，多几分敬畏与虚心，知道"后来者未必居上"，这样或许可能会减少一些平庸的乃至恶劣的复译。

第七章
原则标准论

文学翻译、翻译文学与文学创作两者的根本不同之一，是文学创作只遵循自身的艺术规律，却不受制于一个用来衡量其价值的固定的原则标准；文学翻译和翻译文学却既要遵循翻译艺术的规律，又要有指导翻译实践、并衡量自身价值的原则标准，而且两者密切相关。尽管对原则标准是什么、如何表述，并没有绝对统一的认识，但大家仍然都承认应该有标准。而这个标准的根本参照物或最终依据就是原作或原文。如何真实地、艺术地使用译文语言再现原文，是标准的旨归。

　　谈翻译文学的原则标准之前，必须明确，我们谈的是翻译文学史上被大多数人普遍认可的原则标准，还是翻译理论中可以拿出来供大家讨论和争鸣、没有形成共识的东西。这两种情况很不一样。当代中国翻译理论界对翻译的标准问题讨论不少。有人认可严复的"信达雅"作为原则标准，有人希望采用西方人提出的标准，有人提出了自己的标准，有人认为可以不管什么标准不标准，有人提出翻译的标准不必追求一致，可以"多元互补"。而这里谈的翻译的原则标准，是中国翻译文学史上被大多数人认可的翻译——也包括翻译文学——的原则标准，这就是由严复系统提出，并被后人不断阐发和完善的"信达雅"。

一、作为原则标准的"信达雅"

　　1898年，严复为自己翻译出版的《天演论》写了一篇千余字的《译例言》。《译例言》共有七段文字，其中头三段这样写道：

一、译事三难：信、达、雅。求其信已大难矣！顾信矣不达，虽译犹不译也，则达尚焉。海通以来，象寄之才，随地多有；而任取一书，责其能与于斯二者，则已寡矣！其故在浅尝，一也；偏至，二也；辨之者少，三也。今是书所言，本五十年来西人新得之学，又为作者晚出之书。译文取明深义，故词句之间，时有所颠倒附益，不斤斤于字比句次，而意义则不倍原文。题曰达旨，不云"笔译"，取便发挥，实非正法。什法师有云："学我者病。"来者方多，幸勿以是书为口实也！

一、西文句中名物字，多随举随释，如中文之旁支，后乃遥接前文，足意成句。故西文句法，少者二三字，多者数十百言。假令仿此为译，则恐必不可通。而删削取径，又恐意义有漏。此在译者将全文神理融会于心，则下笔抒词，自善互备。至原文词理本深，难于共喻，则当前后引衬，以显其意。凡此经营，皆以为达。为达即所以为信也。

一、《易》曰："修辞立诚"，子曰："辞达而已"，又曰："言之无文，行之不远"。三者乃文章正轨，亦即为译事楷模。故信达而外，求其尔雅。此不仅期以行远已耳，实则精理微言，用汉以前字法、句法，则为达易；用近世利俗文字，则求达难。往往抑义就词，毫厘千里，审择于斯二者之间，夫固有所不得已也，岂钓奇哉！不佞此译，颇贻艰深文陋之讥，实则刻意求显，不过如是。……①

由于严复的"信达雅"只是有感而发，并未做现代意义上的严格全面的科学界定，后来的人们或解释，或阐发，或引申，或赞赏，或质疑，各抒己见，聚讼纷纭，莫衷一是。但在基本含义的理解上，分歧不大，因为严复在上述文字中对"信达雅"含义的表述还是比较清楚明白的。

首先，严复认为，翻译要做到"信达雅"是很困难的事情。其中，"信"是最重要的，也是翻译中最困难的（"求其信已大难矣"），在确保"信"的前提下，又须求"达"，而求"达"正是为了确保"信"，不"达"也就谈不上"信"

---

① 严复：《〈天演论〉译例言》，见罗新璋编：《翻译论集》，136～137 页，北京，商务印书馆，1984。

（"顾信矣不达，虽译犹不译也"；"为达即所以为信也"）。为了做到"达"，就采取"达旨"的翻译方法，即要考虑到中文西文字法句法的不同，不是逐字翻译，而是把原文意义吃透之后"下笔抒词"，而这样做并不偏离原文的意义（"意义不倍原文"）。在做到了"信"和"达"之后，还须求"雅"（"信达之外，求其尔雅"）。因此，"信达雅"三者虽有前后主次之分，又是相互依存的一个整体。其中，严复所说的"雅"，是指桐城派的先秦笔韵。对传统的士大夫阶层而言，"汉以前字法句法"才算"雅"。他提倡"雅"，其目的是使中国的传统士大夫阶层能阅读译本，理解接受西方学术理论，以实现翻译的目的。

其次，严复认为他的"达旨"的翻译方法"实非正法"，不足使后来者效法，"学我者病"。但他又明显地暗示"信达雅"应该作为"译事楷模"，即翻译的基本原则和标准。他引经据典，说明"信达雅"的要求是自古有之。他引《易经》中的"修辞立诚"一句，显然是要说明"诚"字与"信"字同义，"诚"就是他所说的"信"；引《论语》中的"辞达而已"，是说明孔子早就提出了"达"，又引《论语》中"言之无文，行之不远"一句，是要说明译文也要有"文"、"文采"，也就是他所说的"雅"。这样一来，"信达雅"三字皆是先贤古训，其来有自，三者是写文章的正轨，也应该成为翻译的基本原则标准（"三者乃文章正轨，亦即为译事楷模"）。

严复以那个时代特有的非常洗练的语言，阐明了"信达雅"的内涵和相互关系。"信达雅"三字以中国传统的概念表述方式，即用三个单字修辞格"信"、"达"、"雅"，言简意赅，微言大义，洗练精辟，上口易记，既可意会，又可言传，体现了中国传统语言文化特有的简单中的精微、朴素中的丰富。同时，作为一个对西学有很深造诣的学者，严复吸收了西方学术概念中的清晰明确的特色，避免了中国传统概念的暧昧含糊，从而对"信达雅"做了较为严密的说明和界定。作为翻译工作的基本的准则，"信达雅"可谓言简意赅，字字珠玑，对翻译工作有很强的指导意义，所以一经提出，很快得到了翻译界的广泛呼应、推崇和共鸣。一百多年来，凡从事翻译工作的人，相信没有人不知道严复的"信达雅"，并直接间接、有意无意、自觉或不自觉地受到他的洗礼和影响。"信达雅"成为中国翻译理论中最具中国特色、最有影响力的理论主张，真正成为中国翻译的"三字经"。一百年来没有第二个人或第二种主张在生命力和影响力上堪与"信达雅"相比。虽然也不断有一些人对此提出质疑甚至诘难，并试图用其他的词句取而代之，但都没有削弱"信达雅"说的影响，也没有动摇它作为"译事楷模"

的地位。

　　"信达雅"翻译的原则标准，不是具体的翻译标准，而是一个总体原则和总的标准，因而它适用于包括文学翻译在内的一切翻译。严复当年翻译的《天演论》是学术著作，而且严复没有翻译过文学作品，但他总结的"信达雅"对文学翻译来说，也是一个基本的准则。在中国翻译文学史上，绝大多数文学翻译家都认为"信达雅"是翻译及翻译文学的原则标准。例如，20年代郁达夫在《语及翻译》一文中说："我国翻译的标准，也就是翻译界的金科玉律，当然是严几道先生提出的'信、达、雅'三个条件……这三个翻译标准，当然在现代也一样可以通用。"周作人说："信达雅三者为译书不刊的典则，至今悬之国门无人能损益一字，其权威是已经确定了的。"①郭沫若在《关于翻译的标准》(1955)一文中认为，"信达雅"尤其适用于文学翻译，他写道："原则上说，严复的'信达雅'说，确实是必备的条件……如果是文学作品……三条件不仅缺一不可，而且是在信达之外，愈雅愈好。"文学翻译家叶君健甚至认为"信达雅"可以作为世界性的普遍标准，他说："……'信''达''雅'，仍不失为我们从事这种工作的一个较切合实际的标准。实际上，这应该也是世界各国从事翻译工作的人的一个准绳，有普遍意义，可以适用于任何文字的翻译。"②文学翻译家许渊冲认为"信达雅"是古今通用的，他说："我认为，忠实于原文的内容，通顺的译文形式，发扬译文的语言优势，可以当作文学翻译的标准。如果要古为今用，概括一下，就可以说是'信、达、雅'。"③正是因为如此，有不少翻译家和译学理论家们都指出"信达雅"具有顽强的生命力，至今没有过时。斯立仁说："半个多世纪以来，严复的'三难'说……仍具有旺盛的生命力和存在价值，我国广大翻译工作者仍把它作为自己翻译实践和理论研究的指南和衡量译文成败的标准，这主要是因为'信、达、雅'三字标准在相当程度上正确地概括和反映了翻译工作的某些主要特点和规律。"④沈苏儒认为，谈起翻译标准，还是信、达、雅好。"历史已经证明，'信达雅'理论八十年来一直对我国的翻译工作起着指导作用，至今还有它的生命力。许多学者先后提出过各种不同的翻译原则(标准)，但看来没有一种能够完全取代

　　①　周作人：《谈翻译》，载《亦报》，1950-03-25。
　　②　叶君健：《关于文学作品翻译的一点体会》，载《翻译通讯》，1983(2)。
　　③　许渊冲：《翻译的艺术》，13～14页，北京，中国翻译出版公司，1984。
　　④　斯立仁：《评〈翻译的准则和目标〉》，载《中国翻译》，1990(1)。

它。"①陈福康说:"'信、达、雅'三字理论的提出,继往开来,言简意赅,意义重大,影响深远……它也一而再、再而三地受到一些人的反对,但始终不倒,仍然屹立着,一直指导着中国的翻译工作者和译学研究者,即使不喜欢这三个字的人,也无法否认这一事实。这是很值得人们深思的。"②

另一方面,也不断有人反对将"信达雅"作为翻译标准。反对的原因主要有三:第一,认为严复的提法不够科学,如认为"信"字指的就是严复的"达旨"的翻译方法,如今已经过时;认为"雅"字对文学翻译是有害的——如果原文不"雅",怎么能翻译成"雅"的?第二,认为翻译不应该有一个绝对的、一成不变的固定标准,而应有多重标准。第三,一百多年来一直沿用严复的那一套作标准,表明了我国翻译界的保守僵化。笔者认为,这反对的三个理由并不充分,也不有力。反对"信"字的人,将"信"与"达旨"混为一谈,实际上"达旨"只是严复求"信"的一种途径和方法,并不是"信"的标准本身。反对"雅"字的人,要么对严复的"雅"字作僵化的、静止的理解,或将"雅"视同秦汉古文(如瞿秋白),要么将"雅"理解为现代汉语中的词句的"庄重文雅"(如陈西滢),似乎都没有抓住"雅"字含义的实质。至于说翻译的原则标准不应只有一种,恐怕更不妥当。翻译,按其文体的类别、读者需要的不同,可以有不同的"具体标准",但"原则标准"只能有一个。"原则标准"犹如"宪法",而"具体标准"就犹如"专门法律";宪法只能有一个,而专门法律需要有多种。至于说长期坚持"信达雅"的原则标准是否就是"保守僵化",结论不会是那么简单。有些"保守"是必要的,"旧"的未必就是过时的和无价值的,对人文科学某些成果而言尤其如此。

关于"信达雅"在中国翻译史及翻译文学史上的影响与争论的情况,沈苏儒先生在《论信达雅——严复翻译理论研究》③中作了较系统全面的总结。他引述了各家观点,并做出了一个统计,表明一百多年来赞成将"信达雅"作为翻译标准的超过了三分之二,由此也可见翻译界的主流倾向。从百年翻译史上看,无论是否赞成"信达雅"的提法,只要他思考和谈论翻译的原则和标准,就无法忽视"信达雅"的存在,就无法绕过"信达雅"。而从另一个角度看,另一些译者和学者不赞成或反对"信达雅",实际上也是受到了"信达雅"说的影响,因为从比较文学的角度看,"反影响"也是一种"影响"。对他们来说,"信达雅"是他们否定的一个起点,也是重新思考的

---

① 沈苏儒:《论"信、达、雅"》,载《编译参考》,1982(2)。
② 陈福康:《中国译学理论史稿》,124页,上海,上海外语教育出版社,1992。
③ 沈苏儒:《论信达雅——严复翻译理论研究》,北京,商务印书馆,1998。

契机。

"信达雅"能够成为中国翻译文学的基本原则和标准，能够在中国翻译史及翻译文学史上有如此的地位、作用和影响，并非严复的主观愿望，更没有非学术因素的人为推动，它成为中国翻译及翻译文学的基本原则标准，有着深刻的历史文化根源。"信达雅"既是严复自己的翻译经验的精辟概括和总结，也是他对中外传统语言文学理论精华的继承、吸收和借鉴。因而"信达雅"作为普遍适用的翻译原则和标准，不同于那些个性化的出于一己独断的概念。它吸收了中国传统翻译史中的历史经验，凝聚了中国传统的语言学理论和文艺理论的精华，同时也借鉴了西方近代翻译理论，具有很强的包容性、含蕴性，这是"信达雅"成为中国翻译及翻译文学原则与标准的不刊之论的根本原因。在中国传统的继承与吸收方面，除了严复自己在《译例言》中所提到的《论语》和《易经》以外，还有另外的中国传统译论的渊源。1931年鲁迅在与瞿秋白《关于翻译的通信》一文中曾指出严复"信达雅"取法于中国古代六朝的佛经翻译，他说："他（严复）的翻译，实在是汉唐译经历史的缩图。中国之译佛经，汉末质直，他没有取法。六朝真是'达'而'雅'了，他的《天演论》的模范就在此。唐则以'信'为主，粗粗一看，简直是不能懂的，这就仿佛他后来的译书。"钱锺书先生在《管锥编》中曾引三世纪佛经翻译家支谦关于翻译的一段话，说明"信达雅"在古代就有人提出过。钱先生写道：

> 支谦《法句经序》："仆初嫌为词不雅。维祇难曰：'佛言依其意不用饰，取其法不以严，其传经者，令易晓勿失厥义，是则为善。'座中咸曰'美言不信，信言不美'……'今传梵意，实宜径达。'是以自偈受译人口，因顺本意，不加文饰。"按"严"即"庄严"之"严"，与"饰"变文同义。严复译《天演论》弁例所标："译事三难：'信、达、雅'，三字皆已见此。"①

范存忠先生在《漫谈翻译》（1978）中则指出，早在严复之前，《马氏文通》的作者马建中在1894年写的《拟设翻译书院议》中就提出了关于翻译原则的很好的看法。严复的"所谓'信'，就是马氏所谓'译成之文适如其所译'；所谓'达'，就是马氏所谓'行文可免壅滞艰涩之弊'；所谓'雅'，也

---

① 钱锺书：《管锥编》，第3册，第1101页，北京，中华书局，1986。

就是马氏所谓'雅训'"。

严复的"信达雅"也很可能吸收借鉴了外国的翻译理论。英国翻译理论家泰特勒(1747—1814)在 18 世纪末出版的《论翻译的原则》中提出了翻译三原则：一，译文应完全复写山原作的思想；二，译文的风格与笔调应与原作具有相同的特性；三，译文应和原作同样流畅自然。显然，这三个原则与严复的"信达雅"看上去的确很相似。严复曾在英国留学，这就使人不由得推测他很有可能读过泰特勒的书并受其影响。最早提出这一看法的是近代翻译家伍光建先生。据其子伍蠡甫先生在《伍光建的翻译》一文说，伍光建认为信达雅说"来自西方，并非严复所创"。① 钱锺书在致罗新璋函中，也提到 50 至 60 年前商务印书馆出版的周越然所编英语读本已早讲到严复三字诀本于泰特勒。②

上述研究表明，严复的"信达雅"既与中国古代译论有渊源关系，也可能受到了外国译论的影响。但这种渊源关系和影响关系并不能说明"信达雅"只是学古人之舌，或拾西人之牙慧。在中外学术史上，任何一个有价值和有影响的概念、范畴和命题的提出，都不可能纯然是某个人的独出心裁。例如，王夫之的"现量"说从印度因明学中借鉴而来，王国维的"境界"说与传统文论中的"意境"论密切相关，但这并不影响"现量"说和"境界"说的独创性。同样，严复的"信达雅"与中外译论都有关联，这只能说明严复在提出"信达雅"时是兼收并蓄的。这种兼收并蓄强化了"信达雅"的文化包容性，丰富了它的内涵。同时，严复自己的创造也包孕其中。

二、对"信达雅"的重释与阐发

另一方面，从学术史上看，任何一个有生命力的、能够经得住时间考验的理论、概念或命题，都需要得到后人不断地修正和阐发，"信达雅"也不例外。"信达雅"作为特定时代的产物，是有着不可避免的局限性的，而它能够保持持久的生命力，与百年来许多翻译家、译学理论家不断的重新阐释、丰富与发展密切相关。而且它那简练的单字表述方式及严复在《译例言》中的扼要的说明，也为后人的阐释发挥留下了广阔的空间。正如傅国强先生所强调指出的，"我们今天提'严复的信达雅说'也好，称之为'信

---

① 伍蠡甫：《伍光建的翻译——伍光建翻译遗稿·前记》，见罗新璋编：《翻译论集》，461页，北京，商务印书馆，1984。

② 罗新璋：《钱钟书的译艺谈》，载《中国翻译》，1990(6)。

达雅理论'也好，绝不是、也不应该是仅仅指严复当初在《天演论·译例言》中提出的'信达雅'三字时所做的有限解释，而应当把严复之前、尤其是严复之后翻译界人士对这一思想的阐述、修正和补充意见中那些为翻译实践证明为合理的东西都总结概括进去……所以我们是否可以说：信达雅说是以严复为代表的中国近代和现代翻译界前辈人士对涉及外中互译、特别是西语与汉语互译活动中成功经验的科学总结和理论升华"。①

　　事实也的确如此。严复之后，翻译界及译学理论界不断尝试对"信达雅"作出自己的理解和界定，从而逐渐深化了人们对"信达雅"的认识和理解，也不断赋予了它新的蕴涵。

　　首先是对"信达雅"三字各自不同的内涵的理解与阐发。其中，关于"信"字的理解是大体一致的，即指"意义不倍本文"。用现代汉语解释，就是"忠实"的意思。许多人强调指出，这个"信"字在三字经中是最重要的。如朱光潜在《谈翻译》一文中也认为："严又陵以为译事三难：信、达、雅。其实归根到底，'信'字最不容易办到。原文'达'而'雅'，译文不'达'不'雅'，那还是不'信'，如果原文不'达'不'雅'，译文'达'而'雅'，过犹不及，那也还是不'信'……绝对的'信'只是一个理想，事实上很不易做到。但是我们必求尽量符合这个理想，在可能范围之内不应该疏忽苟且。"②唐人说："我认为翻译应该绝对地忠实（信）……你若是全盘而忠实地'信'了，把原作的思想感情、意思之最微妙的地方，连它的文字的风格、神韵都传达了出来，则不但'顺'没有问题，就是所谓'雅'（如果原作是'雅'的话）也没有问题。'信'、'达'（顺）、'雅'三字实在作到一个'信'就有了。"③

　　对于"达"字，人们一般认为是指通达、明达，就是把原文的内容（意义、信息、精神、风格等）恰如其分地表现出来，使译文的读者能够充分理解原意。如果把它仅仅理解为"通顺"，则有失偏颇："通顺"的着眼点在遣词用句方面，属文法、修辞的问题。严复的"达"是以意义的传达为本的，是服务于"信"的。总的看，对这个问题的理解争议也不太大。

　　关于"雅"的理解和阐发，分歧较大，这主要是由于严复对"雅"的解释有鲜明的时代局限，他认为"用汉以前字法、句法，则为达易；用近世利俗文字，则求达难"。以"汉以前的"文言文为"雅"，完全是那个时代的士

---

① 傅国强：《对"信、达、雅"说的再思考》，载《科技翻译论文集萃》，88页，北京，中国科学技术出版社，1994。

② 朱光潜：《谈翻译》，载《华声》，第1卷4期，1944。

③ 唐人：《翻译是艺术》，载《翻译通报》，第1卷第4期，1950。

大夫知识分子的成见，也是后来为人诟病最多的。例如，瞿秋白从建设"绝对的正确和绝对的中国白话文"的主张出发，对严复用"雅"的古文来翻译持完全否定的态度。[①] 同时，客观上看，严复主张文言为"雅"也说明了当时白话义刚刚起步，还不足以脱掉粗陋的"利俗"色彩。围绕"雅"字的探讨论争首先集中在如何理解"雅"的内涵。有人认为"雅"字是多余的，要不得。他们提出了这样的疑问：如果原文就不"雅"，译文如何做到"雅"？以陈西滢为例，他在《论翻译》(1929)一文中根本否定了非文学作品的翻译需要"雅"的标准，而且认为即便是文学作品的翻译，"雅"也是"多余的"，是"译者的大忌"，因为不可能以雅言译粗俗之语。赵元任等人也持有相似的看法，他说："严又陵先生尝论凡从事翻译的必求信、达、雅，三者具备才算尽翻译的能事。不过说起雅的要求来，虽然多数时候是个长处，可是如果原文不雅，译文也应该雅吗？"[②]更多的人倾向于认为不能拘泥于严复的界定，而应予以更新。有的学者从语言文学的角度理解"雅"。例如，郭沫若说："所谓'雅'不是高深或讲修饰，而是文学价值或艺术价值比较高……如果是科学著作，条件便不必那么严格。"[③]沈苏儒先生则认为："雅"字"是泛指译文的文字水平，并非专指译文的文学艺术价值。"[④]杨绛先生也认为，"雅"就是最恰当的用字，她说："福楼拜追求'最恰当的字'（le mot juste）。用上最恰当的字，文章就雅。"[⑤]为避免将"雅"字只理解为"文雅"、"高雅"之类的含义，还有学者从文学风格学的角度，将"雅"理解为一种风格。例如，翻译家金隄主张把"雅"理解为"神韵"，即文字上的各种各样的风格[⑥]；屠岸先生认为"雅"就是"对原作艺术风貌的忠实传达"。[⑦] 也有人认为，翻译时不能一律用"雅"，应该酌情处理，切合原文风格，因此将"雅"字改为"切"字更合适些 。[⑧] 郭宏安先生站在翻译文学的角度，提出应该"以'文学性'解'雅'"，他说：

① 瞿秋白：《再论翻译——答鲁迅》，载《文学月报》第 1 卷第 2 期，1932。
② 赵元任：《论翻译中信、达、雅的信的幅度》，罗新璋编：《翻译论集》，726 页，北京，商务印书馆，1984。
③ 郭沫若：《关于翻译的标准》，见罗新璋编：《翻译论集》，500 页，北京，商务印书馆，1984。
④ 沈苏儒：《论信达雅》，50 页，北京，商务印书馆，1998。
⑤ 杨绛：《失败的经验》，见金圣华、黄国彬编：《因难见巧——名家翻译经验谈》，北京，中国对外翻译出版公司，1998。
⑥ 金隄：《等效翻译探索》，162 页，北京，中国对外翻译出版公司，1998。
⑦ 许钧等：《文学翻译的理论与实践——翻译对话录》，64 页，南京，译林出版社，2001。
⑧ 刘重德：《翻译原则再议》，载《外国语》，1993(3)。

有人问，"原文如不雅，译文何雅之有？"提出这样的问题，是因为他只在"文野"、"雅俗"的对立中对"雅"字做孤立的语言层面上的理解。如果把事情放在文学层次上看，情况就不同。倘若原作果然是一部文学作品，则其字词语汇的运用必然是雅亦有文学性，俗亦有文学性。雅俗对立消失在文学性之中。离开了文学性，雅自雅，俗自俗，始终停留在语言层次的分别上，其实只是一堆未经运用的语言材料。我们翻译的是文学作品，不能用孤立的语言材料去对付。如此则译文自可以雅对雅，以俗应俗，或雅或俗，皆具文学性。如同在原作中一样，译文语言层次上的雅俗对立亦消失于语境层次上的统一之中。如此解"雅"，则"雅"在文学翻译中断乎不可少。[①]

这样的解释虽然离严复当年的原意很远了，但却是站在翻译文学立场上的科学的、合乎逻辑和情理的解释和发挥，从而赋予"雅"字以崭新的意义。

关于"信达雅"三字的连带的、总体的含义，译学界也有新的理解与阐发。这其中有一些显然是误解，恐怕是没有吃透严复的原意，或有意"解构"原意。如常谢枫指出："从理论上说，'信'、'达'、'雅'这三个概念在逻辑上不能并立……'信'表示译文是受原文制约的，而'达''雅'是可以不受原文制约的……从实践上来看，由于缩小了'信'的含义，因而在'信'之外还提什么'达'和'雅'，必然在一定程度上导致译文背离原文的本来面目，造成翻译上的不准确性……文学翻译的质量标准只有一个字——'信'，这个'信'具有丰富的含义，其中也包括'达'和'雅'的意义在内；而'信'、'达'、'雅'则是一个提法上混乱、实践上有害的原则，建议翻译界对其展开认真的讨论。"[②]彭启良先生说："随着岁月的推移，我愈来愈相信，翻译标准是一元的，不可能是信、达、雅……严复先生一方面把'信、达'割裂开来，孤立的对待，另一方面，把两者简单地并列起来，等量齐观……内容是决定性的，经常是矛盾的主要方面，而形式则处于从属的地位、服从的地位，两者绝不是互不依存、平起平坐的关系……这'雅'字，完全是人为的、多余的，同时也是不科学的、有害的。"[③]可是实际上，如上所述，严复从来都没有将这三个字不分主次的、等量齐观地机械并立，而是较为清楚地说明了三者之间的主次关系。因而他们的观点和严复的观

①　许钧等：《文学翻译的理论与实践——翻译对话录》，110页，南京，译林出版社，2001。
②　常谢枫：《是"信"还是"信达雅"》，载《外语教学与研究》，1981(4)。
③　彭启良：《翻译与比较》，11页，北京，商务印书馆，1980。

点实际上并无根本的不同。正如梁启超在《翻译文学与佛典》中所理解的："……唯先信，然后求达，先达然后求雅。"

在对"信达雅"及其关系的探讨中，更多的是建设性的阐发。有人指出"信达雅"是辩证统一的，同样重要，缺一不可。如常乃慰指出"信达雅"三者之间有着内在的逻辑关系，他说："信达雅三事并不仅是要兼顾并重，实有因果相生的关联：由信而求达，由达而至雅；雅是风格的完成，信是创作的基础，达是表现的过程、由信而至雅的桥梁。"① 郭沫若在《关于翻译标准问题》(1955)一文中，则从翻译文学的角度提出了自己的看法。他认为："……如果是文学作品……三条件不仅缺一不可，而且是在信达之外，愈雅愈好。所谓'雅'不是高深或讲修饰，而是文学价值或艺术价值比较高……"范守义认为，信达雅三者是相互联系、"缺一不可"的。"翻译标准之中，主要谈一个'信'字；翻译方法之中，主要谈一个'达'字，而翻译风格中，则主要谈一个'雅'字。"② 还有的学者在"信达雅"的基础上，提出了"信达切"、"信达优"、"最佳近似度论"、"辩证统一论"、"紧身衣论"等翻译标准。例如，20世纪30年代林语堂在《论翻译》一文中提出的"忠实标准"、"通顺标准"和"美的标准"，几乎就是"信达雅"的现代汉语翻译，因而无法取代"信达雅"。70年代末刘重德提出了"信达切"，以"切"字代替"雅"，认为在达到忠实(信)和通顺(达)之后，必须进而要求风格的切合。③ 许渊冲认为与其将"雅"改为"切"，不如将"雅"换成"优"，他说："如果要改，我认为'雅'可以改为'优'。"④ 纪太平先生在《译事三求》一文中提出了"求是、求真、求创意"三原则，解释是："'求是'是指译文与原文内容必须一致；'求真'是指译文与原文风格情调韵味上应力求接近；'求创意'即是指译者应不拘泥于一般的翻译技巧与方法，灵活地从事翻译工作，实现自身对译文完美的最大追求。"⑤ 但是，"求真"与"求是"似乎不是两回事，而"求创意"也与"译文完美"没有必然关系。还有学者认为，经过数代译学家的批判、继承和创新，作为翻译标准研究起点的"信达雅"，现已演化发展为"信达切"、"信顺"、"信"、"出神入化"等四大主要流派。⑥ 总的看，所

---

① 常乃慰：《译文的风格》，载《文学杂志》，第3卷第4期。

② 范守义：《评翻译界五十年——1894～1948的争论》，载《中国翻译》，1986(1)。

③ 刘重德：《试论翻译的原则》，载《湖南师范学院学报》，1979(1)。

④ 许渊冲：《译学要敢为天下先》，载《面向21世纪的译学研究》，37页，北京，商务印书馆，2002。

⑤ 纪太平：《译事三求——谈翻译行为的"求是、求真、求创意"三原则》，见《翻译与文化》，32页，厦门，厦门大学出版社，2002。

⑥ 刘期家：《论"信达雅"的历史发展轨迹》，载《四川外语学院学报》，2000(2)。

有这些阐述实质上仍然是强调翻译要忠实，要通顺，并且对文学翻译而言还要注意其文学性，都是在"信达雅"基础上的"取便发挥"。但这种"取便发挥"对于丰富"信达雅"的内涵、对于激活"信达雅"说的内在活力都是有益的。

总之，一直以来，翻译家和翻译理论家在思考翻译问题的时候，都无法回避"信达雅"，都不得不谈"信达雅"。对此，王佐良教授曾评论说："严复的历史功绩不可没。'信达雅'是很好的经验总结，说法精练之至，所以能持久地吸引人。但时至今日，仍然津津于这三字，则只能说明我们后人的停顿不前。"①然而在我们看来，后人"津津于这三字"，正说明后人对这"三字"在不断地阐发，这不是"停顿不前"，而是继往开来。还是沈苏儒先生在《论信达雅》一书中总结得好，他认为：经过现代的重新阐发，"信达雅"说已经迥异于严复的"三难"说了，今天的"信达雅"说包含了百年来无数学者的阐发、理解和贡献，也包括了对它的责难和批评，具有普遍的理论指导意义。因而，"当我们说要继承'信达雅'说时，我们所要继承的实际上是从严复以来百年间我国翻译界的全部理论成果"。

最后还需要强调的是，"信达雅"是翻译的原则标准，而不是具体的标准。原则标准是具体标准的概括和抽象。如上所说，原则标准与具体标准的关系接近于法律学中的宪法与专门法之间的关系。近来也有人认为，翻译的基本标准或原则标准比较抽象，可操作性不强，于是提出了可供操作的具体标准，其中包括以下八条：一、措辞准确性——语义学标准；二、逻辑关系与原著一样明晰（逻辑一致性）——逻辑学标准；三、修辞一致性——修辞学标准；四、切合原著的文体与风格（文体一致性）——文体学标准；五、语音转化得体——语音学标准；六、语法符合目标语言规范（语法规范性）——语法学标准；七、文理结构通顺、清晰（文理通达性）——篇章学标准；八、克服文化差异障碍——文化学标准。② 其中，第一至第五项体现着译文与原文之间的关系，可以说是"信"的一种细化，第六和第七项是对"达"的细化，至于第八项，实际上不属于具体"标准"的范畴。这八项具体标准是一个有意义的尝试，但它所包含的内容并不比"信达雅"更丰富，而只是对"信达雅"的部分内涵的细化。至于有人说"信达雅"这一原则标准对翻译实践指导的可操作性不强，甚至没有"实际意义"，也是不确切的。实际上原则标准对翻译实践的意义是"原则性的"、"指导

---

① 王佐良：《新时期的翻译观》，载《中国释译》，1987(5)。

② 冯志杰：《汉英科技翻译指要》，35～36 页，北京，中国对外翻译出版公司，2000。

性的"。它不但有"实际意义",而且"实际意义"重大,甚至可以说,它对翻译实践和翻译理论建设的作用正如宪法对法制建设的作用一样重要和重大。而且,对于中国文学翻译来说,具体标准可以多元,原则标准却不能是多元的。原则标准是对具体标准的限定和规范,具体标准是对原则标准的补充和延伸。因此。从翻译理论的角度看,原则标准的理论价值比具体标准大得多。具体标准是实践层面上的,个性化的、随机而变的,而原则标准本身就是一种理论原则,它应具有一定的稳定性。

　　"信达雅"既然是翻译的基本的原则标准,那就不只适用于文学翻译,而且也适合一切翻译活动。尽管对"信达雅"不断阐述越来越具有文学化的倾向,特别是"雅"字,似乎对文学翻译而言才变得必要和重要。但"信达雅"既然是一般的、基本的"原则",就不能具体化为文学翻译的特有原则。在翻译的具体操作过程中,文学翻译与非文学翻译从字句的转换上看并不存在显见的鸿沟。例如,西方小说中常有大段大段的哲理议论,在翻译它的时候和翻译哲学著作或学术著作应没有太大的不同。同样,在翻译哲学或学术著作的时候,也时有诗意的语言和抒情的段落,在翻译它的时候与翻译文学作品也不会有太大的区别。另一方面,"信达雅"不仅适用于指导"文学翻译",也适合于评价"翻译文学"。换言之,对文学翻译而言,任何翻译作品都有一个"未成品"状态和"既成品"状态,在"未成品"即"文学翻译"的状态中,译者是在具体的字句和章节之间活动,以"信达雅"作为自己的操作上的指导原则,这时候无论是"信"、是"达"还是"雅",都必须落实在、体现在具体字句、句群和章节的翻译中;而在翻译活动结束后,面对翻译的"既成品"状态即"翻译文学","信达雅"的原则标准就是针对整部译作的总体面貌而言的,译者从具体的字句和章节中摆脱出来,和译作拉开了距离,由译品的创造者的角色,转换为译作的欣赏者的角色,看自己的译作在多大程度上符合"信达雅"的标准;同样,有鉴赏能力的读者也以"信达雅"为标准来鉴赏和评论译作。由此看来,"信达雅"作为翻译的原则标准,具有两个特性:第一,它不是文学的特殊的原则标准,而是普遍适用于一切形式的翻译。第二,它既指导翻译活动的操作过程——文学翻译,也适用于对已完成的译作——翻译文学的总检验和总评价。

　　鉴于"信达雅"的这种广泛适用性,在可以预见的将来,试图完全取而代之、另起炉灶的新的原则标准,似乎并不那么容易出世。我们也有理由相信"信达雅"在 21 世纪或更远的将来,仍能作为中国翻译的原则标准继续存在,仍能不断焕发活力。

第八章
审美理想论

在谈到翻译的原则标准的时候，存在一种错误认识，就是将"原则标准"的概念与"审美理想"的概念相混淆。将"信达雅"与"神似"、"化境"一起，视为翻译的标准。这在理论逻辑上是不可行的。"神似"、"化境"不是文学翻译的标准，而是翻译文学的理想境界，与"信达雅"有着不同的理论价值。

一、"神似"与"化境"

"神似"来源于中国传统文论和画论。和"神似"相对的范畴是"形似"。"形似"和"神似"是在"形"、"神"这两个基本概念基础上生成的。"形"，又称"形貌"，"神"又称"神韵"、"传神"等。"神似"与"形似"，原本是中国传统文论和画论范畴，指的是在呈现和表现描写对象时的忠实程度和审美取向。神、形问题在中国先秦哲学中就有讨论，但尚未涉及文艺领域。魏晋以后，文艺创作中注重神、意、风骨、气韵。南齐画家谢赫认为人物画不应求形似，而应讲究"气韵"；东晋画家顾恺之更提出"传神"说。后来形神说由画论而及诗文论，到了现代，有些翻译家和理论家借鉴这两个传统概念，来表达翻译文学中的艺术追求。"神似"论的提出及其阐发，也成为20世纪中国翻译文学理论构建中最富有中国特色的理论现象之一。

"神似"的理论出发点是文学作品的"不可译"性。众所周知，文学作品的基本审美特点是其多义性、不确定性和暧昧模糊性。翻译一部文学作品而要像机器复制那样原封不动地保持原样，根本就不可能。对此，中外翻译家和译学理论家们都有相似的看法。中国古代的道安提出的"五失本"，玄奘提出的"五不翻"，其实质也就是讲翻译中的不可能。西方的但丁、雪莱等也都认为"诗"（即文学作品）是不能翻译的。可以说，不可译性是文学翻译的一个基本特点之一。但是，可译、不可译都不是绝对的，文学翻译就是"不可译而译之"。意识到了文学作品的"不可译"，就是在"不可译"中寻求尽可能的"可译"，追求相对"可译"中的最高境界。那么，文学作品的"不可译"的东西是什么？"可译"的东西又是什么呢？从语言层面上大略来说有三点：第一，一种语言的语音是绝对不可译的，连少量的音译也会失真；第二，一种语言的句法结构和修辞手法大部分是不可译的，如果翻译中将原文的句法结构照搬过来，那就会导致严复所说的"译犹不译"，叫人不知所云；第三，一首诗的独特的语言格律是不可译的，充其量只是一种替代，如汉译欧洲的十四行诗虽也可以保持原文的十四行格式，但原作的独特的"音步"只能以汉语的音节来代替；汉译日本俳句虽能凑足"五七五"调，但却不得不添加原作中没有的字词，等等。这三条总括起来，"不可译"的主要是作品的"形式"方面，形式方面在翻译中不能得到"相等"，只能达到相对的"形似"。但是另一方面，文学翻译中又有"可译"的东西。那就是"意义"的层面。假如翻译连意义都不能传达，翻译将没有存在的理由。具体到文学作品，其"意义"的含义比较复杂，有字面上的意义，有字里行间的意义，有局部的意义，有总体的意义。文学翻译就是要把这些意义呈现出来，若能，就是达到了陈西滢所说的"意似"。总之，不管是"形似"还是"意似"，其实质就是一个"似"。文学翻译的可译性与不可译性，归根到底就统一在这个"似"字上。朱光潜先生在《谈翻译》（1944）一文中所说的"大部分文学作品虽可翻译，译文也只得原文的近似"，讲的就是这个意思。既然翻译就是一个"似"，那么翻译家就应该在"似"字上有所追求。"形似"较易做到，"意似"可以做到，"神似"难以做到。唯其难以做到，才是最高境界，才值得追求。做到了"神似"，便可以弥补在翻译中势必会流失的一些东西，从而创造出与原作的艺术价值相当的"出神入化"的译作。总之，从看到文学作品的"不可译"性，到意识到翻译只能得其"似"，再到在"似"中追求"神似"——这就是"神似"、"化境"说的理论逻辑。

现代以来，最早论述翻译中形、神问题的是茅盾先生。1921年，他在《新文学研究者的责任与努力》中首先提出形神问题；并在同年发表的《译文学书方法的讨论》一文中加以详尽论述。在这篇文章中，他首先提出：

> 在"神韵"与"形貌"未能两全的时候，到底应该重"神韵"呢，还是重"形貌"？
>
> 就我的私见下个判断，觉得与其失"神韵"而留"形貌"，还不如"形貌"上有些差异而保留了"神韵"。文学的功用在感人（如使人同情使人慰乐），而感人的力量恐怕还是寓于"神韵"的多而寄在"形貌"的少；译本如不能保留原本的"神韵"，难免要失了许多的感人力量。再就实际考察，也是"形貌"容易相仿，而"神韵"难得不失。即使译时十分注意不失"神韵"，尚且每每不能如意办到。可知多注意于"形貌"的相似的，当然更不能希望不失"神韵"了。①

茅盾在论述"形貌"和"神韵"的关系的时候，明确地把这两者之间界定为具体和一般（抽象）的关系。即，"形貌"的忠实主要是"单字的翻译正确"，而"神韵"主要体现为"句调的精神相仿"。他引用《文心雕龙·三十四》中的一段话："因字而生句，积句而成章，积章而成篇；篇之彪炳，章无疵也；章之明靡，句无玷也；句之菁英，字不妄也"，作为单字正确翻译的理论依据，认为"'字不妄'这一句话不但作文家应该奉为格言，翻译家也应视为格言"。他认为"单字"的翻译只要掌握正确的方法（他提出了七个具体方法），是可以做到"字不妄"的。而"句调的翻译只可于可能的范围内求其相似，而不一定勉强求其处处相似"。在这里，茅盾指出由"句调的翻译"决定的"神韵"只能努力做到一个"相似"，简单地说，也就是"神似"。这是最困难的，所以他强调"'句调的精神'不失真，似乎也是翻译文学时最要注意的一件事"。

后来，郭沫若、闻一多在论及诗歌翻译时提出要译"风韵"、"精神"和"气势"。郭沫若在 1920 年提出了翻译中的"风韵译"，他说："诗的生命，全在它那种不可把捉之风韵，所以我想译诗的手腕于直译意译之外，当得有种'风韵译'。"②1922 年，他又进一步指出：

> 我始终相信，译诗于直译意译之外，还有一种风韵译。字面、意

---

① 茅盾：《译文学书方法的讨论》，载《小说月报》，第 12 卷第 4 号，1921。
② 郭沫若：《歌德诗中所表现的思想·附白》，载《少年中国》，第 1 卷第 9 期。

义、风韵，三者均能兼顾，自是上乘。即使字义有失，而风韵能传，尚不失为佳品。①

这里将文学翻译的境界分为"字面、意义、风韵"三个层次，与后来陈西滢提出的"形似、意似、神似"三个境界用语不同，而涵义一致，而且都强调"风韵"最为重要。

1929 年，陈西滢在他的《论翻译》一文中认为，"信"的关键是在"形似"之外做到"神似"。他以雕塑和绘画作比，指出翻译忠实于原文的程度可以分为形似、意似、神似三种。他写道：

> 我们以塑像或画像来作比。有时一个雕刻师或画家所塑的，所画的像，在不熟识本人的旁观者看来，觉得很像了，而在本人的朋友家人看来，却可以断言他不是本人，虽然不容易指摘出毛病在哪里。这是因为雕刻师或画家专求外貌上一耳一目的毕肖而忘了本人是一个富有个性的活人。可是有时雕刻师或画家的成绩，连本人的家人朋友都说维妙维肖，毫无异辞了，而在艺术鉴赏者或善观人者的眼中，还不是极好的作品，因为他们没有把此人的不易见到的内蕴的人格整个地表现出来。只有古今几个极少数的大画家雕刻家才能洞见主人翁的肺腑，才能见到一个相处数十年的朋友所捉摸不到的特性。最先所说的肖像只是形似，第二类超乎形似之上了，无以名之，我们暂名为意似，到最后的一类才可以说是神似。那是说，肖像的信，可以分形似、意似、神似三种的不同。②

陈西滢在这里把翻译家比作画家和雕刻家，提出了"信"的三种不同境界，其中以"神似"为最高，"意似"次之，"形似"为最下品。译文只有做到"神似"才能说是得到了原文的"神韵"。换言之，文学翻译的最高的艺术境界就是"神似"，它是翻译文学的最高水平的体现。

1933 年，林语堂在《论翻译》中也强调文学翻译必须"传神"，强调"译者不但须求达意，并且须以传神为目的"。他提出在"字义"之外还有一个"字神"，并解释说：

---

① 郭沫若：《批判〈意门湖〉译本及其他》，载《创造季刊》，第 1 卷第 2 期，1922。
② 陈西滢：《论翻译》，载《新月》，第 2 卷第 4 号，1929。

"字神"是什么？就是一字之逻辑意义之外所夹带的情感上之色彩，即一字之暗示力。凡字必有神……①

　　林语堂在这里所说的"字神"及"传神达意"，主要指的是字面意义之上的，或字里行间的微妙含义。它是情感意义上、审美意义上，亦即文学意义上的东西。文学翻译只有传达出这种"字神"来，才能"传神达意"。后来，多语种翻译家王以铸先生在《论神韵》一文中也提出了与林语堂大致相似的看法，他把林语堂所说的"字神"称为"神韵"。他写道：

　　……既然说是语言的精细微妙的地方、语言的神韵，或是借王国维先生的话来说，语言的"境界"，那么它就不会是表面上的东西，而是深藏在语言内部的东西；不是孤立的东西，而是包括它的全体、和作者本身、甚至和作者的时代背景交织在一起的东西。这种东西不是在字面上，而是在字里行间。与其说我们要了解它，毋宁说我们要感觉它更恰当些。由于我们把捉住了语言的 nuance（法语，意为色调——引者），那么我们才得以体会到语言的感情。到了这个地步，译者才有可能把原文的神韵毫无遗憾地发挥出来。②

　　1951 年，翻译家傅雷在《〈高老头〉重译本序》一文中，也像陈西滢那样以绘画来比喻文学翻译，并提出了翻译中的"神似"的命题。他说：

　　以效果而论，翻译应当像临画一样，所求的不在形似而在神似。……两国文字词类的不同，句法构造的不同，文法与习惯的不同，修辞格律的不同，俗语的不同，即反映民族思想方式的不同，感觉深浅的不同，观点角度的不同，风俗传统信仰的不同，社会背景的不同，表现方法的不同。以甲国文字传达乙国文字所包含的那些特点，必须像伯乐相马，要"得其精而忘其粗，在其内忘其外"。即使最优秀的译文，其韵味较之原文仍不免过或不及。翻译时只能尽量缩短这个距离，过则求勿太过，不及则求勿过于不及。
　　倘若认为译文标准不应当如是平易，则不妨假定理想的译文仿佛

①　林语堂：《论翻译》，见罗新璋编：《翻译论集》，425 页，北京，商务印书馆，1984。
②　王以铸：《论神韵》，载《翻译通报》，第 3 卷第 5 期，1951。

是原作者的中文写作。那么原文的意义和精神，译文的流畅和完整，都可以兼筹并顾，不至于再有以辞害意，或以意害辞的弊病了。①

后来，傅雷又在"不在形似而在神似"的基础上，进一步阐述到：

传神云云，谈何容易！年岁经验愈增，对原作体会愈增，而传神愈感不足。领悟为一事，用中文表达为又一事。况东方人与西方人思想方式有基本分歧，我人重综合，重归纳，重暗示，重含蓄；西方人则重分析，细致曲折，挖掘唯恐不尽，描写唯恐不周：此两种 mentalite(精神面貌)殊难彼此融洽交流。同为 metaphore(隐喻)，一经翻译，意义即已晦涩，遑论情趣……愚对译事看法实甚简单：重神似不重形似……

第一要求将原作(连同思想、感情、气氛、情调等等)化为我有，方能谈到译。②

傅雷关于"神似"的理论主张，是自己翻译经验的总结。他特别强调的是中西语言文化的差异，认为在这种巨大的差异下，文学翻译不能以"破坏本国文字的结构与特性"来机械地追求与原文的相似，而应该用地道的中文，传达出原作的精神，这叫"化为我有"。但这并不是不要"形似"。他在致林以亮的信中指出："我并不是说原文的句法绝对可以不管，在最大限度内我们是要保持原文句法的。"正如对傅雷颇有研究的罗新璋先生在综合研究了傅雷的总体译论和翻译成果后，依然认为傅雷是主张形神并重的："所谓'重神似不重形似'，是指神似形似不可得兼的情况下，倚重倚轻，孰取孰弃的问题。这个提法，意在强调神似，不是说可以置形似于不顾，更不是主张不要形似。"③

钱锺书先生在"神似"、"化为我有"的基础上，进一步提出了"化境"说。他把"化"作为文学翻译的最高境界，并解释说：

① 傅雷：《〈高老头〉重译本序》，见《傅雷文集·文学卷上》，第 272～273 页，合肥，安徽文艺出版社，1998。

② 傅雷 1963 年 1 月致罗新璋，见《傅雷文集·书信卷上》，第 291 页，合肥，安徽文艺出版社，1998。

③ 罗新璋：《翻译论集·我国自成体系的翻译理论(代序)》，北京，商务印书馆，1984。

文学翻译的最高理想可以说是"化"，把作品从一国文字转变成另一国文字，既能不因语文习惯的差异而露出生硬牵强的痕迹，又能完全保存原作的风味，那就算得入于"化境"。十七世纪有人赞美这种造诣的翻译，比作原作的"投胎转世"(the transmigration of souls)，躯体换了一个，而精魂依然故我。换句话说，译本对原作应该忠实得以至于读起来不像译本，因为作品在原文里决不会读起来像翻译出来的东西。……一国文字和另一国文字之间必然有距离，译者的理解和文风跟原作品的内容和形式之间也不会没有距离，而且译者的体会和自己的表达能力之间还时常有距离……"欧化"也好，"汉化"也好，翻译总是以原作的那一国语文为出发点而以译成的这一国语文为到达点。从最初出发点以至终竟到达，这是很艰辛的历程……

　　彻底和全部的"化"是不可实现的理想……①

　　钱锺书先生的关于"化境"的论述，与傅雷的观点很接近，但表述方式不同。钱锺书借鉴的是中国传统文论中的"境"字。"境"，在传统画论和文论中又称为"境界"、"意境"，从唐代以后即被频繁使用，到晚清的王国维集其大成。但用"化境"这个词来表示翻译文学的理论境界，却是钱锺书首创的。从钱锺书的表述上看，他的"化境"和上述的"神似"基本上是同义词，本质上指的是翻译中立足于本土语言文化对原文的创造性转化。"化"的意义就是"转化"。而且，和茅盾、傅雷等人一样，钱锺书也把"化境"视为翻译文学的一种"理想"，甚至是"不可实现的理想"。

　　哲学家金岳霖在《知识论》一书中，把翻译分为"译意"和"译味"两类。"所谓译味，是把句子所有的各种感情上的意味，用不同种的语言文字表示出来，而所谓译意，就是把字句底意念上的意义，用不同种的语言文字表示出来。""译意"很困难，"译味"就更困难。而文学翻译重在"译味"，而一旦"译味"，就等于"重行创作"。他指出："译意也许要艺术，译味则非要艺术不行……译味不只是翻译而已，因为要在味方面求达求信起见，译者也许要重行创作。所谓重行创作是就原来的意味，不拘于原来的形式，而创作出新的表现形式。"②在这里，金岳霖使用"意"和"味"来谈翻译，有着自己的独特含义，但同样也是借鉴中国传统哲学的"意"与"味"的概念，

---

①　钱锺书：《林纾的翻译》，载《文学研究集刊》，第1册，1964。
②　金岳霖：《论翻译》，见罗新璋编：《翻译论集》，463～464页，北京，商务印书馆，1984。

与上述的"形似"、"神似"的概念有相同之处。在中国传统文艺美学中，"味"是一种很高的审美境界，与"神似"、"神韵"的境界异曲同工。因而可以把金岳霖的"译味"说视为从一个独特的角度对翻译文学审美境界的阐发。

此外，李赋宁先生在《浅谈外语学习和翻译》一文中认为："文学翻译贵在传神，贵在忠于原文的气势和精神……翻译家要想忠实于原文的气势和精神，首先要读懂原文，要做到百分之百地读懂原文的字面意义，在这个基础上进一步吃透原文的精神实质，才能忠实地传达原文的神韵。"[1]黄龙先生在《翻译艺术教程》[2]一书的第五章中，提出了"翻译的神韵观"，但他的"神韵观"更多地援引西方的翻译理论，试图将"神韵"这一难以言传的概念的构成加以分析，认为"'风雅'、'韵律'、'情操'、'灵感'是构成神韵的四大要素。它们交互作用，相辅相成，缺一不可"。

许渊冲先生进一步发挥了钱锺书的"化境"论。他指出："……文学翻译不单是译词，还要译意；不单译意，还要译味。只译词而没有译意，那只是'形似'……如果译了意，那可以说是'意似'。如果不但译出了言内之意，还译出了言外之味，那就是'神似'。"他把自己的翻译主张总结为"化之艺术"——

> 总而言之，我认为文学翻译是艺术，是两种语言文化之间的竞争，这是我对文学翻译的认识论。在竞争中要发挥优势，改变劣势，争取均势；发挥优势可以用"深化法"，改变劣势可以用"浅化法"，争取均势可以用"等化法"，这三化是我再创作的"方法论"。"浅化"的目的是使人"知之"，"等化"的目的是使人"好之"，"深化"的目的是使人"乐之"，这三之是我翻译哲学中的"目的论"。一言以蔽之，我提出的翻译哲学就是"化之艺术"四个字。如果译诗，还要加上意美、音美、形美中的"美"字，所以我的翻译哲学是"美化之艺术"。[3]

许渊冲先生的"美化之艺术"，关键在一个"化"字。但他的"化"与"化境"之"化"似有不同。"化境"的"化"的前提是钱锺书所说的"能不因语文习惯的差异而露出生硬牵强的痕迹，又能完全保存原作的风味"，这就是

① 李赋宁：《浅谈外语学习和翻译》，载《翻译通讯》，1983(11)。
② 黄龙：《翻译艺术教程》，南京，南京大学出版社，1988。
③ 许渊冲：《红与黑》中译本序，长沙，湖南文艺出版社，1993。

"化"的恰如其分的"度"。但许渊冲的"三化"，是一个比一个"化"得深，而且认为越是"深化"越好，这在实践中很可能会失去那个恰如其分的"度"。许渊冲的"深化"的主张，是和他的"发挥汉语优势"论（简称"优势论"）和"与原文竞赛论"（简称"竞赛论"）是联系在一起的。他强调，汉语译者要"发挥汉语的优势"，通过"深化"的方法"与原作竞赛"，最后译出（创作出）比原作更好的东西来，译者和译文就在"竞赛"中获胜了。可是，这样一来，"化"就不再是"出神入化"的"化"，而变成了脱胎换骨、千变万化之"化"；译者和译文的确可以单方面宣布竞赛胜利，但译文也因往往就变得和原文不"似"了——不但不"形似"，连"神似"也成了问题。这样实际上就很可能把"化境"论推上极端，使"神似"论走向死胡同。在翻译实践中，会引导译者译出过分"归化"的译文，从而偏离翻译的"信"（忠实）的原则。因此，"美化之艺术"论虽可谓成一家之言，也有一些赞成者，但更多的人表示疑惑和反对，引起了很大争议。

以上就是中国翻译文学理论史上"神似"、"化境"的产生和演变的大体脉络。刘靖之先生在一篇文章中认为："自严复以来，我国的翻译理论经过了几个成长期，从'信、达、雅'开始，经过'字译'和'句译'，直译、硬译、死译和意译，然后抵达'神似'和'化境'……是一脉相承的"。[①] 罗新璋先生认为，从古代的"案本"，到近代的求"信"，再到"神似"、"化境"，"这四个概念，既是各自独立，又是相互联系，渐次发展，构成一个整体的"。[②] 都把"神似"、"化境"视为翻译文学的至高的理想境界，从中可以看出我国翻译家和译学理论家对翻译文学的本质属性的高度认识。

总体来看，"神似"、"化境"是中国翻译文学的艺术追求的集中体现，它的特色是汲取中国传统审美文化的营养，用中国传统的文艺美学概念来阐述翻译文学问题，其实质和精髓是强调翻译家在文学翻译中应该注意"以形写神"，"写形"是手段，"传神"是目的；翻译文学本身必须是"文学"，译文本身必须是艺术品，然后它才可能有"神"；它本身有了"神"，才能谈得上"神似"，若译文徒具形骸，无"神"可言，又谈何出"神"入"化"？又拿什么与原文"神似"？从翻译文学理论史上看，虽然并不是所有的中国的文学翻译家们都在理论上主张"神似"或"化境"，但优秀的译作却都在一定程度上进入了"神似"或"化境"的理想境界，如朱生豪翻译的莎士

---

① 刘靖之：《重神似不重形似》，见《翻译研究论文集》（1949—1983），389 页，北京，外语教学与研究出版社，1984。

② 罗新璋：《翻译论集·我国自成体系的翻译理论（代序）》，北京，商务印书馆，1984。

比亚戏剧、傅雷翻译的巴尔扎克的《高老头》和罗曼·罗兰的《约翰·克里斯朵夫》、金克木翻译的印度迦梨陀娑的《云使》、戈宝权翻译的《普希金诗集》和高尔基的《海燕》等，都是"神似"和"化境"的楷模——虽然也许并不是永久的楷模。

同时，这两个概念又具有鲜明的中国文化特色。这首先表现在，这是中国的翻译家们从中西语言文化的巨大差异和转换中总结出来的。作为表意文字的汉语和作为拼音文字的西语之间的传译，与各种西语之间的传译，自有不同的规律。中国翻译家和理论家们在实践中深深体会到，理想的翻译文学不能满足于字句上的对译和转换，满足于字句的"忠实"；理想的翻译文学必须是在"形似"基础上的"神似"，是在原文基础上立足于本土语言文化的创造性的转化。其次，"神似"、"化境"的中国特色在于，它和"信达雅"一样，是地道的中国式的概念表述方式。迄今为止没有一个人真正在理论上、学理上科学透彻地阐明所谓"神似"是怎样的"似"、所谓"化境"是什么样的"境"。这的确是"只可意会，不可言传"的东西，这种概念表述方式属于"一听就明白，一想就糊涂"的那种类型，具有一定的模糊性和暧昧性，而没有明确的规定性。然而明确的规定性只可作翻译的可操作的标准，不可作翻译的理想境界，更不可作翻译文学的理想境界。但正因为如此，"神似"、"化境"也具有规定性所不能包容的"境界"性，更能道出中国翻译文学的审美理想，也就是中国人常说的"艺无止境"之"境"。由于"神似"、"化境"无法量化，没有终极，所以它更适合于作为译文的鉴赏和评价用语，而不宜作为文学翻译的实践上的标准（在这方面已经有了"信达雅"就足够了）。假如将"神似"、"化境"理解为翻译的方法或标准，或把"神似"、"化境"作为翻译的原则标准来运用，恐怕会带来意想不到的消极后果。试想，一个译者在翻译的时候如果老是执著于"神似"、胶着于"化境"，一味"舍形而取神"，那么，皮之不存，毛将焉附？形不似，神安在？其结果很可能走向"胡译"、"歪译"。这个时候，"神似"、"化境"也就容易成为"胡译"、"歪译"的挡箭牌或护身符。早在1983年，翻译家罗大冈就指出："直至今日，我们的文学翻译界仍然不能说已经完全摆脱了林派余风的控制。当今的新林派有一句颇受欢迎的口号，叫做'但求神似，不求形似'，根本意思是说：只要译笔传神，不必拘泥字句与原著是否一致。这种办法恐怕只有少数水平极高的翻译大师能够掌握得恰到好处，对于一般读者，难免产生流弊。有人甚至这样理解：对于原文原著不妨不求甚解；只要译笔漂亮，译本照样可以成为名译，译者照样可以成为名家。就怕这样下去，总有一天我们的文学翻译会倒退到距今 80 多年前的本世纪初林琴南阶段。"①罗大冈先生指出的这种倾向是值得翻译界警惕的。同时也更清楚地表明，"神似"、"化境"对翻译家而言是一个值得追求的理想境界，但却不能是具体的操作标准；对读者而言，"神似"、"化境"却是审美鉴赏的境地，它主要应该运用于译作的整体鉴赏，是读者站在译作之外，和译作拉开一个审美距离时的总体的审美观照。如果说，"信达雅"是过程论、实践论，"神似"、"化境"就是终极论、艺术整体论，审美观照论。

另外还需要指出，多年来，翻译界存在着所谓"异化"（亦称"西化"、"欧化"、"洋化"）和"归化"之争，是就翻译及翻译文学的不同文化态度和文化立场而言的。一般地说，以"神似"和"化境"为追求的人，大都不主张"异化"翻译而在一定意义上倾向于"归化"翻译。但"归化"一词远不是"神似"翻译的科学概括，因为"神似"、"化境"是以高度忠实"原文"为前提的，而"归化"则有强行使原文就范于译文、而牺牲原文真实之嫌。而且"归化"主要是指译文语言的本土化，而"神似"、"化境"则主要是指译文的总体风格的"艺术地转化"。可见"归化"的翻译与"神似"、"化境"的翻译理想是两码事，因而主张"神似"、"化境"、甚至连倾向于"归化"的翻译家和理论家并不使用"归化"这一概念，自然更不会以"归化"相标榜。

由于"神似"、"化境"论本身的难以言传的特性，最近几年来，有的学者尝试从不同的角度对翻译文学的理想境界加以阐释。孙致礼先生在《坚持辩证法，树立正确的翻译观》②一文中，从"辩证法"的角度，提出了文学翻译中的十大对立统一关系，即一、科学性与艺术性的辩证统一；二、保持"洋味"与避免"洋腔"的辩证统一；三、"神似"与"形似"的辩证统一；四、直译与意译的辩证统一；五、"克己"意识与"创造"意识的辩证统一；六、译者风格与作者风格的辩证统一；七、忠于作者与忠于读者的辩证统一；八、整体与细节的辩证统一；九、归化与异化的辩证统一；十、得与失的辩证统一。可以说，这十个"辩证统一"囊括了文学翻译中的基本的矛盾关系。孙先生并没有以"神似"、"化境"来对文学翻译的理想境界"一言以蔽之"，但很显然，一个翻译家倘若能够处理好这十大关系，其译文自然也就达到了"神似"与"化境"。这十大关系的提出，某种意义上可以看成是"神似"、"化境"说的一个细说和分解，但它已经不单是"翻译文学"的艺

---

① 罗大冈：《漫谈文学翻译》，载《翻译通讯》，1983(1)。
② 孙致礼：《坚持辩证法，树立正确的翻译观》，载《解放军外语学院学报》，1996(5)。

术整体论，审美观照论，而是"文学翻译"的"矛盾论"和"实践论"。

此外，郑海凌先生还提出了翻译文学中的"和谐论"。他在《文学翻译学》一书中写道：

> 传统的翻译标准，从"信达雅"、"神似"到"化境"，都过于强调"求真"、"求信"，而"和谐说"则注重"求和"、"求美"。"和谐说"求美，并不是抛开原作去自由创作，而是在忠实于原作的前提下求美，在"信"与"美"的矛盾对立中把握分寸。通过不断解决两种不同语言、文化之间的"隔"与"不隔"之间的矛盾，达到整体上的和谐一致。"和谐说"以我国古典哲学中的整体和谐观念为理论基础，适合我国译者的审美习惯和思维方式，以翻译中的差异对立为前提，强调这种差异、对立因素在对立统一、转化生成的过程中达到和谐。"和谐说"注重的是翻译过程中各系统、各要素之间的相互呼应协和，注重译者的创新。既要创新，又要和谐。①

郑海凌先生在"神似"、"化境"之外，提出了"和谐"，可以为文学翻译和翻译文学提供另一角度的美学尺度。郑先生借鉴王国维的"隔"与"不隔"这两个范畴，提出文学翻译中的"和谐"就是"不隔"，而"'不隔'指的是译作与原文之间保持精神实质的一致，而不是要求译作和原文在内容和形式上相同。绝对的'不隔'是一种理想，而相对的'不隔'是'美'，是译作使读者得到的审美的愉悦。"②看来，"和谐"在精神实质上与"神似"、"化境"说是相通的。不同的是，他区分了"绝对的不隔"和"相对的不隔"，把前者看成是一种理想，把后者看成是"文学翻译的审美标准"。事实上，对于翻译文学和文学翻译而言，"绝对的不隔"永远不存在，也就没有意义，"相对的不隔"也是一种理想境界。因此所谓"和谐"实际上就是"相对的不隔"。"和谐"说其实质似乎就是对"神似"、"化境"的另外一种表述方式。但不同的是，郑先生是把"和谐"作为"文学翻译的审美标准"，而不是"翻译文学的审美理想"提出来的。而在笔者看来，"和谐"也只能是一种"理想境界"，它那中国古典哲学美学中特有的含混性与不可言传性，决定了它可以作为一种"境界"，而难以成为具体可把握的"标准"。倘若以它作为"标准"，恐

---

① 郑海凌：《文学翻译学》，164 页，郑州，文心出版社，2000。
② 郑海凌：《文学翻译学》，149 页，郑州，文心出版社，2000。

怕失之于宽泛化，比"神似"和"化境"更不容易把握。因为不管"神似"也好、"化境"也好，毕竟还是中国传统的文艺学上的概念，讲的是艺术表现现实的审美关系，而"和谐"则是宽泛得多的哲学、社会学、伦理学的观念。应该说，"神似"、"化境"已经包含了"和谐"。早有美学理论家写出了《美是和谐》（周来祥著）的专著，"神似"、"化境"既是"美"的境界，当然也是"和谐"的境界。

二、 "神似"、"化境"与"等值"、"等效"

在西方翻译理论中，有一个概念是 equivalence，我国将它译为"等值"或"等效"，在含义上与中国的"神似"、"化境"有些相当，而且在我国也有一定的影响。因此有必要对等值、等效加以简单评述，并与神似、化境加以比较，以便进一步突显神似、化境的价值和特色。

1953 年，苏联费道罗夫在《翻译理论概要》一书中写道："有两项原则，对于一切翻译工作者来说都是共同的：一、翻译的目的是尽量确切地使不懂原文的读者（或听者）了解原作（或讲话的内容）；二、翻译就是用一种语言把另一种语言在内容与形式不可分割的统一中所业已表达出来的东西准确而完全地表达出来。"他的书 1955 年在我国翻译出版（李流等译，中华书局版）后影响很大，译界将其概括为"等值论"或"等值翻译"。继费道罗夫之后，苏联巴尔胡达罗夫的《语言与翻译》一书于 1985 年在我国出版（蔡毅等译，中国对外翻译出版公司），且传播很广。在本书中，他对翻译作了这样的界定："翻译是把一种语言的言语产物在保持内容方面（也就是意义）不变的情况下改变为另外一种语言的言语产物的过程。"认为"'等值'这一概念应理解为'带来同一信息'"。他解释道，保持内容不变是相对的，不是绝对的。在语际改变中不可避免地会有所损失，不可能百分之百地传达原文表达的全部意义。因此，译文绝不可能同原文百分之百地等值。而"百分之百的等值"，"只是翻译工作者应当力求达到，但永远也达不到的最高标准"。英国语言学派翻译理论家的代表、同时也是等值翻译模式最早倡导者之一卡特福德，在他的《翻译的语言学理论》（1965）中，把翻译界定为"将一种语言（原文语言）组织成文的材料替换成等值的另一种语言（译文语言）的成文材料"，认为当原文和译文中的语言单位有相同（至少部分相同）的实质特性时，就构成了翻译中的对等关系。对翻译等效论作出更为系统的论述，在我国影响更大的，要数美国翻译理论家奈达。在《翻译科学探索》(1964)一书中，奈达提出了"dynamic equivalence"即"动态等值"或译"动态对等"、"灵活对等"的概念，指出译文的"接受者和译文信息之间的关系，应该与原文接受者和原文信息之间的关系基本上对等"。译者应该追求的是这种对等而不是同一，但同时又指出，翻译中信息的流失不可避免，绝对的对等是不可能的。自50年代一直到90年代以来，欧美的这些"等值"、"等效"的理论在国内相继作了介绍，许多人对此十分推崇，对我国翻译理论的建设起到了一定的推进作用。

关于翻译文学的理想境界，我国已有上述的"神似"、"化境"的理论，而西方人的"等值"、"等效"讲的也是翻译的一种理想目标，两者之间是一种什么关系？总的说来，"神似"、"化境"不是针对一切翻译而言的，而是专对翻译文学而言的；而"等值"、"等效"则试图涵盖一切形式的翻译。换言之，"神似"、"化境"属于译学理论中的"文艺学派"的理论，而"等值"、"等效"的理论基础主要是语言学，基本上属于译学理论中的"语言学派"。但我国也有学者指出，"神似"论是有局限的，"等值"、"等效"论可以超越其局限。"等效"论在中国的主要倡导者金隄先生在《等效翻译探索》一书中，也基本认同"神似"论，但同时也指出："'神似'的原则正确地考虑了总体效果的对等，然而倡导者往往忽略翔实，实质上是把'神'（精神）和'实'对立起来，重身而轻实，没有考虑到事实上的出入常常影响译文的效果。"他强调："等效翻译所追求的目标是：译文与原文虽然在形式上很不相同甚至完全不同，但是译文读者能和原文读者同样顺利地获得相同或基本相同的信息，包括主要精神、具体事实、意境气氛。这就叫等效或基本等效。这个目标应该适用于一切种类的翻译。"[①] 他指出："对等是一切严肃的翻译工作者必然追求的目标，不是这样的对等，便是那样的对等。只有一个办法可以否定等效原则，那就是在证明实际上并不等效的同时，能指出另一种更有意义而又更切实可行的对等。如果能确实证明有那么一种对等，那么等效原则就应该退让；除此以外，一切指出不等效的批评和质疑，都可以看作是对等效论的积极帮助，可以促使它在理论上进一步发展，从而在实践中起到更有效地提高翻译水平的作用。"[②]

有人则不以为然，如罗新璋先生说：

<hr />

① 金隄：《等效翻译探索》，40页，北京，中国对外翻译出版公司，1988。
② 金隄：《等效翻译探索》，23页，北京，中国对外翻译出版公司，1988。

等值等效，倘能做到，那是再好也没有了。只要是认真的译者，私心里谁不希望自己的译作能与原文等值，在读者中产生等效。积极方面讲，表示译者与原作者并肩而立，能炮制出令人刮目相看，甚至要叹为观止的等替物；消极方面，则拒绝了一切重译的必要，使自己的译作能"甪保甪享"，垂范后世。然而，世间一切都不可重复……所谓等效，也应理解为"在可能范围内最接近原著的效果"。这么说，名有点不符其实，打出来的旗号，并不是实际所要求做到的。作为一种理论主张，如果光看字面，顾名思义，易致误会，总觉不够严密。理论是实践的总结，也应能是实践的指导。恕我孤陋寡闻，不知世界上是否已诞生公认的等值译本；至于等效，则晓得对同一作品、同一人物，往往观感殊异，爱憎难同，反应是很难等一起来的。①

在这里，罗新璋指出了"等值"、"等效"说在理论上的悖论和缺陷，是一针见血的。应该说，"等值"、"等效"理论试图运用现代语言学和现代信息论来研究翻译问题，试图使翻译研究科学化，是有益的尝试。但平心而论，他们所得出的观点和结论却并不那么"理论"，而且也不那么新鲜。早在 1931 年，瞿秋白就在给鲁迅的讨论翻译问题的一封信中说过："翻译应该把原文的本意，完全正确地介绍给中国读者，使中国读者所得到的概念等于英俄日德法……读者从原文得来的概念。"现在我们可以把这段话视为"等效"问题的较早、较全面的表述。到了 1954 年，茅盾在《为发展文学翻译事业和提高翻译质量而奋斗》的著名报告说："文学的翻译是用另一种语言把原作的艺术意境传达出来，使读者在读译文的时候能够像读原作一样得到启发、感动和美的感受。"这就从文学翻译的角度阐述了"等效"的观念。而且，就在"等值"论传入我国不久，我国翻译家们还提出了与"等值"论不同的，但更恰切的"相当"论。1959 年，卞之琳等人在《十年来的外国文学翻译和研究工作》一文中提出："文学翻译的艺术性所在，不是做到与原书相等，而是做到相当。"这"相当"一词非常准确和恰当，有丰富的理论内涵，可惜没有引起足够的重视。

"等值"、"等效"论和我国的"神似"、"化境"论都认为翻译要将原文的意义尽可能忠实地传达给读者，都十分注重翻译的接受效果，奈达对"动态对等"的定义就是从读者反应角度下的，主张翻译中的语言形式的对等

---

① 罗新璋：《中外翻译观之"似"与"等"》，载《世界文学》，1990(2)。

与接受效果的对等两者的统一，强调要考虑不同层次的接受者的情况，把读者的反应作为评价翻译作品的标准。"神似"和"化境"说却并不强调语言形式的对等，而是主张不拘泥字句、语法等具体的语言形式的方式，强调忠实原文的精神内涵，以便更好地传达原作信息。同时，"等值"、"等效"说和"神似"、"化境"说都承认完全忠实的传达是不可能的，因而"等值"、"等效"也好，"神似"、"化境"也好，都只是翻译中的一个理想。我国有学者质疑"等值"、"等效"之类的概念，究竟是界定翻译标准，还是概括翻译方法，还是规范翻译过程，抑或是三者兼而有之，都让人不得要领 。① "等值"、"等效"的这种特征正好说明它实际上不是具体可操作的标准方法。尽管外国有人早在 1972 年就预言"等效原则势将成为压倒一切的原则"（德国学者柯勒语），尽管有些提倡者努力使"等值"、"等效"成为标准和方法。但实际上，"等值"、"等效"和"神似"、"化境"一样，只是翻译的"理想"目标。但在表述上，"等值"、"等效"却极力科学化，调动语言学、接受美学等现代科学手段，试图建立翻译模式，强化翻译的规范性。例如，有人尝试对语言形式的"效果"进行具体的定量分析，对翻译的"对等成分"作出定性或定量的分析，将原文与译文进行比较，从静态（词级、词组级、句级、句群级、篇章级）和动态（表层、修辞层、深层）两个方面入手，在十五个平面上探求其等值关系，试图将翻译的"对等"概念置于科学的基础之上。② 但这种语言形式上的对等和"效果"的对等是否是一回事，却不能被证实。与"等值"、"等效"论不同，我国的"神似"、"化境"运用的是艺术的、模糊的、具有弹性和软性特征的语言来表述的，它在承认不同语言文化之间的鸿沟和差异，承认翻译的局限性的前提下，不求"等值"和"等效"，但求"似"和"化"。因此，从本质上看，"等值"、"等效"说试图以现代科学作为自己立论的基础，而"神似"、"化境"说却立足于文学艺术的特有属性。换言之，"等值"、"等效"说具有科学的属性，而"神似"、"化境"说具有文艺的属性。"等值"、"等效"的主张者们试图使它适用于指导一切翻译，但它的科学属性却实难使它适用于文学翻译。从实践上看，在中国的高明的翻译家那里，"神似"、"化境"可以一定程度地接近或达到，而绝对的"等值"、"等效"在西方拼音文字的传译中尚且被认为不可能，在西语与汉语的传译中恐怕更难企及。既要效果对等，又要语言形式对等，实际上比

① 刘祖培：《翻译等值辩》，载《中国科技翻译》，2000(2)。
② 吴新祥、李宏安：《等值翻译初探》，载《外语教学与研究》，1984(3)。

"神似"、"化境"更难以企及。如果说"神似"、"化境"在文学翻译中通过努力可以接近和实现，而"等值"、"等效"则遥不可及。因而某种意义上甚至可以说"神似"、"化境"是"审美理想"，"等值"、"等效"则是"科学幻想"。也许由于这样的原因，"等值"、"等效"说在近半个世纪以来的中国翻译界，由热烈推崇，走向冷静思考和研究，再到反思和批评。2001年，陈宏薇教授以我国译界核心期刊《中国翻译》为调查目标，对1980年至2000年期间有关奈达理论的论文进行全方位的扫描，得出的结论是，对奈达的"功能对等"和"读者反应理论"由最初的译介、推崇，发展到否定和怀疑占上风，后又发展到明确的批评，且批评越来越尖刻。对奈达等效原则的接受经历了从起初的人人"言必称奈达"，到后来"言必称奈达理论之缺陷"。[①]可以说这是必然的。

用外来的"等值"、"等效"的理论来烛照一下我们的"神似"、"化境"说，我们也许会得到一些有益的启发。"等值"、"等效"论是一个很理想化的理论主张，它与我国的"神似"、"化境"说在许多方面是相通的。这表明，无论在西方还是在中国，翻译除了要有基本原则和标准外，还应当提出供翻译家努力的理想目标，哪怕达不到也好，因为理想总得要高于现实。中国的"神似"、"化境"没有西方的"等值"、"等效"那样试图涵盖一切翻译，也不是那么科学化和抽象化，但对文学翻译这种特殊的翻译活动确实有很强的针对性和指导性。遗憾的是与"等值"、"等效"论比较起来，还严重缺乏理论阐发。现在关于"等值"、"等效"的论述，国内外不乏专门的著作，论文更是难以计数，而关于"神似"、"化境"的专门研究，不要说专门著作，就连专题论文也很罕见。我国翻译界应该有更多的人、投入更多的力量，以阐发"等值"、"等效"一样的热情，来阐发和研究"神似"和"化境"，充实其意蕴，丰富其内涵，使其由"可意会"上升为"可言传"。同时，"等值"、"等效"论和"神似"、"化境"的比较可以使我们更清楚地认识到，翻译既是科学，也是艺术，企图将翻译完全科学化，正如企图将翻译完全艺术化一样，是徒劳无益的。文学翻译也有科学性，翻译文学更具有艺术的本质属性。因此，对翻译文学、特别是中国的翻译文学而言，"神似"、"化境"说似乎比一切外来的理论更切合其本质属性，它是翻译文学的理想境界，但又不是遥不可及的海市蜃楼。

---

① 陈宏薇：《从"奈达现象"看中国翻译研究走向成熟》，载《中国翻译》，2001(6)。

第九章

鉴赏与批评论

鉴赏与批评是对翻译文学的一种消费、接受与阅读的反刍活动，是翻译文学实现其价值和效用的必要环节。翻译文学的鉴赏与批评对翻译文学的发展有很大的作用。它与一般文学作品的鉴赏与批评有共通性，更有特殊性。

一、鉴 赏

鉴赏，包含着"鉴别"、"欣赏"两重意思。"鉴别"是一种价值判断，主要靠学识，"欣赏"是一种审美心理活动，主要靠感觉和情绪。翻译文学的鉴赏就是读者通过对译作的阅读而实现的一种以审美为主导的接受行为。它是读者对译作的积极的消费活动，也是一种富有主观性、审美性的思维活动。翻译文学的鉴赏与一般的文学鉴赏没有根本的区别，但也有所不同。首先，翻译文学鉴赏对鉴赏者的文学修养、知识储备的要求更高。一般说来，兴趣产生于了解，中国读者对本国的了解总是超过对外国的了解，对描写和反映本国生活的作品，理解上总比外国作品相对容易些。没有对原作所描写的那个民族国家的历史文化背景的一般了解，没有外国文学史的起码常识，势必会妨碍鉴赏的境界。读者之所以对某种翻译文学译本产生了阅读的兴趣，一般都是以对该译本相关知识的前期了解有关。事先对一个译本的相关信息和知识毫无了解，闻所未闻，很难产生阅读的兴趣。在现代社会，一般读者对译本相关知识的了解，大都来源于报刊、影视等大众媒体。大众媒体提供的有关信息越多，则一种译本的接受者也越多。其次，翻译文学的鉴赏不同于本土文学的鉴赏，翻译文学的鉴赏动机主要在于对异文化的理解与感受。译本对读者来说，就是反映异文化的一面镜子。读者阅读译本，最希望获得的阅读快感恐怕就是其中的异域风情、异国情调或"洋味"。这种异国情调或洋味给读者提供了本土文学所缺乏的新异感。低层次的鉴赏可能是猎奇，但猎奇中也有求知，高层次的鉴赏就是对异文化的理解和沟通。这种通过译作的接受和鉴赏所得到的，往往是异文化的较为深层次的东西，是一般的与外国人的个别接触、走马观花式的旅游所不能得到的，这其中包括熟悉和了解异国的民族心理、民族性格、民族精神和民族的历史文化底蕴。所以，翻译文学的鉴赏，实际上就是通过译本而进行的双边交流，而且是深层次的精神交流。翻译文学家使原文中的外国人全"改说"本国话，这就很容易使读者对外国人由"异类"感而产生认同感，在阅读中感到外国人与自己原来都是一样的"人"。当年德国作家歌德在阅读中国古典小说《好逑传》译本时，就对他的秘书大发感慨：原来中国人和我们是一样的喜怒哀乐，一样的"文明"。相信这种感受对那些处于相对封闭状态的读者而言，是普遍的共同的体验，也可能是阅读翻译文学的最主要的美感来源。

文学作品的读者是分层次的，由于翻译文学的读者层次对鉴赏的影响较为明显，因此，在研究翻译文学鉴赏的时候，有必要区分一般读者和业内读者两种不同的读者群体。文学工作者、专业人士和除此之外的普通读者，对作品的鉴赏状态颇有不同，广大的一般读者没有双语能力，他们的鉴赏自始至终都在译本本身，他们不区分、也没有能力区分译本与原作的不同，译本对他们来说就等于原作，他们的鉴赏更多的是欣赏，更多地表现为一种阅读消费。它们在欣赏中可以各取所需，可以有误解误读，这不可避免，又无可厚非。大多数翻译家在翻译的时候，心目中主要的读者对象是这些广大的一般读者。为了让这些读者能够接受得了，欣赏得了，翻译家都有自己的翻译策略。例如，近代严复、林纾为了让那时的读书阶层，即传统的知识分子阶层能欣赏译文，就采取文言文体和"达旨"、窜译的翻译方法。而五四前后译文的读者阶层发生了变化，他们不再欣赏严复、林纾那样的译文，而欣赏带有欧化色彩的白话文，这种欣赏趣味也相应地促使翻译家改变翻译方法。翻译家译出来的东西，总是希望有更多的人来欣赏。因此，很大程度上说，读者的欣赏趣味影响翻译家的翻译。翻译中的"归化"的主张，实际上就是以一般读者的欣赏趣味为转移的一种翻译策略。当然，翻译家的翻译也在不断改变着读者的欣赏趣味，二者是相反相成的辩证统一的关系。

普通读者的欣赏是纯粹个人的思维活动，他们一般不会发表鉴赏文章，他们对一种译文或译作的态度和评价集中表现为是否愿意购买和阅读。而业内读者——或者说专业读者，对译本的鉴赏则伴随着或多或少的鉴别、判断在内，这就是我们所说的严格意义上的"鉴赏"，而不是单纯的"欣赏"。业内读者的鉴赏更多的是看出一般读者无法看出的一些东西，比如译作中是否有误译，译文风格是否符合原文风格等。他们有能力对照原文来鉴赏，也有能力写出鉴赏的文章，将自己的鉴赏体会公之于众。这样的鉴赏则有可能和批评活动联通起来。假如他们将自己的鉴赏表述出来，形诸文字，那就成为"鉴赏批评"。在这方面，袁锦翔教授在《名家翻译研究与赏析》①一书中做出了很好的示范，他提出了"佳译赏析"的四个步骤：精选译作，全神贯注；反复阅读，敏锐寻觅；吃透"两头"（指作者译者与读者），注意效果；融会贯通，品鉴入微。这些看法是值得"鉴赏批评"或"鉴赏研究"者参考的。

二、批　评

鉴赏和批评虽属于两种不同的思维活动。鉴赏是纯主观的，可以有着个人的好恶；批评也不免有主观性，但它应力求科学和公正；鉴赏是批评的基础，没有鉴赏的批评、没有个人阅读体验的批评是死板无生气的批评。批评则是鉴赏的理性化，又可以指导鉴赏。可见两者之间又有着密切的关联。

翻译文学批评是根据一定的原则和标准对译作所进行的分析、评论和价值判断。在翻译文学的大系统中，翻译批评是不可缺少的环节。如果说，翻译文学是一种产品，翻译文学批评就是这产品的检验者、评说者。它要对译作做出价值判断，一方面从一个消费者、接受者的角度将自己的感受表达出来；另一方面要从专业的角度，指出译作的成败得失、是非优劣。关于翻译批评的宗旨和目的，鲁迅早在1933的《为翻译辩护》一文中就说过：翻译"……必须有正确的批评，指出坏的，奖励好的，倘没有，则

---

①　袁锦翔：《名家翻译研究与赏析》，武汉，湖北教育出版社，1990。

较好的也可以"。① 好的翻译批评，可以起到引导译本的购买消费、指导读者的阅读、规范译者翻译等作用。

翻译文学批评对一种译作的批评和判断，对该译作的声誉、流传和地位构成都有较大的影响。从已有的情况看，并不是每一种译作问世后都有翻译文学批评紧随其后，有的译作出版后，也许评论界很长时间没有反应。但是，没有反应也是一种反应，一直都得不到批评的译作很可能意味着批评界对该译作的默认，或者因为它在翻译选题上平平，或选题上太偏僻而不为一般人所注意，或在译文质量上一般，批评者没有多少话可说。但无论如何不能认为没有受到批评的译作是没有问题的译作，而受到批评的译作的问题一定比没有受到批评的多。从现有的批评来看，特别受到批评家注意，一般都处于两种"极端"，都有典型性和代表性。一种是名家名作名译，这样的译作评论家最感兴趣，批评者的批评要引起社会的注意，最有效的做法就是批评名作名译。一部优秀的译作一般都免不了接受翻译文学批评，而且应当能够经得住表扬，也经得住批评。批评名家名译，有助于总结名家的翻译经验，以使后来者学习和借鉴，也有助于发现名家的局限与不足，以便后来者超越。另一种就是发现恶劣的译品，作为劣译的典型加以解剖，以便遏制它在读者中的流传。这两种"批评"一般都称之为"批评"，但严格地说，对劣译、盗译的其实不值得"批评"，而只能是否决和剔除式的"批判揭露"，与工商界中的"打假"行动别无二致。如果说，一般的翻译批评是评判该译作哪些方面好和哪些方面不好的问题，即"好不好"的问题，那么，对劣译的批判揭露是要指出该译文值得不值得要读者来阅读，即"要不要"的问题。

看来，翻译文学批评作用重要，不可缺少。但是，在我国一百多年来翻译文学史上，翻译文学批评相对而言是一个薄弱环节，其表现是专门的翻译批评家很少。担当翻译批评的大多数是翻译家自身。好的翻译家往往是著名的翻译文学批评家，如鲁迅、周作人、瞿秋白、茅盾、郭沫若、郑振铎等，当代的则有许钧等。翻译家兼批评家有它的好处，就是能够将批评植根于翻译的体验或经验中，不说外行话。许钧甚至认为："没有搞过翻译的人是不能做翻译批评的，这话有一定道理。因为翻译是项极为特殊的活动。……没有亲身体验过翻译甘苦的人，难免要说些不着边际的话，

---

① 鲁迅：《为翻译辩护》，见罗新璋编：《翻译论集》，292 页，北京，商务印书馆，1984。

更难免要做感想式的批评，难以切中要害，说到点子上。"①但翻译文学批评靠翻译家来做，在目前来看是一个现实情况，但不能说今后应永远如此。一个懂得翻译文学、懂得外国语言文学的翻译文学读者，他虽然没有译作发表出版，但他仍然可能有权力、也有能力做翻译文学批评。正如一般的文学批评不能仅仅靠作家自身来承担。众所周知，在我国，早期的文学批评也大都是由作家来兼作的，后来才出现独立的批评家。但当初也有作家对非作家的批评家不服气，对此，鲁迅在《花边文学·看书琐记·三》中，认为批评家兼能创作的人向来是很少的，"批评家和作家的关系，颇有些像厨司和食客。厨司做出一味食品来，食客就要说话，或是好，或是歹。厨司如果觉得不公平……于是就提出解说或抗议来——自然，一声不响也可以。但是，倘若他对客人大声叫道：'那么，你去做一碗来给我吃吃看！'那却未免有些可笑了"②。现在，在一般的创作与批评界，以这样的原因排斥批评的作家恐怕很少了。创作与批评之间的分工早已形成。19世纪著名的俄国三大批评家之一别林斯基自己并不创作，却成为一代作家的导师。但在翻译文学界，翻译家和批评家的分工无论在圈内或者是在圈外，似乎都不被广泛认可。在我国，批评家与作家早有了明确的分工，专职的文学批评家数量较大，但在翻译文学界，情况却截然不同。记得一次和一位研究中国近代文学的教授聊天时，我称赞一部刚刚出版的研究近代翻译文学史的著作，但那位教授却怀疑地说：那位作者从来不搞翻译，他怎么能写好翻译文学方面的书呢？……在这种观念的影响下，非文学翻译家或没有翻译经验的人，一般很少置喙翻译批评，这几乎已经成了翻译界的通例。似乎只有身兼翻译家的翻译批评者的文章，才能搔到痛痒，才有一定的说服力。相反，则被视为外行话而被轻蔑。今后，随着翻译文学的进一步发展，应呼唤"专业的"翻译批评工作者的出现，大学的有关专业应当培养翻译批评的专门人才。只有这样，翻译批评者才能与翻译家一样成为"翻译批评家"。

诚然，翻译批评非常难做。其专业性很强，针对性也很强。同时，翻译文学批评中所指出的是非对错的问题常常十分具体，指出错误往往令译者无可辩驳，处于尴尬境地。这样的批评是一种"硬性"批评，和一般文学

① 袁筱一：《给文学翻译一个方向》，见许钧等：《文学翻译的理论与实践》，254页，南京，译林出版社，2001。
② 鲁迅：《花边文学·看书琐记·三》，见《鲁迅全集》，第五卷，550～551页，北京，人民文学出版社，1981。

批评的"软性"批评颇有不同。一般的文学批评极少涉及语言文字本身的问题，而大都属于审美风格、思想内涵、艺术形式等方面的见仁见智的问题，对此，许多作家可以超然物外。但面对翻译文学批评，翻译家就难以充耳不闻。因为批评所涉及的，是翻译家的翻译水平、翻译的对与错、译文的价值质量等非此即彼的要害问题。这样的批评，容易引起人际纠纷，批评者也容易叫人觉得"有失厚道"。20 世纪 20 年代末至 30 年代初，鲁迅与梁实秋、赵景深之间，就曾有翻译批评而互相"得罪"，使论争带有党同伐异的火药味。1940 年代，有人撰文批评日本文学翻译家尤炳圻翻译的夏目漱石的《我是猫》的译文（连载于天津《庸报》），便有人指责这种批评"吹毛求疵"、"有失厚道"，原因是这作品本来难译，尤炳圻译得这样已经可以了，不必批评。[①]一种是批评起来类似"战斗"，一种是为了保有"厚道"而不让批评，都不利于翻译文学批评的健康发展。新中国成立初期的 1950 年代，我国文学翻译界曾有过翻译文学批评的健康发展的兴旺时期，1950 年 3 月 26 日《人民日报》以《用严肃的态度对待翻译工作》为题，发表了三篇翻译批评文章，引起了很大反响。《翻译通报》也曾在 1952 年 4 月发表署名文章，对翻译家韦丛芜贪多求快、在两年时间里译出十二部粗制滥造的译本的行为，提出了毫不留情的尖锐批评，迫使韦丛芜发表文章做公开检讨，但后来这样的健康的翻译批评文章很少见到了。不久，在"三反五反"中，《翻译通报》上的批评文章却变成了对翻译家的政治攻击和陷害，偏离了正常的翻译文学批评的轨道。进入 1980 年代后，在这样一个以包装、广告、推销等商业文化占主导地位的时代，在这样一个动不动就有人"拿起法律武器"打官司的时代，翻译批评更为困难，而且要冒风险。所谓"批评"文章倒也不算太少，但是宣传性的、甚至吹捧的文章多，而"批评"的文章少。在少量"批评"的文章中，也难得指名道姓。难怪周仪先生在《翻译与批评》一书的自序中写道："翻译批评，在翻译界如果不是一个被人遗忘的角落，也算是一个令人生畏的禁区吧。批评，就会得罪人。得罪人是不好办的。开展翻译批评，大概也同惩治腐败一样艰难。这或许是翻译界人士涉足少的一个原因吧！"[②]近年来像施康强先生、许钧先生发表的一系列搔到痛痒的翻译文学批评文章，是十分难能可贵的。

这也从一个侧面反映出了翻译文学批评与一般的文学翻译批评的不

---

① 参见罗芸苏：《谈翻译》，载《留日同学会刊》，1943(5)。
② 周仪、罗平：《翻译与批评》，武汉，湖北教育出版社，1999。

同。翻译文学批评与一般文学批评在许多方面的要求是相通的。作为文学批评，都需要公正的科学精神，与人为善的态度，良好的文学修养，敏锐的学术眼光，出色的审美判断力，但翻译文学批评除此之外还有其特殊性。它首先是"语言学"的批评，而且是跨语言的文学批评，批评者的基本资格是必须精通原文语言和译本语言这两种语言，而不能离开原本对译本做孤立的评判。因此，这种批评的客观性和科学性比起一般的文学批评更强，要求也更高。如果说，一般的文学批评所要求批评家的首要的是审美判断力，那么，翻译文学批评所要求批评家的首先是语言——母语，特别是外语——的能力。一般的文学批评只要读懂所批评的文本就可以了，而翻译文学批评家不仅要读译本，更要读原作文本，还要在此基础上进行两者之间的对比。这样一来，翻译文学批评家应该具有翻译家所应具备的一切素质。从这些方面来看，做一个翻译文学批评家比做一个一般的文学批评家更难。对此，鲁迅在 1934 年写的《再论重译》一文中早就指出："批评翻译比批评创作难，不但看原文须有译者以上的工力，对作品也须有译者以上的理解。"①

翻译的本质是一种语言转换，文学翻译也是一种语言转换。但文学翻译中的语言转换既要讲科学性和规定性，更要讲文学性艺术性。这就决定了翻译文学批评必须建立在语言学批评的基础上。批评家既要判断译文本身是否符合译入语的全民规范，更要指出译文是否正确地、艺术地传达出了原文之意。而这些都是很客观的东西，而且常常是很科学的东西。一般的文学批评可以"得意而忘言"，翻译文学批评却应该是"言意兼顾"。所以我们理解，为什么在迄今为止的翻译文学批评中，语言学的批评据大多数。

而在语言学批评中，最多的就是挑错式的批评。这一点在我国的翻译文学批评史上尤其显著，大量的批评文章是挑错式的。鲁迅在《关于翻译（下）》一文中，把这种工作比作"剜烂苹果"，他说："我们先前的批评法，是说，这苹果有烂疤了，要不得，一下子抛掉。然而买者的金钱有限，岂不是太冤枉……倘不是穿心烂，就说，这苹果有着烂疤了，然而这几处没有烂，还可以吃的。这么一办，译品的好坏是明白了，而读者的损失也可以小一点……所以，我又希望刻苦的批评家来做剜烂苹果的工作，这正如

---

① 鲁迅：《再论重译》，见《鲁迅全集》，第五卷，507 页，北京，人民文学出版社，1981。

'拾荒'一样，是很辛苦的，但也必要，而且大家有益的。"①鲁迅所说的"剜烂苹果"，就说指出一篇译文中的"烂疤"，即错译。并把这项工作作为翻译批评的有效方法。的确，这种批评对于严肃翻译者的态度，提高译文的质量是十分必要的。翻译文学批评家就是要看这苹果有没有"烂疤"，有多少"烂疤"，是不是"穿心烂"。假如一篇译文文字本身很漂亮，然而却是错译连篇，恐怕也不能算是一只好苹果。可见，挑错式的或"剜烂苹果"式的批评，在翻译文学批评中是一项基本的工作。他对严肃翻译态度，提高译文的文字质量都是必要的和有用的。但是，这种批评也存在一些负面的因素和局限性。那就是过于死板，一叶障目，不见泰山，或攻其一点，不计其余，或以己之是，妄断是非。一个作家使用母语写作，用严格的句法规则来衡量，有时也难免出错。一个译者在翻译的时候更难免出错，要在一篇译作、哪怕是名家名译中挑出几条错译——无论是译文本身的，还是译文没有语病对照原文却不正确的——都是可能的。做这样的批评要仔细对照原文和译文，批评家在这里所做的工作十分专业，有些类似于译审的工作。在中国翻译文学史上，这种批评长期以来一直是最盛行的批评。当年创造社的批评多属于这类批评。郭沫若在 1922 年发表的《批判〈意门湖〉译本及其他》就属于这类批评的代表性的文章。郁达夫的《夕阳楼日记》(1921)中激烈指摘余家菊的一篇译文中的错译，成仿吾在《学者的态度》(1922)中除了反击胡适对郁达夫的批评外，还逐条列举了胡适的错译。当年鲁迅在《上海文艺之一瞥》中对这种批评不以为然，他批评创造社的翻译批评专门挑错，但鲁迅本人也做过类似的批评，他曾在《风马牛》一文中，指出赵景深翻译的俄国作家契诃夫的《樊凯》(今译《万卡》)将"miky way"译为"牛奶路"，并将译者嘲笑了一番。以"牛奶路"为例，长期以来人们普遍把鲁迅的看法视为定论，但前几年谢天振等学者发表了专文，认为将"miky way"译为"牛奶路"不但没错，而且还是一个能够保存原文特有的文化意象的妙译。这从一个侧面反映了挑错式的翻译文学批评有难以避免的局限性。这种批评一旦多起来，一旦形成了一种模式，批评家将注意力集中在译文的错译上，倘若能在一篇(部)译文中找到多个错误，便可以连缀成文。使翻译文学批评成了咬文嚼字的语言批评，以这样的批评来取代"文学批评"，那就很可能以偏概全，使读者误将带点疤痕的苹果当成烂苹果。例如，在傅雷、朱生豪的译文中挑些错出来，是应该的，但即使挑出

---

① 鲁迅：《关于翻译(下)》，见罗新璋编：《翻译论集》，295 页，北京，商务印书馆，1984。

了一些错译，仍不能因此而贬低乃至否定它们的文学价值。

要把翻译文学从语言学批评进一步提升为真正的文学批评，困难很大。有一些矛盾难以解决，包括语言学批评与文学批评的矛盾，局部批评与整体批评的矛盾，翻译批评与翻译欣赏之间的矛盾，翻译文学批评与一般的翻译批评之间的矛盾，批评的主观性和客观性的矛盾，批评家的批评方式与批评对象之间的矛盾，等等。在翻译文学批评中，应该将译文的细节批评与总体批评结合起来，语言学批评与美学批评结合起来，片段的抽样分析与完整的译文评价结合起来，特殊的批评角度与全面公正的评价结合起来。对此，茅盾先生早在1954年的全国文学翻译工作会议上的报告中就提出希望："我们希望今后的批评更注意地从译文本质的问题上，从译者对原作的理解上，从译本传达原作的精神、风格的正确性上，从译本的语言的运用上，以及从译者劳动态度与修养水平上，来做全面的深入的批评。"①

但要做到这些并不容易。在目前现有的翻译批评文章中呈现出"二多一少"的情况，就是细节和局部批评的多，笼统地不点名批评的多，而整体上将语言批评与文学批评有机结合的批评少。其中，取得较大成绩、显出较高水平的批评大都集中在细节的局部的语言学批评上。代表性的著作首推马红军先生的《翻译批评散论》（中国对外翻译出版公司，2000年）。该书从公开出版的书刊上选取了若干有商榷性的译文片段，对照原文，分析其中的成败得失，然后再摆出自己的译文，在逐层的分析和比照中，不同译文的高下优劣一望可知，充分体现了翻译批评的严谨性和艺术性，当然也不会给人留下"眼高手低"之讥。

要开展翻译批评，必须有大家所应自觉遵守的翻译批评标准。早在1950年代初，翻译界就曾对翻译批评标准问题展开了讨论。董秋斯先生在《翻译批评的标准和重点》（1950）一文中就承认翻译批评有两个基本的困难：一是没有完备的翻译理论体系；二是没有公认的客观标准。②焦菊隐在1950年发表的《论翻译批评》一文中也指出："批评漫无标准，各人各以主观的尺度去衡量译文——这是产生这种隐藏着不良倾向的批评现状的主

---

① 茅盾：《为发展文学翻译事业和提高翻译质量而奋斗》，见《翻译研究论文集》，14页，北京，外语教学与研究出版社，1984。

② 董秋斯：《翻译批评的标准和重点》，载《翻译通报》，第1卷第4期，1950。

因。"①到了 1990 年代，这种情形仍然存在，许钧先生说："我国的文学翻译批评还没有建立一套相对完善且行之有效的理论。近十年来，我国翻译理论的探索与研究取得了可喜的成果，但在与文学翻译批评有着密切关系的文学翻译标准的探讨方面，却仍然难以达成比较统一的意见。既然翻译标准都未能统一，那该如何去正确而又富于说服力地评价译文的质量呢？标准的不统一，势必造成评价的殊异。"②但许先生在《文学翻译批评研究》一书中也只是提出了若干基本原则和方法，并没有对批评标准问题多加论述。

看来，要正确有效地进行翻译文学批评，就必须建立大家可以普遍认可的翻译批评的标准。批评标准的混乱必带来批评的混乱，"信达雅"仍然应该是翻译批评的最可靠的基本准则。如果说批评家是质量检验员，那么批评标准就是他应遵守的质量检验标准。物质产品的质量检验的标准可以有专家和管理部门制定出来并强制实施，但翻译文学批评的标准的形成却复杂得多。它应该是普遍被认可的，又是约定俗成的。我国现有的关于翻译批评的文章对批评标准的看法是异中有同，表述简洁的有"忠实、通顺、优美"、"真善美"、"和谐"等，表述稍繁的有"译文是否重视原著、是否流畅、是否再现原作的艺术手法和风格"等。我认为，翻译批评的标准应该和翻译的标准统一起来，翻译文学批评的标准应该和翻译文学的标准统一起来。正如一件物质产品的生产和制造的标准，同时也是它的质量检验的标准，难以设想它们存在两套不同的标准。在我国，严复提出的"信达雅"，经一代代翻译家和理论家的不断修正、阐释，已成为绝大多数翻译家认可的、约定俗成的普遍标准，它也有资格成为翻译批评的标准。虽然有人曾认为，像"信达雅"这样的翻译标准只是空洞的原则，拿它做标准不能解决问题，"这一标准也就没有多大用处"，应该形成一个供批评用的"完整的理论体系"才好。③但这种看法值得商榷。不要说那样的"完整的理论体系"当时没有、现在仍然没有产生，即使有人宣布它产生了，恐怕也不便使用。原因在于，如果翻译批评要依赖一种"完整的理论体系"，则翻译批评必然成为可以尺量寸度的纯"科学"的活动，翻译批评，尤其是翻译文学批评中的必不可少的人文性、创造性、审美性便被封杀了。因此，翻

① 焦菊隐：《论翻译批评》，见《翻译研究论文集》，36 页，北京，外语教学与研究出版社，1984。

② 许钧：《文学翻译批评研究》，37 页，南京，译林出版社，1992。

③ 董秋斯：《翻译批评的标准和重点》，载《翻译通报》，第 1 卷第 4 期，1950。

译批评的标准应当是原则性的，不应当是细则性的。同时，翻译批评的标准当然也不能像科学技术标准那样由某种权力机构硬性推行。前文已经说过，"信达雅"是经过一百多年的时间考验和实践检验而形成的被绝大多数人所接受原则标准。它不仅是一般翻译的原则标准，也是文学翻译的原则标准；它适用于非翻译文学的批评，也适应于文学翻译的批评。把这样一个约定俗成的原则标准抛开，另立新的标准，恐怕会割断我们的译学传统，难以被普遍接受。而一种"要求"是否能成为"标准"，根本的条件是为人们普遍认可和接受。技术上的标准、行政的标准可以由政府颁布强制施行，而文学批评、翻译文学批评的这样的人文科学的标准，必须尊重传统的约定俗成。这样的原则标准，恐怕非"信达雅"莫属。

批评家对一个译本做出价值判断，无论如何跳不出"信达雅"。"信达雅"作为一种原则性的标准，在批评实践中可以由翻译批评家根据其批评的对象的不同、目的的不同、侧重点的不同，而灵活加以运用。例如，对一般的科技翻译，取"信"和"达"的标准就足够了，对文学翻译，"信达"之外，还要"雅"。但是，在翻译文学批评中，"信达雅"是最基本的批评标准，仅仅以"信达雅"来衡量一部文学译作的价值还不够，我们还要用"神似"、"化境"这一理想境界来衡量。当批评家用"神似"、"化境"的标准来衡量的时候，往往可以表明批评对象已具备了相当高的艺术水准。如果说，"信达雅"是翻译文学批评的基本标准，那么，"神似"、"化境"就是翻译文学的最高标准。一般的译作，拿"信达雅"来衡量已经足够，但特别优秀的译作还值得批评家用"神似"、"化境"来衡量。以超越语言的层面，上升到文学美学的层面。换言之，使用什么样的批评标准，不仅取决于批评者的主观愿望，更取决于批评对象在翻译艺术上所达到的高度。尽管使用"神似"、"化境"来批评译作，不像指出错译那么实在，有时甚至不免玄远，但这恰恰可以体现出翻译文学批评的根本特征，文学批评需要批评家的悟性，需要批评家抓住语言文字之上的东西，揭示出译文的风格、韵味等美学的层面，这才能从根本上显现译文的价值。

当然，对翻译文学的批评既应当有"信达雅"、"神似"、"化境"这样的文艺美学上的批评标准，有时还需要从语言学角度提出更具体的批评标准。例如，黄杲炘先生在《英语格律诗汉译标准的量化及其应用》一文中，根据英语格律诗内在特点提出了许多可以量化的标准，以此作为评价汉译英语格律诗的批评标准。他说：

我提出过一种观点，即格律诗是一种量化的语言。同样，我感到译诗中的格律因素比较容易量化并成为比较明显的客观尺度，也即按译诗中有无格律或有何种格律的情况，可将其对原作格律的反映情况量化起来，使之可以在评论或选择中作出一目了然的比较。就一首普通的英语格律诗来说，最重要的几项格律因素依次为：分行情况、各诗行的音步数、各诗行的音节数和韵式。因此，一首译诗是否在形式上忠实于原作或者忠实到什么程度，也可以分这四个层次来观察，而且对每个层次的情况可以分成三个档次。

对于译诗分行情况的三个档次是：A＝同原作分行情况一致；B＝也分行，但行数同原作的不同；C＝不分行。

对译诗诗行顿数的三个档次是：1＝顿数与原作的音步数一致；2＝顿数与原作的音步数不同，但有对应关系；3＝顿数与原作的音步数无关。

对译诗诗行字数的三个档次是：1＝字数与原作的音节数一致；2＝字数与原作的音节数不同，但有对应关系或另有规律；3＝字数与原作的音阶数无关也无规律。

对译诗韵式的三个档次是：1＝与原作的韵式一致；2＝有一定的韵式，但与原作的不同；3＝押韵比较随便或不押韵。[1]

这些量化的标准反映了英语格律诗翻译的基本要求，为译诗评论尤其是汉译格律诗的评论提出了客观实在的依据，对汉译英文格律诗的批评是有相当的参考价值的。但并非所有文体都能够制定出如此具体的标准来。如果能够，那对于规范语言学层面上的翻译文学批评，当然是有益的。

有了翻译文学批评的标准，还要注意翻译文学批评的方法。方法是在标准的指导下的具体操作。翻译文学批评的标准应该达成一致，而翻译批评的方法则可以多样。从翻译文学批评与一般文学批评的不同中，可以见出翻译文学批评也应该有自己特别切实可行、行之有效的方法。许钧教授在《文学翻译批评的基本方法》[2]一文中，提出了六种基本的翻译文学批评方法，包括第一"逻辑验证的方法"，即从上下文的逻辑关联上来验证译文；第二，"定量定性分析方法"，形式上定量，风格上定性；第三，"语

---

① 黄杲炘：《从柔巴依到坎特伯雷》，321～322 页，武汉，湖北教育出版社，1999。

② 许钧：《文学翻译批评的基本方法》，见《译学论集》，96～106 页，南京，译林出版社，1997。

义分析的方法"；第四，抽样分析的方法；第五，"不同版本的比较"；第六，"佳译赏析的方法"。现在看来这六种方法的划分并不太完善，如第二、第三条有些互相重叠，第六将翻译赏析与翻译批评混淆在一起，势必会出现许钧先生所担心的那种"太活"（太主观随意）的批评。但在目前翻译理论界尚未系统提出这一问题的情况下，是有一定的参考价值的。依笔者看来，翻译文学批评的基本方法，就是要把翻译批评可能遇到的几种矛盾辩证统一起来，将译文的细节批评与总体批评结合起来，语言学批评与美学文艺批评结合起来，片段的抽样分析与完整的译文评价结合起来，特殊的批评角度与全面公正的评价结合起来，等等。而许钧教授所说的那些"基本方法"，不妨可以作为一些"具体的方法"来看待。其中，他提到的"不同翻译版本的比较"，作为翻译文学批评的一种十分独特的角度，应给予高度的重视。

对同一原作的不同译本的比较批评，即"译本比较批评"，在一般文学批评中不可能存在，而在翻译文学批评中，却是一种重要的、行之有效的批评方式方法。在世界各国文学史上，名家名著是有限的，而名著的译本可以无限。在我国，随着翻译事业的繁荣，不同复译本越来越多，一般的一、二流作品都有了两种以上的译本，这就为翻译文学批评提供了大量的比较批评对象，并且具有毋庸置疑的可比性。有比较才有鉴别。再高明的翻译家也总有败笔，而一般的无名的译者的有些译文，也许为大翻译家所不及。对不同译本的比较批评，可以瑕瑜互显，长短互见，相互映衬，相互借镜。可以说，在有复译本的情况下，真正全面深入的翻译文学批评，不能无视不同复译本的比较批评。早在 1937 年，茅盾先生就写了题为《〈简爱〉的两个译本》的文章，对伍光建和李霁野的《简爱》译本做了比较评论，指出了两种译本在翻译方法上的不同，不同的艺术效果和它们的优缺点，在今天看来仍是不同译本比较批评的典范文章。首先，这种比较批评对一般翻译文学的读者尤其有用。在图书馆中、在书店里有多种不同的译本，究竟买哪一种、看哪一种？没有批评家的引导，可能就难以判断。在比较中，劣译的读者市场可以逐渐萎缩，最终归于湮灭；而优秀的译本更可以摆脱劣译的遮蔽，而更广为人知。其次，这种比较对文学翻译工作者也有用，初学翻译者应取各家之长，从善如流，而译本的比较批评不啻是学习翻译家艺术经验的可靠途径。这种翻译文学批评在 20 世纪 90 年代以后大量涌现，成为翻译文学批评最流行的一种方式。例如，对萧乾、文洁若译《尤利西斯》及金隄译《尤利西斯》，对朱生豪、梁实秋、方平译莎士比亚的

《哈姆雷特》，对四五种雪莱的《西风颂》译文，对近十几种《红与黑》的不同译本等，都有专门的文章甚至专门的著作加以比较批评，显示了这类批评在翻译文学批评中的良好的发展前景。

这类翻译文学比较批评本身，已带有相当的学术研究性质了。可以说，翻译文学批评是翻译研究的基础。好的翻译文学批评中应包含翻译研究的科学严谨的态度，翻译文学研究中也包含着批评的因素，而翻译文学研究则是翻译文学批评的深化和系统化。

第十章
学术研究论

翻译文学作为一种相对独立的文学类型，也自然应该成为相对独立的学术研究领域。翻译文学研究也是使翻译文学突破以往"译坛"的狭小圈子和封闭状态，走向当代文学研究和当代学术文化广阔天地的有效途径。

翻译文学研究是文学研究的一个分支学科。可以把翻译文学研究划分为翻译文学理论的研究、翻译家的研究、翻译文学史的研究三大部分。其中，翻译学的理论建构可为翻译文学的研究提供不可缺少的参照，而翻译文学理论的研究的宗旨是建立翻译文学的自身的理论系统，以加深人们对翻译文学的理解和认识；翻译文学史的研究则可以纵向地清理翻译文学的传统，也为横向的翻译学研究和翻译文学理论研究提供深广的历史向度。

一、翻译文学的理论建构

翻译文学理论是译学理论的一个最重要的组成部分。它可以分为翻译文学原理研究和一般翻译文学理论研究两个方面。在我国，近年来不少学者在外国学术界的启发下，提出了建立"翻译学"的构想，发表了很多文章，出版了若干专著，在翻译界引起了广泛的讨论和争鸣。因此，要谈"翻译文学"的理论建构和翻译文学理论的研究，必须首先了解一下"翻译学"。

在我国，以"翻译学"为名称的著作，最早出现在 1927 年，那就是蒋翼振编写的《翻译学通论》，由编者自费出版，上海义利印刷公司印刷。该书是一部翻译课程的教材，只有导言和第 12 章为编者所执笔，其余是近代名家的论翻译问题的文章的汇编。1951 年，董秋斯先生在《论翻译理论的建设》一文中，就提出建立"翻译学"，但当时由于时代的原因，应者寥寥。1971 年，张振玉的《译学概论》在我国台湾地区出版，但在大陆地区几乎没有什么影响。1986 年，桂乾元先生在《中国翻译》杂志第 3 期上发表《为确立具有中国特色的翻译学而努力》一文，提出中国特色的翻译学应该是：一、基础翻译学要结合中国实际和汉语特点，加工和整理基础翻译理论；二、应用翻译学要学习、研究和借鉴国外的东西，使之既能反映又能指导中国的翻译实践；三、理论翻译学要认真总结翻译理论研究史，探讨翻译学和其他学科的关系；四、还应建立发展翻译学，研究如何根据中国国情，推动译论研究和翻译评论的展开，促进翻译人才的培养。1987 年，在青岛召开的全国第一次翻译理论研讨会上，与会者讨论了翻译学的研究和学科建设问题。1988 年 3 月，黄龙教授撰写的英文版《翻译学》由江苏教育出版社出版，这也是大陆翻译界第一部有关翻译学原理性质的著作。同年 3 月，黄龙又出版了中文版的《翻译艺术教程》，内容与《翻译学》基本相同。黄龙的著作涉及了翻译的定义、属性、职能、准则、可译性、等值、神韵、文体及翻译的各类技法、翻译教育问题等，初步尝试形成了翻译学基本理论内容框架。与此同时，谭载喜先生发表了《必须建立翻译学》[①]和《试论翻译学》[②]等文章，对翻译学的性质和建立翻译学的意义做了阐述，提出要对"翻译"和"翻译学"两个概念加以区分，认为"翻译"不是科学，而"翻译学"则是科学；翻译学是一门介于语言学、文艺学、社会学、心理学、信息论、计算机科学等学科之间的综合性、交叉性学科，在内容上可分为普通翻译学、特殊翻译学、应用翻译学三部分。后来谭载喜把自己关于翻译学的思考，集中写进了《翻译学》[③]一书中。在翻译学的学科理论建构中著述较丰的是刘宓庆先生。他在《论中国翻译理论的基本模式》[④]和《再论中国翻译理论基本模式》[⑤]等文章中，提出中国翻译理论应该以汉语作为基本的"经验材料"，中国的翻译理论应重"描写"、重对策研究、重对比研究、

---

① 载《中国翻译》，1987(3)。

② 载《外国语》，1988(3)。

③ 谭载喜：《翻译学》，武汉，湖北教育出版社，2000。

④ 载《中国翻译》，1989(1)。

⑤ 载《中国翻译》，1993(2)。

重传统研究等。他在《文体与翻译》①、《现代翻译理论》②、《当代翻译理论》③、《文化翻译学》④等书中，对自己的翻译理论主张进行了系统详细的阐述，在尝试翻译理论体系化、学科化方面、在吸收和借鉴相关学科的理论方面都有所贡献，但他的书似乎缺少些个性化的感觉体悟和理论热情，显得较为平板枯涩，且各书之间互相重叠之处不少。张泽乾先生在《翻译经纬》⑤中，试图将古今中外的翻译史为"经"，以"翻译观"（哲学观、科学观、艺术观）、"翻译论"（翻译的必然与局限、层次与等级、过程与性质、原则与标准、技巧与技法、风采与风格、欣赏与批评、功能与价值）为"纬"，系统地论述了翻译学理论的各个方面。张经浩先生的《译论》⑥总结、和提炼了自己的翻译经验，强调翻译理论应为翻译实践服务。乔曾锐先生的《译论——翻译经验与翻译艺术的评论和探讨》⑦，对可译性问题、直译与意译和翻译标准问题做了系统的探讨，并提出了自己的观点。方梦之先生的《翻译新论与实践》⑧运用语言学、社会符号学、心理学和思维学等相关学科的理论与方法，采众家学说之长，对翻译的基本问题进行描述、分析和归纳。总之，翻译学的建构和研究在近十多年来相当热门，书名中带"翻译学"或"翻译"字样的专著、教材，据估计，到目前为止不下于五百种（含港台地区）。这方面的硕士和博士论文更多，每年都超十近百。2002年，商务印书馆出版了张柏然、许钧主编的论文集《面向 21 世纪的译学研究》，青岛出版社出版了杨自俭主编的论文集《译学新探》，书中精选的文章从各个方面对译学研究提出了不同的观点和看法。

虽然有了这些成果，虽然上述有些著作得到了评论者的高度估价，但毋庸讳言，它们大都只是初创和探索的性质。其中一些基本理论问题没有解决，存在很大分歧。例如，是建立科学化的翻译理论，还是经验性、描述性的翻译理论？翻译活动究竟是科学活动，还是艺术活动？翻译理论是一种文艺学理论还是一种语言科学的理论？翻译学理论建构中是归依西方翻译理论，还是强调中国特色？抑或将两者结合起来？结合的话又如何结

---

① 刘宓庆：《文体与翻译》，北京，中国对外翻译出版公司，1985。

② 刘宓庆：《现代翻译理论》，南昌，江西教育出版社，1990。

③ 刘宓庆：《当代翻译理论》，北京，中国对外翻译出版公司，1999。

④ 刘宓庆：《文化翻译学》，武汉，湖北教育出版社，1999。

⑤ 张泽乾：《翻译经纬》，武汉，武汉大学出版社，1994。

⑥ 张经浩：《译论》，长沙，湖南教育出版社，1996。

⑦ 乔曾锐：《译论——翻译经验与翻译艺术的评论和探讨》，北京，中华工商联合出版社，2000。

⑧ 方梦之：《翻译新论与实践》，青岛，青岛出版社，2002。

合？译学理论和翻译实践是什么关系？翻译理论能否指导实践，与实践如何结合？翻译学与相关学科的关系如何处理？不同专业和领域的翻译活动性质不同，能否建立笼统的"翻译学"？是建立"百衲衣"式的在有关学科的夹缝中生长的翻译理论，还是相对自足、自成系统的翻译理论？是建立涵盖所有翻译现象的翻译理论体系，还是只能建立有具体的语言文化针对性的翻译理论？这些都是翻译学理论建构中存在的对立与矛盾。从理论上说，这些矛盾应该统一起来，但实际做起来却相当困难。无怪乎有学者认为翻译学是"一个未圆且难圆的梦"，[①] 甚至是一个"迷梦"。[②]

一般翻译理论是如此，那么文学翻译理论又如何呢？文学翻译理论应该属于一种"特殊翻译理论"。一方面它应该是翻译学理论的一个分支，另一方面它应该是文学理论的一个分支，或文学理论的一种延伸、一个补充。在翻译文学理论方面，现有的成果分为两种，一种是将前人和自己的文学翻译经验加以总结和提升，提出了独特的理论命题，最有代表性的是翻译家许渊冲教授的"美化之艺术"论。对于这几个字的意义，他解释说：

> 你问我"美化之艺术"有什么根据，我根据的就是前人的理论和经验，不过应用于自己的翻译实践，再另加以发展总结，就形成了我的翻译理论。如"美"主要根据鲁迅在文字学上提出的"三美论"，"化"主要根据钱钟书在《林纾的翻译》中提出的"化境"说，"之"主要根据孔子在《论语》中提出的"知之者不如好之者，好之者不如乐之者"，但移植到译论上来了。"艺术"主要根据朱光潜在《诗论》中说的"从心所欲，不逾矩"是一切艺术的成熟境界。而"从心所欲，不逾矩"又是孔子说的话。除"美化之艺术"外，"三似新论"得益于傅雷的"神似说"，"再创论"得益于郭沫若说的"好的翻译超过创作"。由此可见，我的译论总结了中国自孔子到钱钟书的观点，并且加以发展。如文学翻译竞赛论就是一例。[③]

话虽不多，但蕴含却较为丰富。对这种翻译文学理论，许渊冲自己虽有阐述，但基本上属于经验总结和实践主张的层面，在学理上、逻辑上尚

---

① 张经浩：《翻译学：一个未圆且难圆的梦》，见《面向 21 世纪的译学研究》，北京，商务印书馆，2002。
② 劳陇：《丢掉幻想　联系实际——揭破"翻译（科）学"的迷梦》，载《中国翻译》，1996(2)。
③ 许钧等：《文学翻译的理论与实践——翻译对话录》，52 页，南京，译林出版社，2001。

有不少可商榷之处，仍需要进一步修正与阐发。

方平先生在翻译文学理论的建构中作出了突出贡献。在老一辈卓有成就的翻译家中，他是一位理论素质非常突出的不可多得的人之一。20世纪80年代以来，他发表了一系列有关翻译文学的文章，文章既富有逻辑力量，也富有个人的感情笔调，具有相当的可读性和感染力。后来这些文章都收在他的文集《他不知道自己是一个诗人》一书，由湖北教育出版社列入"巴别塔文丛"中出版。他呼吁翻译文学要在艺术王国中有自己的地位，反对"好的译本就是消灭自己"的说法，赞同卞之琳先生提出的翻译要与原文"亦步亦趋"，反对"舍形求神"，认为翻译既要存形又要求神；他认为翻译文学不存在"理想的范本"，但优秀的译本是具有艺术生命力的，它"可以被超越，不会被淘汰"；他认为"文学翻译最高的'美'是恰如其分"，而"精彩，并非译文唯一的追求"。这些看法，既是他个人的艺术体悟，又含有相当的科学性和理论价值。

许钧教授对于翻译文学批评做过较为系统深入的研究，出版了《文学翻译批评研究》①和《译事探索与译学思考》②两部论文集，并曾组织和主持了《红与黑》不同译本的批评和争鸣，主编并出版了《文字·文学·文化——〈红与黑〉汉译研究》一书。他强调在批评中要注意克服"过死"（挑错）和"太活"（主观感想）两种批评偏向，提出了翻译文学批评的基本原则和方法，并在一系列翻译批评的文章中，贯彻自己的批评理念，将语言学的批评与文学批评结合起来，为翻译批评做出了榜样。

另一种理论形态是形成了一定的规模和体系的著作。最早的较为系统的著作是张今教授的《文学翻译原理》③、刘重德教授编著的《文学翻译十讲》④、谢天振教授的《译介学》⑤、刘宓庆先生的《翻译美学导论》⑥、郑海凌教授的《文学翻译学》⑦、蔡新乐博士的《文学翻译的艺术哲学》⑧等。其中，除了《译介学》中的几篇论文真正建立了"翻译文学"的本体理论，《文学翻译学》建立了文学翻译的本体理论之外，其他各书虽也做出了有益的

---

① 许钧：《文学翻译批评研究》，南京，译林出版社，1992。
② 许钧：《译事探索与译学思考》，北京，外语教学与研究出版社，2002。
③ 张今：《文学翻译原理》，开封，河南大学出版社，1987。
④ 刘重德：《文学翻译十讲》（英文版），北京，中共对外翻译出版公司，1991。
⑤ 谢天振：《译介学》，上海，上海外语教育出版社，1999。
⑥ 刘宓庆：《翻译美学导论》，台北，台湾书林出版有限公司，1995。
⑦ 郑海凌：《文学翻译学》，郑州，文心出版社，2000。
⑧ 蔡新乐：《文学翻译的艺术哲学美学》，郑州，河南大学出版社，2001。

探索，但也存在一些显见的问题。例如，《文学翻译原理》作为国内最早的文学翻译原理方面的著作，在文学翻译理论方面有探索和补缺之功，可惜的是作者完全套用20世纪80年代前一般文学原理中的基本概念，如"思想性"、"真实性"、"风格性"、"内容和形式"、"民族性"、"历史性"、"时代性"等，甚至提出了"现实主义与浪漫主义相结合的翻译方法"、"真善美"的翻译标准等陈旧迂远的命题。实际上，假如翻译文学理论不能为文学理论提供新的独到的理论贡献，那么文学翻译理论就可有可无；假如将翻译文学理论完全放在现有的文学理论的体系框架中，那么翻译文学实际上只是给一般文学理论提供一点例证而已。从美学或艺术哲学的角度切入翻译的研究，很接近于翻译文学的本体研究，但现有的著作要么简单地将翻译学中的概念转换为美学概念，如将原文称为"审美客体"，将译者称为"审美主体"等；要么以翻译为借口，谈的却是西方美学与哲学，将翻译这样一种实践性很强的行为加以玄学化，将译本这种实实在在的文本存在加以抽象化，不是说清翻译、文学翻译是什么、怎么样，而是将翻译及文学翻译越说越"复杂"、越说越"高深莫测"，深入深出，由深入玄，不可自拔。施康强先生说过："讨论翻译的文章越来越多，越来越玄，已从低级的语文层次进入文体学、语言学乃至哲学和宗教层次。"[①]此话完全符合实际情况。而且现在连这样的专著也出来了。本质上，这类书没有解决翻译中的理论与实践问题，因此也已经不单是学术水平问题，而是一个文风学风的问题了。

总之，我们的翻译学及翻译文学的理论建构，已经有了有益的探索，积累了不少经验，但仍存在不少问题。最大问题之一翻译学过度依赖相关学科，如哲学、语言学、美学、文化学等，没有建立起一系列独特的翻译学的概念、术语和命题，没有建立起翻译文学的本体理论，更遑论翻译学及翻译文学的理论体系。在这种情况下，充分总结中国翻译史及翻译文学史的实践经验和理论成果，适当参照和借鉴国外翻译理论，建立有中国特色的翻译学及翻译文学的理论，无疑应当是今后努力的方向与目标。

二、翻译文学理论的研究

我国翻译家在长期的翻译实践中，积累了丰富的翻译经验，许多翻译家对自己的经验和自己的翻译观都做了总结，并形诸文字。有的翻译家和

---

① 施康强：《翻译的情与爱》，载《中华读书报》，1996-11-27。

理论家还提出了极有理论价值的概念、范畴、命题和见解主张。对此，近年来翻译界已有人下大力气做了收集和整理，出版了若干重要的资料集。较早的有香港三联书店 1981 年出版的刘靖之先生编的《翻译论集》。罗新璋先生编、商务印书馆 1984 年出版的《翻译论集》，收集自汉末至 20 世纪 80 年代初期一千七百年间有关翻译的文章一百八十余篇；中国译协和《翻译通讯》编辑部编选、外语教学与研究出版社出版的《翻译研究论文集》，分两册分别辑录了 1894 至 1948 年和 1949 至 1983 年间散见于各种书刊上的有关论文一百一十篇，其中多数文章为文学翻译家所写的涉及文学翻译的文章。1994 年，湖北教育出版社出版了杨自俭、刘学云编选的翻译研究论文集《翻译新论(1983～1992)》，该书在编选的时间范围上显然是承续外研社的《翻译研究论文集》，收录了 1983 至 1992 共十年间发表的四十八篇文章和专著节选六篇。1998 年，湖北教育出版社又出版了南京大学许钧教授主编的翻译论文集《翻译思考录》，在时间上基本承续《翻译新论》，编选了 1998 年之前约十年间的有代表性的翻译研究文章八十多篇。郭建中编选、中国对外翻译出版公司 2000 年出版的《文化与翻译》，是一部从文化角度研究翻译及文学翻译的论文集，王寿兰编、北京大学出版社 1983 年出版的《当代文学翻译百家谈》和许钧编著、译林出版社 2001 年出版的《文学翻译的理论与实践——翻译对话录》，为中国当代翻译文学及译学理论提供和保存了重要的资料。这些资料集的编纂与出版，也为翻译文学理论的研究提供了资料基础。

在这些翻译经验谈和翻译的理论见解中，有关文学翻译和翻译文学的内容最多，也最有特色。讲述和总结文学翻译经验和体会的都是文学翻译家；而要把这些经验体会加以研究，加以深化，就可以大致形成文艺学派的译学理论基础，基本上属于我们所说的"翻译文学理论"。"文艺学派"与"语言学派"是国际上翻译研究中的两个研究理念和研究方法各不相同的学派。在我国，语言学派(科学学派)的研究尚不成规模和气候，而相比之下，文艺学派的传统背景深邃丰厚，思路活跃，成果突出，在全部翻译研究中占据主要地位，在今后仍有广阔的发展前景。

翻译文学理论的研究，应该是多角度、多层面的研究。首先，我们需要总结中国翻译文学的历史经验，并尝试建立独立的翻译文学的理论框架或理论体系。写出《翻译文学导论》《翻译文学原理》《翻译文学基本理论》之类的总体上描述翻译文学的性质、地位及特征的著作，以补充一般的《文学概论》的不足。关于这一点，笔者已经在本书序言中论及，此不赘言。

其次，是对翻译文学理论中一些重要的概念范畴进行深入的研究，如"直译"与"意译"、"信达雅"、"神似"与"化境"等。在这方面的研究已有大量的文章出现，围绕着这些概念范畴也展开了旷日持久的学术争鸣。其中有些争鸣有利于理论探讨的深入，而有些争鸣则是因为论争双方分别站在了"翻译文学"和"非翻译文学"，即文学立场和科学立场这两种不同的立场各执一端，各说各话。以专著的形式对上述有关概念范畴进行深入研究的还太少，迄今只有商务印书馆1998年出版的沈苏儒先生的《论信达雅——严复翻译理论研究》和敦煌文艺出版社2001年出版的冯建文先生的《神似翻译学》两本书。沈苏儒的《论信达雅》是我国第一部专论"信达雅"的著作，以严复的"信达雅"说为坐标，在纵向上对近百年来不同的翻译家、学者对"信达雅"的内涵、价值等的不同看法做了梳理，表明大部分人对"信达雅"持肯定的态度，认为一百年来作为翻译工作者所遵循的翻译的总原则，信达雅说始终处于主导地位，还没有其他的译论可以取代。在横向上，沈先生考察了在我国流传较广的几种外国译学学说，其中包括泰特勒的翻译三原则、费道罗夫的"等值论"、奈达的"动态对等论"、纽马克的"文本中心论"等，并与严复的"信达雅"说做对照，进而从翻译的本质论、翻译的实践论上，分析了"信达雅"说在理论上的巨大的概括价值。认为照搬外来翻译理论并取代在我国翻译传统基础上形成的"信达雅"这样的译论是行不通的。沈先生认为，翻译的实践过程可分为三个阶段。第一阶段为理解原作，第二阶段为用另一种语言表达出原作的内容；第三阶段是使译作完善。"信达雅"分别是对这三个阶段的翻译要求的最精练的概括。他认为不能局限于严复在《天演论·译例言》中对"信达雅"的有限的解释，后人应该对这一理论不断加以阐发、修正、补充和完善。沈先生综合一百年来各家对"信达雅"的阐释，提出了自己对"信达雅"的阐释和理解，认为："信"就是忠于原作，"达"就是使原作的内涵充分而又明白晓畅地在译作中得到表达，"雅"是要使译作的语言规范化并达到尽可能完善的文字水平，使译文为受众乐于接受。经过沈先生这样的上下纵横的梳理、廓清、阐发，严复的"信达雅"在现代译学理论中的意义就更加突显了出来。冯建文的《神似翻译学》对"神似"这一概念的由来、发展做了系统梳理，分析了"神似"论立论的基础，归纳了"神似翻译"的基本方法，其中包括"生活化意"、"背景化意"、"虚实化意"、"化隐为显"、"分离化意"、"修辞变通"、"神似境界"等几种方法，另又分出了"效果近似"、"风格近似"、"诗形近似"三种"其他方法"。这些方法类型的划分是否恰当，将"神似"这一翻译文学的理想境界具体化为一系列可供操作的方法是否可行，都值得商榷，但作者毕竟将"神似"这个有中国特色的翻译文学理论加以专门的深入探讨，并提出了"神似翻译学"这一概念，是值得肯定的。

除了这种对翻译文学理论的横切面的专题的研究外，还有学者对中国翻译文学理论做了纵向的梳理和总结。这方面的文章有不少，而以罗新璋先生的《我国独树一帜的翻译理论》(《翻译论集》的代序)最有代表性。他认为我国自古及今已形成了独具特色的翻译理论体系，以"案本—求信—神似—化境"一以贯之。这种总结主要是立足于翻译文学的立场，符合中国翻译文学理论的实际，因而被视为是中国翻译理论"文艺学派的一个宣言"（金隄语）。而在专著方面，陈福康先生的《中国译学理论史稿》①系统地发掘、整理、描述和阐发了从汉代到20世纪80年代中国翻译理论发展的历史进程、重要的理论家的理论建树及其历史地位。分古代、近代、现代、当代四章，每章以重要的人来分节，重点评述、分析了从古到今七十多位翻译家、理论家的翻译理论主张，是近二十年间仅有的一部中国译学理论通史类著作，填补了一个重大的空白。从这部书中可以清楚地看出，除了古代佛经翻译理论外，晚清以降，绝大多数的翻译理论是关于文学翻译的理论。《中国译学理论史稿》并非以文学翻译理论为本位，但作者在对中国翻译理论的系统全面的梳理中，翻译文学理论作为其中的一条红线赫然贯穿其中。除了这样全面的综合性的中国译学理论史著作外，笔者认为还需要站在翻译文学的立场，写出《中国翻译文学理论史》之类的著作。当然，在我国，翻译文学理论与非翻译文学理论有时往往错综复杂，难分难解，但自觉地立足于翻译文学写成的翻译文学理论史，将会更清楚、更有力地揭示我国翻译文学理论形成和发展的轨迹与特色。

用跨文化比较的方法对中外翻译文学理论进行比较研究，也是翻译文学理论研究的一个重要方面。中国翻译文学理论和外国——主要是欧洲和东方的日本——的翻译文学理论的比较，有助于突显我国翻译文学理论的民族特色，揭示我国翻译文学理论在世界上的地位。由于翻译文学存在共通的规律，面临大致相似的困难和问题，故中外翻译文学理论在探讨的路径、思考的问题、思维的方式和所得出的结论等方面有许多不期而然的地方，对此可以进行类同的比较。如，由翻译经验谈向翻译理论形态的演

---

① 陈福康：《中国译学理论史稿》，上海，上海外语教育出版社，1992年初版，2000年修订版。

进，由宗教经典的翻译孕育文学的翻译，由探讨翻译的一般规律到探讨文学翻译的特殊规律等。对中外翻译文学理论的不同之处，可以进行平行的对比，如中国翻译理论以文艺学为主导的传统，西方翻译理论文艺学与语言学（科学）的二元对立与互补，中国翻译理论多为短小的文章和片段的议论，西方翻译理论则较早出现了专门的著作。有关重要的概念术语，也是比较研究的重要的切入点，如中西翻译文学理论中的"直译"、"意译"、中国的翻译文学中的"神似"论和西方翻译文学中的"风格"论，晚清马建忠提出的"善译"论和现代西方的"等效"、"等值"论，等等，都有比较研究、相互阐发的必要。同时，中外翻译理论的相互交流相互影响，也是研究中所不可忽视的内容。例如，清末民初中国翻译理论与日本译坛的关系，就是一个有待开拓的重要的研究领域。鲁迅、周作人、创造社的郭沫若、郁达夫、田汉、成仿吾等人的翻译活动均开始于留学日本时期，他们的翻译活动和翻译的理论主张与日本文坛、译坛有什么关系？搞清这一问题显然有着重要的学术价值，可惜这方面的问题尚未引起注意，迄今为止这样的文章很少。① 20 世纪 50 年代，我国的翻译理论受到苏联较大的影响，80 至90 年代，中国译学理论（包括翻译文学理论）受到了欧美译论的很大影响，也受到了西方相关学科——如哲学阐述学、美学、语言学——理论的很大的启发，对此也有必要从传播研究和影响研究的角度加以研究。通过这种研究，既可以清理中外翻译理论之间的关系，也有利于促进中外译论的相互对话和会通。其中在中西译论的比较研究方面，谭载喜教授在湖北教育出版社出版的《翻译学》一书中的第九章《中西译论的比较》做了可贵的尝试。②

最后，是对文学翻译家的研究。

翻译家是文学翻译的主体，翻译家的生平经历、思想修养、观念趣味等，对翻译文学的选题、翻译文学的风格、翻译文学的质量等，都起决定性的作用。因此，对翻译家的研究是翻译文学史研究的至关重要的基础工作。对翻译家的研究，有两种可行的研究模式：一种是在一定的话题范

---

① 笔者见到的印象较深的文章只有钱剑锋的《严复的"雅"与二叶亭四迷的"言文一致"》（见《翻译与文化》，厦门，厦门大学出版社，2002），但研究的还不是中日译论的传播与交流问题，而是平行的比较研究。

② 据谭载喜在《翻译学》的前言中说，本来湖北教育出版社的《中华翻译研究丛书》的编辑约他写的是《中西翻译比较概论》，"后因种种原因写作计划有所变更，改以这本《翻译学》代之"。以谭载喜对西方翻译史和西方译论的熟知而最终未能写成专书，或可从中看出中西译论比较研究的困难性。

围，即一定的语境中对有关翻译家群体所进行的研究；一种是对第一流的翻译名家的研究。例如，梁启超在《翻译文学与佛典》与《中国近三百年学术史》中，曾在"佛典翻译"与"学术史"的框架中评论和研究了多位翻译名家的翻译及其文体。近年来湖北教育出版社出版的袁锦翔著《名家翻译研究与赏析》(1990)从文艺学、文体学、语言学、信息论等学科与翻译美学的角度出发，对近百年来以文学翻译家为主的三十多位知名翻译家的翻译理论和译品(主要是英汉互译的译作)做了研究和赏析。湖北教育出版社出版的郭著章编著的《翻译名家研究》(1999)集中研究了现当代中国十六位翻译家，他们是鲁迅、周作人、胡适、郭沫若、徐志摩、茅盾、张谷若、巴金、傅雷、萧乾、戈宝权、王佐良和许渊冲、林语堂、梁实秋、钱歌川等。北京开明出版社出版的穆雷著《通天塔的建设者——当代中国中青年翻译家研究》(1997)则专以当代中青年翻译家群体为研究对象。邹振环著《影响中国近代社会的一百种译作》(中国对外翻译出版公司出版 1996)和《译林旧踪》(江西教育出版社出版 2000)以丰富的史料和译林掌故为中心，生动地描述了译作的产生及影响、翻译史上许多翻译家的史实趣事。

对第一流的翻译名家进行的专门的研究，在翻译家的研究中具有很大的代表性和示范性，因而受到了研究者的重视。研究较多的文学翻译家有林纾、鲁迅、周作人、朱生豪、傅雷等。在林纾研究方面，郑振铎在林纾逝世(1924)一月之后，便在《小说月报》15 卷 11 号上发表长文《林琴南先生》，对林纾的白话诗、小说创作和翻译均进行了全面的评价，并第一次统计了林译小说的总目，以矫正新文化运动中人们对林纾"不很公允"的批评。胡适 1926 年在《林琴南先生的白话诗》中又从诗论的角度对郑振铎的研究作了补充。1935 年，中华书局出版了寒光的传记《林琴南》，描写了一个热烈追求光明的林纾的形象。新中国成立后迄今，林纾研究进一步深化。钱锺书的《林纾的翻译》一文是较早的深入研究和论述林纾翻译的论文。该文廓清了很多过去对林译小说的误解，新见迭出，为后人树立了翻译家及翻译研究的楷模。20 世纪 80 年代后，林纾翻译的研究逐渐全面深入。在研究资料方面，中华书局 1982 年出版了孔立的《林纾与林译小说》、福建人民出版社 1983 年出版了薛绥之、张俊才主编的《林纾研究资料》、天津教育出版社 1990 年出版了林薇著《百年沉浮：林纾研究综述》等。作为综合性研究的林纾传记也出版了至少六种。此外还有一系列有关林纾翻译文学研究的论文。

关于鲁迅翻译文学的研究是鲁迅研究的重要组成部分，现有的各种翻译文学史著作都以显著的位置和较多的篇幅评述鲁迅的翻译活动。但与鲁迅在翻译文学上的贡献与影响相比，研究还显得很不对称。迄今发表单篇的专门研究论文不超过二十篇，而专门的研究著作一直付之阙如。人们对鲁迅在翻译上的理论主张、特别是早期的翻译理论和实践的看法和评价有较大的分歧，这些都需要由今后的研究做出科学的分析与判断，因而鲁迅翻译文学的研究还有着很大的学术空间。鲁迅之弟周作人在中国翻译文学史上也占有重要地位。在长达六十余年的译述活动中，周作人给后人留下了许多有价值的译作，尤其是他翻译的古希腊罗马神话和日本古典名著，迄今仍难以超越。20 世纪 80 年代后，关于周作人翻译文学的研究取得了不少成果。上海人民出版社出版的钱理群著《周作人论》(1991)和天津人民出版社出版的张铁荣著《周作人平议》(1989)分别对"周作人的翻译理论与实践"和"日本文学翻译"做了初步梳理，并给予高度评价。王宏志的《民元前鲁迅的翻译活动——兼论晚清的意译风尚》一文①，主要以鲁迅的翻译为研究对象，实事求是地分析了周氏兄弟翻译的《域外小说集》在翻译史上的价值，并特别强调了周作人在《域外小说集》翻译中的贡献。除单篇论文之外，近年也出现了专门研究周作人翻译文学的专著，那就是四川人民出版社出版的王友贵著《翻译家周作人》(2001)。该书从"翻译家"的角度对周作人进行了专门的研究，通过对周作人大量的翻译作品的具体分析，论述了他的翻译文学和翻译活动在文学史上的意义，分析他的翻译活动与他的文学观念发展演变之间的相互作用，这对翻译家研究的深入展开无疑是一个很大的推动。

朱生豪是现代最有影响的莎士比亚翻译家。20 世纪 80 年代后出现了一系列专题研究论文，如宋清如的《关于朱生豪译述〈莎士比亚全集〉的回顾》②，洪欣的《莎士比亚的中国知音——翻译家朱生豪》③，朱宏达的《朱生豪的诗学研究和译莎实践》④等。1990 年，上海外语教育出版社出版了吴洁敏和朱宏达著的《朱生豪传》。该书的作者从朱生豪的夫人宋清如那里获得了朱生豪的部分信札、未刊作品和译莎手稿等研究朱生豪的原始资料，生动地记述了朱生豪的生平、翻译莎剧的艰难过程以及朱氏精湛的诗学研究和诗词实践。对法国文学翻译家傅雷的研究，80 年代后也受到重视。1981

① 王宏志：《重释"信达雅"：二十世纪中国翻译研究》，上海，东方出版中心，1999。
② 载《社会科学》，1983(1)。
③ 载《人物》，1985(5)。
④ 载《杭州大学学报》，1993(3)。

年，北京三联书店出版了《傅雷家书》，后来不断再版，深受读者喜爱，也是研究傅雷的生平思想的珍贵材料。同年9月，安徽人民出版社推出了《傅雷译文集》，到1985年5月十五卷全部出齐，这是我国出版的第一套翻译家的专门的译文集。90年代，有关出版社出版了数种傅雷传记，北京三联书店1997年出版金圣华编《傅雷与他的世界》，收集了有关傅雷生平事迹及其艺术成就研究的代表性的文章，客观、全面地再现了傅雷的形象，是选材精当的傅雷研究资料集。

三、翻译文学史的研究

中国翻译文学史的研究是翻译文学的纵向的综合的研究。翻译文学史的研究最初并不是独立的研究领域，它是与一般翻译史的研究融为一体的。20世纪20年代初，梁启超的长文《翻译文学与佛典》将佛典翻译中的翻译文学作为研究对象，30年代阿英的《翻译史话》、80年代初马祖毅的《中国翻译简史·五四以前部分》(后扩充为《中国翻译史·上卷》)都将翻译文学置于一般翻译史中加以描述。王克非编著的《翻译文化史论》，热扎克·买提尼牙孜教授主编的《西域翻译史》都不专论文学翻译，还含有不少翻译文学的内容。然而，中国翻译文学研究要在翻译研究中脱颖而出，中国翻译文学要成为一个不同于翻译学的相对独立的研究领域，既取决于研究者在理论上如何建构，更取决于能不能描述和总结出中国翻译文学史的独特的历史传统和发展规律。这就需要将中国翻译文学史从一般翻译史中剥离出来，抽取出来，进行专门的深入研究。对中国翻译文学史进行独立的研究，是以1989年陈玉刚主编、李载道、刘献彪等五位撰稿人合作撰写的《中国翻译文学史稿》的问世为标志的。此后翻译文学史的著作陆续出现，有译林出版社1996年出版的孙致礼编著《1949～1966我国英美文学翻译概论》，湖北教育出版社1998年出版的郭延礼教授著《中国近代翻译文学概论》，北京师范大学出版社2001年出版的王向远著《二十世纪中国的日本翻译文学史》和江西教育出版社2002年出版的王向远著《东方各国文学在中国——译介与研究史述论》等。

笔者认为，翻译文学史与一般的文学史在内容的构成要素方面有相通的地方，也有特殊的地方。一般的文学史有四个基本要素，即时代环境—作家—作品—读者；而翻译文学史则有六个要素，即时代环境—作家—作品—翻译家—译本—读者。前三种要素是以原作为中心的，后三种要素则以译作为中心，翻译文学史应把重心放在后三种要素上，而其中最重要的是"译本"或称"译作"。以"译本"为中心的翻译文学史的研究是一种相对静态的研究，它一般不深究翻译家的操作过程，而是把研究对象"译本"作为一种已然的客观存在，从而对译本加以分析、判断和定位。翻译文学史应解决和回答四个问题。第一，为什么要译？即分析翻译家的翻译选题的动机，这种动机与社会、时代及其翻译家个人的思想观念、文学兴趣的关联，翻译家与所译作家作品之间的事实上的或精神上的联系等。第二，译的是什么？这就需要适当地介绍和分析原作，但不是孤立地分析原作，而是应该站在原作与译作的关系的角度来进行。第三，译得怎么样？就是要对译本进行各种层面的分析判断，包括语言技巧的层面、整体风格的层面，必要时还要与其他的复译本进行比较与鉴别。第四，译本有何反响？就是注意收集有关译本的读者反响的材料，包括一般读者，但更重要的是业内读者的评论文章，还要研究一种译本的印刷版次与发行数量，甚至是被盗版和盗译的情况。在现代化图书室中，还可以查阅到一种译本的读者借阅频率，这些都是评价读者反应的客观依据。

根据研究的范围角度的不同，可以将中国翻译文学史的研究和写作划分为三种类型：一是断代性的翻译文学史；二是专题性的翻译文学史；三是综合性的翻译文学通史。

断代的翻译文学史，是以某一特定时代的翻译文学为研究对象。中国翻译史已有上千年的历史传统，不同的历史时期的翻译文学呈现出不同的特点和面貌。尤其是晚清以降的一百多年间，翻译文学史独立发展，译作数量庞大，译坛与文坛、翻译与评论、作家与翻译家、翻译家与出版社（商），翻译文学与政治局势的关系等，都十分纷繁复杂。在条件不成熟、研究积累不足的情况下，全面铺开的综合的研究有着很多困难，而断代的翻译文学史可以使研究者集中研究翻译文学史的某一特定时期的历史，可以使研究具有一定的深度，以免精力有限，务广而虚。在断代的翻译文学史方面，已有的著作是 1996 年出版的孙致礼编著的《1949～1966 我国英美文学翻译概论》和 1998 年出版的郭延礼的《中国近代翻译文学概论》。《1949～1966 我国英美文学翻译概论》实际上既是断代的翻译文学史，也是以欧美文学翻译为专题的专题文学史。以翻译文学的史实、翻译活动的记述为中心。作者在史料上下了很大功夫，统计出了十七年间出版的英美文学译作四百六十种，并作成表格附录于后；提到和评介了三百多位翻译家，重点评述了二十六位重要的翻译家，包括莎士比亚戏剧翻译家卞之琳、曹未风、方平；诗歌翻译方面评述了方重译乔叟、朱维之译《复乐园》、王佐良译《彭斯诗选》、查良铮译英国浪漫主义诗歌、袁可嘉译英美诗歌、屠岸译《莎士比亚十四行诗集》；小说翻译方面评述了董秋斯翻译的《大卫·科波菲尔》、张友松翻译的马克·吐温小说、周煦良译《福尔赛世家》、韩侍桁译《红字》、曹庸译《白鲸》、杨必译《名利场》、吴劳译《马丁·伊登》、王仲年译欧·亨利小说等，还评述了综合型翻译家傅东华、张谷若、黄雨石、王科一等在文学翻译上的贡献。在评述翻译家的翻译成就时，作者将基本史料的陈述与作品文本的分析结合起来，采取了将英文原作与译文抽样加以比照的方法，来说明翻译家译笔的特色。郭延礼教授的《中国近代翻译文学概论》研究的是 19 世纪 70 年代至 1919 年间的中国翻译文学。作者统计出在五十年的时间里，出现的翻译家或译者二百五十人左右，共翻译小说二千二百六十九种，诗歌近百篇、戏剧二十余部。上篇以翻译文学的文体形式分类，在总述中国近代文学发展脉络及其主要特点之后，分专章论述了近代翻译文学理论、诗歌翻译、小说翻译、政治小说翻译、侦探小说翻译、科学小说翻译、戏剧翻译、伊索寓言翻译等。下篇以重要的翻译家为单元，分章评述了包括梁启超、严复、林纾、苏曼殊、马君武、周桂笙、奚若、吴祷、伍光建、曾朴、陈景韩、包天笑、周瘦鹃以及周氏兄弟、胡适、陈独秀、刘半农等翻译家的翻译活动及其成就，还分析了翻译文学对中国近代文体类型、叙事方式、人物塑造、心理描写、景物描写等多方面的影响。

专题性的翻译文学史在研究的角度上可以多种多样。例如，可以从文学题材的角度，研究我国的小说翻译史、诗歌翻译史、戏剧文学翻译史等；也可以从国别或语种的角度切入，研究中国的俄罗斯文学翻译史、法国文学翻译史、英美文学翻译史、德语文学翻译史、东方文学翻译史、日本文学翻译史等。专题翻译文学史的研究目前还十分的缺乏，湖北教育出版社 1999 年出版的孙慧双著《歌剧翻译与研究》和黄杲炘著《从柔巴依到坎特伯雷——英语诗汉译研究》两书，属于以文体为角度的专题研究，但作者并没有明确的"史"的意识，还不是属于严格意义上的翻译文学史著作。王向远的《二十世纪中国的日本翻译文学史》和《东方各国文学在中国——译介与研究史述论》则是迄今仅有的以国别和地区为切入点的专题文学史的研究。前者系统地梳理和评述了 20 世纪中国翻译日本文学的历史，将这一历史过程划分为清末民初、20 至 30 年代、战争时期、新中国成立头三十年、80 至 90 年代五个历史时期。在研究写作的过程中努力贯彻作者在

《翻译文学史的理论与方法》①一文中所提出的学术理念，此外还特别注意交代不同时期的中日关系对中国的日本文学翻译的影响，凸现时代特色，在全面收集和利用原始材料的同时，突出名家名译。总的看来，以国别或语种为切入点的专题文学史研究还远远不够。而如果这样的专题翻译文学史没有充分的积累，则真正系统翔实的《中国翻译文学史》的研究就会缺乏基础，因此，以国别为切入点的专题翻译文学史，在今后相当长的时间里，应该是翻译文学史研究和写作的最基本的方式。它可以由个人独立完成，并有可能很好地体现出学术个性，保证研究的深入。在这种国别性的、某一语种的翻译文学史，尤其是英语文学、法语文学、俄罗斯文学、德语文学、日本文学、西班牙语文学、印度文学等主要国家和语种的文学翻译的历史有了全面的研究积累后，才会出现综合性的、集大成的、高水准的《中国翻译文学史》。

除了上述的三种研究形态之外，还出现了有关综合性的研究成果。那就是以"词典"即工具书形式出现的百科综合性、集大成的成果。需要提到的有两种。一种是中国对外翻译出版公司 1988 年出版的《中国翻译家辞典》，收录了古代至 20 世纪 80 年代的近一千位翻译家的生平资料，分"古代"和"现代"两部分编排。其中现代部分的大多数为文学翻译家。该词典为翻译史及翻译家的研究提供了重要的入门书和工具书，填补了一个空白。1997 年，由林煌天先生主编、湖北教育出版社出版的长达二百四十多万字的《中国翻译词典》，收录词条三千七百余，内容涵盖翻译理论、翻译技巧、翻译术语、翻译家、翻译史话、译事知识、翻译与文化交流、翻译论著、翻译社团、学校及出版机构、百家论翻译等各个方面，其中与文学翻译有关的条目占了大部分篇幅。书后还附有《中国翻译大事记》《外国翻译大事记》《中国当代翻译论文索引》等七种附录。某种程度上可以说，这是中国翻译及翻译研究的集大成，甚至可以说是中国翻译的百科全书式的著作，出版几年来自然得到了翻译圈内的不少肯定和赞扬。许钧教授认为："这部《中国翻译词典》可作两种解释：一是一部有关'中国翻译'的词典；二是一部'中国'学者自己编写的翻译百科全书，有资料积累意义上的兼收并蓄，更有学术探索意义上的开拓进取。"他说："译界几位有幸先读到这部词典的同行与我有一个同感，都觉得这是译学建设的'一项真正的基础工程'。这样的评介，不知译界的其他朋友是否赞同，但我相信历史

---

① 王向远：《翻译文学史的理论与方法》，载《中国比较文学》，2001(4)。

会给这部词典充分的肯定。"①许钧教授的翻译评论文章一向十分严谨，给予这样的估价是相当难得了。但是，由于该词典工程浩大，还有许多显而易见的不尽人意和令人遗憾的地方。②它既然是开创性的，就难免带有相当程度的草创的印记。尽管如此，《中国翻译词典》的出版还是从一个角度集中展示了中国翻译的悠久历史和辉煌成就，标志着我国的翻译研究及翻译文学研究已经有了丰厚的积累，也再一次有力地证明了翻译研究及翻译文学研究事实上已形成了一个相对独立的学科，展现了中国翻译、翻译研究及翻译文学研究的广阔前景。

---

① 许钧：《历史会给予肯定——评〈中国翻译词典〉》，见《译事探索与译学思考》，170页、173页，北京，外语教学与研究出版社，2002。

② 第一，《中国翻译词典》收录了不少有争议的、属于某人个人看法的词条，甚至是缺乏科学性、有着明显理论缺陷和时代局限的词条，如"现实主义翻译方法"、"现实主义和浪漫主义相结合的翻译方法"之类。第二，在翻译家词条的收录上，似乎过多地依赖了1988年出版的《中国翻译家辞典》，更多地局限于"中国译协"会员内部，缺乏第一手新材料，因而遗漏了不少不该遗漏的重要翻译家，像50年代后成名的多语种老翻译家潘庆舲、日本文学翻译家萧萧、印度文学翻译家刘安武、波斯文学翻译家张鸿年、阿拉伯文学翻译家李唯中、英国散文翻译家刘炳善、匈牙利文学翻译家兴万生等。即使用什么样的严格标准来衡量，都不能把他们排除在外；现年60岁左右的著名中年翻译家遗漏的就更多，如郭宏安、施康强、辜正坤、吴劳、高慧勤、王永年、沈志明、瞿世镜、冯汉津、蒋学模、张铁夫，等等。第三，对已收录的当代人物，缺乏近十年来新的材料补充，故对其人的评价不全面，如692页收了词典编纂家"王同亿"一条，却对近十几年来文化学术界对王同亿所编一系列词典的剽窃、胡编乱造的猛烈批评丝毫没有反映，导致对人物评价以偏概全，缺乏历史感。第四，对翻译研究专家、译学理论家重视不够，许多重要的人物没有收录，如中国香港地区的王宏志、孔慧怡，上海的谢天振等。第五，对近十几年来若干有开创意义的研究著作的收录也太少，如陈福康的《中国译学理论史稿》。第六，对90年代翻译理论界的重要的学术争鸣，如翻译文学国别属性之争、传统译论与外来译论之争等也没有列出词条。第七，有的词条释义不周全，如在介绍翻译家的译作成果时大都不标明出版年份，又如"《翻译通报》"条，只讲该刊的创刊时间，却不讲停刊时间。

附录一

与本书相关的重要文献

说明：为方便读者进一步学习和研究，特别出如下中文文献目录。这当然不是有关翻译文学研究的全部文献，而只是一份书目（包括少量期刊）精选。其中，以黑体字排出者，为最基本和最重要的。

一、综合性资料集·工具书·期刊

罗新璋编：《翻译论集》，北京，商务印书馆出版，1984

《翻译研究论文集》（1884～1948），北京，外语教学与研究出版社，1984

《翻译研究论文集》（1949～1983），北京，外语教学与研究出版社，1984

《翻译理论与翻译技巧论文集》，北京，中国对外翻译出版公司，1985

《中国翻译家辞典》，北京，中国对外翻译出版公司，1988

王寿兰编：《当代文学翻译百家谈》，北京，北京大学出版社出版，1989

杨自俭、刘学云编选：《翻译新论（1983～1992）》，武汉，湖北教育出版社，1994

许钧主编：《文字·文化·文学——〈红与黑〉汉译研究》，南京：南京大学出版社，1996

张柏然、许钧主编：《译学论集》，南京，译林出版社，1997

《中国翻译大辞典》，武汉，湖北教育出版社，1997

许钧主编：《翻译思考录》，武汉，湖北教育出版社，1998

金圣华、黄国彬主编：《因难见巧——名家翻译经验谈》，北京，中国

对外翻译出版公司，1998

　　许钧编著：《当代法国翻译理论》，武汉，湖北教育出版社，2000

　　郭建中编著：《当代美国翻译理论》，武汉，湖北教育出版社，2000

　　蔡毅、段京华编著：《苏联翻译理论》，武汉，湖北教育出版社，2000

　　谢天振主编：《翻译的理论建构与文化透视》，上海，上海外语教育出版社，2000

　　郭建中主编：《文化与翻译》，北京，中国对外翻译出版公司，2000

　　许钧等著：《文学翻译的理论与实践——翻译对话录》，南京，译林出版社出版，2001

　　廖七一等编著：《当代英国翻译理论》，武汉，湖北教育出版社，2001

　　杨自俭主编：《译学新探》（论文集），青岛，青岛出版社，2002

　　张柏然、许钧主编：《面向 21 世纪的译学研究》，北京，商务印书馆，2002

　　《翻译通报》（月刊，1850～1952），国家出版总署主办

　　《翻译通讯》（月刊，1979～1985），中国翻译工作者协会主办

　　《中国翻译》（双月刊，1986 至今），中国翻译工作者协会主办

　　《外语与外语教学》（月刊），大连外国语学院学报主办

二、 个人文集·专著

　　马祖毅：《中国翻译简史——五四以前部分》，北京，中国对外翻译出版公司，1984

　　许渊冲：《翻译的艺术》，北京，中国对外翻译出版公司，1984

　　李芒：《投石集》，北京，海峡文艺出版社，1987

　　张今：《文学翻译原理》，开封，河南大学出版社，1987

　　陈平原：《二十世纪中国小说史》（第一卷），北京，北京大学出版社，1989

　　陈玉刚主编：《中国翻译文学史稿》，北京，中国对外翻译出版公司，1989

　　袁锦翔：《名家翻译研究与赏析》，武汉，湖北教育出版社，1990

　　刘重德：《文学翻译十讲》，北京，中国对外翻译出版公司，1991

　　谭载喜：《西方翻译简史》，北京，商务印书馆，1991

　　许钧：《文学翻译与批评研究》，南京，译林出版社，1992

　　刘重德：《浑金璞玉集》，北京，中国对外翻译出版公司，1994

　　张泽乾：《翻译经纬》，武汉，武汉大学出版社，1994

　　喻云根主编：《英美名著翻译比较》，武汉，湖北教育出版社，1996

　　孙致礼：《1949～1966 我国英美文学翻译概论》，南京，译林出版社，1996

邹振环：《影响中国近代社会的一百种译作》，北京，中国对外翻译出版公司，1996

张经浩：《译论》，长沙，湖南教育出版社，1996

王佐良：《王佐良文集》，北京，外语教学与研究出版社，1997

傅雷：《傅雷文集·文学卷》，合肥，安徽文艺出版社，1998

翁显良：《意态由来画不成？——文学翻译丛谈》，北京，中国对外翻译出版公司，1998

金隄：《等效翻译探索》，北京，中国对外出版公司，1998

沈苏儒：《论信达雅——严复翻译理论研究》，北京，商务印书馆，1998

黄振定：《翻译学——艺术论与科学论的统一》，长沙，湖南教育出版社，1998

郭延礼：《中国近代翻译文学概论》，武汉，湖北教育出版社，1998

郭著章等编著：《翻译名家研究》，武汉，湖北教育出版社，1999

王宏志：《重释"信达雅"——二十世纪中国翻译研究》，上海，上海东方出版中心，1999

黄杲炘：《从柔巴依到坎特伯雷——英语诗汉译研究》，武汉，湖北教育出版社，1999

孙致礼：《翻译：理论与实践探索》，南京，译林出版社，1999

马祖毅：《中国翻译史·上卷》，武汉，湖北教育出版社，1999

梁启超：《翻译文学与佛典》，见《梁启超全集》第 13 卷，北京，北京出版社，1999

梁启超：《佛典之翻译》，见《梁启超全集》第 13 卷，北京，北京出版社，1999

刘宓庆：《当代翻译理论》，北京，中国对外翻译出版公司，1999

周仪、罗平：《翻译与批评》，武汉，湖北教育出版社，1999

谢天振：《译介学》，上海，上海外语教育出版社出版，1999

谭载喜：《翻译学》，武汉，湖北教育出版社，2000

乔曾锐：《译论——翻译经验与翻译艺术的评论与探讨》，北京，中华工商联合出版社，2000

马红军：《翻译批评散论》，北京，中国对外翻译出版公司，2000

郑海凌：《文学翻译学》，郑州，文心出版社，2000

陈福康：《中国译学理论史稿》，上海，上海外语教育出版社，1992，修订版 2000

王宏志主编：《翻译与创作——中国近代翻译小说论》，北京，北京大学出版社，2000

冯建文：《神似翻译学》，兰州，敦煌文艺出版社，2001

王向远：《二十世纪中国的日本翻译文学史》，北京，北京师范大学出版社，2001

王向远：《东方各国文学在中国》，南昌，江西教育出版社，2001

邹振环：《译学旧综》，南昌，江西教育出版社，2001

思果：《翻译研究》，北京，中国对外翻译出版公司，2001

思果：《翻译新究》，北京，中国对外翻译出版公司，2001

思果：《译道探微》，北京，中国对外翻译出版公司，2002

余光中：《余光中谈翻译》，北京，中国对外翻译出版公司，2002

方平：《他不知道自己是一个诗人》（"巴别塔文丛"之一），武汉，湖北教育出版社，2002

郭宏安：《雪泥鸿爪》，（"巴别塔文丛"之一），武汉，湖北教育出版社，2002

施康强：《自说自话》（"巴别塔文丛"之一），武汉，湖北教育出版社，2002

许钧：《译事探索与译学思考》，北京，外语教学与研究出版社，2002

许渊冲：《文学与翻译》，北京，北京大学出版社，2003

谢天振：《翻译研究新视野》，青岛，青岛出版社，2003

附录二

翻译文学史的理论与方法[①]

　　中国的翻译文学既是中外文学关系的媒介，也是中国现代文学的一个特殊的重要组成部分。完备的中国现代文学史，不能缺少翻译文学史；完整的比较文学的研究，也不能缺少翻译文学的研究。

　　在 20 世纪我国的翻译文学史中，日本文学的翻译同俄国文学、英美文学、法国文学的翻译一样，具有特别重要的地位。一百年来，我国共翻译出版日本文学译本两千多种。日本翻译文学对我国的近代文学、五四新文学、30 年代文学以及 80 到 90 年代的文学，都产生了不小的影响。但长期以来，我国没有出现一部日本文学翻译史的著作，在这方面的研究也处于空白状态。在 20 世纪即将结束的时候，我们有责任研究、整理百年来我国的日本文学译介的历史。这对于总结和借鉴中日文化交流史及翻译文学的历史经验，对于丰富 20 世纪中国文学史的内容，对于拓展文学史的研究领域，对于我国比较文学研究的深化，对于促进东方文学、日本文学及中国现代文学的学科发展，对于指导广大读者阅读和欣赏翻译文本，都具有重要的意义和价值。

　　基于这样的认识，我研究并撰写了《二十世纪中国的日本翻译文学史》。

　　我觉得，研究并撰写翻译文学史，首先必须明确的是"翻译文学"及

[①]　本文原载《中国比较文学》，2000(4)。

"翻译文学史"的学科定位问题。翻译文学及翻译文学史的研究应该是比较文学研究的重要组成部分。比较文学的学科范围，应该由纵、横两部分构成。横的方面，是比较文学的基本理论研究，不同文学体系之间、文学和其他学科之间的贯通研究等；纵的方面，则是比较文学视角的文学史研究，其中包括"影响——接受"史的研究、文学关系史的研究、翻译文学史的研究等。翻译文学史本身就是一种文学交流史、文学关系史，因而也就是一种比较文学史。比较文学的一些分支学科，如渊源学、媒介学、形象学、思潮流派比较研究等，都应该、也只能放在比较文学史，特别是翻译文学史的知识领域中。这样看来，翻译文学及翻译文学史的研究就成了比较文学学科中一项最基础的工程。

据我所知，"翻译文学"这个汉字词组，是日本人最早提出来的。起码在 20 世纪初日本就有人使用这个概念了。受日本文学影响很大的梁启超，在 1921 年就使用了"翻译文学"这个概念。战后，日本对翻译文学的研究更为重视，出版了不少研究成果。例如，川富国基在 1954 年发表了《明治文学史上的翻译文学》，柳田泉在 1961 年出版了《明治初期翻译文学的研究》。在五六十年代日本出版的各种文学工具书，如《新潮日本文学小辞典》、《日本近代文学大事典》、《比较文学辞典》等，都收了"翻译文学"的词条。而在西方，都是一直使用一个含义比较宽泛的概念——"翻译研究"(Translation studie 或 Translation study)。西方的所谓"翻译研究"，当然也包括"翻译文学"的研究在内，但显然要比"翻译文学"宽泛得多。

"翻译文学"作为一个概念，它与我们所习用的"外国文学"这一概念，具有重合之处，所以长期以来，不论是一般的文学爱好者，还是专业工作者，通常都将"翻译文学"等同于"外国文学"。例如，我们大学中文系所开设的基础课《外国文学史》，并不要求学生一定去读外国文学的原文。这门课所开列的阅读书目，统统都是我国翻译家所翻译的"翻译文学"，然而我们却一直称其为"外国文学"，而不称"翻译文学"。事实上，"翻译文学"不等于、不同于"外国文学"。第一，"外国文学"与"翻译文学"的著作人主体有所区别。文学翻译家所翻译的固然是外国作家的作品，但文学翻译不同于依靠机器来翻译的简单的语言转换。它必须超越语言(技术)的层面而达到文学(审美)的层面，也就必然依赖于翻译家的创造性劳动。关于这一点，中外的翻译家和研究者们都有共同的看法。可以说"翻译文学"是一种"翻译性的创作"(可简称为"译作")。第二，从文本的角度来看，翻译的结果——译本，是独立于原作而存在的。译本来源于原作，而又不是原作，因为它并不是原作的简单的复制。打一个蹩脚的比方：正像孩子"来源"于父母，但又不是父母的简单的复制。因此，现行的《世界版权公约》、《伯尔尼版权公约》等国际性的版权法律，都在保护原作的前提下，对翻译文学的版权予以确认，一般在原作者去世五十年后，译者及译本则享有独立的版权。第三，从接受美学的角度看，一个文本的最终完成，要由读者来实现。而译本的读者群不是原作的读者群。译本的完成要由译本的读者来实现。由于时代、社会、文化、语言等种种因素的不同，译本可能会获得与原本不同的解读和评价。

"翻译文学"既然不同于"外国文学"，那么，再进一步说，"外国文学史"也就不同于"翻译文学史"。

我国出版的各种《外国文学史》类的著作及教科书，不管是国别的文学史（如《英国文学史》、《日本文学史》）还是地区性文学史（如《东方文学史》、《欧洲文学史》），还是总体文学史（如《世界文学史》、《外国文学史》），都是以外国的文学史实及作家作品为描述对象的。它们用中文来讲述，但它所讲述的又是原作，而不是译作。当我们使用汉语来讲述"他者文化"、"他者文学"的时候，这本身就是一种广义上的"翻译"现象。而我们用汉语写作的外国文学史却又忽视了翻译家和译本这个环节，企图超越译作而直接面对原作。而绝大多数文学史及外国文学作品的读者，他们不能、也不必阅读原作，他们所阅读的，是翻译文学。这就是我们的各种《外国文学史》所遇到的矛盾和尴尬。另外，近百年来，我国的翻译作品，已经积累了数万种。在已出版的全部文学类书籍中，翻译作品要占到三分之一以上。对于这么大一笔文化、文学的财富，现有的一般的《外国文学史》著作却没有，也不可能把它们纳入研究和论述的范围。而一般的中国文学史著作也难以充分、全面地展示翻译文学的丰富内容。这都意味着：翻译文学是文学研究的一个独立部门，翻译文学史应该是与外国文学史、中国文学史相并列的文学史研究的三大领域之一，而正是由这三大领域构成了完整的文学史的知识体系。

在翻译文学史的研究和写作方面，学界前辈已经做了不少的工作。我国翻译文学研究的先驱者是梁启超。他在 1920 年发表了长文《佛典之翻译》，1921 年又出版了《翻译文学与佛典》（一名《中国古代翻译事业》）。1938 年，阿英发表《翻译史话》，内容讲的都是翻译文学，可惜没有写完。除了这些专门著作外，二三十年代出版的若干国别文学史的著作，也讲到了翻译文学。例如，胡适的《白话文学史》，陈子展的《中国近代文学之变迁》、王哲甫的《中国新文学运动史》、郭箴一的《中国小说史》等，都有专门章节讲述翻译文学。在翻译及翻译文学的专门研究方面，一直到了 1984年，才有马祖毅的《中国翻译简史·五四以前部分》出版（后来扩写为《中国翻译史·上卷》，1999 年由湖北教育出版社出版），其中大量涉及翻译文学的内容。1989 年，陈玉刚等主编的《中国翻译文学史稿》由中国翻译出版公司出版；1998 年，郭延礼著《中国近代翻译文学概论》由湖北教育出版社出版；1999 年，孙致礼编著的《1949～1966 我国英美文学翻译概论》由南京译林出版社出版。同年，王宏志的《重释"信达雅"——二十世纪中国翻译研究》由上海的东方出版中心出版。这些著作都填补了我国翻译文学史研究的空白。但总的看来，与翻译文学的悠久的历史和丰富的成果相比，我国对翻译文学及翻译文学史的研究还是薄弱的。

造成这种情况的原因是多方面的。有政治、文化上的，也有文学观念上的。如上所说，人们习惯上将"翻译文学"视同"外国文学"，是制约翻译文学及翻译文学史研究的首要原因。近半个世纪以来，我国的文学研究分科越来越细，不同的"专业"之间也很封闭，同时兼通中外文学两方面的人才越来越少了。例如，大学外语系的专家教授们大都从事外语本体的研究，有关的翻译专业或"翻译学"专业，基本上是在语言层面上研究翻译的技法，对"翻译文学"的研究难以展开；而在大学中文系或中国文学的研究机构，同样也习惯于封闭地研究中国文学。樊骏先生在近来发表的《关于学术史编写原则的思考》一文中谈到了这个问题。他认为，中国现代文学史著作忽视了翻译文学，这是因为搞中国现代文学研究的人在外国语言和外国文学两方面都在欠缺，"对他们来说，产生这种'忽略'，非不为也，实不能也"。这种看法大体是符合实际情况的。事实上，对于稍具文学史常识的人来说，有谁看不到翻译文学在中国文学中的显著地位和作用呢？但是，如果不对外国语言文学有一定的修养，谈翻译文学、研究翻译文学就很困难。

不过，最近这些年，情况有了可喜的变化。不少人大声呼吁重视翻译文学及翻译文学史的研究。其中，上海的谢天振教授呼声最高，他写了多篇这方面的文章，并且提出了"翻译文学是中国文学的组成部分"的观点。我认为，把翻译文学视为中国文学的组成部分，是合情合理的，必要的。但同时还必须清楚，翻译文学是中国文学的一个"特殊的"组成部分。说它"特殊"，就是承认它毕竟是翻译过来的外国作品而不是我国作家的作品；说它"特殊"，就是承认翻译家的特殊劳动和贡献，承认译作在中国文学中特殊的、无可替代的位置，也就是承认了翻译文学的特性。所以，我们期望今后新出版的中国文学史著作，都有翻译文学的内容。但是，另一方面还要看到，由于一般的中国文学史著作有体系、体例上的制约，要全面、系统地展示翻译文学，恐怕难以做到，所以，那就非得有翻译文学史的专门著作不可。

文学史研究作为一种研究实践，必须有明确的、正确可行的理论与方法做指导。不过，翻译文学史，目前仍处于草创阶段。究竟怎么写？前人并没有提供足够的范例供我们作参考和借鉴。

我想，根据研究的范围、角度的不同，翻译文学史大体可以分为四种类型。第一种类型是综合性的翻译文学史，即全面论述我国译介世界各国文学的历史，展现翻译文学发展的概貌，如前面提到的《中国翻译文学史稿》就是。由于这种综合性翻译文学史涉及多国家、多语种，除非是多卷本的大部头的著作，否则恐怕只能是概述性的。第二种类型是断代性的翻译文学史，如郭延礼的《中国近代翻译文学概论》。第三种是专题性的，如梁启超的《翻译文学与佛典》。第四种是只涉及某一国别的、某一语种的翻译文学，如我现在写的《二十世纪中国的日本翻译文学史》就是。我认为第四种类型的翻译文学史，在今后相当长的时间里，应该是翻译文学史研究与写作的最基本的方式。它可以由个人独立完成，并有可能很好地体现出学术个性，保证研究的深入。在这种国别性的翻译文学史研究有了全面的积累后，才会出现综合性、集大成、高水准的《中国翻译文学史》。

写翻译文学史，还必须对翻译文学史内容的构成要素有清楚的把握。翻译文学史与一般的文学史，在内容的构成要素方面，有共通的地方，也有特殊的地方。一般的文学史，其基本的构成要素有四个，即：

时代环境——作家——作品——读者

而翻译文学史的内容要素则为六个，即：

时代环境——作家——作品——翻译家——译本——读者

在这六个要素中，前三个要素是外国文学史著作的核心，而翻译文学史则应把重心放在后三个要素上，而其中最重要的还是"译本"。因为翻译家的翻译活动的最终成果是译本。所以归根到底，核心的要素还是译本。

如果我们机械地奉行"翻译文学史就是翻译家的翻译历史"，那就是以翻译家为核心了。以翻译家为核心，就势必会用较多的篇幅介绍翻译家们的生平活动。但文学家、文学翻译家的生平活动，在现有的《翻译家辞典》之类的工具书及其他文献材料中都可以轻易查到，在一部学术著作中，在翻译文学史中，除非特殊需要，是不必费太多的篇幅去堆砌这些材料的。所以，翻译文学史还是应以译本为中心来写。

译本有那么多，如何选择取舍呢？究竟哪些译本要写？哪些译本不写？哪些译本要多写？哪些译本要略写？

这是一个很实际的问题。例如，单就20世纪我国翻译出版的日本文学译本来说，总数达两千多种。假如每一种译本都要讲一通，面面俱到，那翻译文学史将写个没完没了。任何历史研究著作都要对研究对象去芜存精、区分主次、甄别轻重、恰当定位。翻译文学史首先应该是名作名译的历史。而对于非名作、非名译，把它们作为一种翻译文学史上的一般"现象"来看待就可以了。

一般地说，译本的历史地位，是由三个条件来决定的。第一，原作是名家名作，这是决定译本地位的先决条件。几乎所有的名家名作的译本都值得翻译史来关注。但也有特殊情况，如有的原作在原作者的国内并不被重视，而译本却在翻译国有重大影响，如日本文艺理论家厨川白村的著作《苦闷的象征》就是这种情况，对此我们的翻译文学史也要高度重视。第二，译者是名家，是决定译本历史地位的另一个重要条件。一个译者之所以被认为是著名的翻译家，首先在于他对翻译选题的把握准确可靠，其次是翻译质量的可靠。而翻译家的地位，也正是靠不断地、高质量地翻译名家名作来奠定的。第三，在名家名作名译当中，首译本又特别的重要。首译，就意味着填补了空白，而填补空白本身就有其历史意义。当然，这并不是说复译本不重要。但从填补空白的意义上说，复译本不可能取代首译本。

选材的取舍问题解决后，接下去就是怎样利用这些材料，来表达文学史作者的学术见解了。

我认为，翻译文学史作者的学术见解，或者说翻译文学史应该解决和应该回答的主要是如下的四个问题：一、为什么要译？二、译的是什么？三、译得怎样？四、译本有何反响？

第一个问题：为什么要译？这也就是选题动机的问题。在翻译家的整个翻译活动过程中，选题是第一步。在众多的可供选择的对象中，为什么要选这个作家而不选那个作家，为什么要选这个作品而不选那个作品？这当中，有翻译家对选题对象的认识与判断，有翻译家的思想倾向、审美趣味在起作用，同时也受到翻译家所处的时代背景、社会环境、出版走向等因素的制约。一部翻译文学史，应该注意交代和分析翻译选题的成因，应该站在中外文化和文学交流史的高度，站在比较文学与世界文学的高度，在选题的分析中，见出翻译家的主体性，见出我国在接受外国文学的过程中某些规律性的特征。

第二个问题：译的是什么？这个问题就是要求恰如其分地介绍和分析翻译的对象文本——原作。翻译文学史对原作的介绍和分析，本身是为着说明、阐释原作，这是外国文学史的核心内容，因而可以展开来写。而翻译文学史对原作的介绍和分析，是在原作如何被转化为译作这一独特的立场上进行的。

第三个问题：译得怎么样？就是要对译本进行分析和判断。这就首先要涉及语言技巧的层面。一个译本的成功，最基本的是在语言技巧方面少出问题。翻译文学史应该对那些重要的译本，进行个案解剖。必要时，可有针对性地进行原文与译文的对照分析；如果有不同的译本，可将不同的译本作比较分析，指出译文的特色和优劣。不过应该注意，翻译文学史不是翻译教程，它不必、也不可能对所有重要译本都做语言层面上的分析，否则就使翻译文学史变成了翻译技巧的讲义。在进行语言层面的分析评论时，要有历史感。从现代汉语的形成和发展的角度来看，翻译文学的译语的变化，与现代汉语的逐步成熟有着相当密切的关系。翻译文学不断输入着外国的句法、词汇及修辞方法，推动了汉语的现代化。在这个过程中，许多现在看来是不通的、别扭的译文，如当年鲁迅、周作人从日文"直译"过来的译文，都包含了他们借鉴外国语言来改良汉语的良苦用心。我们不能用今天业已成熟了的现代汉语的标准，予以贬低，而必须承认其历史地位。另一方面，还要看到，从比较文学的角度看，有些不忠实的翻译，包括对原作的删除、增益、改写等，那不是语言学意义上的"错误"，而常常是翻译家有意为之。这种情况在一定的历史时期，特别是翻译文学的肇始期，是常见的现象，如梁启超对日本的政治小说《佳人奇遇》的翻译就是一例。除了语言层面之外，还必须进一步从文学的层面对译本作出评价。从文学层面对译本作出评价，基本标准是要看译者是否准确地传达出了原作的风格。如果说语言技巧层面上的评价是"见树木"，那么文学层面上的评价就是"见森林"。一个好的作品译本应该是"语言"与"文学"两方面艺术的高度统一。

第四个问题：译本有何影响和反响？这个问题的要素是"读者"，就是谈翻译文学的读者反应。这里所谓的"读者"主要可分为两种，第一种是文坛内部人士，包括翻译家、研究家、评论家和作家（有时候这几种角色兼于一身）。翻译家首先也是"读者"，他们对作品的介绍和评论，常常在译本序、译后记之类的文字中表现出来。有的译本序本身就是一篇研究论文，这是我们在写翻译文学史的时候应特别注意加以利用的材料。研究家、评论家对作家作品和译作的研究和评论，主要体现为论文或专著，一般都能够发表深刻、系统的意见。翻译文学史必须注意研究这些论文和专著，并把它们作为"读者反应"的基本材料加以利用。从这个角度来看，"翻译文学史"不能只是孤立地讲"翻译"，它还必须包括"研究"和"评介"。因此，完整的、全面的"翻译文学史"同时也是"译介史"，即翻译史和研究评介史。《二十世纪中国的日本翻译文学史》就涉及了不少关于中国对日本文学的研究和评介的内容。不过，书的名字还是叫做"翻译文学史"，就是因为我觉得"翻译文学史"理所当然地应该包括研究和评介史在内。除了上述的文坛内部的"读者"之外，第二种是社会上的一般读者。译本对一般读者的影响，虽然常常缺乏具体的文字材料来证实，不过，译本的印数、发行量、再版甚至盗版的情况，都可以说明译本在一般读者中的影响。

总之，对于 20 世纪中国的翻译文学史，特别是像《二十世纪中国的日本翻译文学史》这样的某一特定语种的翻译文学史，还缺少研究经验的积累。上述关于翻译文学史研究与写作的体会，只是本人在写作《中国的日本翻译文学史》中的一得之见，实不免谫陋，发表出来，敬祈方家指正。

从"外国文学史"到"中国翻译文学史"

——一门课程面临的挑战及其出路①

一

一直以来,"外国文学史"(或称"世界文学史")作为一门课程虽然也被列为本科生基础课,但实际上往往不受重视,被很多人看成是边缘课程;在中文系的学科建设中,世界文学作为一个二级学科,作为一个教研室,在规模上一般不能与中国古代文学、现当代文学等相比,甚至在个别名牌大学的中文系,一直没有设立这个二级学科和相关的教研室。个别长期掌握学科评议大权的专家,站在外语系的国别文学的立场上,认为中文系的世界文学范围太大,不能建立博士点,导致硕士点和博士点的成立普遍落后于其他二级学科。出现这些情况的原因,除了由于学科藩篱所造成的厚此薄彼的偏见之外,似乎还有一些深层次的问题没有很好地予以回答和解决,诸如中文系的外国文学课程与外语系的外国文学课程有什么联系和区别?在中文系搞外国文学研究有优势吗?中文系的外国文学史课程与中国文学史课程之间有什么联系?为什么开设外国文学史这门基础课是充分必要的?在这些疑问没有完全解决之前,在"中国语言文学"的学科架构内,

---

① 本文原载《中国比较文学》,2005(2)。

"外国文学史"就无法真正融入。虽然人们也意识到，中文系搞中国文学研究，不可以没有外国文学、世界文学的知识，但"外国文学"当然毕竟不是中国文学，而只是与中国文学密切相关的课程，这也就是"边缘"课程的意思。把外国文学放在中文系来讲授，其主要目的是开阔视野，丰富知识，使中国文学的评介和研究及其定性和定位有世界文学的参照。但是，仅仅这样的理由，现在看来还是不充分的。对中文系的这个二级学科的进一步巩固和发展而言，还是不够的。由于这些旧的问题没有解决，再加上一些新的消极迹象的出现，现在中文系的这门课程遇到了更大的挑战，甚至可以说出现了生存的危机。

我所说的消极迹象之一，首先来自于政府部门的行政决策方面。众所周知，1998 年，教育部对二级学科进行了大规模调整时，将中国语言文学一级学科原有的"世界文学"与"比较文学"两个二级学科合并起来，称为"比较文学与世界文学"。从此，"比较文学与世界文学"作为"中国语言文学"一级学科下的八个二级学科之一，被正式确定下来。最近若干年的实践也已经表明，"比较文学与世界文学"的合并成一个新的二级学科，这样做在总体上是体现了学术发展的必然要求的。它充分考虑了新中国成立以来中文系原有的"世界文学"教研室（一般称为"外国文学教研室"）长期立足于中国文学进行外国文学教学与科研的既定事实和已有优势，有利于引导人们以"比较文学"的观念和方法，来研究和处理"世界文学"——当然包括中国文学——问题，因此这个方案基本上是积极的，有意义的。然而，有关行政管理部门在集思广益做出"比较文学与世界文学"合并这个正确决策的同时，却也出现了令人深感意外和吃惊的失误：教育部 1998 年颁布的中文系课程目录中，综合性大学中文系有外国文学史这门基础课，师范性大学却没有了。这对外国文学或世界文学这门学科的存续而言，可谓雪上加霜。

迹象之二，现在比较文学在中国呈方兴未艾之势，但似乎有很多人将"比较文学"理解为"比较文学概论"，在近几年各大学中文系纷纷将"比较文学概论"或原理或基本理论之类的课程增列为基础课后，原有的教授世界文学的老师，已将更多精力转向比较文学概论，而原有的外国文学史课程却相对地被忽视了，主要表现为课时量普遍较 1998 年以前有所减少，有的学校甚至减少一半以上。

迹象之三，在这种背景下，近来又有重点大学的教授公开发表了带有强烈的"外国文学取消论"、"世界文学取消论"意味的言论。有的教授表示，像现在这样用中文讲授外国文学不理想，应该用外语来讲外国文学才是，今后他所在的中文系打算聘请外语系的老师来讲这门课。他的意思显然是要把外语系的国别文学史的讲法移植到中文系来；又有教授从根本上对"世界文学"这个概念提出质疑，认为"世界文学"这个词儿是有害的，是不得要领的，因为"世界文学"无所不包，什么都是什么都不是，某些大而无当的空疏的著述，都是"世界文学"这个空洞的概念惹的祸。因此建议今后我们这个学科只称"比较文学"，而摒弃"世界文学"这个概念。而谁都知道，"世界文学"这个概念一旦抛弃，就无异于对中文系的世界文学或"外国文学课"釜底抽薪，掐粮断水。

迹象之四，在近来北京某大学主办的一次学术会议上，有的外语系出身的学者，以非外语系的学者不能直接阅读原文为由，对中文系学者的发言表示不屑，并由此引论战。有的外语系出身的学者认为，只有能够直接阅读原文，才有发言权，因此在这种研究外国文学的学术会议上，中文系的人没有多少发言权。按照这种看法，中文系从事外国文学课的教师，绝大部分人只能通一门外语，却要将西方文学，或者东方文学，甚至是整个外国文学，都通讲下来，其教学质量和效果是值得怀疑的。

这些迹象都表明了，中文系的传统的"外国文学史"课程正面临着生存危机，在经历了多少年不受重视的状态后，现在又面临着更大的挑战。这样说似乎并非耸人听闻。

我认为，上述怀疑和否定中文系"外国文学史"或"世界文学史"课程合法性的言论，对中国的学术事业、对中国的高等教育事业、对中国外国文学与世界文学及比较文学的学术研究而言都不能说是积极的，在学理上更是站不住的。

这些否定论、取消论的言论与教育部的行政决策有关。为什么教育部在1998年把这门课从师范大学的基础课程中撤了下来？众所周知，一直以来，"外国文学史"都是全国各大学中文系的本科生基础课，而不分综合性大学或师范性大学，有关行政部门忽然作出如此决定，这令人百思不得其解。当初本人在北师大中文系负责教学工作，却从未记得有关部门为此事征求北师大的意见。作为师范大学龙头的北师大的意见都没有征求，可以想象它会认真地征求过别的大学的意见吗？本来师范大学主要是培养中学教师的，中学语文课本上有四分之一到五分之一左右的课文，是外国文学的译文，师范大学的学生不学外国文学，如何胜任相关课程？这已经不再是学术问题，而是行政命令与学术、行政命令与教育教学规律的关系应该如何处理的问题。我本来没有这方面的发言权，因此在此不便多说。

相比之下，更值得注意的上述是来自学术界和教育界内部的"取消论"。

首先，对"世界文学"这个词的质疑和非难，是值得讨论和辨析的。众所周知，"世界文学"作为一个概念是由德国文学家歌德首先提出来的，它的提出和形成当然要早于"比较文学"。从空间范围对全球文学进行划分，我们得到了"民族文学"（国别文学），"区域文学"（如亚洲文学、欧洲文学、拉美文学），"东西方文学"，乃至"世界文学"之类的概念。这些概念对于我们的文学研究所起的作用非常重大。其中，"世界文学"作为从空间范围上对全球文学的最高概括，对比较文学与世界文学的研究尤其重要。考究起来，"世界文学"概念当有三重基本的含义，第一是作为"量"的"世界文学"，即"世界文学"是全世界各民族文学史的综合；第二个含义是作为"质"的"世界文学"，即世界文学是在世界上占有历史地位的、代表人类文学水平的文学，第三个含义是作为"观念"的"世界文学"，即"世界文学"是我们在进行文学思考和文学研究时所应持有的一种思维背景、一种思想空间、一种价值标准。"世界文学"的三个含义都具有"大"（范围大）与"高"（抽象程度高）的特征，这恰恰是这个学科研究的特点。如此看来，"世界文学"本身是一个学科概念，是一个知识体系，而不是具体的研究课题和研究对象；而后来的"比较文学"概念的提出，显然得益于"世界文学"这个概念，没有"世界文学"的意识，就不会有真正的"比较文学"的观念。"比较文学"的学科实质就对"世界文学"的相关性所进行的具体的学术研究。两者互为依存。"世界文学"是客观的实体概念，"比较文学"则是对世界文学的相关性进行学术研究的主体概念。抽掉了"世界文学"的"比较文学"——现在授课的主要形式是《比较文学概论》——则失去了"比较"的基础和前提，没有"世界文学"、没有中外文学的完整的知识修养，拿什么做"比较"呢？那只能导致性"X 比 Y"的庸俗的比较模式更为盛行。所以，在今后的比较文学研究中，"世界文学"这一概念不但不应淡化，更不能取消，而是应该进一步强化。因此，决不能说"世界文学"这一概念是一个"空洞概念"，从具体对抽象，从个别到一般，是一切学术研究的基本理路。在这个过程中，我们需要"世界"这一概念。况且其他学科以"世界"二字作修饰限定词的也有不少，例如政治学中有"世界政治"、经济学中有"世界经济"、历史学中有"世界历史"、宗教学中有"世界宗教"，等等，都已经形成了一种固定的学术概念乃至学科名称。以我孤陋寡闻，迄今为止我还没有听到哪个经济学者、或哪个历史学者，因为经济学领域或历史学领域出现了一些大而无当的空泛的研究选题，就归咎于"世界经济"、"世界历史"这样的概念，并主张取消"世界经济"或"世界历史"这样的名称，或干脆把经济系的"世界经济"学科、历史系的"世界历史"学科都改名换姓。这实在没有必要，也没有可能。

与上述对"世界文学"的否定倾向密切关联，有人反对"世界文学"，似乎还有这样一个"强有力"的理由：一个人一生中只能掌握一两种外语，因而也只能从事极有限的一两种语言文学的研究，谁能把"世界语言"都掌握？谁能研究"世界文学"？依照这种观念，只有那些懂得某种外语的人，才能资格谈论和研究某种文学，而不懂那种外语的人，肯定是一知半解、隔靴搔痒，遑论"研究"？

这种看法貌似有理，其实无理。它成为外语学科出身的一些学人学术偏见的根源，并导致了一些深层问题的发生。

我想可以借鉴宗教学上流行的"原教旨主义"这个术语，把这种原语至上的观点称为"语言原教旨主义"或"原文原教旨主义"。语言原教旨主义认定"原文"或称原始性语言文本具有绝对神圣性和权威性，这种看法在一定意义上说，是不无道理的。但人类在发展和进步过程中，往往并不无条件地认可原文的神圣性，而出于种种原因对原文进行翻译和诠释，并在翻译或诠释的过程中对原文有所损益。因此，"原文"或"原典"本身实际上是一个相对的东西，而不能把它看成是绝对的东西，否则就走向了"原文原教旨主义"。例如，人们都熟悉的《旧约圣经》，原本是用希伯来文写出来的，后来翻译成希腊文，又翻译成拉丁文，后来又根据拉丁文翻译成德文、英文、法文，后来又根据英文翻译成中文。按照"语言原教旨主义"的观点，这样几经翻译，早已没有了《旧约圣经》，根据这些译本谈什么宗教！统统都靠不住；再如，佛经绝大部分是中国人根据印度梵文及巴利文翻译出来的，只有懂梵文的才配谈佛经，而那些根据汉译佛经来研究佛经的人，都是靠不住的。然而这样的看法，在今天会有谁赞同呢？在印度，佛经原作差不多不见了，难道东南亚各国依照自己的民族语言翻译出来的佛经来信仰佛教，缺乏合法性吗？难道根据汉译佛经研究佛教，是靠不住的吗？再以政治学为例，以"语言原教旨主义"的逻辑，只有懂俄文原作的，才最理解列宁斯大林的思想，也最有关于马列主义的研究与发言权；照这样的逻辑，在中国现代革命史上，精通俄文的王明最能理解列宁、斯大林，而不懂俄文的毛泽东等，则不配谈马列主义——当年王明本人等其他一些"海龟派"就是这样想的。但是，历史早已经证明，这种想法大错特错了。

再回到文学问题上来，依照语言原教旨主义的逻辑，只有能够读莎士比亚英文原作的，才有关于莎士比亚的发言权，只有能够直接读孟加拉文的，才有谈论和研究泰戈尔的资格，只有直接读德文原作的，研究《浮士德》才具有权威，只有能读法文的，才能谈巴尔扎克……照这样的看法，我们每个人都不可能懂得世界上的几千种语言，因而我们也不可能懂得"世界文学"，更不能研究"世界文学"，所以，"世界文学"这个概念没有用处，是虚的，大而无当的，应该摒弃的。

按照这样一种逻辑，"世界文学"对每一人而言，都是虚幻的、可望而不可及的，因为你没掌握"世界语言"，当然也就不能谈"世界文学"；按照这种看法，由于鲁迅只懂日文，稍懂德文，所以鲁迅关于俄罗斯文学、东欧文学、英国文学的大量评论和看法，都没有学术上的价值；同样，由于郑振铎只懂英语，而不懂梵语、孟加拉语、波斯语、日语等其他一切东方语言，因而他在《文学大纲》中花了那么多篇幅论述的东方文学，也没有什么价值。而事实上，中国懂英文、懂俄文、懂日文等东方语文的，不可计数，然而他们对俄罗斯文学、对东方文学的理解和见地，却未必超过鲁迅和郑振铎。

我认为"语言原教旨主义"是一种纯粹理想化的、乃至有点偏执倾向的文学观念。从根本上说，这种观点来自于一种"话语霸权垄断"心理——因为我懂原文，所以我的发言才最有权威；因为我懂原文，我自然和天然地就是这个方面的权威专家，你们只能听我的。而那些通过"翻译"、通过译本进行外国文学评论和研究的人，都缺乏可靠性和科学性。换言之，这些人在宣扬"原语"的唯一神圣性的同时，实际上是在伸张自己对"原教旨"解读的权威性。说得严厉一些，是一种学霸作风。一个学者，假如他的学术成果的数与量都很可观，事实证明他在这个领域中最有研究，我们倒不得不承认他的"霸"、他的"阀"是有厘头的，可是"语言原教旨主义者"虽然是可能有"洋"博士的身份，甚至据说或自称"外文说得比中文都好"，但假如拿不出多少成果来，又如何服人呢？实际上，语言只是工具，掌握了工具并不意味着能够创造。那位声称掌握了十三种外语的所谓"奇人"王同亿先生，在学术上却没有别的造就，到头来却只编出了劣质的《语言大典》之类的垃圾辞典，令学术界人人喊打。相反的例子是仅仅粗通日文的梁启超，在短短的五十六年的颠沛流离的生涯中，却给后人留下了一千五百万字的庞大规模的著作，他对外国政治、经济、文化等各方面问题的观察和研究，他对佛经的研究，跟那些懂原文的人比较，到现在看仍然是高水平的。可见外语能力决不等于学术智慧和学术创造力。

强化学术智慧、提升学术创造力所需要的知识，也决非只有通过直接阅读原文才能有效获得。以我这样的中年人目前所具有的知识结构而言，我们关于外国、关于世界知识的大部分，并不是直接靠读原文得来的，而是靠读译文得来的。我本人愿意自豪地承认这一点，而没有丝毫的羞愧和不安。上帝造人的时候，本来不想让人们懂得外语并彼此沟通，所以打碎了巴别塔，变乱了人们的语言。我们一生中能够掌握的，听说读写都无问题的语言，充其量只有一两种而已，这是常人的宿命。但人们却又建立了另一种巴别塔，即翻译的巴别塔。只要我们肯读译文，我们完全可以了解这个复杂的世界。在如今的信息社会，在翻译高度发达的今天，这既没有多大不便，也没有什么缺憾和遗憾。因为，好的"翻译"、"信达雅"的译作，对于读者是可靠的，对于研究者也应该是可靠的。在文学方面，我们相信优秀的翻译文学家，应当像相信优秀的作家一样。翻译文学中迫不得已丢掉的那些东西，那些"过"或"不及"的地方，翻译家却以自己的独特创造给予了补偿。以我个人的体会，有时候，我已经读完了原作，但我仍然希望再读那些高明的翻译家的译作，因为自己在读原文的时候，常常不如翻译家那样专注、细致，理解和表达也常常不如翻译家那样精彩到位，翻译家毕竟是翻译家。他常常比我们自己的阅读更准确可靠。所以，我钦佩、并由衷地相信那些高明的翻译家（这也是近年来我以撰写翻译史的方式热心地为翻译家树碑立传的原因）。我认为，根据翻译家的优秀译作来阅读并研究外国文学，来总体了解和把握世界文学，是完全可行的。即使有时候在纯语言层面上的研究——如"英美新批评"的那样的文学语言学那样的研究——会有局限和困难，但研究者在选题上自然会想办法回避这些局限。

那些"语言原教旨主义"者，自己通常也做翻译，而且有人还以翻译为主业。那么请问：您认为您自己的"翻译"可靠吗？如果您的翻译与"原教旨"（原文）有那么大的背离，您为什么要作这种吃力不讨好的傻事来贻误别人呢？您为什么出版胡译乱译的东西而不对读者负责任呢？如果您认为您的翻译"信达雅"地再现了原作的风格神韵，并非靠不住的东西，那么您又有什么理由认定，通过您的翻译而了解的那个作家是不可靠的，通过您的翻译来研究那个国家的文学，是没有价值的呢？

二

归根到底，中文系外国文学史基础课所遭遇的挑战与危机，不是仅仅靠辨析和辩护所能济事，要摆脱危机，根本的出路还是改革。因此，以上我表示反对"世界文学"取消论，反对"语言原教旨主义"，呼吁进一步确认翻译及文学翻译的正当性与合法性，其目的是为中文系的外国文学基础课这门课程的改革提出相关思路。

改革的方向和途径在哪里？我认为就在"翻译文学"。一言以蔽之，我主张用"中国翻译文学史"，来改造"外国文学史"或"世界文学史"课程。

首先，这么做是为了"正名"。而"正名"是为了确认它的合法合理性。中文系的学科内涵是"中国语言文学"，外延也应该是"属于中国语言文学的各知识领域"，中文系的课程体系，应当涵盖"中国语言文学的各知识领域"。按照这样的理解和界定，在许多人看来，外国文学是外国文学，当然不是中国文学；换言之，"外国文学"当然不属于中国语言文学的范围，因此在中文系开设这样的必修的基础课是否必要就成了疑问，"外国文学史"这门课程就必然处在了"名不正，言不顺"的窘境中。可是，如果我们从另一个角度提问题，现在的中文系开设的各门基础课程，是否已经囊括了、覆盖了中国语言文学的各个知识领域？

我的回答是：没有。因为"中国翻译文学"没有被包含在其中。

"中国翻译文学"不是"外国文学"，而是中国文学的一个重要的特殊的组成部分。关于这一观点，谢天振教授在《译介学》，我在《翻译文学导论》等著作中，都做了充分的论述，目前学界的大多数人已经逐渐对此达成了共识。然而，现在的中文系的基础课程中，却没有这门课。既然"中国翻译文学"是中国文学的一个特殊的重要组成部分，那么，中国翻译文学当然就属于"中国语言文学的各知识领域"中的一部分，它在中文系的课程体系中就是不可或缺的；换言之，中国语言文学专业的学生就应该学习中国翻译文学，否则他的专业知识结构就不完整。而且从根本上说，中国语言文学系的最大宗旨、或者说它存在的最大理由，就是传承中国语言文学及相关的精神文化，并以此来提升和加强国民的精神文化教养。一个国家的教育体制是文化传承体制的重要组成部分，因而一个民族、一个国家，要将一些有价值的精神文化传承下去，首要途径之一就是将这些精神文化作为知识形态，列入其教育体制中。中国翻译文学，如果从佛经翻译文学算起，已经有近两千年的历史，已经成为中国文学的一个有机组成部分，已经成为我国精神文化的一笔独特的宝贵财富。所以，有必要将中国翻译文学作为我国文学、我国精神文化的重要部分纳入我们的教育体制中，而纳入教育体制的关键步骤，就是将其课程化。

目前的情况是，中文系的中国古代文学史课程不讲古代的佛经翻译文学，现代文学史没有傅雷、朱生豪等翻译家的位置，讲鲁迅、郭沫若、巴金等作家时，也不讲他们在翻译文学上的贡献。鉴于"翻译文学"与"汉语言文学"并不是一回事，各有其自身规律和特征，要将中国翻译文学包含在中国古代文学史、中国现当代文学史课程中，是很困难的。这就需要在各门中国文学史课程之外，开设一门独立的"中国翻译文学史"的课程。

而实际上，传统上中文系所开设的"外国文学史"课，老师用中文讲授，要求学生阅读的是中国翻译家翻译过来的译作（翻译文学），而不是外文原作，所以它本来就具有"翻译文学史"的性质；在这门课程中，老师们所讲述的、学生们所学习的，与其说是外国文学，不如说是翻译文学。这一点只不过没有被自觉地意识到罢了。

我认为，用中文来讲授外国文学，其本质上是一种广义上的"翻译"。换言之，当我们把外国文学转换为中文来讲述的时候，自然就融入了我们中国人的理解和阐释。伴随着我们自己的学习、理解和阐述，我们在逐渐地吸收外国文学，使其成为自身肌体的一部分，外国文学已不是外国文学了，正如我们吃了牛肉，消化并吸收了，牛肉已经不再是牛肉，牛肉已经融化为我自身的一部分了。长期以来中文系的"外国文学史"课，所做的实际上就是这样的吸收和消化工作。因此其意义不可低估。可以说，中国文学对外国文学消化和吸收的主要途径之一，就是在大学中文系的课程中，将外国文学课程中文化。用中文讲述外国文学，这一行为本身就是中外文学与文化碰撞和融合，因而其实质就是"比较文学"；用中文讲述外国文学，外国文学便在中文、中国文化的语境中受到过滤、得到转换、得以阐发，也就是化他为我，其本质具有"翻译文学"的性质。这门课不单纯是"史"，更具有文学理论的特征。所以，在中文系用中文讲授外国文学，与在外语系使用外文讲授的外国文学，其宗旨和效果都是根本不同的，也是不能相互取代的。因此，将外语系的国别文学史照搬和移植到中文系来，是不可行的。

如果我们对中文系的外国文学史课程的性质达成这样的共识，那么，提出以"中国翻译文学史"来改造"外国文学史"，将原有的"外国文学史"课程转换为"中国翻译文学史"课程，就是非常自然，顺理成章的事情了。

当然，这还需要完成立场角度和观念方法的转换。

原来的"外国文学史"课程，是努力站在外国文学的角度与立场上，现在的"中国翻译文学史"课程，则要求站在中国文学的立场上，把翻译文学作为中国文学的组成部分来讲授。它绝不是外国文学史课程的取消，而是外国文学史课程的强化和转化。《中国翻译文学史》这一课程的特点，就是不满足于只讲"外国文学"，还要讲"外国文学"如何通过翻译家的再创作，转化为"翻译文学"，也就是站在中国文学及翻译文学的立场上讲外国文学。这样一来，中国文学史自身的发展演进线索就成为中国翻译文学史的纵向坐标。在这个坐标上，中国翻译文学家就成了中心点，"中国翻译文学史"课程首先是肯定和张扬翻译文学家们在中国文学史上的贡献和地位，使优秀的翻译家作为中国文学的功劳者，与著作家一样获得应有的评价，在中国文学史上占有相当的地位。在《中国翻译文学史》的纵向构造上，要摆脱以往的外国文学史模式，在尽可能描述外国文学自身发展演进历程的同时，应当将重点放在描述中国翻译文学史自身的发展演进历程及其规律性的探寻上面。对外国文学史上的文学思潮、运动、作家作品的轻重权衡和甄别取舍的依据和标准，主要不是外国文学史自身的标准，而是中国翻译文学史的标准，即根据其对中国文学的影响作用的大小多寡深浅，来确定其主次轻重。例如，英国的《牛虻》，或许在英国文学史上没有什么重要位置，但在中国文学翻译文学史上，却有重要地位，并应予以确认。

这样一来，《中国翻译文学史》与原先的《外国文学史》就有了显著不同，它已经不单是外国文学的介绍和赏析了，而是进入了"研究"状态，是站在中国文化的立场上与外国文学的对话；这样一来，《中国翻译文学史》既是中国文学史，也是站在中国翻译文学立场上所看到的外国文学史；《中国翻译文学史》既是与世界文学密切相关的中国文学史，也是站在中国文学立场上所观察到的世界文学史；《中国翻译文学史》既是中国文学与外国文学的关系史，也是一种以中国文学为中心的比较文学史——这就是我所理解的"中国翻译文学史"这门课程的实质。因此，用《中国翻译文学史》改造过的《外国文学史》，绝不是《外国文学史》的取消，而是《外国文学史》的强化——强化其比较文学的属性，强化中国文学的主体性，强化这门课程的学术性，从而加大其深度，拓展其广度。

《中国翻译文学史》既然称为"文学史"，当然也就应该包括文学研究的应有的内容。除了纵向的加强中外文学关系史的线索的梳理和描述外，在横向上，还要进行对名家名作的赏析与批评。特别是注意对翻译文学文本自身的鉴赏与批评。理想的状态就是在必要的时候对重要的译文与原文进行比较分析，看看翻译家如何创造性地将原文译成中文。这样一来就大大地增加了讲授的难度，对教师的外语、外国文学和中国语言文学的修养，标准要求都提高了，对学生的接受水平的要求也提高了。当然，承担中国翻译文学史课程的教师，无论何人，都不可能通晓所涉及的所有外语语种和原文，但我们直接面对的是翻译文学，在原文不在场的情况下，也可以对译文本身进行赏析。例如，戈宝权译高尔基的《海燕》，一位中文修养足够的教师，完全可以在不懂俄文的情况下，感受和体会到译文本身的美并把这种美传达出来。二十多年前我的中学教师（他不懂俄文）就是这样做的，这至今令我难忘。也就是说，我们把优秀的翻译文学看成是翻译家的再创造，看成是中国文学的一种类型。中国翻译文学史所鉴赏所批评的对象，不是外文原作，而是翻译家的译作。在这里，一个教授中国翻译史课程的教师，其外文修养自然是越高越好，但更重要的，还是中文水平，是良好的中文感受力，是较高的文学与美学理论的修养。

将中文系的外国文学史或世界文学史基础课，改造为"中国翻译文学史课"，我认为势在必行，但要实现这个目标，还有较长的路要走。我认为这个工作可以分为两步走：第一步，是在现有的"外国文学史"或"世界文学史"框架中，注入"中国翻译文学史"的观念、角度和方法，也不妨说借"外国文学史"之名，行"中国翻译文学史"之"实"；第二步再争取改变这门课的"名"（不过在中国现有的教育管理体制下，为一门课程改"名"谈何容易）。就我本人的实践而言，我目前只是初步尝试做到了第一步。而要做到第二步，必须有学术教育界的普遍共识，必须写出高水平的《中国翻译文学史》的教科书。这需要付出长期的努力。但愿有意于、有志于这项工作的同行们，今后齐心协力，加强合作，为新世纪我国的世界文学与比较文学事业的兴旺发达，为中文系的教学改革和人才培养水平的提高，做出我们的贡献。

"翻译文学史"的类型与写法^①

一、译本批评的缺失与综合性《翻译文学史》的局限

近三十年来，翻译文学的研究取得了很大成绩。各种各样、厚厚薄薄的《中国翻译文学史》陆续出版，有的是通史，有的是"20 世纪"之类的断代史。这些不分语种、不分国别对象的综合性翻译文学史，是翻译文学研究全面展开的必然表现，也是系统梳理翻译文学纵向发展演变的必然结果，其价值和用处是不言而喻的。

但是，这样的综合性"翻译文学史"，也有许多不可克服的局限。首先，由于涉及多语种，它不可能由一个、乃至两三个作者来完成，往往需要一批作者共同完成。多人写史，难免在学术思想、知识水平、文字风格等方面参差不齐，若遇上挂名的主编，无法对全书加以细致统稿，便必然杂凑成书，各章节血脉梗阻、文气不畅，很难称为一部统一的作品。更为重要的是，许多这样的"翻译文学史"执笔者，大多没有文学翻译的经验，若加上外语水准低于作为研究对象的翻译家，就不敢对翻译家的译作做出分析批评。作为"翻译文学史"基本要素的译本分析，就只好放弃，于是就将"翻译文学史"写成了"文学翻译史"。其特征是没有文本分析，只有关于

---

① 本文是"首届翻译史高层论坛"（成都）的主题发言，原载《社会科学报》（上海），2013-10-17。原题《应该有专业化、专门化的翻译文学史》。

文学翻译的事件和史料记载的历史。这样的"文学翻译史"大多写翻译家的生平、翻译家的翻译动机、译者自述、原作家对翻译家的影响、译作出版，写得好的还谈到读者的接受情况等。相对而言，这样的文学翻译史比较好写，因为即便不作译本分析，也能把书写得很厚很长。

然而，翻译文学史作为"文学史"，与一般历史著作的不同，正在于它必须以文本分析作为基础。换言之，没有文本分析的文学史不是真正的文学史；没有译本分析的翻译文学史，也不是真正的翻译文学史。

诚然，即便是上述那样的没有译本分析批评的"文学翻译史"，作为入门书在一定时期也是需要的。在翻译文学研究的初级阶段上，出现较多的此类文学翻译史书，也是很自然的。但是，翻译文学史研究要深化，就不能以此为满足。否则，这样的文学翻译史即便越写越多，越写越厚，在学术上也没有太多实质性的推进。

二、 应该有多角度、多样化、专门化的翻译文学史

因而，今后的翻译文学史的研究与写作，不能以此与满足，应该有多角度、多层次、多样化、专门化的诉求。

我认为，在上述的综合型翻译文学史（实际是"文学翻译史"）之外，翻译文学的类型还可以分为以下几种：

一是以"国别"为范围的翻译文学史，如中国的日本翻译文学史、中国的俄罗斯文学翻译史之类；这样的翻译文学史是翻译文学研究的基础，可以由通晓某种外语、又懂得翻译文学的专家来承担。但很可惜，三十年来，这样的翻译文学史进展不大，相关著作也很少见。

二是以"语种"为范围的翻译文学史，如"中国的英语文学翻译史"、"德语文学翻译史"之类。这类翻译文学史的范围比国别史的范围稍大，但由于语种相同，极有可操作性。目前，德语方面已有卫茂平先生的相关著作出版，而最应该写的大语种的《中国英语文学翻译史》之类的著作却一直未见问世。

三是断代的国别翻译文学史，或断代的语种翻译史，如20世纪30年代中国俄国文学翻译史，新中国十七年英美文学翻译史之类。这样的断代文学史，是前两种翻译文学的基础的前期性的工作。断代的先写出来，"整代"的也许就可以随之慢慢出世了。

除了国别、语种的翻译文学史之外，还可以立足于不同的"学科"立

场，来撰写带有学科色彩的翻译文学史。这里大约也可以分为如下三类：

第一是立足于中外文化交流史的翻译文学史，它主要是将翻译文学作为中外文化交流的一种现象，强调相关史料的收集整理与呈现，从传播与接受、影响与回返影响的角度，揭示出翻译（包括翻译家、译本等）在中外文化交流中的作用、功能和地位。

第二是立足于语言学立场的翻译文学史，重点是对译本做语言学层面的批评，用语言统计学、语义分析学的方法，重视翻译语言技术层面上的分析。

第三是立足于比较文学的翻译文学史，超越具体的语言层面，强调翻译文学是一种跨文化的文学关系与文化交流，特别重视其文化变异现象，对"创造性叛逆"给予正面评价，注重译作对原作总体风格的呈现和传达。

三、不同学科立场的翻译文学史之价值与价值观之间的冲突

在这三种不同学科立场的翻译文学史中，立足于历史学和文化交流史立场的翻译文学史，一般都不需要深入到译本内部做具体细致的文本分析，而只是对译本外围的相关史料加以清理和陈述。乍看上去，这种翻译文学史与上述的综合性文学翻译史，在不触及译本内部构造这一点上，似乎很相似，但实则有很大不同。现有的综合性文学翻译史，主要是立足于本国文化立场，主要笔墨用于文学翻译与本国文学的关系、与本国社会文化的关系、与本国读者的关系。而文化交流史立场上的翻译文学史，侧重点则是翻译文学、翻译家、译本作为中外文化交流之"媒介"的作用和价值，尤其重视译本与原作之间、翻译家与原作家之间的互动关系，重视翻译家与译本的文化旅行的跟踪。最重要是的，它不仅要写"外译中"即"译入史"，还有研究"中译外"即"译出史"，并将两者有效结合起来。这样的角度，是现有的综合性文学翻译史所普遍缺乏的。之所以缺乏，是因为有关资料来源不仅涉及国内，更涉及国外，资料信息收集和处理是跨境性的，因而，这类翻译文学史研究写作的难度相对较大，学术文化价值也更大。

立足于语言学的翻译文学史，与立足于比较文学的翻译文学史，在强调译本分析方面是有共通性的，但又有很大的不同。立足于语言学的翻译文学史，尊奉的是语言学的价值观，主要是从词汇转换、语法结构、语篇的改变等角度，来分析译本，从而做出语言学立场上的对与错、准确不准

确的判断。这样的译本分析，主要目的是以文学译本为剖析对象，为了给语言学习者、研究者提供案例，宗旨是从字句、语法的层面上切磋、琢磨翻译技术。这样的翻译文学史很适合用于外语学院翻译专业教学使用。但可惜的是，在如今外语专业热热闹闹的翻译学学科建设中，这样的翻译文学史仍然付之阙如。

同样是译本分析，立足于比较文学层面上的翻译文学史，与立足于语言学层面的翻译文学史，其学术立场与价值观却迥然有别。比较文学立场的翻译文学史的译本分析，重点不在词汇句法等纯语言的基础层面，而是注意在翻译过程中，哪些东西因为文化、文学或美学上的原因，而不得不发生变异或改变；关注翻译家如何通过有意识的语言扭转、意象转换、形象改变等，将原作纳入译入国的文化语境中，即实现译本的"归化"，同时有效地传达原作的总体风格。因此，比较文学立场的翻译文学史的译本分析，重点不是语言的对错、准确与否的判断，而是比较文学最为重视的文化变异现象。对翻译文学而言，就是人们所熟悉的所谓"创造性叛逆"现象。"创造性叛逆"是语言学层面上的译本分析所坚决排斥和否定的，却又是比较文学层面的译本分析所特别推崇并高度评价的。在语言学层面上来说，对原作的不忠实翻译等叛逆现象，实是一种"破坏性叛逆"，决不值得提倡。在我国翻译界，这两种译本价值观有着针锋相对的冲突。例如，翻译家、译论家江枫先生，坚决反对"创造性叛逆"推崇与提倡，并认为这种主张是近年来翻译水平下滑、胡译乱译的祸根；而比较文学家、译论家谢天振先生，却充分肯定"创造性叛逆"的作用与价值，两种学科立场的价值观是泾渭分明的。在相当长的时间里，两者翻译观要想达成和解与统一，还有许多困难，因而两种翻译文学史也可以同时并存。

总之，不同类型和层次翻译文学史，根本的差异在于有没有实现研究对象（国别、语种）的专业化和专门化，更在于有没有具体细致的译本分析或译本批评；在做译本批评的时候，是依据语言学的标准，还是比较文学的标准。专业化、专门化的翻译文学史，是学术质量的保证；而具体细致的译本分析或译本批评，是翻译文学史应具有的"文学史"特性的标志。只有在专业化、专门化的翻译文学史研究有了充分积累后，高水平的综合性翻译文学史才能在此基础上写出来，并且写好，这是我们所期望于未来的。

一百年来我国文学翻译十大论争及其特点①

　　文学翻译的学术论争，是中国学术论争的一个重要组成部分，也是中国翻译论争及翻译理论建设的一个重要方面。整个 20 世纪中国文学翻译史，不仅译作上成果累累，学术争鸣也呈现出百花争艳的局面。文学翻译论争所涉及的问题较为广泛，探讨较为深入，论争的起因和背景有所差异，呈现出较为复杂的样态。通过梳理和整合，我们可以把有关文学翻译的学术论争分为十个主题，可以总称为"十大论争"。

　　第一大论争，是"信达雅"之争。由近代著名翻译家严复提出的"信达雅"，是晚清以来中国翻译及翻译文学理论中最有影响的理论命题。它既是严复翻译经验的精炼的总结，也相当程度地揭示和概括了翻译活动的本质规律。在一百多年来的中国翻译理论中，没有哪一种学说像"信达雅"一样具有如此深远和广泛的影响力。由于严复的"信达雅"只是有感而发，并未做现代意义上的科学的界定，后来的人们或解释、或阐发、或引申、或赞赏、或质疑、或贬斥，各抒己见，众说纷纭，真正出现了百年争鸣、百家争鸣的局面。其间的争鸣出现过三次高潮：第一次是 20～30 年代，第二次在 50 年代，第三次高潮始于 80 年代，延续至今。通过论争，"信达雅"的历史渊源、内在含义，作为翻译及翻译文学的原则标准是否适用等一系

　　① 本文原载《苏州科技学院学报》，2011(6)；《复印报刊资料·外国文学研究》，2012(5)转载。是在百花洲文艺出版社 2006 年版《二十世纪中国文学翻译之争》(收入《王向远著作集》第八卷时改题为《中国文学翻译九大论争》)的"绪论"的基础上改写而成。

列问题，在论争中也逐渐明晰。更重要的是，"信达雅"在论争中被不断阐发、不断完善，从而焕发出了新的生命力。它作为翻译及文学翻译的原则标准的持续有效性得到了大多数论争的充分肯定。

第二大论争，是直译与意译之争。20世纪初直至80年代，我国翻译文学界一直都是将直译意译作为一种翻译方法的概念来使用，并围绕直译意译进行了长时间持续不断的论辩。归纳起来，大致有三种意见：1.把直译理解为逐字译，并加以提倡；有的提倡直译，但不把"直译"理解为逐字译，并把直译理解为唯一正确的方法，不承认另外还有"意译"的方法；或者把直译与"曲译"对立起来，认为直译就是"正确的翻译"。2.反对逐字直译，主张通顺易懂的意译，或者认为所以翻译就是"译意"，就是"意译"。3.将直译意译两者调和折中，不作硬性划分；或反对使用"直译"、"意译"的提法，而主张用别的更恰当的概念取而代之；或对直译意译的内涵做进一步科学的清理和界定，主张两者的有机结合与统一。通过论争，大多数意见认为直译意译作为不同的基本翻译方法，在翻译中应灵活使用，应在尊重译文的全民语言基本规范的前提下，能直译的便直译，不能直译的便意译。

第三大论争，是异化与归化之争。翻译中的所谓"异化"和"归化"，是以译者所选择的文化立场为基本点来加以区分的。前者主要以原语文化为归宿，强调译文要有"异"于目的语，后者主要以目的语文化为归宿，强调译文要同化于目的语。它们在翻译中的可行性取决于翻译的目的、读者的需要、文化间相互依赖的程度等，具有各自的价值和不可替代性。有人把归化理解为意译，把异化理解为直译，是不全面的。这一对概念都是有相互重叠的一面，如归化和意译都指译文通顺，符合译入语的语法规范，等等。异化和直译都追求与原作的"等值"，尊重原语的语法规范。但归化和异化更加强调文化因素，它所涉及的主要是文化立场问题，直译、意译则侧重于语言操作问题。在20世纪的中国翻译文学理论建构与学术争鸣中，"归化"和"异化"这一对范畴表明中国翻译文学由翻译方法论而扩展到更高层次的翻译文化论。在异化归化的争论中，更多的理论家强调译文应保持原文的风格，即"洋味"，反对过分"归化"，但更多的翻译家在翻译中仍倾向于译文必须是地道的汉语，具有"归化"倾向的译文能占大多数。

第四大论争，是转译和复译之争。转译与复译之争是针对文学翻译的不同方式而展开的论争。由译本所据原本的不同，形成了直接翻译和转译两种不同的翻译方式；由同一原本的不同译本出现的时间先后的不同，形成了首译与复译两种不同的方式。因已有的译本不能满足读者的期望和需要，复译是翻译家常有的选择；因翻译家所掌握的语种等因素的限制，转译也常常是译介外国文学的必要途径和方式。在中国翻译史上，复译和转译是相当普遍的翻译方式，其中不乏成功的、受到读者欢迎和肯定的译作，也有不少过多背离原文的转译本和重复平庸，乃至滥竽充数的复译本，对于复译和转译的是非功过，翻译界有着见智见仁的不同看法，并进行了长期的讨论和争鸣。经过争论，大家认为"转译"是不可避免的，但应尽量直接翻译；复译也是必要的，但复译不能为盗译（抄袭已有译文）提供条件，复译必须在旧译基础上有所超越、有所提高，才有存在价值。

第五大论争，是"处女"、"媒婆"、"奶娘"之争。翻译文学的价值、功用问题，文学翻译与文学创作的关系、特别是文学翻译对作家创作所起的作用问题，是中国翻译文学的理论探讨的一个重要论题之一。对翻译文学在政治文化层面上的价值、地位和作用，人们的认识是大体一致的，关于这个问题并无太大争议。只是翻译文学究竟"功用"在何处，不同时代、不同的人的认识还是有差异的，人们对翻译的重要性与必要性的认识，也经历了从现实的、政治的工具论，到文化、文学本体论的发展演化过程。而在文学层面上，特别是在翻译与创作的关系问题上，人们的看法却大相径庭，并产生了激烈的争论。在论争中，有人将创作比作"处女"，将翻译比作"媒婆"，认为文学翻译只起一个"媒婆"的作用，与"创作"这个"处女"相比是次要的；有人则将翻译比作"奶娘"，认为翻译促进了创作，对创作有哺育之功，因而翻译是创作的"奶娘"。形象一点说，这一论争就是"处女"、"媒婆"、"奶娘"之争。经过论争，"媒婆"论者修正了自己的看法，"奶娘"论得到了普遍的认同。

第六大论争，是神似、化境与等值、等效之争。"形"与"神"、"神似"与"形似"，原本是中国传统的文论和画论范畴。在20世纪中国翻译文学理论构建中，有些翻译家和理论家借鉴这两个传统概念，来表达翻译文学中的艺术追求，后来，钱锺书等又在"神似"的基础上提出了"化境"这一概念，作为翻译文学的一种理想境界和目标。而从外国引进的"等值"、"等效"理论，与"神似"、"化境"论一样也属于翻译文学的理想目标。长期以来，翻译界对"形似"与"神似"的关系、"神似"与"化境"的关系，"神似"、"化境"与"等值"、"等效"的关系，都做了有益的论争和辨析。特别是对从外国引进的"等值"、"等效"理论，推崇者有之，质疑者有之，反对者有之，各种不同看法在80～90年代形成了交锋。通过论争，一般认为神似化境论是适合于文学翻译和翻译文学的审美理想论，等值等效论则比较适合于非文学翻译的译文评价。

第七大论争，是可译与不可译之争。"可译"与"不可译"是翻译理论中的一个古老的悖论，是翻译理论，特别是翻译文学理论中的一个矛盾的、二律背反的命题。可以说，人类以往的翻译活动，都是在"可译"与"不可译"的矛盾统一中，在不断克服"不可译性"、追求"可译性"的努力中向前推进的。所谓"可译"或"不可译"（或称"可译性"、"不可译性"）是指在翻译——主要是文学翻译，特别是诗歌翻译中，对原文加以确切传达的可能性的程度和限度问题，也就是翻译的可行性和局限性的问题。它从根本上触及到了翻译及文学翻译的可靠性和可信性、作用和价值的认识与判断。"可译性"与"不可译性"的论争，从西方自古罗马时代，我国自魏晋时代就已触及并展开，进入20世纪后，仍是我国翻译文学论争中的持续较长的论题之一，在许多方面触及了翻译及翻译文学的某些根本特征，具有重要的理论价值。通过漫长的论争和探讨，人们意识到"不可译性"是文学翻译，特别是诗歌翻译的基本特性，而这种"不可译性"恰恰又给文学翻译家提供了再创造的契机，文学翻译作为艺术的再创作活动，突出表现为对"不可译"的不断克服，也就是变"不可译"为"可译"。

第八大论争，是"翻译文学"国别归属之争。"翻译文学"是"文学翻译"的结果，也是文学文本的一种类型。在20世纪80至90年代中国翻译文学的学术争鸣和理论构建中，关于翻译文学的归属问题的论争是学界争论的一个焦点，特别引人注目。由于"翻译文学"特有的跨文化性质，人们对什么是"翻译文学"，它的内在属性是什么，翻译文学应该如何定性和定位，翻译文学是否等于"外国文学"，是否是一个独立的文学形态，中国的翻译文学是否属于中国文学的一个组成部分，等等，都有着不同的认识，并展开了热烈的讨论。通过论争，"中国翻译文学属于中国文学的特殊的组成部分"的论断，为翻译界、文学界和理论界的大多数人所赞同，从而一定程度地扭转了长期以来翻译文学被忽略、被无视的不正常局面。近年来，翻译文学的基本理论、对于翻译文学史的研究已成方兴未艾之势，这在很大程度上得益于翻译文学归属问题的明朗化。

第九大论争，是"科学"论与"艺术"论之争。对翻译的特殊性的探讨的第一步，是弄清文学翻译的根本的学科属性，即翻译——包括文学翻译是科学还是艺术。长期以来，人们对文学翻译是科学还是艺术这个问题一直存在争论。从语言学角度看问题者，倾向于将翻译视为一种科学活动，从文艺学角度看问题者，则倾向于将文学视为艺术活动，从而形成了"语言学派"和"文艺学派"两大分野。他们在翻译家的客体性与主体性、翻译活动的主观性和客观性，翻译理论的描述性和规范性等问题上，都表达出了不同的看法。与此同时还出现了将两者调和起来的"艺术与科学统一论"。而在"艺术论派"内部，人们对文学翻译的特点和性质的认识也颇有分歧。1980 年代以来，围绕许渊冲先生提出的"美化之艺术"论、译文对原文的"优势竞赛"论，翻译界进行了热烈的争论，并一直持续到新世纪。这场争论集中反映了文学翻译中的两种不同的价值取向，涉及译者在翻译中的创造性可以容许到多大程度这一重大问题。

第十大论争，是关于能否建立"翻译学"的论争。20 世纪 80 年代后期以降，在我国，近年来不少学者在外国学术界的启发下，提出了建立"翻译学"的构想，发表了很多文章，出版了若干专著。虽然有些著作得到了评论者的高度估价，但毋庸讳言，它们大都只是初创和探索的性质。其中一些基本理论问题没有解决，并存在很大分歧。这些分歧都在围绕"翻译学"的学术论争中充分表现了出来。争论的焦点问题是：第一，翻译学有没有建立的必要？能否建立起来？一派认为"翻译学"不可能成立，它只是一个"迷梦"、一个"未圆且难圆的梦"，另一派相反，认为建立翻译学是必要的必然的现实的，并且在我国也已初步形成；第二，怎样建立翻译学？这主要涉及在翻译学的理论建构中，是建立囊括一切翻译活动的"翻译学"，还是首先建立像"文学翻译学"那样的分支翻译学？在建立翻译学的过程中，是以中国已有的译学理论为依归，还是以西方理论为依托？如何看待中国传统译论的民族特色？在译学理论建构中它应发挥何种作用？如何看待和借鉴西方译论？其中一派认为我国已经形成了自成系统的翻译理论，应该建立有中国特色的翻译理论体系，另一派认为中国翻译理论是不成熟的和落后的，翻译学的建立应走国际化的道路。这场争论目前仍在进行中。

在对上述十大论争中的清理、总结和评述中，我们深感近百年来，中国文学翻译论争的论题是鲜明突出的，论争的内容、论争的角度和方式是丰富多彩的，论争的学术含量和理论含量是较高的，有关文学翻译的论争是与中国文学史、中国学术史的发展演进历程密切相关的。从纵向上看，十大论争贯穿着整个中国翻译史和翻译文学史，同时由于时代背景的不同，论争高潮相对集中。20～30 年代和 80～90 年代是论争的两个高峰，十大论争中的大部分论争集中在这两个时期。显而易见，这两个高峰期的形成是与中国整个学术文化的繁荣期相一致的。从论争的主题内容上看，是逐步由浅入深、逐步推进和深化的。例如，在 20 世纪上半期，围绕"信达雅"的论争，其宗旨是为文学翻译确定一个基本标准，接着展开的直译和意译之争是翻译的基本方法问题，转译复译问题则是翻译的方式问题，这些基本上都属于翻译的实践层面的问题。到了 20 世纪下半期，在关注翻译的实践层面的问题之外，开始更多地关注文学翻译的一些基本理论问题。例如，形似神似化境、等值和等效问题的争论，已经由"文学翻译"上升到了"翻译文学"。这一论争和"信达雅"论争的不同，就在于"信达雅"论争是有关实践问题的，而围绕"神似"的论争则关涉翻译文学的美学理想、审美境界，是对已经完成的"翻译文学"文本的审美观照和审美评价。又如异化归化之争，如果说 30 年代的论争旨在说明什么样的译文更可取，那么到了 80～90 年代的异化归化之争，则主要指向探讨翻译文学的文化立场，翻译家的文化取向问题。同样，可译不可译之争也发生在 30 年代，但那时所探讨的主要是文学翻译实践层面的可译与不可译，而 20 世纪后半期的论争则深入到了文学的翻译本质特征的层面，把可译不可译问题作为翻译中的一个文化哲学问题、美学问题来看待。还需要强调的是，80～90 年代参与争论的不再是清一色的翻译家，而是涌现出了一些专门的翻译研究家和译学理论家，理论与实践的相对分工已初露端倪。翻译论争及文学翻译论争的议题，也不再局限于某些个别的实践问题，而是更多上升到了学科建构的高层次。例如，关于翻译文学的国别属性文学的争论，其实质是要为翻译文学争取学科地位，争取存在空间。翻译的"科学论"和"艺术论"之争的宗旨，更是要从学理上辨明翻译，特别是文学翻译的本质属性和基本特征，从而为翻译及文学翻译的准确定位打下基础。而关于"翻译学"的论争，则是 20 世纪中国翻译文学论争的总结形态，是围绕学科本体的论争，突出表明了 20 世纪末期翻译界对中国翻译及文学翻译的学科建设问题的高度关注，这个问题的争论也一直延伸到了新世纪，而翻译学及翻译文学的学科建设也在论争中稳步地向前推进。

就论争的方式来看，中国翻译文学中的所谓"论争"，不仅仅是通常意义上的"争论"，大部分情况下是"争"为"论"起，以"论"为本，"论"中有"争"。论争的方式也各有不同，呈现出较为复杂的情况。但粗略划分起来，可以说有两种基本的论争方式，一种是直接论争，论争双方在相对集中的时间内，以特定的人物为对手展开论辩，多是指名道姓。十大论争中，30 年代鲁迅与梁实秋等就直译硬译问题展开的论争，90 年代就劳陇、张经浩两先生的反对建立翻译学而引发的论争，关于中国译论与西方译论的价值判断的论争，等等，都属于直接论争。直接论争的烈度较大，双方常常各不相让，有的已上升为比论争更激烈的"论战"。这类论争的特点是短兵相接，各执一端，论题集中，立场鲜明。总体看来是学术的，但有时也免不了中国文坛中的一直时隐时现的宗派主义、党同伐异的倾向，有的因带有个人的情感意气乃至成见偏见，影响了论争的学术性和科学性。譬如，有论者在论争中缺乏与人为善的态度，将学术论争与人际关系、长幼尊卑混为一谈，经不起别人的学术的批评，在反批评中有失学术立场。这都是直接论争中难以避免的负面。另一种方式是间接论争。即论争双方的对垒并不明显，论争的时间不太集中，有关的文章主要并不是为论争而写，而是顺便提到，或一带而过，或旁敲侧击。这类间接论争时间上不集中，参与的人数较多，且往往历时很长，旷日持久。例如，信达雅之争，直译意译之争，异化归化之争等，几乎都持续了近一百年，其论争本身就构成了中国翻译理论史的一条重要线索和一个重要侧面。在中国翻译文学论争史上，直接论争和间接论争两者互为补充，直接论争往往容易形成焦点和高潮，间接论争却能连绵不绝。

在清理、总结和评述中国翻译及文学翻译论争的过程中，我们还感到，中国文学翻译的论争始终是中国翻译论争的焦点和核心，在中国的翻译理论建构中具有主导位置。一方面，中国翻译文学的论争是中国翻译论争的一个有机组成部分，因而谈文学翻译的论争，不可能完全局限在文学翻译自身的范围内。另一方面，在 20 世纪我国翻译论争乃至译学理论建构中，呈现出较强烈的"泛文学化"的色彩。不论是否直接关涉文学翻译问题，论争都具有不同程度的文学性或文学色彩。"文学论"色彩极为浓厚，相形之下"科学论"色彩较弱。许多学术观点和理论主张实际上是从文学翻译出发的。参与论争的大部分翻译家是文学翻译家，他们的文学翻译经验对他们的翻译主张、理论立足点都起了决定性的影响。因此可以说，20 世纪中国翻译论争的核心和焦点在文学翻译。90 年代后，虽然也有了强调科技翻译、学术翻译研究的呼声，但总体而言，文学翻译仍是翻译理论论争的最基本的背景和语境。

翻译文学的学术争鸣是 20 世纪中国翻译理论建设的重要形态，论争涉及了文学翻译的方方面面，提出了一些令人深思的基本的问题和课题，也集中表现出了学术论争在理论建构中的作用和局限。一方面，论争中提出了一系列基本问题，通过争论，使这些问题为更多的人所关注；通过辨析，使问题逐渐明朗化，为进一步解决问题提供了基础和条件；另一方面，参与论争的大部分是有着一定翻译实践经验的翻译家，而多是有感而发的随想式的、"经验谈"的文字，其中的看法虽不乏切肤之痛和真知灼见，但常常是思想的星星之火，而不是理论的火焰燎原。这自然不能责怪翻译家未能将他们的见解理论化。这只能说明，文学翻译论争还不是文学翻译理论的完成形态，但它却是文学翻译理论乃至整个翻译理论和译学建构的珍贵资源。翻译文学理论研究的深化，既要靠翻译家兼理论家的双料人才，更呼唤专门的翻译理论家和专门的翻译理论研究者的出现。而今后专门的理论家要对文学翻译做出理论上的全面深入的概括和提升，如果忽视、或者不能充分利用 20 世纪文学翻译论争所留下的这些宝贵材料，是不可想象的。

翻译学·译介学·译文学

——三种研究模式与"译文学"研究的立场方法①

一、 "翻译学"、"译介学"、"译文学"三种研究模式的异同

当代中国的翻译研究，由研究者的不同的立场、方法，形成了"翻译学"、"译介学"、"译文学"三种不同的研究模式，也不妨看成是翻译研究的三派。

第一种研究模式是"翻译学"，是以跨语言的转换为中心的综合性翻译研究，包括翻译实践研究、翻译理论研究、翻译史研究，翻译原理研究等。但这一派在国内外历史悠久，积累较为丰厚，有传统的翻译学，也有对传统的翻译学加以批判继承的当代翻译学。传统的翻译学基本上是以原文、原作者为中心、以语言学特别是语言规范为依托，以翻译如何忠实于原作为基本问题。而当代翻译学则逐渐走向以译者为中心，强调翻译家的主体性，并从"语言翻译"的立场走向"文化翻译"的立场，重视翻译在跨文化交流中的作用和价值。

第二种研究模式是"译介学"，是谢天振先生在《译介学》一书及相关文

---

① 本文原载《安徽大学学报》，2014(4)。

章中提出并论证的一个概念。他指出："译介学不同于一般意义上的翻译研究……最初是从比较文学中媒介学的角度出发，目前则越来越多地从比较文化的角度出发，对翻译（尤其是文学翻译）和翻译文学进行的研究。"①可见，"译介学"虽然基本上脱胎于当代西方翻译学，但也形成了自己的研究话语和理论建构。它超越了语言学立场，从"比较文化"的立场出发，侧重翻译在跨文化交流中的独特功能和作用，特别重视文化差异对翻译的影响，强调"创造性叛逆"的重要价值，研究翻译中文化意象的失落与歪曲、文化理解的偏误以及文化交融的功能。

第三种研究模式是"译文学"。照字面，对"译文学"可以有三个层面的理解：一是"翻译文学"的缩略，相对于一般翻译学的宽泛的翻译研究，而限定为"翻译文学"的研究；二是相对于"译介学"而言，表明它由"译介学"媒介的立场而转向了"译文"，即翻译文本，亦即由"译介学"对媒介性的研究，转置于"译文"本身的研究；三是"译文之学"的意思，指研究"译文"的学问。"译文学"虽然一词三义，但顾名思义，无论怎样加以理解，它的含义都是清晰的，无外乎以上三个侧面。三个侧面的含义构成了"译文学"这个概念的完整内涵。

从 20 世纪末，笔者就有意识地坚持"翻译文学"的研究立场，曾把一本相关专著取名为《二十世纪中国的日本翻译文学史》（2001）。这个书名在当时看来有点绕口。笔者在该书"后记"中也做了说明，当时就是一定要把"翻译文学"这个概念用在书名中。（若干年后，当"翻译文学"这个概念普遍为人所接受的时候，该书新版更名为《日本文学汉译史》。）笔者所著《翻译文学导论》（2004）一书，又将"翻译文学"作为关键词，把研究对象明确界定为"翻译文学"而不是"文学翻译"，试图构筑翻译文学的理论体系，认为"翻译文学"是介乎于"本土文学"、"外国文学"之间的独特的文学类型或文本形态。②把"翻译文学"为一种文学类型，就意味着两点：一是要将研究落实在"文本"上；二是要落实在"文学"文本的特性即文学性的研究上。

"翻译学"、"译介学"、"译文学"这三种研究模式之间，既有继承，也有疏离。"译文学"是从"翻译学"及比较文化中衍生出来的，"译文学"又是从"译介学"及比较文学中衍生出来的。"译文学"特别得益于"译介学"所界定、所常用的"翻译文学"、"文学翻译"这一对概念，并把它们作为关键的

---

① 谢天振：《译介学》（增订本），1 页，北京，北京大学出版社，2013。
② 王向远：《翻译文学导论》，1～5 页，北京，北京师范大学出版社，2004。

概念范畴。尤其共鸣于"译介学"所提出的"译作是文学作品的一种存在形式"、"翻译文学是中国文学的组成部分"等重要命题。但与此同时，"译文学"和"译介学"也是有区别的，这主要表现在两个方面："译介学"主要立足于"比较文化"的立场，而"译文学"则主要立足于"比较文学"的立场。比较文化立场上的"译介学"侧重的是翻译的媒介性，把翻译作为跨文化的行为和现象加以理解。不管语言学层面上是对错如何，美丑如何，只要是翻译对原语文化做了有意无意的变形、扭曲、改造、叛逆，那么它作为文化交流碰撞的产物，就都是值得注意的、值得肯定的，值得分析研究的，这样，翻译在跨文化交流中所起的作用，就成为"译介学"价值判断的基本标准。与此相应，"译介学"的关键词是"创造性叛逆"、"文化意象失落"、"文化意象歪曲"、"文化误解"等。

与"译介学"不同，"译文学"主要把翻译文学看成是一种跨文化的文学类型来看待。它重点是要对"翻译文学"做文本分析。既然是文本分析，就一定首先要落实到语言的层面，因此，"译文学"又在这个方面继承了传统翻译学的语言学方法。但"译文学"既像一般翻译学那样只做语言学上的对与错的评价，同时也做文学文本的审美价值的优劣判断，也就是把语言学上的"忠实"论与文学上的"审美论"结合起来。"译文学"在译本批评的时候，由于持语言学与美学的双重立场，它就能不像"译介学"那样只站在文化交流的立场上无条件地肯定文学翻译中的"叛逆"行为，不把所有的叛逆都视为"创造性叛逆"，而是在"创造性叛逆"的基础上，提出了一个相对的概念——"破坏性叛逆"，以此对"叛逆"做出了"创造性"和"破坏性"两方面的评价，认为"叛逆"有"创造性的叛逆"，也有"破坏性的叛逆"，并主张对"叛逆"采取审慎的态度。

在涉及翻译史研究的时候，"译文学"与"译介学"既有一致性，也有差异性。"译介学"首先提出了一系列富有启发性的主张，特别是很好地论证了"文学翻译史"与"翻译文学史"的区别，认为不仅要有记述翻译家的翻译活动及翻译事件的"文学翻译史"，更要有文学性为本位的"翻译文学史"。谢天振先生在《译介学》中明确提出："翻译文学史实际上就是一部文学交流史、文学影响史、文学接受史"。[1]显然，这样的主张与"译介学"的"比较文化"的基本立场是相通的。"译介学"提出要把翻译文学写成"文学交流史、文学影响史、文学接受史"，就是强调翻译文学在跨文化交流、文学

① 谢天振：《译介学》（增订版），208 页，北京，北京大学出版社，2013。

交流中的作用。这样写出来的"翻译文学史",比那些只是记述翻译家及翻译史实的"文学翻译史",无疑是一个很大的飞跃和提升。但另一方面,"译介学"所提倡的"翻译文学史",由于受到了"文学交流、文学接受与影响"的"比较文化"立场及"创造性叛逆"价值观的制约,而相对地忽略了译本、译本分析或译本批评。或者,在从事译本批评的时候,只关注与"创造性叛逆"相关的现象,而无意对翻译文本做更全面细致的批评。而这一点却正是"译文学"立场上的"翻译文学史研究"最为关注的。笔者在《翻译文学史的理论与方法》一文中曾提出,在"翻译家"、"译本"、"读者"这三个要素中,"最重要的还是译本,因为翻译家的翻译活动的最终成果还是译本,所以归根到底,核心的要素还是译本……翻译文学史还是应以译本为中心来写"。认为翻译文学史应该解决与回答的主要问题有四个:"一是为什么要译?二是译的是什么?三是译得怎么样?四是译本有何反响?"①这些实际上都是围绕"译本"提出并展开的。在《应该有专业化、专门化的翻译文学史》一文中,笔者曾强调:"翻译文学史作为'文学史',与一般历史著作的不同,正在于它必须以文本分析作为基础。换言之,没有文本分析的文学史不是真正的文学史;没有译本分析的翻译文学史,也不是真正的翻译文学史。"②

还需要说明的是,"译文学"所指的翻译文学的文本,应该包括两个方面:一是小说、诗歌、剧本等"虚构性文本";二是文学理论与文学研究的文本,即"非虚构性文本"。我们当然可以把"非虚构文本"看成学术理论著作,但它却是以"文学"、以"美"为研究对象的纯学术理论著作,它比其他方面的学术著作,更超越、更纯粹,也更具有"纯文本"性。因此,在"译文学"的研究模式中,不仅要关注小说诗歌等虚构性文本,也要关注文论、美学,特别是古典文论与古典美学等非虚构著作的翻译文本。相应地,"译文学"研究者,在积累翻译实践经验的时候,最好既有虚构性作品的翻译经验,也有非虚构作品的翻译经验。这样,也可以有效地矫正翻译理论上、学术价值观上的偏颇。例如,受虚构文本翻译经验的制约,往往会更多地强调翻译的叛逆、创造性的一面;受学术理论文本的翻译经验的制约,便更多强调翻译的忠实性、科学性的一面。实际上,对"译文学"这种研究模式而言,"非虚构文本"在严谨性、思辨性、纯理论性,与虚构文本

---

① 王向远:《翻译文学史的理论与方法》,载《中国比较文学》,2000(4)。
② 王向远:《应该有专业化、专门化的翻译文学史》,载《社会科学报》(上海),2013-10-17。

的想象性、诗性、审美性，两者是可以相辅相成的。

总之，"翻译学"、"译介学"、"译文学"三者的关系，虽然都是以翻译为研究对象，但三者也有明显的不同。"翻译学"是"语言中心论"、"忠实中心论"；"译介学"是"媒介中心论"、"文化中心论"和"创造性叛逆"论；而"译文学"则是"文学中心论"、"译本中心论"和"译本批评中心论"。

二、"译文学"模式对译本自性的强调

一直以来，许多人认为译本只是原文的替代品，认为读译本是那些不能读原文的读者迫不得已的选择。不少翻译理论工作者，一方面声称重视翻译，一方面却在理论上对翻译的文化属性缺乏深刻认识，仅仅把翻译看成是一种译介现象，看成是一种媒介、中介，一种交流与传达的方式方法。甚至有不少人在文章中说：若今后大家的外语能力都提高了，自己能看书外文书了，翻译自然就消亡了。这种论调是中国古代的"舌人"论和现代"媒婆"论的翻版，是对翻译文学性质的严重误解。这样的认识，仅仅是从文学翻译的最初动机及外部作用上着眼的，而没有看到"译本"也是"译作"，是一种特殊的相对独立文学作品，具有独立的阅读价值和审美价值。

"译文学"的研究模式坚持以译本为本位、以译本为中心的立场，对译本的自性或本体价值，做出了论证和确认。笔者在《翻译文学导论》一书中，反复强调"翻译文学"作为一种文本形态的独立价值，认为"翻译文学"与"本土文学"、"外国文学"是并列的关系，三者是无法相互替代的，并在"译介学"提出的"翻译文学是中国文学的一个组成部分"这一论断的基础上进一步修正，提出了"翻译文学是中国文学的一个特殊组成部分"的论断。[①]从阅读经验与阅读史的角度看，译本或译文的阅读也是读者所不可替代的选择。一般读书人，势必会与译本打交道。假定一个人近期读了十种书，其中可能就会有三五种是译本。在某些时期，译本的阅读比重可能会更大些。一般读者要获取新知识，要开阔视野，必然要读译本。那么，会外语的读者，甚至精通外语的读者，要不要读译本呢？例如，一个人，他英语很好，是直接读莎士比亚的原作呢，还是读朱生豪、卞之琳或梁实秋的莎士比亚译本呢？我认为，一个聪明的读者，在已经有了较好的、或很好的译本的情况下，他不会完全无视译本的存在，而直接去读原文。

---

① 王向远：《翻译文学导论》，15 页。北京，北京师范大学出版社，2004。

通常，一个外国文学研究者，哪怕是外文水平有多么高，他读原文的时候对原文的理解，其准确性超过翻译家译作的，恐怕极为少见。因为翻译家是站在翻译的立场上，一字一句仔细推敲琢磨的。而一般读者的阅读，是要有一定的"流速"的；换言之，阅读本身要有一定的速度，正如说话要有一定的语速一样。假如阅读的时候老是卡壳，那就好比说话的时候的老是"语塞"或者"无语"，那就"不像话"了。老是卡壳的阅读，要么跳过去、要么放弃，要么想当然地乱猜。这样的阅读在外文阅读中，相信许多读者多少都有体会。

但是，翻译家不能这样随意，他必须克服一切障碍，也不必讲究"语速"，直到满意地翻译出来才肯罢休。换言之，读者是为自己阅读，翻译家是主要是为了读者而翻译，他是有责任的、有担当的，所以他必然比一般读者来得认真、来得仔细。因此，一般地说，负责任的翻译家的译本，要比一般读者的阅读更为可靠。因此，笔者在课堂上也经常提醒学生们：千万不要以为自己的外语水平不错，就太相信自己的阅读理解能力，如果已经出版了译本，那就一定找来译本参考。最好是先读原文，再来读译本。这样，就可以把翻译家的译本为标杆，来检验自己的阅读理解。当你发现你的水平不如翻译家的译本，那就好好地向翻译家的译本学习；当你发现你的水平超过了译本，那你就可以毫不客气地考虑重新翻译（复译）。翻译也是在这样的过程中不断进步的。

译本还有与原文对读的功用。对读可以使读者在译本与原作之间互参互照、相得益彰。广东一所外语大学的一位教授在给研究生开日本古代文论的课，方法就是让同学们把日文古代文论的原著，与《日本古典文论选译》加以对读；无独有偶，福建一所师范大学的比较文学学科，有教授在讲日本古代美学与文论的时候，也让研究生以《审美日本系列》中译出的《日本物哀》等书与原文对照。这种方法学习是切实可行的，译文与原文对读，是学生学习翻译、学习文学理论原典的最佳途径之一。当然，在这种情况下，译本是一种参照的标杆，它可以供"学习模仿"用，同时也供"学习研究"用，可以供"批判地接受"用，最终是供"批判地超越"用。译本存在的价值、用处正在这里。

译本对与学习者的用处是这样，那么译本对研究者而言，也是原文无法替代的。

据笔者所知，在许多情况下，相当一部分研究者是根据译本而不是根据原作来研究的。之所以根据译本来研究，是因为历史与和语言上的原因，原作的阅读已经变得很困难。例如，日本的《源氏物语》，连日本的许多研究者都是通过现代语译本阅读和研究的，只有在涉及语言学问题时，有些研究者才拿原作来对照。同样的，中国的《源氏物语》研究者，大多是通过中译本来研究的，到涉及原文语言问题的时候便参考原文。这种情况不只是存在于日本古典文学研究中，也广泛存在于日本当代文学研究中。例如，已通过答辩或已经出版的有关夏目漱石、川端康成、三岛由纪夫、村上春树的博士论文，许多作者引用原作时大都使用译本，在书后的参考书目中大都列出译本。几年前笔者去西安的一所大学主持博士论文答辩，那是一篇用中文写成的研究川端康成的博士论文，答辩者坦言自己阅读的主要是川端康成的中文译作，必要的时候、相关的段落再参读原文。那位作者坦然承认这一点，是很诚实的态度。川端的文字是很不容易懂的，如果他只读川端康成的原文，而无视译文，无论他日文水平多高，他毕竟还不到专业翻译家的水平，没有下翻译家那样的功夫，那我们就有理由怀疑他理解得是否准确到位，甚而怀疑学术论文本身的质量。

主要以译本为依据，来做外国文学的研究，这种做法在一些"语言原教旨主义"①看来自然是不可以的。当然，如果要在"语言学"的层面上做研究，必须啃原文，涉及语言问题，必须核对原文，但如果是在一般"意义"的层面上加以研究，则可靠的译文是可靠的。实际上，这也是外国文学研究，乃至外国哲学、美学研究中的通常做法。例如，研究马克思，根据中文版的《马克思恩格斯选集》，研究黑格尔、康德，依据的也是中文版译本。只要不涉及具体的语言学上的问题，根据译本来研究是可行的、可靠的。众所周知，美国学者本尼迪克特在《菊与刀》中对日本文化的研究，主要使用的是译成英文的日本材料；英国学者汤因比在《历史研究》中对中国文明的论述与研究，主要使用英文材料；美国学者费正清是著名的中国问题研究家，但他也大量使用译成英文的材料。研究工作成败的关键，是透彻地理解原意，"原意"并不等同于"原文"，理解原意也不在于直接读原文还是主要参照译文。当然，所选择的译本本身的质量一定要高，要依据名家名译才行。"译文学"研究的价值观，就是确认译本的自性。可靠的、优秀的译本，对译入国的读者来说，其价值虽然不是完全等同于原作，但也相当于原作，正如汉译《新旧约全书》和汉译佛经，对中国的信众与读者来

---

① 对"语言原教旨主义"的批评，请参见王向远：《从"外国文学史"到"中国翻译文学史"》，载《中国比较文学》，2005(2)。

说就相当于原文经典是一个道理。

三、"译文学"译本批评的基本用语： 迻译、释译、创译

"译文学"既然以译本为中心，那么，译本是怎么形成的，译本与原作的转换生成关系，也就成为研究的重点。换言之，"译文学"研究这一模式，决定了它要立足于译本批评。而要在译本批评上有所创新，就不能套用西方翻译学的思路和模式，也不能只在中国传统译学中寻寻觅觅、修修补补。还要对翻译文学的历史经验加以总结概括，超越迄今为止翻译学中一直习用的"直译"与"意译"的文本批评概念，而对文本批评概念加以更新。

长期以来，对于"直译"、"意译"，翻译界无论在翻译实践上，还是翻译理论，都有不同的理解，造成了歧义丛生，以致混乱不堪。这是因为"直译"与"意译"这一对概念本身在语义和逻辑关系上就有问题。"直译"这个汉语词，原本作为佛教翻译中的一个词，是"直接译"的意思，即直接从原文翻译，而不是从其他文本转译。这个词传到日本后，逐渐被赋予"逐字译"和"逐句译"的意思，并有了"意译"这个反义词。实际上，"直译"的直接目的还是为了把"意"译出来，而且是更好地译出来，在这个意义上，"直译"也就是"意译"。因而"直译"和"意译"并不是矛盾的、对立的概念。对"意译"的理解，通常是不拘泥于字句，而把原文的大体意思译出来。但这里头的问题就复杂了：为什么"直译"就不能把"意"译出来，而非要"曲译"不可呢？是原文词不达意呢，还是译语中本来就找不到对应的译词呢？是译者故意不想直译呢，还是即便直译出来，译文读者也看不懂呢？译者所要进行的"意译"，实际上究竟是译出了原"意"，还是歪曲了原"意"、掩蔽了原"意"、削减或增殖了原"意"呢？这一切，都不是"意译"这个词、或者"直译"与"意译"这对概念所能概括和说明的。因此，"直译"与"意译"这对概念是历史的产物，有历史功绩和必然性，也有历史的局限性。今后的翻译文学译本批评若继续使用"直译"、"意译"这对概念，是很难有创新、有突破的，因此有必要对文本批评的概念加以更新。

笔者在对已有的翻译文本加以琢磨研究的过程中，在对自身的文学翻译实践加以总结的基础上，提炼、概括了翻译文学的文本生成的三种基本方法，一是"迻译"，二是"释译"，三是"创译"。

第一，所谓"迻译"，亦可作"移译"，是一种平行移动式的翻译。一般

词典上将"迻译"解释为"翻译"，但这样解释实际上忽略了"迻译"与"翻译"在"翻译幅度"（翻译度）上的差别。迻译，即词语的平移式的传译。"迻"是平移，所以它其实只是"迻译"（替换传达），而不是"翻"（翻转、转换）。"迻译"是一个历史范畴，最早的迻译是音译，而所有"意译"最初都是解释性的翻译（即"释译"，详后）。但当解释性的翻译一旦固定下来，一旦被读者接受理解，那么后来的译者就可以照例译出，也就是"迻译"。这样看来，可以"迻译"的东西，是随着翻译的发展、时间的推移而逐渐增多的。在语言学及词典编纂高度发达的今天，各种双语的词语、句法都有了约定俗成的对应解释，因此，在当今的翻译活动中，"迻译"就是按照通常的双语词典上的解释加以翻译的方法，因而它也是最简便的、最直接的方法。"迻译"所遵循的是语言科学的基本规律，符合翻译理论史上的"科学派"翻译论的基本理念。由于是"科学的"，所以"迻译"可以使用机器来进行。现在盛行的电子语音翻译，实际上就是机器翻译，也属于"迻译"的范畴。其基本特点是科学化、机械化、规律化。一般自然科学著作，还有一些全球性较强的国际法学之类的著作，主要适合采用"迻译"的方法。而在文学翻译中，"迻译"方法的也是大量、经常使用的。一般的规范性较强的语句，都可以使用"迻译"法。一般情况下，在"迻译"中，译者的"再创作性"难以发挥，也无须发挥。没有多少"创造性叛逆"的余地与空间，而只有"忠实性的转换"。但即便如此，"迻译"仍是一切翻译活动的主要方法，也是文学翻译的主要方法。翻译理论中的"忠实"论、"案本"、"求信"论、"翻译是科学"论等，都是建立在"迻译"方法之上的。另外，在已经有了"释译"的情况下，或可以加以"释译"的情况下，却故意"迻译"，则反映出译者试图深度地、原汁原味地引进外来概念、范畴或外来文化的动机。例如，不把日文的"大系"释译为"丛书"，而是径直"迻译"为"大系"。20世纪30年代的郑振铎等主编的《中国新文学大系》，就直接使用"大系"做丛书名称，从而与中国固有的"丛书"、"丛刊"等概念有了微妙的区分，透露出了现代出版策划的思路与设计。

　　第二，是"释译"。"释译"就是解释性的翻译。根本上说，一切翻译本身都是一种解释，但这里所说的"释译"是与上述的"迻译"相对而言。凡是不能用通常的词语直接加以迻译的，译者一定会加以解释。解释的方法，使用本民族固有的词语来解释原文中的那个特定词语，或者用本民族语言的某一个词、词组、短语，来解释原文中的某个词。这样看来，"释译"也是一个历史的方法论范畴。"释译"不仅是一种方法，也是一种翻译策略。

从翻译文学史上看，"释译"的方法就是用自身的文化、固有的词语来解释原文词语。例如，译成"麦克风"是迻译，而译成"扩音器"就是"释译"；译成"涅槃"是迻译，译成"圆寂"、"寂灭"是"释译"。丰子恺译《源氏物语》将原文中的"物哀"一词，在不同语境下，分别译为"怜爱"、"哀怨"、"感慨"、"悲哀之情"、"饶有风趣"等，1980～1990 年代的一些学者则将"物哀"分别译为"感物兴叹"、"感悟兴情"、"愍物宗情"等，这些都属于"释译"。而直接将"物哀"译为"物哀"，就是"迻译"。"释译"具有将外来语言文学、外来文本加以一定程度的"归化"的倾向，"迻译"则有引进外来语言文化并接受"异化"的倾向。"迻译"保留了一定的文化阻隔，"释译"则会消除更多的文化阻隔。所以，一般而言，转译本比直接译本，使用了更多的"释译"，也就更为流畅可读，例如从英文转译的《一千零一夜》中文译本，较之直接从阿拉伯文翻译的《一千零一夜》更为明白晓畅。这是因为在转译的过程中，语言文化的阻隔被进一步减少的缘故。"释译"多见于早期的翻译史或翻译文学史，因为那个时候读者对外来文化不够了解，若迻译过多，会让读者不知所云，所以权且需要"释译"。但即便是后来的翻译，即便在当代翻译中，"释译"的方法仍然被广泛使用。例如，翻译史上众所周知的关于"Milky Way"的译例，赵景深译成"牛奶路"，是"迻译"，后来译成"银河"则是"释译"，因为这一翻译加入了我们的文化解释；这样的"释译"一旦固定，后来的翻译者照此翻译，就成了"迻译"。可见，"释译"和"迻译"一样，必须从翻译史及翻译文学史上加以认识理解。在"译文学"研究模式中，译者为什么释译，怎样释译，就成为一个重要的研究课题。

第三，是"创译"，就是"创造性的翻译"。关于"创译"，有的学者已经有所提及。例如，钟玲在《美国诗与中国梦》一书第二章《中国诗歌译文之经典化》中，将美国的中国古典诗歌翻译，特别是庞德、韦理、宾纳、雷克罗斯等人的翻译中普遍存在的背离原文的翻译方法，称为"创意英译"[①]，认为"创意英译"的目的就是译者用优美的英文把自己对中国古典诗歌的主观感受呈现出来。在现代日本翻译界，"创译"（創訳）这个汉字词也有人明确使用。在中外翻译史上，"创译"是普遍存在的翻译方法，也是在文学翻译中，遇到阻隔度相当大的文体样式（特别是诗歌）时不得不采用的翻译方法。凡是从事诗歌翻译，特别是古典诗歌的翻译的翻译家，都会对"创译"

---

① 钟玲：《美国诗与中国梦——美国现代诗里的中国文化模式》，34 页，桂林，广西师范大学出版社，2003。

有深切的体会，并提出了相应的理论主张，例如，当代翻译家许渊冲提出的诗歌翻译"三美论"和"与原文竞赛论"，实际上就是以"创译"为基本翻译方法的。英译波斯古典诗集《鲁拜集》无法保留波斯诗歌的文体样貌，所以使用"创译"；中国翻译家翻译日本的和歌俳句，因极难呈现原文的格律与修辞，所以也必须使用"创译"方法。"创译"实际上是在翻译基础上的一定程度的创作行为，当使用"迻译"会让译入语读者不知所云的时候，当使用"释译"也解释不清的时候，只有使用入乎其内、超乎其外的"创译"方法。除了文体样式的大面积的、整体性的、总体性的"创译"之外，凡是使用了前人没有使用过的译法，使用了出乎意料、而又出神入化的译词、译句，都可以视为"创译"。例如，日本古典文论及"色道"美学中的"あきらめ"（諦め）一词，按词典的释义加以迻译，就是"断念、死心、绝望"的意思，而从日本色道美学的特殊语境加以"创译"，则可以译为"谛观"，就是一种在断念、绝望之后，看得开、想得通的达观态度；又如，日文古语中的"をかし"一词，迻译，则可译为"可笑"，但作为日本古典文论与美学的一个重要概念，"可笑"难以在汉译语境中实现概念化，而译为"谐趣"，则属"创译"。而只有这样的"创译"，才在美学范畴的高层次上与原文相契合。"创译"是一种"翻译度"最大的翻译方法，如果说是"迻译"是双语间的平行移动，"创译"则是翻转了360度，"释译"的翻译度则介于"迻译"与"创译"之间。"创译"正如创造性的行为一样，常常是一次性的、个人性、不可重复的。因此，研究者应该注意在翻译文本的批评中发现"创译"、确认"创译"，并给予高度评价。但与此同时，还要注意"创译"的两面性，从"译文"与"原文"的关系而言，有的"创译"对原作造成了损害，是破坏性的；有的"创译"是青出蓝而胜于蓝，对原作有所提升、美化，是创造性的。在这里，"译文学"研究要提出"创造性叛逆"与"破坏性叛逆"两方面的价值判断。

"迻译"、"释译"、"创译"是翻译文学文本生成的三种方法，同时也是"译文学"研究模式中译本批评的基本用语。作为译本批评的基本用语，要求研究者在对译本进行批评时，首先要细化到字词的层面，指出该译本在有关重要词语的翻译方面，采取的是哪种翻译方法，为什么要采取这样的翻译方法，其语言背景、文化机制、美学动机是什么。这样的甄别和研究对于翻译文学史上的著名译作而言，是极为重要的基础性的研究。在研究各个不同历史阶段的重要翻译文学文本的时候。例如，研究中国翻译文学史上的林纾、梁启超、鲁迅、周作人、傅雷、朱生豪等人，对其生平思想、时代背景、文化动机、译作影响等"译介学"层面上的研究，经过了几十年的努力，目前许多基本问题已经说清了，有不少是说透了，更有一些是翻来覆去不得不陈词滥调了。但对这些翻译家的具体的译本，做细致的文本分析或文本批评的，还极为薄弱，还远远没有展开，没有深入下去。因为这需要研究者不能仅仅满足于大而化之的、泛泛而论的叙述议论，而要做扎扎实实的细致的比较语言学、比较译学、比较文学层面上的文本批评。

细致的文本批评，最终要细致到以"翻译语"为单位。可以说，"译文学"文本中最小的基本单位就是"翻译语"。所谓"翻译语"，原本是日本现代译学中常用的概念，它不同于汉语语境中通常所说的"译词"。"译词"主要是就原文与译文之间的对应用词的使用而言的，"翻译语"则是通过翻译而形成的语汇或词汇。"翻译语"也不是以音译为主要特征的"外来语"，而是经过了"释译"、"创译"而形成的本民族语言中新创制、新形成的词语。"翻译语"可以指涉一般语言学意义上的"词"，也可以指涉文论的、美学的乃至文化的概念和范畴。以某个"翻译语"为中心，展开"译文学"的文本分析与文本研究，是卓有成效、大有可为的研究途径。例如，现代汉语中的常用词语"恋爱"、"爱情"，就是古汉语中所没有的、通过翻译而得来的"翻译语"，这个"翻译语"在中国近现代翻译作品中，最初是哪些译作最先或较早翻译过来的？翻译家的译作和同时期作家的创作对这两个"翻译语"如何理解、如何使用，又如何引发了近现代中国人男女关系观念的转型与更新，隐含着什么社会学的、心理学的、美学的信息？这些都是值得探讨的问题。一个重要的词及其形成演变的历史常常就是一部文化史，一个个小小的"翻译语"，能够牵出若干重大的文学与文化课题，因此译本批评中的"翻译语"的研究，可以克服以语言学为中心的传统翻译学中"词汇学"、"语法学"的束缚，而真正进入比较文学的、跨学科（超文学）研究的层面；同时，也可以避免在比较文化层面上对译本的粗枝大叶的浏览概观。才能以小见大，见微知著，使"译文学"研究与语言研究、文化研究紧密结合起来，把译本的文学性、审美性研究与译本的非文学性、非审美属性的研究结合起来，把比较文学研究与比较语义学研究结合起来。

总之，"译文学"这一研究模式相对独立于一般翻译学，脱胎于译介学，同时又别有天地。"译文学"所提炼的"迻译"、"释译"、"创译"这三个译本生成的方法概念及译本批评的基本用语，分别对应于三个研究方面：语言分析、文化分析、美学分析。"迻译"主要着眼于"语言的忠实"，讲究语言上的规则性的对应，它可以在具体的字句上操作，在这一点上与一般的翻译学有着密切联系；"释译"主要着眼于"文化的忠实"，将原文纳入译入国文化语境中加以解释和评价，也就是对译文做文化分析与文化研究，指出译本中归化、异化和"溶化"①的文化取向，在这一点上它继承了译介学的观念与方法；"创译"则超越字句层面，主要着眼于"艺术的忠实"，发现译文的"神似"和"化境"，辨析"创造性叛逆"与"破坏性叛逆"，并对译文做出总体的美学分析与审美评价，在这一点上它又超越了一般翻译学的语言学立场和译介学的文化媒介视角。"译文学"就是这样以"翻译语"为最小单位，把这三个不同侧面的分析、评价有机结合起来，由此对中国翻译文学史上的重要译本、对译成外文的中国文学名著译本加以细致分析和深入研究，具有广阔的运作空间和无限的发展前景。

---

① "溶化"，亦可作"融化"，是笔者在《翻译文学导论》（北京师范大学出版社 2004 年）中初步提出的一个概念，作为翻译界常用的"异化"、"归化"正与反概念之后的"合"的概念。

中国翻译思想的历史积淀与近年来
翻译思想的诸种形态①

一、 翻译研究·译学理论·翻译思想

"翻译思想"即"翻译的思想",是研究和思考翻译问题而产生的有创意的观点主张或理论建构。"翻译思想史"属于翻译史的专题史研究,研究的对象主要不是翻译家及其译作,而是翻译学者、翻译理论家及其思想。最近二十多年来,在这方面出现了一系列专门著作。代表性的有陈福康著《中国译学理论史稿》(1992);王秉钦著《20 世纪中国翻译思想史》(初版2004,第二版 2009);许钧、穆雷主编《中国翻译研究(1949 — 2009)》(2009)等及廖七一的《中国近代翻译思想的演进》;郑意长的《近代翻译思想的演进》两本断代史。他们分别使用了"翻译研究""译学理论"、"翻译思想"这三个词。但对这三个概念未做明确的区分和界定。例如,《20 世纪中国翻译思想史》最早使用了"翻译思想史"这一概念,为这类著作的写作开了一个好头,但从内容和写法上来看,该书所理解的"翻译思想",与"译学理论"这个概念大致相同,因而写法上也与陈福康的《中国译学理论史

---

① 本文原载《广东社会科学》,2015(6)。

稿》大同小异。当然，那本书本来是作为教材使用的，这样的写法也无可厚非。

实际上，"翻译研究""译学理论""翻译思想"应该属于不同的三个概念。三者互有关联，也互有区分。"翻译研究"主要是指翻译理论、翻译实践、翻译史等方面的研究，"译学理论"侧重的是翻译理论与翻译批评，"翻译思想"则是关于翻译的思想，是从翻译研究、翻译理论与批评中产出来的思想成果。因为这三个概念的含义不尽相同，因而以某一概念为关键词的翻译史，其写法及范围也应该有所不同。第一个概念，"翻译研究"范围最宽，它包括了关于翻译的一切学术研究、学科教学、学科建设、学术活动、翻译经验总结和理论主张等。第二个概念"译学理论"或"翻译理论"，则主要研究属于"理论"形态的东西，包括翻译理论与翻译批评，陈福康称之为"译学理论"，其范围在"翻译研究"的基础上有所收缩。第三个概念是"翻译思想"，顾名思义是研究"翻译的思想"的历史的，范围论旨应该更进一步收紧，主要关注有"思想"建树的翻译研究与翻译理论。对于《译学理论史》或《翻译研究史》的写作而言，只要相关的著述存在着，你就不能忽视或无视，否则就是不尊重历史的存在。对于写得不好的文章和著作，可以做否定的、负面的评价，但不能略而不提。然而，写《翻译思想史》就不同了，对真正有思想史价值的，就要多说多写，对于缺乏思想史价值的人物与著作，可以少说或不说。

总之，我们应该对"翻译思想史"这个范畴加以明确界定，与"翻译研究史""译学理论史"等相关概念加以区分，否则，我们的翻译史研究就难以真正范畴化和类型化。只有界定相对清晰的研究范畴，确立相对独立的研究类型，才能进一步细化、深化中国翻译史的研究。区分了这三个概念，我们就会明白，为什么在翻译研究史、译学理论史之外，还需要再写"翻译思想史"。此前，陈福康、王秉钦等先生都做了很好的工作。可以说，就"译学理论史"的角度和选题而言，要写一部在文献资料上超越陈福康的《中国译学理论史稿》，是很困难的。要在现有的基础上有所前进，就要把立足点由"译学理论史"转到"翻译思想史"上来。要在已有的译学理论史研究的基础上，更强化"思想"的品质。要从"翻译的思想"或"思想史"的角度，对已有的相关材料加以重新审视、筛选、概括和提炼，把真正属于"思想"层面的东西抓出来，加以阐发。

什么是"思想"？众所周知，思想是一种创新性的思维和表达。思想当然不是放纵想象、胡思乱想，因为思想要从知识与学问中产生。它要依附于知识、学问和学科。所以我们的翻译学学科、研究翻译的学问，理应是产生思想的土壤与温床。同时，思维和表达的基本材料是语言，因而大凡新思想，就一定要有新的概念、新的范畴、新的命题乃至新的体系和范式。作为"翻译的思想"而言，新概念、新范畴、新命题，是翻译思想的显著表征或主要标志。换言之，如果一部理论性的著作，没有提出相应的经得住推敲的新概念、新范畴，或新命题，那它有没有思想建树，就颇有疑问了。

"翻译思想"往往包含在"翻译研究"中，也包含在"译学"或"翻译理论"中；不见得所有的"翻译研究"和"译学理论"中都有"思想"的建树；严格地说，称得上是"思想"的东西，既要有严谨的逻辑，有理论的深度，又要有理论想象力和鲜活的生命体验，应该具有思考与表达的独特性、创新性、启发性与耐用性。有思想的，一定会有学问的基础；但是有学问的，不一定有思想。因此，"翻译思想"需要从"翻译研究"和"译学理论"中加以提炼。另一方面，虽然我们的思想创新离不开古今中外的遗产，但是，完全跟着西方的翻译话题走的，那主要属于西方翻译思想的延伸与影响的范畴，不是严格意义上的中国人的翻译思想；完全固守传统翻译思想的，是保守古人的思想，而不是现代人的翻译思想。

思想既不能以作者的知名度而论，也不能以文章的长短、书籍的厚薄、读者的多少而论。就翻译界而言，影响最大的是学生不得不使用、出版社也最愿出版的教材。但是在当代中国，除非少数个人专著型的教材外，一般教材很难有"思想"。有的书发行量较大，再版次数多，但这与思想价值大小也没有直接的对应关系。有一些没有思想含量的书影响面较广，相反，一些有思想的著作与文章，却相对寂寞。因为真正的思想，大多是独辟蹊径、先行一步、孤独寂寞的。而且起初往往被一些人当成异端邪说，冷漠待之、不屑一顾，甚至加以攻讦。因为它关注的东西是一般人想不到，或不关注的；它的表述方式，也是一般人所不习惯的。西方思想史上的大家，大都不是被同时代人所认可的；东方的孔子、释迦牟尼，也都是死后两三百年才被人体会到价值之所在，而逐渐被人重视的。因此，翻译思想史，特别是当代的翻译思想史，也不能只以传播远近与影响大小作为考量、掂量的主要依据。

二、　"翻译思想"与"翻译思想史"

以上述的"思想"为标准，《中国翻译思想史》对翻译史上的学术研究与理论遗产的轻重权衡就有了一个标准。作为一种相对独立的翻译史类型，《中国翻译思想史》与"翻译研究史""译学理论史"都有不同，也就有了自己特有的立场、视角、选材范围、价值判断标准。"翻译思想史"既然属于"思想史"的范畴，就要从思想史的角度研究"翻译研究"与"翻译理论"，就要看看哪些翻译研究的成果包含着"思想"，哪些译学理论具有思想的价值，要看看他们为中国思想史贡献了什么。

按照翻译思想史的这个原则来考量的话，许多文字是可以排除在《翻译思想史》之外的。例如，一些作者不了解翻译研究的历史现状，仍写文章重复别人的话题，结果就地打转，了无新意；许多文章热衷于讨论、争论没有学术价值的、不言而喻的问题，浪费了好多纸张与精力；许多人一窝蜂似地跟随西方翻译学界，写了大量选题重复的书籍和文章，以至关于女权主义与翻译、后殖民主义与翻译、结构主义与翻译之类的评介性文章，连篇累牍，不绝如缕。更有许多作者把介绍外来的东西当成学术本身，习惯于生搬套用，丧失了独立思考的能力，更丧失了思想能力。一些人的文章与著作，说得很正确、很在理，头头是道，客观公正，但那些话要么是正确的废话，要么是对此前正确的、有用的话的复述或祖述，没有提出属于自己真正的思想。有的学者，写出了一部大著，全书却连一个像样的新概念、新范畴都没有提出来，更何况有什么新命题、新思想！个别带着"翻译美学""比较美学""艺术哲学"的字样的翻译理论著作，貌似高深，实则浅陋，细读之下，常常令人大失所望。更有甚者，故弄玄虚，云山雾罩，不免使读者产生受愚弄的感觉。有的学者甚至出版了十多卷本的"翻译论著全集"，可惜这些书大多烦琐而又混乱，因为作者缺乏理论想象力，缺乏翻译实践的鲜活生动的体验，于是文字死板，了无生气，其著作的字数、卷数与思想含量之间严重不对称。当然，这只是从思想史的价值而言，我们也要承认那些书在学科建设、教学乃至指导翻译实践方面，都有它的用处，这是不用多说的。

翻阅现在已经出版的中国译学史或各种翻译史，就会有一个强烈的感受，会感到真正含有"思想"的译学研究和翻译理论并不多。相比之下，在当代中国，史学理论研究、文化研究、文艺理论、美学研究、比较文学研究等学科，思想的生产比较活跃，但翻译研究领域，却相对要少。这个印象的形成，有两个方面的原因：一个是客观实际方面的原因，就是有思想史价值的东西本来就不会太多。就翻译界而言，本来翻译研究连接中外，视野开阔，应该是思维最为活跃、思想生产力最强的领域，但是长期以来，中国的翻译研究与翻译理论着眼于实用，强调对翻译实践的指导价值，而不把这个领域看成是思想的平台，于是造成一种局面，就是"翻译的研究"很多，"翻译的理论"也不少，"翻译的思想"却不多。相对而言，"翻译的研究"产生知识，"翻译的理论"总结和提炼知识，努力使之由"知识"上升到"学识"，"翻译的思想"却必须在这个基础上产生思想。我国的学术，在超越常识、生产知识、提炼学识方面，是做的不错的。但是，由于种种不必多说的复杂原因，在"思想"的生产上，却相对贫弱。这一点不仅是翻译界，在其他领域也是如此，如笔者曾撰文指出：在中国的"东方学"界，"知识东方学"很繁荣，"思想东方学"却较为贫弱，而在欧美和日本乃至韩国，"东方学"却是思想最活跃的领域之一。中国的翻译界是不是也如此，何以如此，这是值得我们思考的问题。

说"翻译界"思想产出的相对贫弱，并不是说我们的翻译研究、翻译理论中没有思想。现在的问题是，已有的翻译史研究著作，常常将知识与思想、理论与思想混为一谈，甚至将"权威"与思想、"权力"与思想混为一谈，造成了翻译史研究在选题与论述上的偏颇。一些近现代翻译家或翻译理论家，因为他在其他方面的名声大、造诣高、地位高，所以他关于翻译的论述就备受重视。在当今大学行政化的大背景下，因为一些教授所拥有的行政权力资源多，掌握学术评比、评选的权柄，成了所谓"学霸"，所以他的有关著述就被一些人高看一眼，以紫夺朱，自觉不自觉地做了过高估价。

实际上，一些重要的翻译思想，既在人们所熟知的名家名作中，也在人们所不太注意的一些作者的文章中。所谓"不太注意"，就是一些研究者圈子意识太强，他们顾不上关注，甚至不屑于关注圈子以外的研究成果。须知当今学术思想常常是在跨学科、交叉学科的板块之间产生的，学术体制的圈内圈外，都需要加以注意。

就当代中国翻译思想而言，并非我们的翻译思想绝对贫乏，而是我们发现得还不够，阐发得更不够。中国翻译研究的矿床很大，沙子石头多，贵金属也多。本着去粗取精、去伪存真、科学评价、恰当定位的写史原则，在这些数量众多的文章著作中发现真正的思想建树，也是可以做到的。现在我们提倡"中国翻译思想史"的写作，就是要从思想史的层面，对中国译学建设、翻译研究、理论建构的成果，在已有的基础上再加甄别，再做提炼，再做取舍，再去发现。把真正有思想价值的东西呈现出来，突显出来，弘扬出去，让广大读者和后辈学子加以思考和判断。说到"再加甄别、再做提炼、再做取舍"，就是说，也许在已有的相关著述中反复提到的人物或著述，在新的《中国翻译思想史》中就不用多说了，而是把重点放在"思想"价值的发现与阐发上面。不能满足于介绍和评述，要与所研究的翻译思想家的思想有交流、有撞击；要能够对翻译思想家的思想，加以分析、综合、提炼和阐发，进而作出思想史上的价值判断。

三、 中国翻译思想史的三个时期的历史积淀

纵向地看，两千年间中国的翻译思想史的历史积淀，可以分为三个时期：第一是古代，是从道安到玄奘，即从公元4世纪到7世纪的佛经翻译时期；第二个时期是现代即从严复到钱锺书，亦即从19世纪末至20世纪80年代；第三个时期是从1990年代至今。

具体而言，在古代，翻译思想主要表现在四个方面：一是关于"翻""译"与古代"翻译"概念的产生与翻译思想的起源问题；二是佛经翻译家关于"直译""重译"等翻译方法的概念与思想；三是佛经翻译中的"信"的思想；四是佛经翻译的名与实、文与质的关系论；五是佛经翻译中的"格义"与阐释学方法；六是道安的"失本"、玄奘的"不翻"与"不可翻"思想。这六个方面是古代中国翻译思想的精华，这是翻译思想的原创期，虽然只局限在佛典翻译领域，却涉及翻译原理、翻译方法、翻译文化论、比较文学与比较文化论等方面；虽然只是只言片语，却是开天辟地、空谷足音、微言大义，需要在现有的基础上做进一步阐发。

第二个时期，即从严复到钱锺书的时期，是被研究得最为充分、最为深入的时期。例如，陈福康的《中国译学理论史稿》，在这方面做了开拓性的研究，该书对这一时期的论述占了总篇幅的百分之八十。王秉钦的《20世纪中国翻译思想史》，这段时期的论述也占了百分之八十以上。虽然书名中有"20世纪"的字样，但对20世纪80年代后的翻译思想最为充盈的时期，却以约十分之一的篇幅做了简单化的处理。作者在序言中所概括的"中国翻译思想发展史的十大学说"，其中除了有一个是古代的"文质论"之外，其他九个"学说"都高度集中在这段时间。实际上，这段时期的有一些"学说"，如林语堂、朱光潜、茅盾、焦菊隐的理论观点，从思想史的角度看，还显简单，创意也不大，实难称之为"学说"或思想。从真正的"翻译思想史"的角度看，这一时期可以称得上是"思想"的，大致有四个方面：第一是严复的"信达雅"论及后人的阐发。但是与其说"信达雅"是一种思想

形态或具有思想的价值，不如说他的翻译理论方面具有承前启后的价值，并形成了以规范论与标准论为中心的中国传统翻译理论的主流形态，可以称之为"泛方法论"形态。第二是鲁迅等人提出的"逐字译""直译""宁信而不顺"等主张，表达了借助翻译，来改良汉语乃至实现中国语言的现代化的意图；鲁迅关于翻译批评是"剜烂苹果"的论述，意在矫正胡译、建立现代规范的翻译与翻译批评；鲁迅关于复译与"转译"的主张，也是他的"拿来主义"文化思想的组成部分。第三是郭沫若等人起初以"处女、媒婆"论贬低翻译，后又将翻译抬升到与"创作"相等的位置，提出了"好的翻译等于创作，甚至还可能超过创作"的命题论断，标志着翻译家对翻译的高度自信，这种自信是此前的翻译家所没有的，是翻译艺术进入成熟状态的自然反映，也代表了那时人们对翻译文学独立价值的普遍认同。第四是"形神"之辨与傅雷的"神似"、钱锺书的"化境"论及其后人的阐发。"神似""化境"是诗学的、描述性的审美价值判断，却也是翻译理论援引中国传统文论与诗学概念的最后的表达。在以上翻译思想的四个方面中，鲁迅的主张、郭沫若的思想主张，在当时都是以貌似极端的、偏颇的方式提出来的，现在看来却有更大的思想价值。

总起来看，从严复到钱锺书的翻译理论，所讨论的问题都集中在译者"如何译"的层面，是翻译规范论、翻译技术论、翻译方法论的放大，其理论话语的关键词，可以"信达雅"概括。所有的议论和理论，实际上都围绕着这三个字展开。"直译""意译"论、"归化""异化"论，风格忠实论不必说，"再创作"论、"神似"、"化境"说虽然引申到了翻译美学层面，但仍属于"信达雅"说的综合化与展开深化。这一时期翻译理论的基本特点，除了鲁迅、瞿秋白等少数的翻译思想具有现代思想文化的关心与建构的意图之外，可以说基本上就是"就翻译论翻译"，即属于泛方法论。有关翻译的话语无法和其他的话语相碰撞，这是翻译的思想产出较少的主要原因。此时期的翻译思想的单调，与此时期丰富的翻译实践是不太相称的。这也表明，思想往往是落后于实践的。翻译的思想需要后人从大量的翻译史料中慢慢发现和提炼。

第三个时期，就是最近二十多年。这里以1990年代以后作为开端。而现有的各种专门史一般都习惯于把改革开放后的1970年代末或1980年代初作为断代的年限。其实，对翻译思想史而言，整个1980年代，与此前的九十多年没有本质的改变，从1990年代中期以后才真正开始了新的时代，因为翻译研究由传统的语言学转型为新的文化学研究、文学研究，理论思考的角度改变了，思想建构的方式也改变了。1990 年代至今虽然只有短短的二十多年，却是翻译思想最为活跃、产出最大、建树最多的时期。而这一时期，恰恰是翻译史研究的"灯下暗"时期。对这段时期的翻译理论与翻译思想的梳理、评述与研究严重不足。陈福康著《中国译学理论史稿》只写到 1980 年代为止，该书虽然多次再版，最近一次再版（2011 年）改题为《中国译学史》仍然没有往下延伸和增补。作者在"后记二"中说："拙书只写到 1980 年代止，曾有朋友希望我将此后的三十年也补写一下。老实说，这也并不那么难写，但还是需要花费大量的时间精力的。"说"需要花费大量的时间精力"是实情实话，但是说"并不那么难写"，却未必然也。至于说不写最后三十年，是考虑"也省得写到我不想提到的人的高论了"①云云，就更不应该成为理由了。实际上，从"史"的角度叙述当代学术，看起来容易，做起来很难；或者即便感觉做起来容易，实则很难做好。王秉钦等著《20 世纪中国翻译思想史》是 20 世纪的"中国翻译思想"的断代史，作者在"再版自序"中说："我越来越感到，原来的研究项目框架已不能完全涵盖好容纳思想史所研究的全部范围。"②其中最重要的问题是，20 世纪中国翻译思想史的重头戏在最后二十年，而该书恰恰对最后 20 年做了简化处理。对此，正如谢天振教授所指出的，该书对最后二十年的"轻轻几笔带过"，使得全书内容显得"头重脚轻"。③ 这大概是因为距离太近，再加上非学术因素会影响学术判断，有好多东西不容易看清楚。再加上文献数量空前庞大，也更加令人如入宝山，一时眼花缭乱，难得要领。正因为如此，今后要撰写《中国翻译思想史》，就需要对研究最为薄弱的最近二十多年加以重点处理和特别关注，努力解决学术史写作中出现的"灯下暗"的现象，要用与这一时期的翻译思想的丰富建树相称的篇幅和字数，来谋篇布局。

四、 近二十多年来中国翻译思想的诸种形态

中国翻译思想史上的第三个时期，即最近二十多年来，中国翻译思想的建构或建树，主要表现在以下几个方面。

第一是许渊冲先生的以"译者与原文竞赛"为核心的"新世纪新译论"。许渊冲是天才的翻译家，他的翻译思想是从心底里自然地哗哗地流淌出来

---

① 陈福康：《中国译学史》，433～434 页，上海，上海外语教育出版社，2011。
② 王秉钦：《20 世纪中国翻译思想史》（第二版），3 页，天津，南开大学出版社，2009。
③ 谢天振：《海上译谭》，89 页，上海，复旦大学出版社，2013。

的，不是搬来的、借来的、挤出来、炮制出来的，属于真正的"浑金璞玉"。他的思想打破了传统的规范论、忠实论的束缚，他的表达方式也打破了我国学界常见的那种故作深沉、故作谦逊、故作沉着的惯态，以其特有的执著与率真，显示了一位翻译家旺盛的思想能力。他从翻译艺术的体验中创制了一整套属于自己的概念和范畴，提出了"三美论""三似论""三化论""三之论"，都在强调译作本身独立的、创造性的价值，是前期"好的翻译等于创作"论的深化和理论化，形成了独具特色的"翻译创作派"或简称"译作派"，尽管其阐述具有感性的、不周延的、不完满的地方，却具有可观的思想含量，值得后人加以打磨和阐发。

第二是谢天振先生的"译介学"建构论。谢天振最早将比较文化、比较文学与翻译学相嫁接，较早在"媒介学"的基础上提出了"译介学"这一重要的分支学科概念，并反复不断地通过文章、著作、论文集、教材等形式，加以论述，影响很大，使得传统的基于语言学基础上的翻译研究，上升为文化传播史、影响史与接受史的研究，上升为比较文化与比较文学的研究，推动了近二十年来翻译研究由传统语言学层面的研究，向比较文学、比较文化研究的转型，为翻译学开辟了新路。使"译介学"形成了一种新的研究模式，也是近年来颇有声势和影响的学术思想流派。

第三是王秉钦等先生的"文化翻译学"建构论。他在1995年出版的《文化翻译学》一书中，最早明确提出了"文化翻译学"的学科范畴，建立了文化翻译学的理论体系，将语言文化中的翻译问题与翻译中的语言文化问题统一起来，将外国翻译界的文化翻译理论与中国传统翻译实践与翻译理论结合起来，推动了中国翻译研究与文化研究的对接，后来在众多的研究者的呼应与努力下，事实上已经形成了"文化翻译"的研究模式，或研究流派，这种模式相当程度上打破了此前一百年翻译研究的语言学单一向度，也为翻译思想的产生创造了更多的可能与空间。

第四是辜正坤先生的中西诗鉴赏与翻译体系模式论。他从丰富的翻译实践入手，总结出了一整套中西诗歌鉴赏与翻译的理论体系、理论模式，包括诗歌鉴赏的"五象美论"、十个角度、五个标准、五个功能，把诗意的灵动性与概念范畴的科学严谨性很好地结合起来，将中国传统哲学美学文论与西方作品相互浸泡与融汇，使其翻译论由技进乎道，也就有了思想的品质。他提出的"玄翻译学"作为"翻译理论的理论"，也是从哲学层面探讨和研究翻译理论问题、翻译文化问题的方法论。虽然还有待于进一步论证和充实，但使翻译问题思想化的动机，是非常有意义的、值得赞赏的。

第五是翻译造词（翻译语）研究及"历史语义学"方法论。冯天瑜、沈国威等一批学者，在新旧世纪交替时，提出了"历史文化语义学"或"文化语义学"等概念和主张，以"翻译语"的研究为基本单位和切入点，从语义的历史演变的角度，解释了中外语言文化、翻译文化之间的深层联系。冯天瑜的《新语探源》及相关学者所发表的一系列相关成果，往往能在哲学、美学、文论、翻译学等各方面，加大研究深度，阐发、生发出思想史的价值。

第六是"翻译文学"概念的定着及其翻译文学中国文学属性论。把"翻译文学"作为一种介于"本土文学""外国文学"之间的独特的文学类型，并把它视为中国文学的组成部分或特殊组成部分，是一件具有思想史意义的事件。它的理论论争的结果，不仅为翻译文学定性与定位，而且，颠覆、更新了人们对翻译文学与文学翻译的认识，改变了人们对"中国文学""外国文学"的传统认知。"翻译文学"融入"中国文学"，使翻译家和译作进入了中国文学研究的视野，也带来了中国语言文学学科课程内容的变革。在这个问题上，施蛰存、贾植芳、方平，特别是谢天振等先生，都做出了重要贡献。

第七是翻译史及翻译文学史体系建构论与方法论。这是一种新的历史书写方式，马祖毅先生最早写出了综合性的中国翻译简史，谭载喜最早写出了《西方翻译简史》，陈玉刚、刘献彪等先生最早写出了中国翻译文学史，王克非在《翻译文化史论》中较早提出了"翻译文化史"的概念，王向远写出了最早的一部国别文学（日本文学）翻译史、最早的东方区域文学翻译史及中国文学翻译论争史，提出并阐明了翻译文学史的六大要素等方法论。季压西、陈伟民的长达150万字的三卷本《语言障碍与晚清现代化进程》，从"语言障碍"这一概念切入近代翻译文化史，等等。更多的是那些关于翻译史的个案研究与专题研究，在产生了大量系统丰富的新知识的同时，这些作者都提出了或在著作中体现了自己的翻译史写作的思想方法，都是值得翻译思想史加以总结、阐发和提炼的。

进入新世纪后，中国翻译研究中"文化翻译""译介学"形态在繁荣发展了二十多年后，也出现了选题重复、理论想象力贫弱、创新点缺乏、对某些观点与主张阐释过度、走向偏颇等现象和问题。鉴于这种情况，笔者提出了"译文学"这一概念及新的研究范式。"译文学"的建构前提，是把当代中国的翻译研究划分为"翻译学""译介学"、"译文学"三种不同的研究模式，认为一般的"翻译学"是语言学中心论和忠实中心论，"直译/意译"二元的方法论；"译介学"是媒介中心论、文化中心论、"创造性叛逆"论、"异化/归化"二元的翻译方法论和译本评价论，而"译文学"作为"译文之学"，即以研究译文为中心的学问，则是"译本中心论""文学中心论""译本批评中心论""创造性叛逆"与"破坏性叛逆"两种叛逆论，"迻译/释译/创译"三位一体的翻译方法论与译本评价论，并主张以"迻译/释译/创译"的三元论来取代传统的"直译/意译"二元论。以"归化/洋化/融化"的正反合论，来取代"归化/异化"的二元对立的文化风格与翻译策略论。还提出了"翻译度""译文老化"等概念，提出把"翻译语"的研究作为"译文学"研究的最小单元。"译文学"的研究模式与批评模式，可以与"译介学"互为补充，也是超传统翻译学，开拓并深化今后的中国翻译研究的一大模式与方向。从"译文学"产生的思想，是从翻译研究的核心与本体——译文——产生出来的，因此，它是严格意义上的"翻译的思想"，而不是"文化研究的思想""比较文化的思想"或"比较文学的思想"。

综观最近二三十年的"翻译的思想"，其最大特点是具有超学科、跨文化的生产特征。与前两个阶段的最大不同，表现在四个方面。

第一，是在表达方式上，超越了以翻译家为主体的翻译经验谈、感想与随笔的表达形式，而主要使用学术论文、学术论著的方式加以系统地阐述。

第二，"翻译"已经成为研究的对象，翻译已经在体制上被学科化。参与翻译学科建构的，大都是翻译家、理论家与学者三位一体的专业人士。

第三，在论题和话题上，由上一个时期的"如何译"，而转向了"译得如何""何以如此译"这两个基本问题，"译得如何"是作语言学与文艺美学的审美判断，"何以译""何以如此译"则是作历史文化学的全面观照，是做文学史、学术史、思想史的价值判断。

第四，在翻译学科化的同时，也出现了超学科研究的倾向，翻译问题已经不再是"翻译"圈子内的话题，而成为中国文学、外国文学、中国学术文化、文艺理论、美学等领域的共同话题。

第五，由于不同的思想主张与学术范式的形成，事实上已经出现了翻译思想中的不同思想流派的倾向和萌芽，也为今后的进一步发展预示了广阔的前景。从思想史的角度看，只有不同流派的自然形成与流派之间的相互切磋与论争，才能促使思想火花的绽放，有利于思想成果的形成。

与其他国家比较起来看，我们在翻译思想的产出方面有得天独厚的条件，可谓天时、地利、人和。所谓"天时"，是说中国古代翻译的千年历史，近代翻译的百年历史，现在到了最终加以整理、清算、鉴别、阐发和提炼的时期；所谓"地利"，是说我们中国具有跨越中印、中西文字，即跨越汉语的象形表意文字与印欧语系的拼音文字两大文字系统的最悠久、最丰厚的翻译历史，是西方各国、东方的印度等国所难以比拟的，要论翻译思想的产出条件，则舍中国而无他国；所谓"人和"，是指我们中国近年来已经形成了或许是世界上人数最多的从事翻译、翻译研究与翻译教学的队伍，而且许多是翻译家与理论家兼于一身，学科意识极强，最近这些年的翻译研究学术成果的产出量，估计也应该是世界第一了。在这种情况下，我们有条件发挥中国思想者的主体性的自觉，强化思想生产与思想创新的意识，超越传统的语言学层面的翻译论，寻求跨学科的综合视角，从而促使翻译思想的不断产生。

初版后记

记得在 20 世纪 80 年代末或 90 年代初，在刚出版的《当代文学翻译百家谈》(北京大学出版社)一书中读到了翻译家郭麟阁教授的一段话——"翻译是'比较文学'中主要项目；搞翻译的不一定搞比较文学，搞'比较文学'研究的，一定搞翻译"——颇受触动和启发。从 20 世纪末，我就有心写一部立足于中国翻译文学的翻译文学基础理论的书。1999 年，我在《文艺报》上发表一篇题为《21 世纪的中国比较文学：问题与展望》(《文艺报》1999 年 5 月 13 日）的文章中，提出翻译文学研究应该成为 21 世纪比较文学研究的一个重点，呼吁学界进行《中国的俄罗斯文学翻译史》《中国的法国文学翻译史》《中国的英美文学翻译史》等重要的国别翻译文学史的研究与写作。我自己对翻译文学的研究也先从中国翻译文学史入手。到 2000 年，我出版了《二十世纪中国的日本翻译文学史》，后来又将研究范围扩大到东方（整个亚洲北非地区），出版了《东方各国文学在中国——译介与研究史述论》。2002 年，我的研究由翻译文学史而及翻译文学理论，与陈言合著《20 世纪中国文学翻译论争》。我想，在这些研究的基础上，写一本《翻译文学导论》或许并不太过唐突和冒失。

《翻译文学导论》已经在我脑子里酝酿许久了，资料也早已逐渐收集齐备，一直想找到一块完整的时间来集中写作，但手头有两个受政府资助的"十五"项目也很紧迫，为它们收集和消化材料颇费时间和精力，常恨自己分身无术。但我知道《翻译文学导论》在研究思路上与我近期的其他研究衔接较紧，久拖可能导致思路冷却。今年二月，妻从国外归来，接管了家务，使得我除每周四、五到校授课及处理杂务外，一周四五天可以独自蛰居近郊回龙观的家中埋头写作，于是《翻译文学导论》正式动笔。初春的北京，天气一改往年常态，沙尘暴竟偃旗息鼓，气候湿润非常，令人心旷神怡。写累了的时候就登上六楼的平台，在那里照料一下返青的葡萄，或坐在上面的木亭里迎风洗脑。这种隐居式的写作生活令我惬意无比。

然而"好景不长"。进入四月，"非典型肺炎"SARS不知不觉中袭来北京，中旬北京忽然被宣布为"疫区"。整个城市一度陷入恐慌中。外国人逃回了国，外地人逃回了家，本地人躲在自己家里不敢出门。学校停课了，我也不必再去上课。"非典"对北京而言是一场灾难，但却也给了我更多集中写作的时间，这是我始料未及的。

被"非典"围困着不消说，到了五月十八日，我的老病"腰椎间盘突出症"忽然复发。事先并不像前几次那样有明显的征兆，但我知道两三年一次的复发周期是逃不掉的劫数，而且这显然也是对伏案过久缺乏锻炼的惩罚。剧烈的腰腿疼痛使我无法坐立行走，又一次成了卧病在床饮食起居需要照顾的病人。仰卧了几天以后，我决定继续写作，把笔记本电脑搬到床上，一边治疗一边趴着写。那种别扭而又难受的姿势因多次发病早已习惯了。但胳膊肘还是因长期支撑而磨得红肿，肩膀、脖子、肚子也酸痛不适。不过有时肉体的痛苦反而会使大脑变得加倍灵敏。许多个深夜，我脑子特别清醒，不能入睡，便反复多次地把床灯关掉又打开，将脑子里的想法一条条地记下来，作为次日写作的提纲⋯⋯

"翻译文学导论"—"非典"—"腰椎间盘突出"，这实在是三个风马牛不相及的东西，然而在2003年的春夏，这正是我生活与写作中的三个密切相连的"关键词"。

六月下旬，北京宣布解除"疫区"，到了七月初，我的腰病略有好转迹象，而《翻译文学导论》也终于在此时杀青。对于一个写作的人来说，为书稿写"后记"，其愉快之情是不言而喻的。这时恰好休息时仰读闲书，读到李振生先生为他主编的《梁宗岱批评文集》写的《编后记》，他分析了梁宗岱出色的才情和敏锐的悟性为什么没有在学术上得到彻底的发挥，然后写到另外一种人，他们属于——

　　才质稍平些的，悟性也许不那么敏锐，于是便干着，不会多作心猿意马的悬想，诸如预测最终的结果会是怎样，等等，他只顾埋头做他的事，直到把事情一件件做到头，才会直起腰来稍稍歇上一口气，检视一下自己的业绩，心里觉得无比的舒坦。总之，他是个实心眼的人，连内心的欢乐也是实打实的，必须是看得见，摸得着的。

我自己固然有点像是"才质平平"、"不那么敏锐"的类型，却没有干出多少实事来，所以自知够不上这类人的标准。然而我本心里很想做这类人，因为很希望拥有那种"实打实"的欢乐，并且愿意用"实打实"的痛苦来换取这种"实打实"的欢乐。《翻译文学导论》的写作，使我再次体验了快乐与痛苦交织在一起的滋味，因而忍不住发一点感慨如上，就权作本书的"后记"吧。

王向远

2003 年 6 月 30 日初稿毕

2003 年 8 月 17 日修改毕

在拙作即将出版的时候，觉得还有一些话要说，但又想完好保留写作前一个"后记"时的那种心境和感受，就只好在"后记"之后再画一"蛇足"了。

我写书，除了满足自己的"求知欲"和"解释欲"之外，心目中的读者对象都是比较明确的。例如，本书的读者对象，我瞄准的主要是语言文学专业的研究生和水平相当的读者阶层。早在 1999 年底，在我校研究生院进行硕士学位课程调整时，我曾把"翻译文学导论"列入了"比较文学与世界文学"专业硕士生的课程计划。拙作写完之后的 2003 年 9 月，我按照既定计划，在为研究生开设的《比较文学学科理论》课程中，用了最后六周共十八个学时的时间，将《翻译文学导论》的主要内容搬上了讲台。据我孤陋寡闻，在中文系的课堂上系统地讲授翻译文学的基本理论，在我国大陆地区各大学的课程教学中，或许还是第一次，因而也只能算是一个初步的试验和探索。既然确认"翻译文学是中国文学的一个特殊组成部分"，那么，中国语言文学专业的学生就应该学习中国翻译文学，否则他的专业知识结构就不完整。如果环境和条件允许，但愿在未来的若干年中，我能够将我的理论付诸教学实践，不仅为研究生开出一门独立的翻译文学基础理论的课程，更打算逐步地将现有的中国语言文学专业本科基础课《外国文学史》用翻译文学的观念加以改造，最终以《中国翻译文学史》课程取而代之，并建议将这一课程作为中国语言文学专业本科生的核心和基础课程。做这个事情可分两步走：第一步，先在现有的"外国文学史"框架中，行"翻译文学史"之"实"（这一点我在近几年的本科生课堂上已经初步尝试了）；第二步再争取改变这门课的"名"（不过在中国现有的教育管理体制下，为一门课程改"名"谈何容易）。众所周知，中小学中有不少"实验小学"、"实验中学"，"实验"完了积累了经验可以向外推广，那么像北师大这样的名牌大学，特别是北师大中系（现已改称"文学院"）这样的老系，也不妨多一点"实验"的意识和改革的动作。虽不敢奢望向外推广，起码自己可以摆脱因袭的束缚。我想，经过改造的《中国翻译文学史》这一课程的特点，就是不满足于只讲"外国文学"，还要讲"外国文学"如何通过翻译家的再创作，转化为"翻译文学"，也就是站在中国文学及翻译文学的立场上讲外国文学。据说国内有两所大学的中文系是请外语系的教师来讲外国文学的，这自然不错。但外语系的教师假如以外语系的讲法应对中文系的学生，恐怕难尽人意。毫无疑问，中文系的学生必须了解和学习外国文学，但这种了解和学习应该有中文系特有的专业立场、角度和方式方法。中文系的"比较文学与世界文学"学科点的教师开设的《中国翻译文学史》课程，可以视听课对象的接受能力与要求，将外国文学原作与翻译家的译作两者进行适当地比较分析，并应注意强调通过翻译媒介所进行的中外文学交流，注意对翻译文学文本自身的鉴赏与批评。这样一来就大大地增加了讲授的难度，对教师外语、外国文学及中国文学修养的要求都提高了，对学生接受水平的要求也提高了。然而时代在发展，学术在进步，课程教学也要不断改革。以我的设想，中文系的本科高年级学生要学习《中国翻译文学史》，到了硕士阶段，则须从理论上概括和提升，就要对他们开设《翻译文学导论》之类的课程，两者是相互衔接的。这次我试探性地讲授《翻译文学导论》，坚持来听课的四十多位同学中不仅有本专业（比较文学与世界文学）的学生，还有半数来自其他专业，如中国现当代文学专业乃至其他院系如哲学系、外语系等。同学们反映，通过听课，对翻译文学的认知程度提高了。我希望等拙作出版之后，读者可以通过阅读也能得到同样的感受，更希望专家和读者对拙作的不足乃至错误提出批评指教，以待来日加以修正。

像我此前出版的所有著作一样，本书出版事宜的落实也较为顺利。书稿完成后的 9 月初，我决定申请"北京市社会科学理论著作出版基金"的资助，王一川教授和外语学院郑海凌教授分别写了推荐书，北师大出版社总编杨耕教授给予支持。到了 2003 年 12 月，申请获得审核批准。又蒙童庆炳教授赏识，使拙作忝列"文化与诗学丛书"之中。据说国外也有人将此类研究称为"翻译诗学"，因而本书列入"文化与诗学丛书"可谓适得其所。拙作还作为文学院王一川教授牵头实施的"北京师范大学人文社会科学创新研究群体发展计划"中"文化诗学与文本研究的双向拓展"里面的一个子项目，并获得了该项目的经费资助。在书稿出版运作的过程中，我即将于3月底赴日本任教两年，只能拜托责任编辑曹巍女士负全责。她本来就是比较文学出身，其扎实的专业功底和认真细致的工作态度我是了解的，因而倍感放心。周锦、王永娟、冯新华等同学对书稿中可疑之处都细心挑出，更有志同道合、一贯理解支持我的爱妻亓华做了最后的校对。此外，本书勒口处的照片，是我的同事和好友李正荣教授拍摄的，一如此前七部专著的照片都出自妻的眼光。著名翻译家和译学理论家、中国社会科学院外国文学研究所译审罗新璋先生、南京大学外语学院的许钧教授惠赐大作并关心本书的写作，对我也是一种宝贵的支持和鼓舞。当本书即将出版时，我再次深深感到，如果说写书是一种个人行为，而出书则是社会行为。假如没有以上提到的各位的帮助，拙稿就无法以现在的样子面世。谨此为记，永志不忘。

王向远　补记

2004 年除夕夜于北京回龙观家中

此时爆竹声此起彼伏

《北京社科精品文库》再版后记

今年 10 月 30 日，我收到了北京师范大学出版社编辑胡廷兰老师的一份电子邮件，其中写道：

> 北京市社科联决定在以往的"北京市社会科学理论著作出版基金"资助成果中，遴选了部分经典作品，以精装的形式，统一设计封面和版式，出版《北京社科精品文库》。北师大出版社有 5 本书被选中，包括……您的《翻译文学导论》……

收到这个邮件，我从心里很感谢北京社科联及专家评选组。因为《翻译文学导论》作为一本"无用"的纯学术理论的书，似乎无关乎国计民生，一般人也看不出有什么"重要的现实意义"之类，但是它还是被当成"精品"遴选出来了。对此，我除了感谢、感恩，还感到荣幸。

《翻译文学导论》2004 年初版，印数 3000 册，早已告罄。到了 2007年，连同另一部著作《中国翻译文学九大论争》一起，收于《王向远著作集》第八卷，印行 4500 册，现在市场上也已经不太好买了。如今被选入《北京社科精品文库》，算是第三版。在每年数以万种的新书不断推出的中国出版市场上，《翻译文学导论》作为不带普及性的学术著作，若能进入少数高端读者的法眼，作为作者，我便很知足。何况近年来的翻译研究界，许多人喜欢走捷径，不愿做清苦寂寞又繁难的文学翻译，不独立思考问题，只热衷于叫卖、炒作、套用欧美的翻译理论，貌似新颖，往往能吸引一些时髦学人的眼球，而中国学者自己写的东西，却常常被报以冷眼。但即便是在这种情况下，《翻译文学导论》出版后，还是得到了一些宝贵的肯定。特别是著名翻译理论家谢天振先生的话对我鼓舞最大。谢先生在《关于翻译文学和翻译研究的几点思考——由王向远教授的两部专著说起》（原载《中国比较文学》2008 年第 1 期）中说：《翻译文学导论》"是我国迄今为止第一部全面论述翻译文学的概念、特征、功用、方法等方面的理论专著"；又在《社会科学报》2008 年 9 月 18 日发表文章，认为"王向远的《翻译文学导论》是国内，恐怕也是国际上第一部全面论述翻译文学的性质、形态及其归属等问题的专著"（见《海上译谭》，226 页，复旦大学出版社 2013 年）。作为精通中外翻译理论研究历史现状的谢先生的这些话，我感到尤其宝贵和难得。诚然，无论《翻译文学导论》出版之前，还是出版之后，研究"文学翻译"的著作有之，论述自己的文学翻译经验与理论主张的有之，援引西方翻译理论来论述文学翻译问题的著作更有之，但立足于中国的"翻译文学"理论体系与原理建构的著作，至今似乎仍然没有。

当然，我也不会因为受到前辈学者的肯定而沾沾自喜。以我对学生讲课时常用的"建房子"的比喻来说，《翻译文学导论》这座房屋的砖头、瓦片等材料，大多是 20 世纪一百多年间好几代翻译家和翻译理论家生产出来的，老实说，这当中我自己所生产的并不多。因此《翻译文学导论》只是一种建构性的研究。这基本上也是理论研究、特别是原理类著作的一般情形。正因为如此，它整体上也带有明显的 20 世纪的时代局限性。如今，21 世纪都过去十几年了，回过头去看看 20 世纪中国的翻译理论及翻译文学理论，就会更清楚地发现，从严复到钱锺书，一百年的丰富多彩、灿烂辉煌中也有单调、盲点和暗淡之处。与一百年文学翻译的丰厚的实践积累相比，翻译文学的理论与翻译的实践还不够相称，翻译理论还大部处在经验谈的状态，翻译理论的独特概念范畴只有"信达雅"等有限的几个，翻译思想的生产还较贫弱。但是，这就是历史。我们不能改写历史，只能发掘、概括、提炼和阐发历史。况且，环顾同时期欧美和日本的翻译理论，固然在有些问题上思路更活跃些，但在许多方面也未必比中国更高明。我们的翻译文学理论还是有自己特色的，并不输于外人。虽然已经有的东西还不能令我们满足，但已经有的东西也没有令我们失望。

在全球性对话更为频繁的今天，翻译显得更重要了。新世纪的翻译事业需要继续推进，翻译实践与翻译理论需要更多的互生、更深的互动，而翻译中最为复杂的翻译文学的理论也需要不断建构和不断丰富发展。我虽然不是专职的翻译家和专业的翻译研究者，但作为一位翻译的真诚的爱好者，近几年来，在从事其他领域的研究的同时，也一直没有中断文学翻译，包括文学作品的翻译和文学理论的翻译，几乎每天都坚持两三小时的翻译工作。在持续不断的翻译实践中，细读着文本，翻弄着两种文字，体味着转换的奥妙，调剂着书斋案头的生活。虽然辛苦，但也觉得翻译的这种快感无与伦比。在翻译体验的基础上，我提出了"译文学"这一新的范畴和新的研究范式，提炼、创制或配制了一系列相关概念，陆续写出了一系列文章，并且正在编辑题为《译文学：翻译研究新范式》的专题论文集，将交由复旦大学出版社出版发行。不同于《翻译文学导论》的是，"译文学"的理论构建所需要的砖头瓦块、钢筋水泥大多是我自己生产的，因而它既是建构性的研究，同时也是发掘性的研究。但是，即便如此，"译文学"无疑也是以《翻译文学导论》为基础和前提的，"译文学"理论是《翻译文学导论》的理论发展，从这个角度看，《翻译文学导论》在今天仍不会失去它的价值，也还没有被覆盖。它的再版，就是它的再生，也是对20世纪中国翻译文学理论建构的又一次确认。

还需要说明的是，这次再版时，除了按《文库》的统一要求，对注释格式进一步规范处理、改正发现的错别字之外，其他一仍其旧，以保留原作面貌。另把《翻译文学导论》出版后发表的几篇相关论文附录于书后，这几篇文章虽在《导论》的框架之外，却可以看成是对《导论》的必要的延伸补充。

最后，感谢北京社科联及有关的专家学者对《北京社科精品文库》的策划与设计，感谢北师大出版社及北京出版集团，特别是编辑胡廷兰老师为本书的再版所做出的贡献。

王向远
2014 年 11 月 26 日